PROLOGUE

Derrière la cloison, un bruit de plaintes étouffées me réveilla subitement. Les chambres que nous partagions étaient si exiguës que, avec nos deux bureaux, nos deux lits séparés par une table de chevet et la commode qui trônait entre les deux fenêtres, elles se réduisaient à la taille d'un placard. Pour gagner un maximum d'espace, les lits ne faisaient pas plus de soixante-quinze centimètres de large et, lorsque je m'y allongeais, ma tête se trouvait pratiquement contre le mur.

Deux nouvelles recrues parmi les pupilles de l'État — le gracieux et très officiel sobriquet dont on nous affublait — venaient d'intégrer la chambre voisine de la nôtre. Totalement désemparées, elles affichaient l'air pitoyable de chiots abandonnés. Nous nommions « les Nouveau-nés » ceux qui débarquaient à Lakewood car le seul fait de se retrouver ici, dans un centre d'accueil, signifiait en théorie pour chacun d'entre nous une renaissance, le commencement d'une autre vie.

Arrivées la veille, les deux nouvelles avaient donc passé leur première nuit à Lakewood House, le foyer que, plus tard, Crystal, Rebecca, Janet et moi-même devions baptiser « la Maison de l'Enfer ».

La moindre information concernant les nouveaux se répandait ici comme une traînée de poudre. Quand il s'agissait d'apprendre quelque chose sur l'un ou l'autre des Nouveau-nés, chacun d'entre nous se montrait soudain le plus attentif des élèves. Et, si l'on découvrait par hasard quelque détail croustillant sur son passé, on se faisait fort de le crier sur tous les toits.

Selon Potsy Philips, une fille qui avait pour habitude

de fourrer son nez dans les affaires de chaque orphelin qui arrivait chez nous, ces deux-là n'avaient pas de père. Et, par une étrange coïncidence, elles avaient l'une et l'autre vu leur mère mourir sous leurs yeux et étaient restées en tête à tête avec le cadavre plusieurs jours durant, sans qu'un seul adulte leur vienne en aide.

Mais était-ce finalement si extraordinaire ? Cela faisait des années que nous vivions dans ce centre et personne ne semblait ni s'en soucier ni même le remarquer. En fait, ce n'était pas tout à fait vrai car, avec le temps, nous avions appris à faire attention les uns aux autres. Bien sûr, il y avait parfois des frictions, mais j'ai eu la chance de trouver là-bas de vraies amies qui sont devenues pour moi comme des sœurs : Rebecca, Crystal et la fragile Janet.

Arrivées toutes les quatre à Lakewood House à quelques semaines d'intervalle, nous n'avions pas tardé à nous lier d'amitié. Lorsque nous avions le cafard, que notre moral était si bas que nous n'imaginions pas le voir remonter un jour, ou encore lorsque nous avions appris une heureuse nouvelle, nous savions que nous pouvions partager ces émotions avec les autres. Et cette certitude avait plus de valeur que n'importe quoi au monde.

Allongée sur mon lit, je me demandais encore comment les nouvelles recrues allaient s'habituer à la maison lorsque je me rendis compte qu'il était l'heure de se lever. Louise Tooey, notre « mère nourricière », dont le sourire horripilant me rappelait celui du Joker dans *Batman*, allait dans dix minutes frapper à notre porte et, si nous n'étions pas debout et habillées, Gordon, son tendre époux, la suivrait de peu, ses lourdes bottes martelant les marches de l'escalier. Arrivé dans le couloir, il passerait nos chambres en revue. Si nous étions encore au lit, il n'hésiterait pas à nous arracher notre couverture avant de poser sur nous un regard vicieux, nous observant de ses yeux vitreux, ses grosses lèvres retroussées sur une rangée de dents jaunes.

— Tu te crois à l'hôtel ? Tu attends peut-être qu'on te serve le petit déjeuner au lit ? J'ai dû interrompre mon boulot à cause de toi. Ça te fait dix blâmes !

Le visage cramoisi, les veines du cou violacées et prêtes à exploser, il hurlerait au-dessus de nos têtes sans nous laisser placer la moindre parole d'excuse.

Nos noms viendraient alors s'afficher sur le Grand Tableau, un large panneau de liège accroché bien en évidence sur le mur de la salle à manger. Quand on atteignait les vingt blâmes, on écopait d'un jour de retenue dans la chambre pour chaque série de cinq points au-delà de vingt.

Un seul regard à cette pièce minuscule suffisait pour comprendre quelle punition c'était d'y demeurer enfermé. Nous n'avions pas le droit d'épingler quoi que ce soit aux murs, ni photos ni tableaux. Ces mesures étaient censées protéger un papier peint qui semblait néanmoins sur le point de tomber de lui-même. Radios et lecteurs de CD étaient également bannis car les cloisons trop fines laissaient passer le moindre bruit qui, bien sûr, aurait dérangé Gordon ou Louise. Si on avait eu la chance d'arriver ici avec une radiocassette, celle-ci était automatiquement confisquée pour ne nous être rendue que durant les périodes de détente. On se voyait en fait réduits à emprunter de temps à autre les affaires qui nous appartenaient !

Chaque chambre comportait deux fenêtres. Les résidents les plus anciens — dont nous quatre — avaient droit à une vue sur le lac. Il n'y avait pas de rideaux mais de simples stores aux couleurs tellement passées que le tissu laissait filtrer le jour dès l'aube ; et, aucun ne marchant de manière efficace, il fallait, chaque soir, y coincer un crayon pour les garder baissés. On disait qu'en des temps meilleurs les stores étaient décorés de boutons-d'or et que les papiers peints vibraient autrefois de motifs de couleurs vives sur fond jaune pâle. Aujourd'hui, les murs avaient pris une teinte grisâtre sur laquelle les dessins n'étaient plus que des ombres ressemblant à de vieilles fleurs flétries.

Histoire de nous laisser apprécier à quel point nous avions de la chance, Louise aimait à nous décrire Lakewood House telle qu'elle l'avait connu lorsque ses parents et ses grands-parents dirigeaient l'hôtel que c'était alors. Dans la grande salle de récréation, elle déambulait pour s'arrêter près de chacun d'entre nous, puis jetait un regard alentour et, les yeux embués de larmes, lâchait un profond soupir en considérant le chêne usé du parquet, les murs fatigués et la peinture écaillée du plafond.

— A cette époque, mes enfants, cette maison nichée entre deux collines représentait le lieu touristique le plus recherché du nord de l'État de New York, avec son merveilleux lac naturel dont les eaux avaient la limpidité du cristal.

A ces mots, certains des plus jeunes pouffaient de rire. Cela semblait effectivement idyllique. Aujourd'hui, cependant, le lac n'était plus qu'une étendue d'eau saumâtre, bourrée d'algues et de vase et, bien entendu, interdit à la baignade et à la pêche. Au bout de la vieille jetée pourrie et branlante, qui n'inspirait plus guère confiance, étaient encore amarrées deux barques à demi immergées. Si Gordon surprenait l'un d'entre nous à moins de trois mètres du rivage, il ou elle se voyait infliger vingt-cinq blâmes et donc une journée de retenue dans sa chambre. Nul ne savait ce que serait la punition pour une seconde violation des lieux et Gordon laissait à notre esprit le soin de l'imaginer. Peut-être aurions-nous droit au châtiment du tonneau...

Le bruit courait à Lakewood House que Louise et son mari gardaient dans le fond de la maison de vieux tonneaux à saumure; si un pensionnaire se montrait désobéissant, ils l'enfermaient dans l'un d'eux en ne laissant sur le couvercle que quelques trous pour respirer. Ainsi recroquevillé plusieurs jours durant, on ne pouvait se retenir indéfiniment et on finissait par croupir dans sa propre saleté. A la fin de la punition, Gordon couchait le tonneau sur le sol et le faisait rouler sur plusieurs dizaines de mètres avant d'en extirper la malheureuse victime réduite à l'état de zombie.

En entendant cette histoire, les novices étaient morts de peur. Et, lorsqu'ils voyaient Gordon avancer de son pas pesant dans le corridor, ses épaisses mâchoires tombantes et ses yeux couleur de rouille balayant les chambres l'une après l'autre pour y détecter le moindre signe de négligence, ils tremblaient de tout leur corps et retenaient leur souffle. La seule vue de Gordon suffisait à provoquer des cauchemars à vie.

Le fait que cet homme et Louise aient reçu la qualification de parents nourriciers est, comme le dit Crystal, le témoignage criant de la place peu enviable que les orphelins occupent sur l'échelle sociale. C'est ainsi que parle Crystal ; à l'entendre s'exprimer ainsi, on pourrait facilement penser qu'elle est professeur à l'université ou dans une grande école.

Je me frottai les yeux, me passai une main dans les cheveux puis m'assis sur le lit. Rebecca dormait encore profondément, une jambe dépassant de sous la couverture, ses longs cheveux noirs étalés sur son oreiller.

Rebecca était de loin la plus jolie de nous quatre. Avec son visage de madone, elle aurait pu servir de modèle à des artistes, peintres ou sculpteurs. Nous enviions toutes son épaisse chevelure d'ébène, qui brillait comme si une bonne fée l'avait effleurée d'un coup de baguette magique le jour de sa naissance.

— Hé, la Belle au Bois Dormant ! l'appelai-je.

Elle ne broncha pas.

— Rebecca, insistai-je, il est temps de se lever.

Rien, pas même un frisson sur son corps endormi.

Tendant le bras vers mes tennis abandonnés au pied du lit, j'en sortis les chaussettes que j'y avais laissées la veille et les roulai en boule avant de les lancer sur la tête de Rebecca. Cette fois, elle daigna remuer.

— Qu'est-ce que... ? bredouilla-t-elle en soulevant des paupières encore lourdes de sommeil.

Puis elle me regarda, se hissa sur un coude, grimaça et se laissa retomber contre l'oreiller.

— Debout, Miss Marmotte ! lui lançai-je. Debout, avant que notre garde-chiourme n'arrive et ne t'inflige Dieu sait quelle punition.

Je me levai et allai ouvrir le tiroir de la commode pour en sortir deux slips propres. Nous partagions ce meuble, qui avait servi aux tout premiers touristes venus de New York, lorsque les trains ne cessaient de déverser leurs lots de clients et que Lakewood House était cité dans les revues spécialisées comme un gîte de haute qualité.

Pour la centième fois, Louise nous avait raconté, la veille :

— Mes grands-parents, qui avaient démarré ici avec une petite ferme, n'arrivaient pas à joindre les deux bouts et se sont mis à prendre des pensionnaires. Et, petit à petit, l'endroit s'est développé pour devenir un gîte touristique renommé dans toute la région. Mes parents, qui ont repris l'affaire, ont profité de cet énorme succès. Mais, plus tard, avec les changements économiques, Gordon et moi nous sommes aperçus que nous perdions de l'argent et que tout cela devenait inutile. Alors, nous nous sommes dit : « Pourquoi ne pas faire une bonne action en nous proposant comme famille nourricière ? » Et c'est vous, mes enfants, qui avez la chance aujourd'hui d'en bénéficier.

De la chance ? Une bonne action ? Louise et Gordon se souciaient donc d'autres personnes en dehors d'eux-mêmes ? Crystal, qui est assez intelligente pour devenir un jour président — si les femmes pouvaient l'être — nous a raconté qu'ils recevaient de l'argent pour chaque enfant qu'ils hébergeaient, que cet argent augmentait avec l'âge des pensionnaires et qu'ils étaient, pour leur charité, bien entendu exonérés d'impôts !

— C'est samedi, gémit Rebecca. Pourquoi est-ce qu'on ne peut pas dormir plus tard, le samedi ?

— Pose la question à la prochaine réunion des directeurs, lui rétorquai-je. En attendant, tu ferais bien de te dépêcher avant que les autres ne prennent d'assaut les deux salles de bain.

A notre étage, nous partagions la salle de bain avec six autres orphelines. Gordon passait son temps à nous reprocher de faire couler l'eau chaude trop longtemps et nous avions fini par croire qu'il était l'inventeur de la douche froide de deux minutes. Lakewood House possédait son propre puits et il nous menaçait sans cesse de l'horrible éventualité de nous retrouver à cours d'eau et de devoir l'acheminer du lac avec des seaux.

— Je déteste tout ça... marmonna Rebecca.

Je la regardai un instant d'un air surpris, comme si elle avait dit quelque chose de totalement surprenant.

Moi aussi, je détestais tout cela mais ni elle ni moi n'avions le choix : jamais nous n'aurions de parents pour nous dorloter. Crystal, qui était une véritable championne en informatique, passait le plus clair de son temps devant l'unique ordinateur de la maison, sans doute donné par quelque généreuse personne extérieure à l'établissement.

Souvent, elle nous faisait part des merveilleuses informations qu'elle obtenait de cette machine magique, et tout particulièrement celles qui concernaient les enfants de l'assistance. Un jour, elle nous annonça qu'il existait près de cinquante mille adolescents ne vivant plus avec leurs parents et qui, bien qu'ayant été déclarés aptes à l'adoption par les tribunaux, restaient sous la tutelle de l'État et placés dans des établissements spécialisés tels que Lakewood House. Eh bien, bonne chance à eux !

Crystal nous apprit aussi que la population des enfants de l'assistance augmentait trente-trois fois plus vite que celle des États-Unis en général. « Peut-être qu'un jour on prendra le contrôle du monde entier », avais-je alors plaisanté. Sans faire rire personne...

J'enfilai mon slip et m'apprêtais à passer mon jean quand Crystal fit irruption dans notre chambre, le visage blême. Elle portait encore son pyjama, ce qui, chez elle, était totalement inhabituel. Elle était la ponctualité même.

— Qu'est-ce qui se passe ? lui demandai-je sur un ton alarmé.

— Elle nous refait ça ! Et pis encore ! Elle a l'air de... on dirait un morceau de bois pétrifié !

Je me tournai vers Rebecca, qui se leva d'un bond et se jeta sur sa robe de chambre. Toutes les deux, nous suivîmes Crystal vers la chambre qu'elle partageait avec Janet. Et nous trouvâmes celle-ci allongée sur son lit, les jambes repliées contre la poitrine, les poings crispés, les yeux fermés si fort que ses paupières semblaient soudées l'une à l'autre. Elle avait les lèvres violettes tant elle les serrait et son souffle haletant faisait frémir ses narines dilatées.

Nous nous regardâmes un instant, consternées. Ces derniers temps, Janet semblait de plus en plus souvent victime de ces transes. Inutile, d'ailleurs, d'être un éminent psychiatre pour en comprendre les raisons. Elle se sentait seule, fragile, terrifiée à l'idée d'être rejetée ; pour elle, sombrer dans cet état catatonique était comme se glisser dans un cocon.

Crystal, notre psychologue à plein temps, disait que Janet cherchait ainsi à retourner dans le giron maternel. Rebecca pensait qu'elle était folle, mais moi, je la comprenais. Bien que n'en ayant jamais fait part aux autres, je ressentais parfois, moi aussi, un vide étrange, comme si j'avais quitté trop tôt le ventre de ma mère. Et j'éprouvais alors le besoin intense d'aller m'y réfugier.

Je secouai le bras de Janet et son corps entier remua tout d'une pièce.

— Janet, réveille-toi... On est là, avec toi. Arrête, maintenant. Tu sais très bien ce qui va arriver, si tu continues. Si Gordon ou Louise te trouvent dans cet état, ils vont appeler ces fichus infirmiers qui t'emmèneront pour t'enfermer avec les cinglés.

Je la secouai de nouveau mais n'obtins aucune réponse. Crystal s'approcha du lit.

— Nous devons réunir nos forces pour l'aider.

Je regardai du côté de la porte entrouverte.

— Ferme, demandai-je doucement à Rebecca.

Elle m'obéit et nous rejoignit au chevet de Janet. Après avoir écarté le lit du mur, Rebecca et moi nous plaçâmes d'un côté et Crystal de l'autre. Nous nous observâmes un instant puis, comme si nous nous apprêtions à plonger dans l'eau, nous prîmes une profonde inspiration et nous penchâmes en avant jusqu'à ce que nos têtes finissent par se toucher. Ainsi reliées l'une à l'autre, nous commençâmes nos incantations. C'était notre cérémonie secrète.

— Nous sommes sœurs. Nous serons toujours sœurs. Une pour toutes et toutes pour une. Quand l'une est triste, nous sommes toutes tristes. Quand l'une est heureuse, nous sommes toutes heureuses. Nous sommes sœurs. Nous serons toujours sœurs...

Lentement, les yeux de Janet s'ouvrirent et ses lèvres commencèrent à palpiter pour bientôt articuler avec nous nos psalmodies. A la fin de celles-ci, nous relevâmes peu à peu la tête et elle nous considéra toutes les trois d'un air surpris.

— Qu'est-ce qui s'est passé ? demanda-t-elle d'une voix tremblante.

— Tu vas bien, maintenant, la rassurai-je. Allez, on s'habille et on descend prendre le petit déjeuner. Je meurs de faim.

Même si l'idée de joindre nos forces en récitant des incantations était venue de Crystal, c'était en réalité Janet qui nous avait réunies dans un même effort. Personne ici n'était plus vulnérable qu'elle. Crystal restait sa principale protectrice car elle partageait sa chambre, mais Rebecca et moi les protégions toutes deux des autres filles plus âgées qui pouvaient chercher à les dominer ou à profiter d'elles.

Crystal se servait à merveille de son intelligence et de son franc-parler pour clouer le bec à la première qui osait ridiculiser Janet en se moquant de sa petite taille ou de sa timidité. Ainsi, grâce au rempart protecteur que nous avions érigé autour d'elle, les trois sœurs que nous étions pour elle s'étaient unies pour devenir les meilleures amies du monde.

Comme avec les Trois Mousquetaires, Janet avait créé entre nous un lien indestructible. Ce fut ainsi que Crystal nous surnomma les Quatre Orphelines et notre devise devint vite : « Toutes pour une et une pour toutes ! » Elle se comportait vraiment comme une maîtresse d'école.

— L'homme a l'instinct grégaire, aimait-elle à nous répéter. Les communautés religieuses et méditatives favorisent les récitations en groupe. Il est rassurant d'entendre les voix des autres prononcer les mêmes paroles ou articuler les mêmes sons que nous. Le contact physique représente un geste à la fois intime et responsable.

Je n'étais pas sûre de toujours comprendre ce qu'elle voulait dire mais je savais qu'elle avait sans doute raison car ses conseils se révélaient en général efficaces.

Et, une fois de plus, cela avait marché, ce matin, pendant les transes qui avaient saisi Janet.

Mais, secrètement, je redoutais le jour où tout cela n'aurait plus d'effet...

1.

Une lueur d'espoir

Tandis que nous descendions vers la salle à manger pour prendre notre petit déjeuner, je ne pouvais m'empêcher de m'inquiéter au sujet de Janet. Je me demandais aussi par quel coup du sort nous avions dû toutes les quatre subir un tel destin : chacune d'entre nous avait en effet vécu des histoires plus tragiques les unes que les autres.

A l'approche de mes treize ans, j'étais sur le point d'être adoptée par Pamela et Peter Thompson, un jeune couple qui n'avait pas pu avoir d'enfant. Pamela était la femme la plus belle que j'avais jamais vue et, tout en trouvant étrange son désir de se faire appeler par son prénom plutôt que maman ou mère, je fis ce qu'elle me demandait. Les orphelins apprennent très jeunes à tout faire — enfin, presque tout — pour plaire à leurs futurs parents adoptifs.

Pamela, qui avait été une reine de beauté, m'avait choisie parce qu'elle pensait que je lui ressemblais quand elle avait mon âge. Jamais auparavant on ne m'avait dit que j'étais belle ou que j'allais le devenir un jour ; c'est pourquoi, lorsque je sus que Pamela et Peter avaient jeté leur dévolu sur moi pour cette raison précise, je fus stupéfaite. Et très heureuse, aussi. Et, pour la première fois de ma vie, j'osai penser que, peut-être, j'avais des qualités particulières. Que je n'étais pas simplement une petite fille dont personne ne voulait.

Néanmoins, je ne tardai pas à comprendre que ce n'était pas ce que j'étais ou ce que j'avais vécu qui intéressait Pamela mais l'image qu'elle pourrait tirer de moi ou, plus exactement, le personnage qu'elle espérait créer à partir de moi. Le luxe dont elle m'entourait, les beaux vêtements, les leçons de danse et de piano, tout ce qui, au début, m'avait donné l'impression d'être une princesse choyée, devint vite bien trop étouffant à mon gré. Je n'avais pas le droit d'exceller dans les sports que je pratiquais et que j'adorais, ni d'être simplement moi-même.

Alors, peu à peu, tout devint confus dans mon esprit. Je voulais de tout mon cœur plaire à Pamela. N'était-elle pas ma nouvelle maman? Mais je savais aussi que satisfaire à ses exigences signifiait à court terme la perte pure et simple de ma personnalité.

Peter tenta bien de me venir en aide en expliquant à Pamela qu'être bonne en sport ne m'empêchait pas d'être en même temps élue reine de beauté. Mais elle ne voulut rien savoir et se montra de plus en plus exigeante, jusqu'à devenir méchante. Alors, lorsque je compris qu'elle ne voudrait jamais entendre les rêves qui me hantaient l'esprit, je fis la seule chose susceptible de l'ébranler : je pris des ciseaux et tailladai sauvagement mes cheveux. Une chevelure longue et soyeuse qu'elle aimait laver et brosser; une chevelure dont elle était très fière et qui était censée me faire gagner ses chers concours de beauté.

Lorsqu'elle m'aperçut, le visage entouré de mèches totalement inégales, Pamela entra dans une telle rage qu'elle se mit bientôt à suffoquer et déclara, entre deux râles, qu'elle allait avoir une crise cardiaque. Elle ajouta qu'à cause de moi elle allait connaître la honte de sa vie, que je n'étais pas digne de participer à un concours de beauté et encore moins digne d'être sa fille.

Peter, ne trouvant aucun moyen de calmer la fureur de sa femme, décida tout bonnement de me renvoyer au Centre de Protection de l'Enfance, comme si j'étais un jouet défectueux. Voilà comment je me retrouvai destinée à croupir des années dans la Maison de l'Enfer.

L'expérience de Janet avait dû être cent fois pire que la mienne car elle a toujours été pratiquement incapable d'en parler. Nous en avons appris un peu sur elle au fil des mois mais, la plupart du temps, lorsqu'elle essayait de s'exprimer là-dessus ou que quelque chose lui rappelait son passé, elle était aussitôt saisie par une de ses transes.

Sa mère adoptive, Céline Delorice, était une femme d'environ trente-cinq ans qui, des années plus tôt, avait vu s'offrir à elle un brillant avenir dans les ballets classiques. Elle avait épousé Sanford Delorice, un homme d'affaires fortuné, qui la soutenait à fond dans ses ambitions de devenir danseuse étoile. Cependant, peu de temps après leur mariage, Céline fut victime d'un très grave accident de voiture qui la condamna à passer sur une chaise roulante le restant de ses jours. Elle persuada alors Sanford d'adopter un enfant et, ensemble, ils choisirent Janet pour la grâce et la délicatesse de sa silhouette. Céline, obsédée par le désir de voir la fillette devenir la danseuse qu'elle n'avait jamais pu être, l'inscrivit à l'école de ballet le jour même où ils la sortirent de l'orphelinat.

Janet se révéla douée pour la danse, mais sans plus. Elle ne progressa pas autant que Céline l'avait espéré et commença à se bloquer devant la pression, les efforts qu'on lui imposait et la peur de l'échec. Tant et si bien que sa mère adoptive en fit une dépression nerveuse. C'est du moins ce que nous a raconté Janet peu de temps après que Sanford Delorice l'eut ramenée au Centre en prétendant que l'état de son épouse les mettait dans l'impossibilité d'élever correctement un enfant.

Crystal, quant à elle, pensait qu'il s'était passé autre chose, mais jamais elle n'a poussé Janet à en parler car elle savait que notre petite sœur se pétrifiait si elle se sentait forcée de s'exprimer sur son passé.

Malgré sa réserve apparente, Rebecca n'était pas si différente de nous. Elle avait vécu avec sa vraie famille — le frère de sa mère — après que celle-ci eut fait de la prison pour un délit lié à la drogue avant d'être placée dans un centre de réinsertion. Nous n'avons jamais su exactement quelle avait été sa vie auprès de son oncle mais toujours est-il qu'il arriva quelque chose de grave et que Rebecca atterrit un jour ici, à Lakewood House.

Elle fut seulement capable de nous dire que ses parents adoptifs avaient été loin de se montrer compréhensifs, en particulier son oncle. Elle m'avoua aussi que sa cousine Jennifer n'était pas étrangère à tout ce qui avait pu arriver dans cette maison. J'aurais voulu qu'elle me fasse assez confiance pour me raconter ce qui s'était passé mais Rebecca avait le plus grand mal à se fier à quelqu'un, que ce soit Crystal, Janet ou moi-même.

La situation de Rebecca était en fait bien plus compliquée que la nôtre car sa vraie mère était encore de ce monde et l'État interdisait tout bonnement d'adopter un enfant s'il y avait encore la moindre possibilité que celui-ci puisse être rendu à l'un de ses parents.

Crystal était en fait la seule qui avait connu des jours heureux avec sa famille adoptive. Elle n'en parlait pas beaucoup mais, lorsqu'elle s'y mettait, elle décrivait à merveille la passion de Thelma pour les feuilletons télévisés et l'obsession que manifestait Karl pour tout ce qui touchait à l'efficacité et à l'organisation. Il était comptable et considérait que la vie n'était qu'un juste équilibre entre actif et passif. Souvent, il sermonnait Crystal à propos de sa trop grande sensibilité.

Elle reconnaissait que ses parents adoptifs étaient des gens assez sympathiques mais, à la façon dont elle parlait d'eux, je crois pouvoir dire qu'elle estimait qu'ils vivaient tous deux dans un monde imaginaire. Lorsqu'ils furent tués dans un accident de la route, aucun membre de leurs familles respectives ne voulut prendre Crystal en charge et elle dut retourner au Centre d'où elle était venue.

Voilà donc les Quatre Orphelines que nous étions, si différentes les unes des autres et nous attirant pourtant mutuellement, nous sentant en sécurité au sein de notre petit groupe, chacune ajoutant ce qui manquait aux trois autres ou se montrant prête à tout pour protéger ses compagnes.

Je portais d'habitude une salopette et un T-shirt ou un vieux sweat-shirt, avec des baskets élimés que j'adorais. J'avais aussi une paire de chaussures plus « habillées » mais je préférais nettement mes godillots, comme les appelait Rebecca. Je ne quittais jamais le ruban rose que ma vraie mère avait fixé à mes cheveux avant de me donner à ma famille nourricière. Bien sûr, la couleur avait pâli, et je me contentais de l'attacher à mon poignet. Je ne me mettais ni rouge à lèvres ni maquillage et, quand il m'arrivait d'y penser, je préférais le déodorant à l'eau de toilette. Rebecca, elle, était toujours vêtue d'une robe ou d'une jupe et d'un chemisier.

Crystal aussi ne portait que des robes et gardait ses cheveux bruns tirés sur la nuque en chignon boule ou, parfois, en queue de cheval. Elle ignorait tout autant que moi le rouge à lèvres ou le fard à paupières et pouvait se balader la journée entière avec une tache d'encre sur le menton car elle ne se regardait pratiquement jamais dans le miroir.

Janet avait gardé la plupart des vêtements qu'elle possédait lorsqu'elle vivait chez les Delorice : des petites robes au tissu délicat, des tennis multicolores, un joli blouson de cuir rose, un peu comme si sa croissance avait été retardée par son malheur. Et, depuis, elle n'avait pas beaucoup évolué. Elle portait ses cheveux longs et bouclés sur les épaules et ne mettait du rouge à lèvres que lorsque Rebecca l'aidait un peu à se maquiller.

Malgré nos quatre personnalités bien différentes, nous avions pour nous une particularité que toutes les autres nous enviaient. Peut-être était-ce cette façon de réunir nos forces ou ce lien spirituel qui nous unissait. Mais, dans tous les cas, nous avions une puissante foi commune : la foi en chacune des autres.

Heureusement, l'incident avec Janet ne nous avait pas retardées et nous arrivâmes à temps dans la salle à manger pour le petit déjeuner.

A Lakewood House, rien n'avait vraiment changé depuis que l'endroit avait été recyclé en orphelinat. Il y avait toujours ce grand salon qui servait aujourd'hui de salle de détente et dans lequel les clients s'adonnaient autrefois aux cartes, aux dominos ou encore à un jeu dont nous n'avions jamais entendu parler auparavant, le mah-jong. Louise disait que c'était le passe-temps favori des femmes, à l'époque. Elle nous en avait même montré les pièces ornées de délicats idéogrammes chinois, mais nous avions l'interdiction formelle d'y toucher. Gordon et elle attendaient en effet le moment où ils pourraient les vendre au meilleur prix à des antiquaires de la région.

Beaucoup des éléments qui composaient la maison étaient anciens ou avaient tout simplement vécu. L'escalier qui menait à la salle à manger vibrait et grinçait de toutes parts quand nous l'empruntions. Les tuyaux de plomberie grognaient comme de vieilles personnes arthritiques, les battants des fenêtres résistaient quand nous tentions de les ouvrir et, la plupart du temps, les installations électriques ne marchaient pas. Gordon détestait s'occuper de l'entretien du bâtiment et attendait le plus souvent jusqu'au dernier moment pour entamer quelque réparation.

Par exemple, ignorant le danger que cela impliquait, il ne remplaça une marche de l'escalier prête à céder que lorsque l'on annonça la venue d'un inspecteur pour vérifier l'état des lieux. Si quelque chose se cassait dans nos chambres, s'il y avait des problèmes de plomberie, il nous en attribuait la responsabilité et faisait durer la chose le plus longtemps possible.

Assez vite, nous nous sommes rendu compte que Louise avait à peu près aussi peur de Gordon que nousmêmes. Si elle avait l'audace de le contredire devant nous, il lui jetait un regard cruel, son visage prenait une teinte cramoisie, ses yeux brillaient comme des tisons, les veines de son cou et de son front enflaient de façon dramatique et ses mains se serraient en deux gros poings menaçants. Il nous impressionnait toutes car il semblait doté d'une force surnaturelle.

Parfois, lorsque l'envie lui prenait de se donner en spectacle, il laissait ses pensionnaires le regarder abattre un arbre. Armé de sa hache, il cognait comme une brute, sans marquer un seul instant de pause entre le moment où il commençait à frapper et celui où le tronc venait s'écraser sur le sol. Des copeaux dorés volaient tout autour de nous comme des papillons de nuit et le bois, sous la poigne de Gordon, ne paraissait pas plus solide que du papier mâché. Ces démonstrations de puissance marquaient de façon indélébile les esprits des enfants que nous étions. Gare à ceux qui, sans le vouloir, devenaient l'objet de la fureur de ce dragon.

Pourtant, chaque fois qu'arrivaient des invités ou des représentants officiels de l'État, Gordon se métamorphosait en un gentil géant souriant, doux, aimant, protecteur, qui n'hésitait pas à prendre une gamine de sept ans sur ses épaules pour la promener à travers le parc. Et les visiteurs, en voyant un homme aussi puissant se comporter de façon aussi douce, ne pouvaient que s'émerveiller de la chose.

Un jour, il me surprit en train de l'observer avec dégoût alors qu'il nous gratifiait d'un de ses spectacles. Il se tourna vers moi et me fixa d'un regard tellement glacial que j'en eus froid jusqu'aux os et dus m'enfuir en courant, le cœur tremblant d'effroi. Des jours durant, après cet incident, je fis tout pour l'éviter et il parut finalement oublier notre petite altercation mentale.

Aucun des pensionnaires de Lakewood ne semblait avoir d'intérêt pour lui. Il connaissait nos prénoms et savait lequel d'entre nous utiliser quand il voulait montrer aux gens de l'extérieur à quel point il nous aimait et nous protégeait. Mais c'était à Louise qu'il laissait en fait la charge de nous éduquer. Elle seule restait le véritable administrateur de l'établissement; lui n'était là que pour faire la police.

Toutefois, Gordon ne cessait jamais de tanner Louise pour qu'elle garde un minimum de distance entre elle et ses orphelins. Il le lui reprochait d'ailleurs bien haut, devant nous tous :

— Tu en fais trop pour eux, Louise, lui disait-il quand il la sentait qui s'impliquait un peu trop avec l'un d'entre nous. Je te l'ai déjà dit !

Après quoi, elle nous expliquait qu'elle et Gordon avaient reçu des instructions spéciales à notre sujet : éviter toute démonstration d'affection et ne manifester aucun attachement pour l'un ou l'autre des pensionnaires. Notre séjour ici n'était que temporaire et, bientôt, nous allions être rendus à nos vrais parents ou placés dans une famille nourricière. Il ne fallait donc pas que nous soyons tristes en partant d'ici ou que nous redoutions de nous voir intégrés dans un nouveau foyer. La belle affaire ! Qui regretterait de quitter Lakewood House ? Pour ma part, j'étais bien trop heureuse que Gordon garde un peu de distance avec nous et qu'il harcèle toujours Louise pour qu'elle fasse de même.

De temps à autre, elle nous regardait comme si nous étions tous ses rejetons. Sans enfant, elle n'aimait pas l'idée de devoir perdre un jour l'un ou l'autre d'entre nous. Une vraie mère ne pouvait se montrer plus possessive qu'elle mais l'affection à laquelle elle s'abandonnait parfois relevait carrément de la contrebande. Il lui fallait en premier lieu s'assurer que Gordon ne se trouvait pas dans les parages avant de planter un baiser sur le front d'une des filles ou de la tenir quelques instants serrée contre son ample giron.

Louise n'était pas la seule, ici, à vouloir nous donner l'impression de vivre au sein d'une vraie famille. Une très douce vieille femme, qui tenait absolument à ce qu'on l'appelle Grandma Kelly, préparait chaque jour nos repas et réservait toujours à l'un ou à l'autre un mot gentil ou un sourire. Elle vivait dans le village voisin de Mountaindale et avait travaillé pour les Tooey lorsque Lakewood House était encore un hôtel.

Grandma Kelly ne mesurait pas plus d'un mètre cinquante et avait un visage rond aux joues luisantes et rouges, surtout lorsqu'elle travaillait devant sa cuisinière. Ses yeux étaient bleu pervenche et ses cheveux, qui avaient la couleur de l'étain et paraissaient plus bouclés encore que ceux de Janet, étaient la plupart du temps coiffés d'un bonnet de coton blanc. Elle nous racontait qu'elle était arrivée en Amérique à l'âge de douze ans, ce qui ne l'avait pas empêchée de garder un fort accent irlandais. Crystal disait souvent qu'elle lui faisait penser à un farfadet. Et moi d'ajouter :

— Ce serait bien si Grandma Kelly était vraiment un lutin et pouvait nous indiquer un trésor pour qu'on puisse s'enfuir d'ici.

Bien sûr, Crystal ne croyait pas aux contes de fées mais nous nous plaisions à penser que, quelque part, rien que pour nous, était caché un coffre plein d'or.

En rejoignant la salle à manger, ce matin-là, nous plaisantions sur ce que Grandma Kelly avait pu nous préparer pour le petit déjeuner. Tandis qu'un plateau à la main nous faisions la queue, Crystal nous annonça son intention de passer la journée devant l'ordinateur de la bibliothèque.

Rêvant de devenir médecin, elle recherchait le maximum d'informations sur le moyen d'obtenir une bourse d'études. Elle prétendait en effet pouvoir trouver tout ce qu'on voulait sur Internet.

— Tu crois que je pourrai trouver quelque chose pour moi aussi ? la questionnai-je alors.

— Oui, je te l'ai dit. On a fait tout un tas de statistiques sur les orphelins. Chaque année, il y a environ quinze mille sans-famille qui sortent à dix-huit ans d'un de ces établissements avec leur diplôme en poche. Et quarante pour cent d'entre eux bénéficient alors d'une aide sociale.

— Merci pour l'encouragement, Miss Bonnes Nouvelles, marmonnai-je.

— Tu pourrais te marier, aussi, me déclara Rebecca. C'est ce que j'ai l'intention de faire dès que je trouverai un homme assez riche pour subvenir à mes besoins.

— Et pourquoi t'épouserait-il? lui demandai-je avec une moue dubitative.

— Parce que je serai la plus jolie fille qu'il aura jamais connue! répliqua-t-elle en battant coquettement de cils. Et puis, je serai la nouvelle Selena, qui enchaînera un tube après l'autre. Voilà!

Janet éclata de rire et Rebecca la prit dans ses bras avant d'ajouter :

— Il y a quelqu'un qui m'aime, dans ce monde, je le sais. Quant à Janet, elle deviendra une célèbre danseuse étoile; tiens-le-toi pour dit, Crystal, et inscris ça dans tes stupides statistiques.

— Je ne voudrais pas vous décourager, toutes les deux, lui rétorqua Crystal, mais il est excessivement difficile de se faire une place dans le show-biz. Et puis, regarde ce qui est arrivé à Selena.

Pour toute réponse, Rebecca lui tira la langue et prit la main de Janet.

— Ne t'occupe pas de Crystal; on la laisse à ses bougonnements. Elle n'a pas la foi, on dirait. Pourtant, avec la foi, on peut devenir ce qu'on veut!

Les paroles de Rebecca semblaient pleines d'espoir mais je savais qu'elle ne les prononçait que pour rassurer Janet. En fait, elle était encore toute secouée par l'incident de tout à l'heure.

Comme chaque matin, la queue pour se faire servir le petit déjeuner semblait interminable et se prolongeait jusque dans le vestibule. Tout en attendant, nous observions la salle dont les grandes tables se remplissaient peu à peu.

Aux murs, pendaient de vieilles photographies racontant les jours dorés de Lakewood House : c'étaient, en général, des portraits de groupe posant devant le lac ou des hôtes étendus dans des chaises longues, profitant du soleil qui inondait les pelouses du parc. La plupart d'entre eux étaient élégamment vêtus : les hommes portaient veste et cravate, les robes des femmes, dont les jupes descendaient jusqu'aux chevilles, avaient un col montant et des manches en dentelle. Tous, sans exception, montraient un visage au teint pâle et semblaient bien plus âgés qu'ils ne l'étaient en fait.

Les photos familiales abondaient et les orphelins qui vivaient ici aujourd'hui aimaient à contempler ces portraits, un sourire rêveur sur les lèvres ; ils s'imaginaient faisant partie de ces familles unies et heureuses, blottis entre les bras d'une mère, serrant la main d'un père, se tenant tout près d'un frère ou d'une sœur, et possédant même un vrai nom...

A voir ces tableaux sur les murs, il semblait que Lakewood House était un endroit paradisiaque, plein de rires et de musique. Selon Grandma Kelly, les hôtes avaient coutume de se réunir sous la véranda et de bavarder jusqu'aux premières lueurs de l'aube, au son des grillons et des oiseaux de nuit. Il m'est d'ailleurs arrivé, bien que je n'en aie jamais parlé à personne, de croire entendre le rire fantomatique et les pas légers d'un enfant heureux courant à travers la maison, poussant la porte-moustiquaire et dévalant les marches du porche pour aller jouer sur la pelouse parfaitement tondue.

Le vacarme des conversations, le bruit des assiettes et des bols qui s'entrechoquaient, les rires et les cris qui nous accueillirent ce matin-là avaient au moins une centaine de décibels de plus que les jours de semaine. Les plus jeunes savaient qu'ils avaient deux jours devant eux avant de devoir se remettre au travail, le dimanche en fin d'après-midi. Lorsque la journée était belle, quand nous avions terminé nos devoirs, nous jouions au base-ball ou descendions vers le vieux court de tennis — dont le béton était aujourd'hui lézardé — pour une partie de volley. Rebecca et moi étions les championnes de Lakewood et j'étais toujours le capitaine de l'équipe de base-ball.

Louise nous permettait, à nous les Quatre Orphelines, d'emporter un pique-nique et de rester là-bas tout le temps que nous voulions si nous emmenions avec nous quelques-uns des plus jeunes en promettant de les surveiller. Elle nous faisait confiance plus qu'aux autres grandes, même si nous avions des petits avec nous.

Mais, trop souvent durant ces moments de détente, Gordon nous trouvait du travail à faire. Nous devions repeindre une pièce ou l'autre, tondre l'herbe au printemps, ramasser les feuilles en automne, nettoyer les vitres et les sols, aider à la vaisselle et au ménage. On nous expliquait alors que c'était notre maison et que nous devions en prendre soin.

— Vous ne l'apprécierez que davantage, nous répétait Louise pour adoucir quelque peu les corvées qu'on nous imposait.

— Tu n'as pas à justifier ce que je leur donne à faire! aboyait alors Gordon en fixant sur nous un regard noir de colère. Elles doivent travailler pour ce qu'on leur offre ici. Et je ne veux entendre aucune plainte, c'est compris?

Les tâches étaient réparties entre nous tous, à tour de rôle. Ce week-end, aucune de nous quatre ne devait aider à la cuisine.

Enfin, nous pûmes entrer pour prendre nos plateaux. Le réfectoire était une longue et large pièce aux fenêtres immenses, les seules dotées de nouveaux stores car c'était ici que l'on recevait les officiels qui venaient visiter Lakewood House, ou les hôtes de passage. Les tables étaient disposées au fond de la salle, le long des murs, laissant ainsi la place à la file d'attente qui ne cessait de s'étendre.

C'est alors que nous vîmes Meg Callaway rejoindre en vitesse la queue et se coller derrière nous. Agée de quinze ans, elle était grande et maigre et des bagues donnaient à ses dents l'air de gros pare-chocs métalliques. Crystal disait qu'ainsi elle lui rappelait le méchant géant aux dents d'acier, dans un *James Bond*. Meg essayait toujours de se mettre avec nous, de faire partie de notre groupe. Mais, ce qui existait entre nous, elle ne pouvait pas le partager. Sournoise, intrigante, elle était aussi tenaillée par l'envie et la jalousie. Elle conspirait en permanence et essayait à la moindre occasion de nous tourner l'une contre l'autre. Avec elle, les rumeurs se répandaient comme une traînée de poudre car son seul but était de créer des conflits tout en rêvant de se faire passer pour une héroïne aux yeux des autres. Personne ne l'aimait mais beaucoup craignaient que, si elles ne lui montraient pas un peu d'amitié, elles risquaient d'être victimes de quelque méchanceté. Deux fois, en une semaine, je l'ai surprise en train de dérober des objets personnels à des plus jeunes.

— Voilà notre Boucle d'Or et ses trois ours, nous lança-t-elle alors que nous tendions nos plateaux pour nous faire servir.

Elle observa un moment Janet puis ses lèvres se pincèrent avant de dessiner un vilain sourire.

— On dirait que Boucle d'Or a pleuré, aujourd'hui. Quelqu'un aurait-il versé de la colle dans ses chaussons de danse ?

— Rejoins-nous dehors après le petit déjeuner et je te montrerai pourquoi elle pleurait, lui rétorquai-je sur un ton sec.

Aussitôt, son sourire s'évanouit et Meg se tourna vers une fillette de dix ans qui l'accompagnait.

— Prends plus de toasts, je t'ai dit, lui ordonna-t-elle en évitant soigneusement de me regarder.

Nous prîmes nos plateaux pour les emporter jusqu'à notre table, à l'autre bout de la salle.

— Le pain est rassis, marmonnai-je en m'asseyant.

Crystal avala une gorgée de jus d'orange puis nous fit signe de nous rapprocher d'elle.

— Hier, en travaillant sur l'ordinateur, j'ai surpris une conversation entre Grandma Kelly et Gordon. Grandma lui reprochait d'acheter du pain vieux de deux jours sous prétexte que c'est moins cher. Elle disait aussi qu'elle savait très bien qu'il ne choisissait jamais la meilleure viande, non plus. Évidemment, il a tout nié et lui a dit de s'occuper de ses affaires. Elle lui a répondu que la nourriture c'était justement son affaire et il lui a alors suggéré de prendre sa retraite.

— Quel sale type ! s'exclama Rebecca à voix basse.
— Je ne veux pas que Grandma Kelly s'en aille, dit Janet d'une petite voix triste.

Souvent, elle baissait vivement la tête après avoir parlé, comme si elle craignait les réactions que devaient provoquer ses paroles. Sa mère adoptive avait dû être un véritable tyran pour elle.

— Ne t'inquiète pas, la rassurai-je. Elle ne partira pas.

Puis, je demandai à Crystal :
— Personne ne vérifie donc ce qu'il fait ni comment il dépense l'argent qu'il est censé utiliser pour nous ?

Elle haussa les épaules puis resta un instant songeuse avant de répondre :
— A mon avis, il se protège : les factures doivent être trafiquées ou bien il a des arrangements plus ou moins licites avec les commerçants, je ne sais pas...
— On devrait le dénoncer, repris-je sur un ton indigné.

Quasiment couchées sur nos plateaux, nous murmurions entre nous, telles des conspiratrices.

— Si nous le dénonçons, reprit Crystal, il faudra signer notre déposition. Sinon, vous pouvez être certaines qu'il accusera Grandma Kelly puisqu'elle lui a déjà fait des reproches à ce sujet. Mais je crois que personne ici n'a envie de se mettre à dos Gordon Tooey. Je me trompe ?

Comme s'il avait deviné qu'on parlait de lui, Gordon choisit cet instant pour entrer dans la salle à manger. Presque aussitôt, le vacarme diminua. Les mains sur les hanches, il balaya la pièce de son regard sombre, ses yeux plissés ne formant plus que des fentes cruelles. Il portait une chemise blanche dont les manches étaient roulées jusqu'aux coudes et, sur son bras droit, apparaissait le dessin d'un requin aux dents menaçantes, qu'il s'était sans doute fait tatouer durant son service dans la marine.

— S'il y en a qui ont l'intention de glander, aujourd'hui, ils auront affaire à moi ! annonça-t-il. Dès la fin du petit déjeuner, chacun se met à ses tâches de la journée, et en vitesse! On a une inspection dans une semaine et je veux que cette propriété soit nickel-chrome. Vu?

Je me retins de lui crier : « Alors, on brûle tout et on repart à zéro! » Mais je me contentai de baisser le nez sur mon assiette.

Louise arriva tout agitée derrière lui, un sourire mielleux sur le visage. La cinquantaine, elle était assez grande et portait ses cheveux bruns au ras des épaules. Le plus attrayant chez elle, à mon avis, c'étaient ses beaux yeux bleus. Elle avait une façon bien à elle de ne fixer son interlocuteur que par instants très brefs, lui donnant ainsi l'impression de ne jamais obtenir son entière attention. Avait-elle peur de ce que Gordon lui disait? Craignait-elle, en laissant son regard s'attarder un peu trop longtemps sur l'un de ses pensionnaires, de s'attacher à lui et de souffrir de le voir partir lorsqu'il serait adopté?

— Bonjour, tout le monde! lança-t-elle, les mains plaquées l'une contre l'autre. La journée s'annonce magnifique, n'est-ce pas? Alors, nous allons tous nous mettre bien vite au travail et nous efforcer de l'accomplir de notre mieux pour avoir ensuite le temps de profiter du bon air et du soleil. Vous savez, mes enfants, il y a des années de cela, les gens venaient passer des semaines de convalescence dans ces montagnes après une longue maladie comme la tuberculose, par exemple, et ceci parce que nous avons dans cette région l'air le plus pur du pays.

Laissant tomber les mains, Louise se dirigea vers une table pour aider une des plus jeunes à débarrasser son plateau.

— Ce n'est pas du sang qu'elle a dans les veines, murmurai-je, mais du sirop. Je n'arrive pas à les imaginer ensemble au lit; ils sont comme de l'huile et de l'eau. Elle doit sans doute garder les yeux fermés et retenir son souffle pendant tout le temps où il lui fait l'amour...

Rebecca partit d'un rire si puissant qu'elle attira un instant le regard lourd de Gordon. Dans un même élan, nous plongeâmes alors les yeux dans notre bol. Puis, en relevant la tête, nous le vîmes se diriger vers la porte. De la salle s'éleva alors un soupir collectif de soulagement.

— Voilà encore en perspective un joyeux week-end de corvées pour les esclaves de la Maison de l'Enfer, déclarai-je assez fort pour que les filles de la table voisine ne perdent rien de mes paroles.

Certaines se mirent à rire et d'autres lancèrent un regard craintif du côté de l'entrée pour s'assurer que Gordon avait bien disparu.

— Je n'ai pas envie de recommencer à nettoyer cette barrière, maugréa Rebecca. J'espère que ce n'est pas moi qu'il va de nouveau charger de faire ça. Je tousse pendant des jours, quand je respire ces odeurs de peinture.

— C'est parce que c'est très mauvais pour tes poumons, lui fit remarquer Crystal.

— Allez, dis-je alors pour changer de sujet, on finit notre petit déjeuner et on va dehors. Tant pis si c'est pour travailler.

La liste des corvées fut épinglée sur un panneau, dans le vestibule. Je fus chargée de couper l'herbe ; je n'aimais pas cela mais, au moins, cela me permettait de prendre l'air. Crystal et Rebecca devaient ratisser et Janet se vit assigner la tâche d'épousseter et de briquer les meubles de la salle de loisirs.

— Tu crois qu'elle est assez bien pour rester toute seule ce matin, demandai-je à Crystal au moment où nous nous apprêtions à sortir.

— Oui, elle va bien. N'est-ce pas, Janet ?

— Ça va, répondit-elle avec son joli sourire habituel. Ça ira bien.

— Si quelqu'un t'embête, surtout cette Megan Callaway, tu nous le dis, lui recommandai-je.

— Je n'aime pas faire la commère.

— Tu ne fais pas la commère en te plaignant qu'une plus grande que toi vient t'embêter, lui assurai-je.

— Tout le monde est plus grand que moi, ici, se lamenta-t-elle.

Je me tournai vers Crystal. Chaque fois que j'avais besoin d'une réponse, je la cherchais dans ses yeux.

— Tout le monde est plus grand que Grandma Kelly, aussi, lui expliqua-t-elle. Ça ne veut pas dire pour autant qu'elle vaut moins que les autres et que ce n'est pas une excellente cuisinière, tu es d'accord ? Quand tu penses à ce qu'elle est capable de faire avec ce que la vie lui a offert...

— C'est vrai, ajoutai-je. Les bonnes choses finissent toujours par arriver, mais petit à petit.

Je vis le visage de Janet rayonner de nouveau après nos paroles rassurantes.

— On pique-nique, aujourd'hui ! annonçai-je alors. Près du tennis.

En fin de semaine, Grandma Kelly nous préparait des sandwiches. Nous pouvions choisir entre jambon et fromage, beurre de cacahouète et gelée ou œuf mimosa. On ajoutait à cela un petit pack de lait ou de jus de fruits, un morceau de cake ou un cookie et le tour était joué. Ainsi installées sur une grande couverture jetée sur l'herbe, nous nous sentions comme de vraies personnes parties se mettre au vert par un beau week-end ensoleillé. Rebecca détestait quand je disais cela.

— Mais on est des vraies personnes ! me corrigeait-elle d'un ton rageur. Ce n'est pas notre faute si jusqu'ici on ne l'a pas remarqué.

Pour nous, les week-ends prenaient presque l'allure d'auditions. Des parents candidats à l'adoption venaient en visite à Lakewood House et s'entretenaient avec certains des orphelins qu'ils pouvaient choisir d'emmener avec eux. Et le fait de nous faire travailler pour entretenir la propriété était censé nous rendre service car les visiteurs voyaient alors en nous des êtres productifs qui n'étaient pas totalement assistés par l'État.

Aujourd'hui serait donc un samedi comme les autres. A peine nous étions-nous affalées sur la couverture pour prendre notre pique-nique que Louise nous rejoignait, cherchant à parler à Janet.

— Ah, te voilà, lança-t-elle en prenant le ton officiel qu'elle affectionnait dans ces moments-là. Il y a des gens qui sont venus pour toi. Ils ont vu ta photo et voudraient bavarder un peu avec toi.

Chaque fois qu'elle parlait ainsi, je me sentais frémir.

— Des gens... répéta Janet d'une voix blême. Qui ça... ?

— Ils s'appellent M. et Mme Lockhart, lui répliqua Louise. Viens, Janet. Remets un peu ta robe en ordre et suis-moi.

Janet se leva, lissa maladroitement le bas de sa jupe et, nerveuse, se passa la main dans les cheveux.

— Je n'aime pas quand des visiteurs viennent ainsi sans prévenir, murmura-t-elle.

— Mais c'est normal, répliquai-je alors. Les jours de visite sont bien le samedi et le dimanche, non ?

— Tu sais ce que je veux dire, Brenda, me rétorqua-t-elle d'un air exaspéré.

Comme je secouais la tête, Janet ajouta :

— Franchement, il y a des moments où tu n'es pas très coopérative. Tu devrais prendre modèle sur Crystal : elle sait quand elle doit parler et quand elle doit se taire.

— Je parle quand j'ai quelque chose à dire et quand je sais que c'est utile, précisa alors Crystal.

— Vous voyez ? lâcha Louise à qui le côté sarcastique de cette réplique avait totalement échappé. Allons, Janet, tiens-toi droite et cesse de cligner ainsi des yeux ; cela peut faire mauvais effet. Suis-moi, maintenant. M. et Mme Lockhart nous attendent.

Janet s'exécuta, non sans jeter vers nous un regard inquiet. Pour la rassurer, je levai mon pouce bien haut.

— Bonne chance ! lui lança Rebecca sur un ton enjoué.

— Je ne comprends pas pourquoi on n'est pas venu la chercher plus tôt, en fait, dis-je à Crystal et à Rebecca tandis que les deux autres s'éloignaient. Elle est tellement mignonne, douce et vivante...

Repoussant le livre qu'elle avait emporté en même temps que son sandwich, Crystal déclara :

— Chacune d'entre nous a quelque chose de bien particulier, si on daigne prendre le temps de nous observer. Aujourd'hui, les gens viennent adopter un enfant presque comme ils vont faire du shopping. Ils ne voient pas en nous une personne mais seulement un bel objet à acheter et à posséder. Cette maison est comme un grand magasin, pour eux. Et moi, j'en ai assez d'attendre ; j'en ai assez d'être considérée comme une vulgaire marchandise.

Surprise de l'entendre parler ainsi, je me tournai vers Rebecca qui s'exclama aussitôt :

— C'est exactement ce que je ressens. J'ai l'impression d'être une bestiole en vitrine dans une animalerie !

— Eh bien, habitue-toi à ce qu'on te regarde, ma vieille, lui rétorquai-je en souriant. Tu es belle... tout le monde ne voit que toi.

Rebecca prit soudain un ton grave pour répondre :

— Ce n'est pourtant pas l'attention des autres que je recherche ; ou, tout au moins, pas ce genre d'attention. Tu sais bien que j'essaie toujours de faire en sorte que les gens voient clair en moi, qu'ils voient celle que je voudrais être, la chanteuse, celle qui a mille rêves en tête.

— Je plaisantais, Rebecca. On sait très bien que tu ne cherches pas à attirer les garçons ; s'ils te suivent comme des petits chiens, c'est parce qu'ils sont attirés par toi, qu'ils ne peuvent pas faire autrement.

J'en avais trop dit. Rebecca paraissait réellement contrariée, maintenant.

— Pardonne-moi, Rebecca, lui dis-je à voix basse.

— Ce n'est rien. Je sais que vous trois, vous me comprenez. Mais, parfois, je me sens déprimée. Je ne crois pas que je trouverai un jour la personne qui m'aimera pour moi-même, sans idée derrière la tête, sans calculer ce que je pourrais lui apporter.

Crystal et moi échangeâmes un regard attristé. Nous ne connaissions que trop bien ce sentiment de manque, quand on n'a jamais été aimée.

Janet ne fut de retour qu'à la fin de notre pique-nique. Nous étions en train de replier la couverture quand elle apparut, la tête basse, marchant à l'allure d'un escargot. Crystal avait raison en prétendant qu'on nous considérait comme des marchandises.

Comment auditionne-t-on pour obtenir un rôle dans la vie, dans une vraie famille ? Doit-on se forcer à parler correctement ? Doit-on se forcer à sourire en permanence pour que les futurs parents pensent qu'on a un heureux caractère ? Parfois, ceux-ci nous examinent de plus près qu'un médecin et on se demande si on s'est mal lavé derrière les oreilles. Peut-être a-t-on une mauvaise haleine. Peut-être n'a-t-on pas passé de vêtements assez seyants. Et, quelle est la réponse idéale à une question aussi stupide que : « Aimerais-tu venir vivre avec nous ? »

Aimerait-on ? D'après vous, chers parents adoptifs qui voudriez nous acheter comme du bétail ? On détesterait ! On préférerait encore rester ici et n'être personne !

— Ils étaient comment ? demanda aussitôt Rebecca à Janet.

— Ils avaient l'air gentils.

— Vieux ou jeunes ? interrogea Crystal.

— Pas vieux. Elle, elle est très jolie. Elle a de beaux yeux, de ma couleur, et ses cheveux sont blonds et bouclés comme les miens. Elle a dit que je pourrais être sa fille...

— Merveilleux ! s'écria Rebecca. Alors, salut, Janet !

Comme elle prenait soudain l'air affolé, je m'empressai d'intervenir :

— S'ils veulent de toi, Janet, ils t'offriront une maison accueillante. Ils feront tout pour que tu sois heureuse chez eux.

Elle acquiesça en silence.

— Où est-ce qu'ils habitent ? demanda Crystal.

— Près d'Albany.

— Oh, c'est bien. J'imagine qu'ils te mettront dans une bonne école, aussi.

— On ne restera pas ici toute notre vie, tu sais, lui dis-je en la voyant désespérée à l'idée de nous quitter. Rebecca, Crystal et moi, on adorerait avoir ta chance. On est très heureuses pour toi, tu sais.

Janet baissa les yeux. Me croyait-elle quand je lui disais cela ?

— Allez, on va jouer au ping-pong, proposa soudain Rebecca en lui prenant la main.

Il y avait une table, derrière la maison, à laquelle, excepté nous quatre, personne ne semblait prêter beaucoup d'intérêt.

— Je vous retrouve tout à l'heure, nous dit Crystal en récupérant son livre. Il faut que je travaille un peu à la bibliothèque, à cette heure-ci il n'y a pas trop de monde.

Comme Janet tournait vers moi un regard interrogateur, je lui déclarai :

— Quant à moi, je vais faire un peu de base-ball ; ça me fera du bien. Je vous rejoins un peu plus tard.

Nous nous séparâmes donc. Arrivée à la maison, je me dirigeai tout droit vers la petite pièce, derrière le bureau de Louise, où se trouvaient les équipements de base-ball ainsi que les radios et les lecteurs de CD. Comme j'allais y entrer, j'aperçus, par la porte entrebâillée, les Lockhart, le couple qui venait de s'entretenir avec Janet.

Ils avaient effectivement l'air sympathiques. Jeunes, bien habillés, ils paraissaient heureux et prêts à choyer une personne aussi douce que Janet. Les murs étaient si peu épais qu'en collant l'oreille contre la cloison, il me fut facile d'entendre ce qu'ils disaient. J'espérais ainsi surprendre une conversation agréable que je m'empresserais de rapporter aux autres.

— Je comprends parfaitement ce que vous ressentez, leur disait Louise. C'est vrai qu'elle est adorable. Cependant, je dois quand même vous donner un peu plus de renseignements à son sujet afin que vous n'ayez pas de mauvaises surprises.

— De mauvaises surprises ? répéta la jeune femme, intriguée.

35

— Eh bien, disons que le mot « difficultés » serait peut-être plus approprié. Depuis quelque temps, Janet voit de plus en plus souvent le psychothérapeute. Je vais vous lire un passage de son rapport : « Janet souffre d'un complexe profond d'infériorité. Ses attaques catatoniques en sont la conséquence directe. Elle se cloître alors dans l'immobilité, se ferme totalement au monde extérieur, hantée par la peur de se voir rejetée. »

— Catatoniques ? Cette petite fille... ?

— Oui, hélas. Plusieurs fois, j'ai dû appeler des infirmiers pour lui venir en aide.

J'en restai bouche bée. Jamais Louise n'avait fait venir d'infirmiers. Pas une seule fois.

— Ô mon Dieu... lâcha la jeune femme.

Sa déception semblait si forte que je crus voir la résignation s'installer en elle. Déjà, elle commençait à battre en retraite.

Hors de moi, je sortis du cabinet attenant au bureau de Louise et montai l'escalier d'un pas rageur en direction de la chambre de Crystal, espérant l'y surprendre avant qu'elle ne descende à la bibliothèque. Quand elle m'aperçut, elle laissa tomber son sac de bouquins sur le lit.

— Qu'est-ce qu'il y a ? demanda-t-elle vivement.

— Louise est en train de saboter l'avenir de Janet, voilà ! Je l'ai entendue étaler devant ses futurs parents adoptifs tous ses problèmes psychologiques. Elle la fait passer pour une dingue, sujette en permanence à des transes catatoniques et qui a besoin d'une surveillance médicale constante.

Crystal se contenta de hocher la tête d'un air pensif.

— Mais pourquoi leur faire croire ça ? lui demandai-je.

— C'est simple. Je t'ai déjà dit que les familles nourricières, comme le sont les Tooey, reçoivent davantage d'argent au fur et à mesure que les enfants dont ils ont la charge grandissent. Donc, plus le système tarde à trouver des parents adoptifs pour ces orphelins, plus l'argent entre dans les caisses des établissements comme Lakewood. Crois-moi, nous sommes une véritable machine à sous pour Louise et Gordon.

— C'est affreux ! Comment Louise peut-elle se servir de nous ainsi ?

— Je crois que, dans son cas, c'est plus compliqué. Elle déteste radicalement le fait de nous voir partir. Gordon n'en a qu'après l'argent mais Louise nous aime, à sa façon. Elle nous prend un peu pour ses propres enfants.

— Mais quel est l'intérêt de nous aimer si c'est pour faire de nous des prisonniers ou des enfants dont l'image correspond exactement à ce qu'ils désirent ?

J'avais déjà vécu cela, auparavant, et voilà que tout recommençait...

— Tu as une solution à proposer ? interrogea Crystal.

Je restai songeuse un moment puis lui déclarai :

— Oui.

— Laquelle ?

— On s'enfuit d'ici. Toutes les quatre.

Contrairement à ce que j'aurais pu croire, Crystal n'éclata pas de rire. Au lieu de cela, elle me jeta un regard intense puis secoua la tête.

— J'irai à la bibliothèque un autre jour, lâcha-t-elle avec un soupir. En attendant, on ne dit surtout rien à Janet de ce qu'a raconté Louise aux Lockhart : elle serait trop triste d'apprendre qu'elle risque de ne jamais partir d'ici. On ne lui parle pas non plus de ton idée de fuite... pour le moment.

— Mais, tu sais, je suis sérieuse, Crystal.

Pour toute réponse, elle me tourna le dos et se mit à regarder par la fenêtre.

J'étais vraiment sérieuse. Il ne me restait plus à présent qu'à convaincre les autres.

2

De justesse

A la fin de leur partie de ping-pong, Rebecca et Janet descendirent jusqu'au terrain de softball. Dès que j'en trouvai l'occasion, je pris Rebecca à part et lui racontai dans le détail les propos de notre chère « mère ». Saisie d'une fureur indescriptible, elle n'eut alors plus qu'une idée en tête : débouler dans le bureau de Louise et lui faire cracher tout ce qu'elle venait de dire aux Lockhart.

— J'ai envie de tout démolir chez elle et de lui arracher les cheveux! menaça-t-elle d'une voix vibrante de colère.

— Moi aussi, j'aimerais bien, mais c'est impossible. Je ne veux surtout pas qu'elle se rende compte que j'ai surpris leur conversation. Et puis, c'est à Gordon qu'on risque d'avoir affaire, ensuite. Tu sais ce que ça veut dire...

Le seul fait d'imaginer Gordon Tooey en rage suffit à apaiser l'ardent tempérament de Rebecca. En hiver, lorsqu'il faisait très froid et qu'on pouvait voir son souffle tiède s'échapper de ses narines, il nous faisait immanquablement penser à un dragon en furie. Ma petite sœur se calma donc et se contenta de maugréer :

— Franchement, ce n'est pas juste. On devrait pouvoir en parler à quelqu'un.

— Et tu crois qu'on nous écoutera? Notre seul espoir est encore de nous enfuir d'ici et d'apprendre à vivre par nous-mêmes.

— Nous enfuir? répéta-t-elle, les yeux écarquillés de stupeur. Mais... ce n'est pas une mauvaise idée, après tout.

Paraissant un peu déçue de ne pas y avoir pensé toute seule, elle ajouta :

— Oui, c'est même une très bonne idée.
— Attends, on n'en parle pas tout de suite, lui conseillai-je cependant. Il faut d'abord mettre au point un plan précis avant de se lancer dans l'aventure.
— Tu es sérieuse, Brenda ? me demanda-t-elle en souriant. Tu m'as l'air diablement déterminée, en tout cas.

Elle nous annonça alors qu'elle montait se préparer dans sa chambre car elle allait au cinéma avec Gary Davis, un garçon de notre âge qui n'était pour elle rien de plus qu'un ami.

A partir de seize ans, nous avions le droit de sortir, mais il fallait impérativement être rentré avant vingt-trois heures, le couvre-feu étant observé de très près. Si l'on violait une des règles imposées par la maison, il nous était alors interdit de mettre le pied dehors pendant un mois sinon deux. Crystal et moi étions déjà sorties ainsi avec des amis mais Janet se montrait très nerveuse dès qu'un garçon lui proposait de l'emmener quelque part.

Rebecca essayait toujours d'arranger des rendez-vous à plusieurs, ce que je n'avais jamais réellement compris jusqu'à ce que Crystal m'explique qu'elle n'aimait pas se retrouver seule avec un garçon. Comme je lui demandais alors pourquoi Rebecca acceptait malgré tout de sortir avec eux, Crystal me répondit qu'elle faisait sans doute partie de ces optimistes qui passaient leur temps à tenter de découvrir le bon côté des autres.

Rebecca étant celle qui sortait le plus souvent, elle nous abreuvait en permanence de conseils sur les garçons, pour que nous apprenions à savoir s'ils étaient sincères ou s'ils ne cherchaient qu'à se procurer des frissons. Elle avait aussi mille façons de se débarrasser de ceux qui tentaient d'aller trop loin et, apparemment, son expérience lui avait appris à ne pas se laisser faire. Elle disait que la moitié des amis qu'elle voyait méritaient aisément le surnom de Pieuvre.

A l'époque où j'ai eu un gros faible pour Bobby Sanders, un garçon appartenant à mon équipe de tennis, j'avais constaté avec tristesse qu'il ne m'adressait jamais la parole. Après en avoir demandé la raison à Rebecca, elle m'avait répondu que c'était sans doute dû au fait que je ne le laissais jamais gagner lorsque nous jouions ensemble.

— Les garçons ont horreur qu'une fille se montre meilleure qu'eux en sport, m'avait-elle expliqué. Ça froisse leur ego, tu comprends ?

— Mais j'essayais d'ajouter un peu de piquant au match, c'est tout.

— Non, Brenda, avait-elle corrigé avec un sourire. Tu voulais absolument gagner. Tu joues toujours pour gagner, tu le sais très bien.

C'était vrai, je ne pouvais pas le nier. Rebecca avait raison, ce n'était pas mon genre de jouer les perdantes. Mais cela me mettait-il dans l'impossibilité de trouver quelqu'un à aimer et qui me rendrait cet amour ?

En tout cas, j'avais horreur de poser ce genre de question à Crystal. Elle ôtait alors ses lunettes, en nettoyait les verres, se mettait à réfléchir puis commençait à me décrire la façon dont s'accouplaient les baleines, ou partait dans d'incroyables explications scientifiques qui n'avaient rien à voir avec le sujet.

— Ne me bassine pas avec les habitudes des animaux, me mettais-je alors à ronchonner. Les êtres humains, ce n'est pas la même chose...

— Nous ne sommes pas si différents des animaux, tu sais, me répliquait-elle avant de se lancer dans un interminable monologue sur la comparaison entre l'évolution humaine et animale.

Au bout de quelques instants, je trouvais toujours une excuse pour filer avant qu'elle ne me fasse passer un test.

Il était plus facile de vivre par procuration au travers de Rebecca, plus facile d'attendre dans mon lit qu'elle rentre pile avant onze heures puis, tandis qu'elle se déshabillait, de l'écouter me décrire sa soirée dont les images se formaient peu à peu devant mes yeux. Elle aimait à peu près autant me raconter ses rendez-vous avec tel ou tel garçon que j'aimais l'écouter parler. Pourtant, lorsqu'elle rentra de sa séance de cinéma avec Gary, cette nuit-là, je sus tout de suite que quelque chose n'allait pas.

— Je ne sais pas ce qui lui a pris, ce soir, lâcha-t-elle sur un ton irrité. En fin de compte, j'ai bien l'impression qu'il n'est pas différent des autres. Il avait les mains partout sur moi, tu imagines ? Et quand, finalement, je me suis décidée à le repousser, il a rigolé.

Elle laissa échapper un profond soupir avant d'ajouter :

— Il a dit que tout le monde savait quel genre de fille j'étais et ce que je valais. Il a même prétendu connaître des histoires à mon sujet !

— Quelles histoires ? Ça veut dire que les garçons se raconteraient entre eux des mensonges sur toi ?

J'étais tellement hors de moi que je regrettais de ne pas être auprès de Gary en ce moment pour lui dire ce que je pensais de lui et des imbéciles qui prétendaient être ses amis.

Rebecca inspira profondément puis se lança :

— Tu sais, Brenda, quand j'étais plus jeune et que je vivais avec ma mère, j'ai toujours juré que je ne serais jamais comme elle. Chaque fois qu'elle amenait un nouvel homme à la maison, je la détestais un peu plus, non pas pour ce qu'elle m'infligeait mais pour le tort qu'elle se faisait à elle-même. Je n'ai jamais pu comprendre pourquoi elle agissait ainsi.

Rebecca vint s'asseoir sur le bord de mon lit puis continua :

— Plus tard, quand je suis arrivée ici et que j'ai pu reprendre l'école, je n'ai pas apprécié du tout qu'on nous appelle les « orphelines », les « filles de l'assistance » comme si nous étions des êtres inférieurs. Puis, je me suis rendu compte que j'attirais les garçons et à quel point il était facile de me sentir « quelqu'un » en me sachant plus séduisante que les autres filles. C'est vrai que je joue un peu là-dessus, maintenant, mais je me sens tellement mieux, presque puissante, parfois ; je ne suis plus une de ces « orphelines » si méprisables, tu comprends ? Et, souvent, je me dis que si ma mère agissait ainsi, c'était sans doute pour ne pas se sentir insignifiante. Je sais que ça ne veut rien dire pour toi mais peut-être qu'elle essayait d'attirer l'attention sur elle. Elle appelait au secours, elle voulait qu'on la voie... Et puis, elle a fini par se laisser prendre à ce jeu — qui n'en était pas un — la boisson, la drogue et tout le reste.

Rebecca me prit soudain la main et plongea son regard dans le mien :

— Ça ne m'arrivera pas à moi, Brenda, sois-en sûre. Mais je n'ai pas pour autant honte de constater que les garçons me regardent et qu'ils me désirent. Et puis, je crois que je ne hais pas ma mère à ce point. J'ai changé, je pense. On change toutes, n'est-ce pas ?

— C'est cet endroit qui nous change, lui dis-je, incapable de lui cacher mon amertume. Je ne te reproche pas de t'afficher, Rebecca, mais souviens-toi que ça peut être très dangereux.

— Je sais. Gary dit que la plupart des garçons avec qui je suis sortie prétendent qu'on est allés jusqu'au bout. Ce n'est pas vrai, je peux te le jurer. C'est ce qui fera toujours la différence entre ma mère et moi. Il faudra que j'aime vraiment un homme pour me donner à lui. Ces imbéciles inventent tellement d'histoires... Ça me dégoûte. Je voudrais qu'on m'aime mais je ne veux pas avoir pour cela une mauvaise réputation.

— Ne fais pas attention à ce qu'ils disent, Rebecca. Tu sais qui tu es et ce que tu vaux. Les gens qui nous aiment, ceux qui sont sérieux, ceux-là sauront comprendre.

— Tu crois ? On est des orphelines, Brenda. On n'a personne pour nous défendre. Ce que nous sommes n'a aucune importance, finalement, comparé à la façon dont les gens nous voient. C'est comme un sort qu'on nous aurait jeté et dont on ne pourra jamais se débarrasser.

Les yeux baissés, Rebecca ajouta :

— Et on n'a rien fait pour mériter ça.

Incapable de répondre quoi que ce soit, je la regardai se lever et se déshabiller. Puis, sans un mot, elle se coucha.

Tout en sentant le sommeil me gagner, je me demandais si elle avait raison. Sincèrement, j'espérais que non.

Durant la semaine qui suivit, Janet ne reçut pas la moindre nouvelle de ses éventuels parents adoptifs. Puis, enfin, un matin, lors du petit déjeuner, Louise s'arrêta devant notre table et annonça platement à notre petite sœur que les Lockhart ne pouvaient pas la prendre avec eux.

— Ils ne se sentent pas prêts à élever un enfant, lui expliqua-t-elle. Mais, ne t'en fais pas, ma chérie, un jour un gentil couple viendra te voir et t'emmènera.

Puis, nous regardant tour à tour, elle ajouta :
— Et vous aussi.
— Ce n'est pas l'impatience qui nous ronge, ironisai-je alors.
— Ça, c'est une mauvaise attitude, Brenda. Montre-toi positive, plutôt.
— Mais je suis positive.

Rebecca me coula un regard amusé et sourit.

Quelque peu embarrassée, Louise s'éloigna pour s'approcher d'une autre table et montrer à une plus jeune comment se servir de ses couverts.

Janet avait l'air anéantie par la nouvelle. Les yeux baissés, elle jouait machinalement avec sa nourriture, poussant son œuf d'un côté de l'assiette puis de l'autre. Nous nous observâmes un instant toutes les trois puis Crystal se lança :

— Ne sois pas triste, Janet. S'ils ne veulent pas de toi, c'est qu'ils n'auraient pas été de bons parents pour toi. Ne regrette rien. Tu ne voudrais tout de même pas te retrouver avec des gens qui se trompent sur toi, n'est-ce pas ?

Levant vers nous un regard brillant de larmes,

Janet secoua la tête. C'était un peu comme si nous quatre en même temps avions été rejetées de nouveau.

— Tu sauras tout de suite quand se présenteront des gens faits pour toi. Il se créera alors une sorte d'alchimie entre vous, qui ne trompe pas. Tu auras un peu l'impression de les connaître depuis ta naissance.

Crystal allait décidément faire un excellent médecin. Elle savait si bien s'y prendre pour remettre quelqu'un d'aplomb et lui rendre un peu de bonne humeur.

— Ils m'aimaient, murmura Janet. Et je les aimais aussi. Ils avaient l'air gentils.

— S'ils ont changé d'avis, c'est qu'ils n'étaient pas faits pour toi, Janet, fis-je en écho. Tu as entendu ce que Crystal a dit. Elle a raison.

Bien sûr, il n'était pas question de lui raconter la manière odieuse dont Louise avait saboté ses chances. Sans espoir, elle risquait de se replier encore plus sur elle-même. J'étais bien placée pour le savoir car c'était ce que je ressentais aussi.

— D'autre part, ajoutai-je en souriant à l'adresse de Rebecca, je voudrais vous dire que je pense sérieusement à quelque chose...

— Non, intervint Crystal.

— Ne t'en fais pas. Je n'en parlerai pas tant que je n'aurai pas mis sur pied un plan précis et sérieux.

— Pour faire quoi ? demanda Janet que ces conciliabules intriguaient.

— Pour...

— Brenda ! coupa Crystal en me fixant d'un air sévère.

— Sois patiente, dis-je à Janet. C'est une surprise.

— Attention, Brenda, me dit Crystal, les fausses promesses peuvent faire très mal.

— Elles ne seront pas fausses, lui assurai-je.

— Je suis avec toi, déclara Rebecca en tournant son regard d'ébène vers Crystal.

— Tu m'en vois très étonnée, observa celle-ci en haussant les sourcils.

Nous achevâmes notre petit déjeuner dans un silence vaguement embarrassé.

C'était notre dernière semaine de classe et nous passions le plus clair de notre temps à réviser nos examens de fin d'année. Il régnait à Lakewood House l'agitation typique de cette période précédant les vacances. Les pensionnaires les plus âgés ne rêvant qu'à se trouver un travail d'été, les sociétés, les commerçants et les bureaux d'études adressaient à Louise des offres d'emploi qu'elle s'empressait d'épingler sur le panneau des annonces générales. Ceux qui étaient intéressés par un job remplissaient alors un formulaire que notre tutrice renvoyait à qui de droit.

Ces offres d'emploi intervenaient après des accords passés entre les entreprises et l'État afin d'aider les jeunes à entrer dans la vie active. Pour nous, cela ressemblait plus à de la charité, les directeurs de ces sociétés pouvant ainsi se vanter d'employer des orphelins.

Crystal, Rebecca et moi-même avions travaillé l'été dernier et il nous restait à chacune un peu d'argent sur notre compte. J'avais alors une idée précise de l'usage que nous en ferions mais il fallait avant tout réussir à convaincre Crystal. Et je savais que, sans elle, Janet refuserait de se joindre à nous. Et puis, malgré son pessimisme et sa manie de nous faire la morale, je l'aimais vraiment. Je les aimais toutes les trois et c'était réciproque.

Ce vendredi soir, le dernier week-end précédant les examens, Louise monta nous voir avant le dîner et fit irruption dans la chambre de Crystal et de Janet. Rebecca et moi venions de nous replonger dans nos révisions quand nous entendîmes ses cris derrière la cloison.

— Vous savez que les cigarettes sont interdites à Lakewood House ! hurlait-elle aux deux filles. Gordon ne supporte pas ça. Cette maison peut prendre feu en quelques minutes.

— Mais, on n'a pas de cigarettes, protesta Crystal. Aucune de nous ne fume. On sait que c'est très dangereux pour la santé.

— Bien sûr qu'elle ne fume pas, commentai-je en

riant après les avoir rejointes à l'entrée de la chambre. Ce serait bien la dernière à avoir des cigarettes sur elle. D'ailleurs, elle n'arrête pas de nous faire la morale à ce sujet. Si vous preniez la peine de nous regarder vraiment et de nous voir telles que nous sommes, vous vous en seriez aperçue.

— Mêle-toi de ce qui te regarde, Brenda, ou je te donne dix blâmes, rétorqua Louise d'un air furieux.

Puis elle se retourna vers Crystal et la pauvre Janet qui se tassait lentement au fond de sa chaise. Déjà, je voyais qu'elle commençait à hyperventiler.

— C'est aussi désagréable pour moi que pour vous, continua Louise. J'aurais préféré que vous ne me mettiez pas dans cette situation mais n'oubliez pas que je vous sers de parent...

— Pourquoi faites-vous ça, Louise ? lui demandai-je alors. Qui vous a dit que Crystal et Janet fumaient ?

— Ne t'occupe de ça, me rétorqua-t-elle. Retourne dans ta chambre. Toi aussi, Rebecca.

Comme celle-ci s'avançait vers Louise avec l'air déterminé que je lui connaissais trop bien, je la saisis par le bras et lui dis :

— Attends, elle ne va pas tarder à comprendre qu'elle s'est complètement trompée.

Sans crier gare, Louise traversa la chambre, se dirigea droit vers l'étagère de Crystal dont elle se mit à ôter un à un tous les livres, pour finalement découvrir un paquet de cigarettes. Elle le prit entre le pouce et l'index comme si c'était de la pourriture.

— Et ça, tu peux me dire ce que c'est ?

Les yeux exorbités, Crystal secoua la tête sans rien comprendre.

— Je ne sais pas comment c'est arrivé là, articula-t-elle d'une voix blanche.

— Peut-être en marchant, railla Louise avant de se tourner vers Janet, cramoisie de peur. Ça vous fera vingt blâmes. Vous serez toutes les deux consignées dans votre chambre pour le week-end.

— Mais je dois aller à la bibliothèque demain pour utiliser l'ordinateur, se lamenta Crystal.

— Eh bien, tu n'iras pas demain. Allez chercher votre repas toutes les deux et revenez ici. Vos noms seront affichés sur le tableau et personne ne devra entrer dans votre chambre.

Ce disant, Louise ne manqua pas de nous fixer, Rebecca et moi.

— Vous savez très bien que quelqu'un a caché ce paquet sur l'étagère de Crystal, lui dis-je alors. Les cigarettes ne l'intéressent pas et il est impossible de croire que ça puisse venir de Janet.

— Alors, c'est toi qui les y as mises, Brenda? me demanda-t-elle en me transperçant du regard comme si elle cherchait à lire en moi.

— Bien sûr que non, Louise. Aucune de nous ne fume. Vous devez nous croire.

— Je vous conseille plutôt à toutes les deux de regagner votre chambre. Sinon, vous aussi recevrez vingt blâmes.

Je m'apprêtais à lui répondre lorsque les pas lourds de Gordon résonnèrent dans le corridor.

— Qu'est-ce qui se passe, ici? gronda-t-il de sa voix de stentor.

— Rien... rien du tout, lui répondit Louise. Tout va bien.

Elle paraissait terrifiée par sa présence. Son regard mauvais passa de Rebecca à moi, puis il fixa un instant sa femme avant d'apercevoir les cigarettes.

— A qui est-ce? interrogea-t-il sur un ton qui n'annonçait rien de bon.

— Je m'en occupe, Gordon, reprit-elle doucement. Tout est arrangé. Les coupables ont été punies.

— Heureusement qu'elles ont eu affaire à toi et non à moi, maugréa-t-il, les mâchoires serrées.

Gordon semblait en permanence consumé par toutes sortes de rages. Un jour, il allait finir par exploser. Comme le disait Crystal, c'était un combustible ambulant.

Il passa devant nous et s'éloigna dans le couloir, ses bottes martelant aussi fort que d'habitude le vieux parquet de bois. Chacune de nous, Louise y compris, lâcha un soupir de soulagement.

— Ce n'est pas juste, déclarai-je.

J'allais en dire plus quand je vis Crystal secouer la tête et me fixer d'un air suppliant.

— C'est ridicule, me contentai-je donc de marmonner avant de quitter la pièce en entraînant Rebecca avec moi.

Quelques instants plus tard, après nous être assurées que Louise était partie, nous nous glissâmes toutes les deux dans la chambre de Crystal et de Janet. Encore sous le choc, l'une semblait être devenue muette tandis que l'autre rangeait ses livres avec des gestes rageurs.

— Il faut absolument que j'aille à la bibliothèque, lança-t-elle sans nous regarder lorsqu'elle nous entendit entrer. J'ai besoin de l'ordinateur pour compléter mes dossiers.

— Inscris-moi tout ce dont tu as besoin, lui proposai-je, et j'irai à la bibliothèque à ta place.

Elle se laissa tomber sur sa chaise.

— Qui est-ce qui a bien pu nous faire ça? lâcha-t-elle alors.

Elle semblait totalement déroutée par la vitesse à laquelle les événements se précipitaient.

— Oh, je crois que ce n'est pas difficile à deviner, lui répliquai-je. C'est, à coup sûr, notre adorable Megan Callaway. Ça fait plusieurs jours qu'elle complote une vengeance contre nous, surtout après l'affront que je lui ai fait subir dans la salle à manger, l'autre jour.

— Alors, pourquoi ce n'est pas dans ta chambre qu'elle a mis les cigarettes?

— Elle a dû penser que ça vous ferait plus de mal qu'à moi et à Rebecca d'être consignées. Et elle sait parfaitement que ce qui vous touche toutes les deux nous touche autant.

— Je déteste cet endroit, répéta-t-elle pour la centième fois. Il va finir par faire de nous des... monstres.

— Je m'occupe de Megan, annonçai-je avec force.

— Ça ne changera rien pour moi, maintenant, se lamenta Crystal sur un ton désabusé.

— Je ne veux pas rester enfermée ici toute la journée, intervint Janet d'une voix fluette. Surtout quand il fait beau dehors. Les petites fleurs ont besoin de soleil, c'est ce que ma grand-mère disait toujours...

— Réfléchis à ce dont je t'ai parlé l'autre jour, Crystal, lui conseillai-je en plongeant mes yeux dans les siens.

Elle me considéra un instant, regarda Janet puis retourna à ses livres.

Attirées par le bruit, plusieurs filles étaient sorties de leur chambre et discutaient entre elles en espérant apprendre ce qui s'était passé. Megan avait beau se trouver au bout du couloir, je pus aisément lire la satisfaction qui se dessina sur son visage quand les autres lui firent passer la nouvelle.

— Je vais lui parler, déclarai-je soudain à Rebecca. Je vais lui dire qu'on ne va plus la lâcher, maintenant !

Mais elle me retint fermement par le bras.

— Attends, j'ai une autre idée, murmura-t-elle. Viens avec moi.

Intriguée, je la suivis dans le corridor puis dans l'escalier, jusque dans la pièce de rangement située derrière le bureau de Louise. Là, Rebecca alluma la lumière et m'indiqua de la tête l'appareil Polaroïd de Patty Orsini.

— Il y a une pellicule dedans. Elle garde les deux ou trois dernières photos pour une occasion spéciale. C'est elle qui me l'a dit, hier.

— Et alors ?

— Je sais ce que ça va être, cette occasion spéciale, m'assura-t-elle avec un sourire entendu avant de s'emparer de l'appareil.

— Tu sais que tu risques au moins cinquante blâmes pour ça ?

— On ne fait que l'emprunter, c'est tout. Ne t'inquiète pas.

Elle fourra le Polaroïd sous son chemisier et nous battîmes prudemment en retraite jusqu'à notre chambre, où elle me fit part de son plan.

— Rebecca, tu es démoniaque ! m'exclamai-je, tout excitée par son idée.

Comment n'y avais-je pas pensé plus tôt ?

Ravie de son effet, elle se dirigea vers la porte que nous avions laissée entrouverte. Les filles attendaient leur tour pour faire leur toilette avant de se coucher. Megan Callaway, comme d'habitude, sortit de sa chambre avec une serviette. Elle avait enfilé un peignoir et partait se doucher. Dès qu'elle se fut enfermée dans la salle d'eau, Rebecca me fit signe et nous nous glissâmes toutes les deux dans le corridor. L'oreille collée à la porte, nous écoutâmes. Lorsque nous entendîmes couler l'eau, Rebecca glissa lentement sa carte de bibliothèque entre la serrure et le montant puis poussa sur le battant qui s'ouvrit.

L'appareil à la main, j'entrai sans bruit à la suite de Rebecca qui, d'un seul coup, ouvrit le rideau de la douche. Aussitôt, sans lui laisser le temps de réagir, je pris une photo de notre chère Megan, nue comme un ver. L'angle de prise de vue était excellent, de face, ne cachant rien de l'anatomie de la demoiselle ni de son visage aux yeux exorbités de stupeur.

Saisies d'un fou rire quasi hystérique, nous retournâmes en vitesse dans notre chambre, refermâmes la porte derrière nous et attendîmes en trépignant d'impatience que le film Polaroïd se développe. L'image apparut enfin, claire et parfaite de netteté.

Nous tenions notre revanche.

Fébrilement mais non sans prendre mille précautions, nous redescendîmes l'appareil pour le ranger dans le cagibi où nous l'avions trouvé. Puis nous remontâmes en hâte afin de montrer notre trophée à Crystal et à Janet.

— Et si ce n'était pas Megan qui a caché les cigarettes chez moi ? demanda-t-elle soudain.

— Je suis sûre que c'est elle, lui répondis-je. Et puis, en admettant que ce ne soit pas elle, Megan est certainement, d'une façon ou d'une autre, impliquée dans ce coup monté.

— Je crains que ça ne nous attire des ennuis encore plus graves, tu ne crois pas ?

— Au point où nous en sommes, ça m'est complètement égal, lui répondis-je en toute honnêteté.

Comme Crystal tournait un visage inquiet vers Janet, je m'empressai d'ajouter :

— Ne t'en fais pas, ni elle ni toi ne serez impliquées dans notre petite farce. C'est notre affaire, à Rebecca et à moi.

Megan n'avait aucune idée de ce que nous lui préparions mais nous savions qu'elle irait certainement se plaindre à Louise. Nous cachâmes donc la photo sous un pan décollé du papier peint, derrière mon lit, en sachant pertinemment qu'une fouille méthodique de notre chambre ne révélerait rien. Pourtant, et pour notre plus grande surprise, Megan ne rapporta pas un seul mot de sa mésaventure à Louise.

Le lendemain, je mis notre plan à exécution. En entrant dans la salle à manger, je vins m'asseoir à table à côté de Megan.

— Ta blague d'hier soir n'était pas drôle, me dit-elle en évitant mon regard.

— Elle n'était pas censée l'être, lui rétorquai-je avant de lui tendre la photo polaroïd.

A cette vue, elle blêmit puis son visage vira peu à peu au cramoisi. Comme elle restait muette, je poursuivis :

— Pas un seul garçon à l'école ne sera privé du plaisir de voir ton joli portrait. Et ce n'est pas la peine d'aller te plaindre à Louise parce qu'elle ne pourra jamais mettre la main sur cette photo, tu peux en être sûre.

Megan était au bord des larmes.

— Maintenant, ajoutai-je sur un ton impassible, tu te lèves, tu vas voir Louise et tu lui dis que c'est toi qui as déposé ce paquet de cigarettes dans la chambre de Crystal et de Janet pour te venger d'elles. Si tu acceptes, je te donne la photo et personne ne la verra. Sinon...

Je jetai un bref coup d'œil vers Billy Edwards puis me levai et partis délibérément dans sa direction. Horrifiée, Megan me regarda m'asseoir à ses côtés et entamer une conversation avec lui, tandis que mes yeux restaient fixés sur elle. Je la vis alors prendre une longue inspiration, se décoller de sa chaise puis, la tête basse, sortir lentement de la salle à manger.

Aussitôt, afin de m'assurer qu'elle ne me piégerait pas, je donnai la photo à Rebecca qui sortit à son tour pour aller la cacher dans le cagibi. Nous étions près d'achever notre petit déjeuner quand Janet et Crystal apparurent. Cette dernière affichait une expression indiquant clairement que Louise venait de les dispenser de leur punition.

— Qu'est-ce que tu as fait? demanda-t-elle avant de s'asseoir.

— Pas grand-chose. Je lui ai montré la photo en lui jurant qu'elle passerait dans les mains de tous les garçons de l'école, sans exception. En revanche, je lui ai promis de la lui donner si elle allait tout avouer à Louise.

— C'est ce qu'elle a fait, j'ai l'impression. Elle est consignée dans sa chambre pour le week-end.

— On peut remercier Rebecca, c'est elle qui a eu cette idée.

— Oui, confirma celle-ci, je suis très forte pour traiter avec ce genre de racaille.

— Je vais à la bibliothèque, annonça Crystal.

Elle nous regarda un instant puis déclara :

— Merci de nous avoir aidées, vous deux. Mais j'aurais aimé que...

— Que ça ne soit jamais arrivé? suggérai-je.

— Oui...

— Je t'ai dit, Crystal, ce que nous devrions faire, lui rappelai-je alors.

— Donne-moi le temps d'y réfléchir, dit-elle doucement.

— De réfléchir à quoi? demanda Janet.

Je jetai un regard interrogateur à Crystal qui hocha la tête.

— A l'idée de s'enfuir d'ici, répondis-je simplement.

— S'enfuir !

Rebecca se jeta littéralement sur Janet pour lui plaquer une main sur la bouche et lui souffler de se taire. Certaines commençaient en effet à regarder dans notre direction tandis que Gordon s'entretenait non loin avec Grandma Kelly à propos d'un fourneau qui ne fonctionnait pas bien.

— Vous voulez fuguer ? demanda Janet à voix basse dès que Rebecca lui eut ôté la main de la bouche.

— Oui, lui répondit Rebecca. Pourquoi pas ? J'en ai assez des corvées, ici. J'en ai marre de bosser pour Louise et Gordon sous prétexte de me faire le caractère et de payer ce que je leur dois en échange de ma pension. C'est de l'exploitation, pas autre chose. Souviens-toi de la conversation que Crystal a surprise entre Gordon et Grandma Kelly à propos du ravitaillement.

— Mais... personne ne voudra plus jamais nous adopter si on s'enfuit, se lamenta Janet. On n'adopte pas des fugueuses.

— De toute façon, Janet, dis-toi que personne de Lakewood House ne sera jamais adopté. Aucune de nous quatre, du moins.

— Et pourquoi ? J'ai failli être adoptée, la semaine dernière. Ça aurait pu arriver, c'est vous qui l'avez dit. Vous m'avez même assuré qu'il fallait que je le veuille pour que ça arrive...

— C'est Louise qui a empêché ton adoption, Janet, lâchai-je tout à trac.

Elle posa sur moi ses beaux yeux, à la fois tristes et incrédules.

— Qu'est-ce que tu racontes ?

Je lui relatai alors les paroles que j'avais entendues derrière la cloison entre le cagibi et le bureau de Louise. Une immense déception se dessina sur son visage et ses lèvres se mirent à trembler.

— Ils croient que je suis folle ?

— Non. Ils savent très bien que tu n'es pas folle, lui dit Crystal, mais ils sont prêts à user de n'importe quel moyen pour nous garder ici. A cause de l'argent que ça leur procure, bien sûr et parce que le fait de nous garder ici est déductible des impôts. Il y a peut-être d'autres raisons, mais je ne les connais pas.

— Tu sais, intervint Rebecca, on devient trop âgées pour être adoptées. Pour les parents adoptifs, les adolescents ne sont que des sources d'ennuis. Ils voudraient que leurs enfants aient éternellement cinq ans.

— Rebecca a raison, dis-je. J'ai même entendu Gordon le dire : petits enfants, petits problèmes ; grands enfants, gros problèmes. De toute façon, je ne sais pas si j'aurais envie de me faire de nouveau adopter. Ça fait si longtemps que je suis seule, c'est devenu une habitude et j'aurais peut-être du mal à m'en passer, maintenant.

— Moi aussi, repartit Rebecca.

— Alors, qu'est-ce qu'on attend ? demandai-je aussitôt en me tournant vers Crystal. Il est grand temps qu'on prenne nos vies en main, tu ne crois pas ?

— Et... où est-ce qu'on ira ? souffla timidement Janet.

— On ira où on voudra et là où on sentira qu'on veut bien de nous, répondis-je. Mais je peux t'assurer qu'on va s'en aller d'ici. Et sans tarder.

Durant un long moment, nous restâmes toutes les quatre silencieuses, laissant notre esprit vagabonder. Ce fut moi qui interrompis la première nos rêveries.

— Ce n'est pas en restant à Lakewood que tu pourras devenir danseuse, Janet, lui dis-je soudain. C'est dehors que tu trouveras ta chance. Toi, Crystal, tu deviendras sûrement un médecin renommé. Et toi, Rebecca, tu seras chanteuse ou, mieux encore, actrice. Tu auras tout ton temps pour passer des auditions : des journées, des semaines entières. Et, après, tu deviendras une star.

— Et toi, Brenda ? interrogea Crystal.

Je restai un instant songeuse.

— Moi... je pourrai être moi, dis-je enfin.

Contre l'avis de Rebecca, je donnai comme promis la photo Polaroïd à Megan.

— Un marché est un marché, lui expliquai-je.

— On ne fait pas de marché avec ce genre de personne, protesta-t-elle. Crois-moi, Brenda, je suis bien placée pour le savoir.

Il était vrai qu'elle en savait un rayon sur les gens méchants et manipulateurs, mais je ne voulais pas, en jouant le jeu de Megan, devenir ce que, précisément, je détestais. Je glissai donc la photo sous la porte de notre chère amie et je décidai d'oublier l'incident.

Durant la semaine qui suivit, je passai autant de temps à réviser mes examens qu'à imaginer la façon dont nous allions nous enfuir et l'endroit où nous irions. Je demandai à Crystal de chercher sur l'ordinateur la meilleure route pour aller de New York à la Californie.

— Et comment allons-nous voyager? s'inquiéta-t-elle. Tu y as songé? On ne peut tout de même pas faire du stop à quatre.

— Je m'occupe de tout ça, Crystal, ne t'en fais pas.

— Tu t'en occupes? Mais, à quoi penses-tu, exactement? A nous faire prendre le train, l'avion? Comment veux-tu que je prévoie une route quand je ne sais même pas quel moyen de locomotion nous allons utiliser?

J'avais peur de le dire. Je craignais qu'en lui avouant ce que j'avais réellement à l'esprit, elle ne fasse marche arrière avant même que nous ayons démarré.

— Pour l'instant, prévois un voyage en voiture.

— En voiture? Mais où vas-tu la dégoter, Brenda? Non seulement tu n'as pas ton permis mais tu n'as pas le premier sou pour t'acheter cette voiture. Et, en imaginant que nous mettions notre fortune en commun, qu'est-ce que, d'après toi, on pourrait s'offrir? Et puis, il ne nous resterait plus d'argent pour voyager. Franchement, Brenda, je...

— S'il te plaît, Crystal, fais ça pour moi. Sans me poser trop de questions pour le moment. Tu veux bien?

Je la prenais par les sentiments; je savais qu'elle avait

le goût du défi et qu'elle aimait montrer ce qu'elle savait tirer d'un ordinateur.

— D'accord. Je me brancherai sur le Web et je me connecterai sur la page de l'Automobile Club. Là, je trouverai les routes et les cartes dont on aura besoin. Tu as une idée de l'endroit où on ira, en Californie ?

— Je pense d'abord à Los Angeles.

— O.K., dit-elle en prenant des notes sur un carnet. Mais, dis-moi, on est presque en été. On peut prendre une route du centre ou même passer par le nord. J'étudierai plusieurs itinéraires et nous pèserons le pour et le contre.

— C'est précisément ce que j'avais en tête, Crystal. Réfléchir au pour et au contre...

Elle me regarda en plissant les yeux.

— Brenda, je ne ferai rien si tu commences à te moquer de moi.

— Je ne me moque pas de toi, Crystal, je te le jure.

Ne pouvant m'empêcher de sourire en disant cela, je finis par la prendre dans mes bras.

— Fais ça pour moi, ma petite Crystal. Je me charge du reste.

— Tout ça me paraît complètement illusoire, tu sais. Mais je le ferai quand même, histoire de m'entraîner à manipuler cet ordinateur.

Crystal se leva alors, prit ses bouquins sous le bras et partit pour la bibliothèque.

Je savais que j'avais encore du pain sur la planche pour ce qui était de la convaincre. Elle allait avancer mille et une excellentes raisons prouvant que mon projet était irréaliste. Cependant, aucune de nous ne se doutait ce soir-là que Gordon allait la pousser tellement à bout qu'elle serait bientôt prête à accepter un tapis volant pour s'enfuir de Lakewood House.

Un peu avant dix heures, Crystal se rendit à la salle d'eau pour se détendre dans un bain chaud. Non seulement elle avait planché sur notre voyage mais elle avait travaillé la journée entière pour ses révisions. Le lendemain, elle devait passer son dernier examen et elle avait bien l'intention d'obtenir, comme pour les autres, la meilleure note.

Un quart d'heure après que Crystal se fut rendue à la salle de bain, Rebecca ferma son livre en jurant de ne plus en regarder un seul ni aucun de ses cahiers avant l'examen.

— Je me fiche de tout rater, déclara-t-elle en se glissant sous son drap.

Rebecca était une bonne élève mais nous avions toutes eu notre dose de révisions. Je m'apprêtais à lui donner raison quand nous entendîmes le hurlement de Crystal. Il fut si puissant qu'il traversa aisément les portes fermées de la salle de bain et de notre chambre. Je me ruai dans le corridor pour apercevoir Gordon qui s'éloignait, une boîte à outils dans la main. Il jeta derrière lui un regard de travers avant de se diriger vers l'escalier.

Pétrifiée, Rebecca gardait les yeux fixés sur la porte de la salle d'eau sans oser y entrer. Janet choisit cet instant pour apparaître sur le seuil de sa chambre.

— Qu'est-ce qui se passe ? demanda-t-elle.
— Je n'en sais rien, lui dis-je en m'approchant lentement de la salle de bain. Crystal ? Tu es là ?

Seul un sanglot me répondit. Alors, redoutant le pire, nous entrâmes toutes les trois ensemble dans la pièce.

Le corps drapé dans une serviette, les bras serrés sur la poitrine, Crystal était assise sur le bord de la baignoire et tremblait de tous ses membres. Elle était encore mouillée et de l'eau savonneuse dégoulinait de ses cheveux.

— Qu'est-ce qui s'est passé ? lui demandai-je d'une voix haletante.

Rebecca referma la porte derrière nous.

— Il... il... est entré et... il...
— Gordon ? s'exclama Rebecca. Il est entré pendant que tu prenais ton bain ?

Crystal leva vers nous un regard plein de larmes et acquiesça silencieusement.

— Je... je ne l'ai pas entendu ouvrir la porte. Je m'étais presque endormie dans mon bain.

— Tu ne t'étais pas enfermée ? interrogea Rebecca.
— Bien sûr que si, mais il a dû réussir à déverrouiller la serrure, je ne sais pas... Il n'a pas frappé, il n'a pas appelé mais je l'ai vu, tout d'un coup, debout devant moi, en train de me regarder. Je me reposais, la tête appuyée en arrière et les yeux fermés et, soudain, j'ai senti sa présence et je l'ai vu... Son visage... il était... si rouge et il avait un affreux sourire. Pendant un moment, je suis restée comme pétrifiée ; je n'ai pas pu prononcer un mot.
— Et... qu'est-ce qu'il a fait ? demandai-je, le souffle court.
— Il... il a commencé à... me toucher.
— Je l'aurais parié, marmonna Rebecca.
— Il t'a touchée ? répétai-je d'une voix étranglée.
— Oui. Il a tendu un bras vers moi et a dit...
— Quoi... ? interrogea à son tour Janet.
— Il a dit... « voyons si ces pommes sont mûres ». C'est alors que je me suis mise à crier. Aussitôt, il a ôté sa main et m'a dit de ne pas me mettre dans cet état, qu'il venait simplement réparer une fuite dans le lavabo. Mais j'ai recommencé à crier et alors, là, il a préféré partir.
— Une fuite dans le lavabo ? m'étonnai-je en inspectant rapidement la plomberie. Personne n'a jamais dit qu'il y avait une fuite dans le lavabo. Il n'est pas venu ici pour réparer quoi que ce soit, Crystal.
— Il faut aller le dire à Louise, suggéra Janet.
— A quoi ça nous servirait ? Gordon prétendra que Crystal n'avait pas tiré le verrou derrière elle et que, de toute façon, il ne pouvait pas deviner qu'elle était en train de prendre un bain.
— Brenda a raison, reprit tristement Rebecca.
— Mais... et toutes ces sales paroles qu'il lui a dites ? protesta Janet. Ce n'était pas de pommes qu'il voulait parler...
— Il niera avoir dit ces choses-là, lui assurai-je. Mais, attends, laisse-moi réfléchir à ce qu'on pourrait faire.

Comme Crystal ne cessait de trembler, Rebecca vint s'asseoir à côté d'elle sur le bord de la baignoire et lui passa un bras autour du cou.
— Allez, calme-toi...
— J'ai eu si peur...
— On va joindre nos forces, proposa Janet qui semblait aussi très secouée.
— Maintenant ? m'étonnai-je.
— Oui, souffla Rebecca.
Alors, nous nous rapprochâmes les unes des autres jusqu'à ce que nos têtes se touchent puis nous commençâmes nos incantations :
— Nous sommes sœurs. Nous sommes unies. Rien ne peut arriver à l'une d'entre nous tant que nous sommes ensemble.
Peu à peu, quelques couleurs revinrent sur le visage de Crystal puis elle murmura :
— C'était affreux...
— Je comprends ce que tu as pu ressentir, observa Rebecca avant de lever les yeux vers nous trois. Plusieurs fois, je l'ai surpris à me dévisager de son regard vicieux.
— Tu ne nous l'avais jamais dit, lui fis-je remarquer.
Elle se contenta de hausser les épaules.
— Il n'a tout de même pas osé te toucher ?
Je ne parvenais pas à croire que Gordon puisse être aussi ignoble.
— Non, jamais. Mais je n'en ai pas parlé parce que je ne voulais effrayer personne. Mais s'il essaie une seule fois de toucher à mes pommes, je vous jure que je m'arrangerai pour que sa voix augmente de plusieurs octaves !
— Qu'est-ce que tu veux dire ? demanda Janet.
— Rien, elle plaisante, m'empressai-je de lui répondre. Comment te sens-tu, Crystal ?
— Ça va, maintenant. Je vais me sécher et aller me coucher. Merci à vous toutes.
— Oui, allons nous coucher, dis-je avant de me diriger vers la porte.

— Brenda ? appela alors Crystal.

Je me retournai.

— Je voudrais que tu me racontes chaque détail de ton plan. Demain, après les examens, si tu veux.

J'acquiesçai, attristée malgré tout de me rendre compte que Crystal ait dû en passer par là pour enfin me faire confiance.

— Tu as vraiment un plan, j'espère, me dit-elle en ravalant un dernier sanglot.

— Oh, oui, j'ai un plan. Un excellent plan, tu verras. Tu as pu te procurer des cartes ?

— Oui.

— Alors, demain, annonçai-je gravement aux deux autres. Demain on se réunit et on achève de mettre notre plan sur pied.

J'étais tellement indignée par l'attitude de Gordon et si impatiente de fuir cet endroit détestable que je ne pouvais empêcher mon esprit de galoper. Mais il fallait pourtant que je me calme avant de pouvoir passer sereinement le reste de mes examens. Sereinement ? Comment être sereine après ce qui était arrivé ?

En pleine nuit, comme je ne parvenais pas à trouver le sommeil, je me levai pour aller aux toilettes. Puis, en retournant dans notre chambre, je vis à travers le store une lueur balayer le devant de la maison. Rebecca, qui dormait comme un loir, n'avait rien remarqué.

Intriguée, je m'approchai de la fenêtre, soulevai un coin de la toile et aperçus deux silhouettes qui se dirigeaient vers l'allée. L'une d'elles était Gordon, cela ne faisait aucun doute : impossible, en effet, malgré l'obscurité, de ne pas reconnaître sa stature de géant.

Son interlocuteur était nettement plus petit. Durant un instant, je crus qu'ils se disputaient car ils semblaient très agités. Puis, Gordon leva un bras qu'il abaissa aussi vite pour le passer autour des épaules de l'autre. Ils disparurent un moment derrière le coin de la maison pour réapparaître ensuite près du break de Gordon. Je compris qu'on ouvrait une portière car le véhicule s'éclaira soudain de l'intérieur. Cependant, personne n'y entra.

Au bout d'une minute, l'homme plus petit s'écarta et Gordon referma la portière. Il regarda alors l'autre rejoindre sa propre voiture, s'installer au volant et démarrer.

Après son départ, Gordon resta immobile un bon moment puis se retourna et leva les yeux vers la façade comme s'il avait senti qu'on l'observait. Mon sang ne fit qu'un tour, je reculai vivement et attendis.

Lorsque je risquai de nouveau un œil par la fenêtre, je constatai qu'il avait disparu et l'obscurité me parut encore plus dense qu'auparavant.

Des voleuses

dans la nuit

Je souhaitais que nous mettions notre projet à exécution dès le lendemain, une fois que nous aurions fini l'école. J'avais le plus grand mal à penser à autre chose car je voulais que nous trouvions au plus vite les objets nécessaires à notre voyage. Au lieu de me concentrer sur mon travail, je prévoyais de nous arrêter dans un magasin, en rentrant du lycée, pour acheter ce dont nous aurions besoin.

Mais j'avais oublié que Rebecca, Crystal et moi étions de corvée pour le dîner, ce soir-là. Alors que nous nous changions dans le vestiaire, je commençai à exposer mes idées à Crystal quand elle me déclara :

— C'est impossible, Brenda. Il faut qu'on rentre tout de suite à Lakewood pour aider Grandma Kelly à préparer le dîner, tu te souviens ? Si on est en retard, Gordon risque de se jeter sur nous.

Après ce qu'il lui avait infligé dans la salle de bain, la veille au soir, la seule idée d'apercevoir Gordon la terrifiait.

— Ne t'en fais pas, on ne sera pas en retard, lui assurai-je. Il ne nous faut que vingt minutes pour rentrer à pied.

— Mais on pourra faire nos achats demain, insista-t-elle en roulant des yeux apeurés. On aura tout l'après-midi, que je sache.

Crystal n'avait pas du tout l'air de croire que nous allions nous enfuir. J'avais plutôt l'impression qu'elle cherchait à me faire plaisir. Rebecca me jeta un regard d'avertissement et je n'insistai pas.

— D'accord, dis-je à regret.

En rentrant de l'école, nous prîmes donc le bus au lieu de nous préparer pour notre voyage. En chemin, pas un instant notre projet de fugue ne fut évoqué; nous nous contentâmes de discuter avec les autres des sujets des examens que nous avions passés dans la journée. Et je finis presque par penser que Crystal avait raison, que ce n'était peut-être qu'un doux rêve, une fantaisie de mon imagination.

Par un fait étrange, je n'avais pas trouvé les derniers partiels de l'année aussi difficiles que je l'aurais cru. Ce que j'avais étudié et révisé était resté bien imprimé dans mon esprit et j'avais réussi à tout ressortir avec une facilité déconcertante. C'était comme si mon cerveau était électrisé par la perspective de notre prochain départ et qu'un signal lumineux m'indiquait précisément où se trouvait chaque réponse, bien rangée dans un des tiroirs de ma mémoire.

Durant le trajet, Crystal parut distraite. Elle se contenta de nous dire qu'elle pensait s'en être bien tirée mais, étrangement, elle refusa de s'étendre sur la question. D'habitude, que nous le voulions ou non, elle nous commentait ses réponses dans les moindres détails, se permettant même de donner une note au professeur qui avait trouvé le sujet.

Je savais parfaitement que les agissements de Gordon à son égard étaient la cause de son mutisme. Crystal était terrifiée à l'idée de croiser de nouveau son regard, mais elle avait tout aussi peur de ce que je lui proposais pour retrouver notre liberté.

Lorsque nous arrivâmes à Lakewood House, elle se précipita dans sa chambre pour se changer, en priant le Ciel de ne pas le rencontrer.

— Elle est dans un état... dis-je à Rebecca. La meilleure chose que nous ayons à faire pour elle, c'est de la sortir d'ici au plus vite.

— La meilleure chose que nous ayons à faire pour *nous*, corrigea Rebecca. J'espère que ton plan est au point, Brenda.

— Compte sur moi, il est super au point.

Janet, qui nous suivait comme un animal apeuré, semblait malgré tout pendue à nos lèvres. Elle n'était pas de corvée ce soir-là mais elle préféra rester avec nous et nous aider à la cuisine. Sachant de quoi était capable ce monstre de Gordon, elle était bien trop terrifiée pour rester seule.

Je désirais revoir notre projet en détail le plus vite possible mais, avec Grandma Kelly qui allait et venait sans cesse autour de nous, il nous fut impossible d'en parler. J'étais dans un tel état de nervosité que je crus un instant que j'allais exploser comme un ballon trop gonflé.

Rebecca et moi échangeâmes mille regards impatients, ce qui ne nous empêcha pas de nous affairer consciencieusement avec Crystal et Janet : nous devions empiler les assiettes, trier les couverts et préparer les plateaux.

— On se retrouve dans notre chambre une fois qu'on aura tout nettoyé et rangé, soufflai-je à Crystal dès que Grandma Kelly eut le dos tourné. Je vous expliquerai tout.

Elle acquiesça tandis que ses yeux ne cessaient de surveiller l'entrée de la cuisine. Il n'était pas difficile de voir que sa peur de Gordon ne l'avait pas quittée.

Celui-ci fit d'ailleurs une apparition quelques instants plus tard. Durant d'interminables secondes, il resta là, sur le pas de la porte, à nous observer les unes après les autres. Rebecca, la plus audacieuse d'entre nous, osa affronter son regard qu'elle fixa longuement avant de se retourner avec un air méprisant. Je vis alors la bouche de Gordon se tordre en un méchant rictus.

Crystal, quant à elle, garda les yeux rivés sur ce qui l'occupait. Avec des gestes fébriles, elle sortit du four, sans aucune précaution, des plats trop chauds qui lui brûlèrent le bout des doigts. En la voyant à ce point troublée, Gordon sourit de plus belle puis s'éloigna sans mot dire.

Exaspérée par son attitude, Rebecca ne put retenir une injure.

— Qu'est-ce qui se passe, mon petit? lui demanda Grandma Kelly.

— Rien, m'empressai-je de dire. On a faim, c'est tout, et on aimerait bien que l'heure du dîner arrive.

Cela lui remémora une petite histoire survenue à Lakewood House, lorsque l'hôtel commençait à prendre son essor.

— Après chaque repas, nous raconta-t-elle, les hôtes partaient souvent pour une longue promenade. Moi, je rentrais chez moi en voiture et je les voyais marcher en ligne le long de la route. Après cela, beaucoup d'entre eux s'endormaient sur les chaises longues au bord de la pelouse ou dans les hamacs, à l'ombre du bois. En fait, ils n'avaient tous qu'une idée en tête : en avoir pour leur argent.

Lâchant alors un profond soupir, Grandma Kelly balaya la pièce d'un regard nostalgique.

— C'était tellement différent du temps des parents de Louise. Si vous aviez pu voir ça, mes petites...

Elle baissa les yeux sur Janet qui l'écoutait comme si elle racontait un conte de fées.

— Regardez-moi ce tendre petit visage, dit-elle avant de la prendre dans ses bras. Si j'avais vingt ans de moins, je t'adopterais volontiers, tu sais. Je vous adopterais toutes, d'ailleurs...

Puis, comme si de rien n'était, Grandma Kelly retourna à ses fourneaux.

Elle allait nous manquer, pensai-je alors avec tristesse. Ce serait la seule personne ici que nous regretterions réellement. J'eus envie d'aller vers elle et de la serrer dans mes bras avant de lui dire : « Au revoir, Grandma Kelly. C'est la dernière fois qu'on vient vous aider à la cuisine. Merci de nous avoir aimées, de vous être intéressée à nous, de nous avoir traitées comme vous auriez traité vos petits-enfants. Et maintenant, si vous voulez un bon conseil, filez d'ici au plus vite... »

Mais, bien sûr, je gardai toutes ces paroles pour moi. Nous ne pouvions pas nous permettre de faire la moindre allusion à nos projets et, d'autre part, je ne voulais pas l'ennuyer avec nos secrets.

Un peu plus tard, nous servîmes le repas et, à peine la dernière cuillerée de dessert avalée, nous nous précipitâmes pour faire la vaisselle le plus vite possible. Megan ne manqua pas de remarquer quel zèle nous mettions à travailler et elle resta dans l'entrebâillement de la porte pour nous observer et ricaner.

— On est bien affairées, ce soir. Des vrais ratons laveurs... On ne chercherait pas à s'attirer les bontés de Gordon, par hasard ?

— Il est incapable de bonté, rétorqua Rebecca.

— Et si j'allais lui répéter ce que tu viens de dire ? hasarda-t-elle avec un sourire en coin.

A ces mots, Crystal me jeta un regard apeuré.

— Laisse-nous tranquilles, Megan, lui lançai-je alors sur un ton sec.

Elle resta là un moment à nous observer, se demandant sans doute si elle avait intérêt à continuer de nous provoquer ainsi. Manifestement, elle souffrait encore de l'affront que nous lui avions fait subir, sans compter le fait d'avoir été consignée dans sa chambre durant un week-end entier.

— Je vous ai à l'œil, toutes les quatre, insista-t-elle. J'aurai ma revanche, ne vous en faites pas.

Enfin, elle tourna les talons et s'en alla.

— Si elle se doutait de ce qu'on prépare... murmura Crystal.

— Elle n'en a pas la moindre idée, la rassurai-je aussitôt. On sera loin avant qu'elle commence à supputer quelque chose.

Nous dîmes bonsoir à Grandma Kelly et, comme elle l'avait fait une centaine de fois auparavant, elle nous remercia avec chaleur de notre aide à la cuisine. Nous regagnâmes tranquillement nos chambres, comme toutes celles qui devaient encore réviser pour leur dernier jour d'examen. Quant aux plus jeunes, elles se rendirent dans la salle de détente pour regarder la télévision.

Une fois en haut, Rebecca et moi rejoignîmes Crystal et Janet dans leur chambre. Je refermai sans bruit la porte derrière moi. Enfin, nous y étions... L'air était si lourd, ce soir, que j'avais l'impression d'évoluer dans une pièce semée de toiles d'araignée.

— Où sont les cartes ? demandai-je d'une voix tremblante d'émotion.

Crystal se leva pour les extirper d'un tiroir où elle les avait cachées, les ouvrit et les posa côte à côte sur son bureau sans les déplier.

— Voilà la carte du nord et, là, celle du centre, nous expliqua-t-elle. Il y a aussi une route qui part vers le sud. D'après mes recherches, j'ai cru comprendre que le temps pouvait être mauvais et qu'il risquait d'y avoir encore de la neige dans les Rocheuses. Il vaudrait donc mieux éviter ce coin-là. Pour démarrer, on prendrait la 17 Est, en direction du Jersey Turnpike.

— Combien de temps il faudra pour aller jusqu'en Californie ? demanda Janet.

— Tout dépend de la route qu'on décidera d'emprunter, répliqua Crystal. Mais, en roulant chaque fois toute la journée et sans visiter les lieux, ça peut nous prendre quatre jours.

Se tournant vers moi, elle poursuivit :

— Voilà, Brenda, j'ai fait ce que tu m'as demandé. Maintenant, explique-moi comment tu comptes nous emmener de l'autre côté des États-Unis.

Ce disant, elle s'assit sur le bord de son lit et croisa les bras.

— Je vous y emmènerai en voiture, répondis-je en haussant les épaules comme si c'était la chose la plus évidente du monde.

— Tu n'as pas le permis, me fit-elle vivement remarquer. Tu ne l'as jamais passé, que je sache.

— On a besoin d'un permis pour être en règle vis-à-vis de la loi, pas pour conduire. N'oublie pas que j'ai quand même pris des leçons de conduite.

— D'accord, mais il te faut aussi une voiture pour nous emmener là-bas.

J'avais l'impression de jouer une partie d'échecs contre Crystal. Une partie dans laquelle on aurait remplacé les pions par des mots.

— La voiture, je l'ai.

— Tu l'as?

Elle regarda Rebecca qui haussa les sourcils, puis se tourna vers Janet dont les yeux étaient écarquillés de surprise.

— Où est-elle?

— En bas, répondis-je en indiquant l'extérieur. Elle nous attend.

Crystal se mit à sourire en pensant que je lui faisais une blague. Puis elle s'arrêta net car elle comprit tout d'un coup ce que je voulais dire. Elle se leva et se dirigea vers la fenêtre, aussitôt imitée par Rebecca et Janet, et toutes trois aperçurent alors le break de Gordon.

— Tu veux prendre sa voiture? interrogea Rebecca d'une voix étranglée.

— Pourquoi pas? Après tout, ce ne serait qu'un juste retour des choses.

Figées de stupeur, elles me regardèrent comme si j'étais devenue folle. Puis Crystal parvint à se ressaisir et reprit l'expression de professeur qui lui allait si bien.

— Si tu prends sa voiture, il avertira la police et ils se lanceront tous à notre poursuite.

— Ils ne le feront pas tout de suite, rassure-toi. Et,

67

de toute façon, ce véhicule ne nous servira que pour nous enfuir d'ici et quitter la région. Après, on utilisera un autre moyen de transport, soit le car, soit le train. La priorité, c'est étudier ces cartes pour rester en dehors des routes les plus fréquentées. On n'est pas obligées de traverser le pays en quatre ou cinq jours seulement. On peut prendre notre temps.

— Brenda, il faut de l'argent pour prendre son temps, me fit remarquer Crystal. Voyager, c'est cher.

— Je sais. C'est pour ça que, demain, on ira toutes à la banque pour retirer nos économies. A moins que vous n'ayez tout dépensé pour je ne sais quoi d'autre, j'ai calculé que, à nous quatre, on devrait avoir près de mille quatre cents dollars.

— Ce n'est pas beaucoup quand on considère ce qui nous attend. J'ai peur qu'au bout de quelques jours il ne nous reste plus rien après ce qu'on aura dépensé pour l'essence, la nourriture et les péages. Sans parler du prix des motels et des pannes qu'on pourrait avoir avec la voiture...

— Et alors? Rien ne nous empêche de trouver du travail en route. Toi, Rebecca, tu as déjà travaillé pendant l'été; moi aussi. Et toi, Janet... tu pourrais faire la manche en dansant au coin de la rue, par exemple.

— Encore des chimères, marmonna Crystal en secouant la tête. Je m'en doutais...

— Arrête de dire ça! m'écriai-je. Pour moi, ce ne sont pas des chimères. J'ai tout prévu. Je sais où Gordon garde ses clés de voiture: dans la vieille veste de cuir qu'il suspend sur sa porte, à l'intérieur de sa chambre. Plusieurs fois, je l'ai vu les y glisser.

— Tu vas oser entrer dans la chambre de Gordon et lui voler ses clés? demanda Janet, interloquée.

— Exactement. Ça ne sera pas difficile. Louise ne ferme jamais leur porte, la nuit.

Impressionnée par mon audace, Janet ne cessait plus de me fixer de son regard admiratif.

— Il peut très bien ne pas appeler la police, déclara soudain Rebecca d'un air songeur, et décider de se lancer lui-même à notre poursuite dans sa camionnette.

Cette réflexion me laissa pensive à mon tour. Déjà, je voyais Gordon Tooey conduisant comme un fou sur les routes, la bouche tordue par la fureur, les narines dilatées, les yeux exorbités et le pied collé à l'accélérateur. S'il nous rattrapait, je n'osais pas imaginer ce qu'il nous ferait. Il valait mieux, à ce moment-là, nous faire pincer par la police.

— On pourrait le faire courir partout pour rien, suggéra Crystal, le nez sur ses cartes.

— Comment ? demandai-je, intriguée.

— On prendra par exemple une route qu'on quittera un peu plus tard. Ou, plus exactement, qu'on prétendra quitter... Quand il se rendra compte qu'on est sorties, Gordon sortira à son tour et pensera sans doute qu'il aura vite fait de nous rattraper. Mais, sans le savoir, il se lancera alors dans la mauvaise direction pendant que nous, on continuera de filer.

— C'est brillant, Crystal, dus-je reconnaître. Ta suggestion est géniale.

— Peut-être, mais on n'a là qu'un plan d'ensemble, Brenda, dit-elle sur un ton dubitatif avant d'ôter ses lunettes pour les nettoyer.

— C'est mieux que de rester assises là et d'attendre d'avoir dix-huit ans, non ? Ou d'attendre que Gordon se mette à lorgner une autre d'entre nous ? Et qui sait ce qu'il nous prépare, maintenant ?

Je me tournai vers Janet, bien décidée à utiliser tout ce qui était en mon pouvoir pour faire entendre raison à Crystal.

— Elle a raison, Crystal, murmura Janet. Je suis prête à tenter le coup, si tu te sens prête aussi.

— On n'aura pas besoin de dépenser notre argent dans les motels si on peut dormir dans le break, poursuivis-je. Il est assez grand pour qu'on s'y allonge à quatre, si on rabat la banquette arrière. Demain soir, quand tout le monde sera couché, Rebecca et Crystal, vous descendrez à la cuisine et vous emballerez toute la nourriture que vous pourrez prendre. Ça aussi, ça nous fera économiser de l'argent. D'ici là, chacune de nous fait ses bagages en prenant le minimum, juste de quoi remplir une taie d'oreiller. On ne peut pas emporter beaucoup de choses avec nous.

— Tu cogites ça vraiment depuis longtemps, on dirait, s'étonna Crystal.

— Depuis plus longtemps que tu ne crois, ma petite.

— N'oubliez pas votre brosse à dents, nous rappela Janet le plus sérieusement du monde.

Crystal elle-même ne put s'empêcher de rire à cette réflexion.

— Bon, maintenant, examinons la carte qui nous servira demain, lançai-je en m'efforçant de ne pas trop élever la voix.

Crystal regarda Rebecca et Janet pour s'assurer qu'elles étaient toujours partantes puis elle déplia la première carte qu'elle étala sur son bureau.

— On va laisser cette route à Gordon, expliqua-t-elle sur un ton docte. Elle descend vers la Pennsylvanie, la Virginie, la Floride et tourne à angle droit vers le Texas. Peut-être qu'il ira jusqu'en Floride avant de se rendre compte qu'on l'a mené en bateau — sans jeu de mots. A ce moment-là, on sera loin.

Ravie de la supercherie, Janet partit d'un petit rire cristallin. Nous tentâmes d'estimer où nous devrions nous trouver le premier jour puis le second. Surexcitées par ce projet qui prenait forme, nous parlions toutes à la fois sans même nous écouter. Cela paraissait merveilleux, comme un rêve qui commençait à se réaliser.

Une lueur d'espoir brillait au fond de notre tunnel.

Plus tard dans la nuit, il nous fut impossible de trouver le sommeil. Un long moment après avoir éteint la lumière, Rebecca m'appela doucement.

— Qu'est-ce qu'il y a ? répondis-je tout bas.

— Tu ne vas pas changer d'avis, j'espère, Brenda ? me demanda-t-elle d'une voix tremblante.

— Certainement pas. Tu ne crois tout de même pas qu'on fait une erreur ?

Soudain, ce fut moi qui pris peur. Et si je m'étais trompée sur toute la longueur ?

— Non, ne t'en fais pas, me répondit-elle. Quoi qu'il puisse nous arriver en chemin, ce ne sera jamais aussi sordide que ce qui pourrait nous arriver ici, si on restait.

— Alors... bonne nuit, Rebecca. Fais de beaux rêves.
— Brenda ?
— Oui ?
— Je pensais... c'est notre dernière nuit ici, murmura-t-elle.

Je restai songeuse un moment. Rebecca avait raison. Adieu à ces quatre murs qui nous entouraient, et bon débarras ! Adieu, l'impression de n'être personne ! Adieu, le sale sentiment de ne pas avoir de nom et d'être seule au monde ! Demain, nous allions nous lancer sur la route de notre avenir !

— Notre dernière nuit... quel bonheur ! lui répondis-je. Je me fiche de savoir si on en bavera, après notre départ. Je suis trop contente de tenter cette aventure. Je suis trop contente qu'on ait enfin décidé de prendre nos vies en main.

— Moi aussi, je suis contente. Bonne nuit, Brenda.
— Bonne nuit, Rebecca, lui dis-je avant de plonger dans mes rêves.

A présent que la dernière semaine d'examens s'achevait, les élèves n'avaient pas besoin de retourner à l'école sauf s'il leur restait un contrôle à passer. A la fin de la matinée, nous avions toutes les quatre terminé, mais ni Louise ni Gordon ne le savait.

Ainsi, au lieu de rentrer à Lakewood House, nous fîmes une halte à la banque pour retirer notre argent. La caissière nous parut cependant très soupçonneuse et Crystal eut une peur terrible qu'elle appelle Louise. Mais, heureusement, elle n'en fit rien. Nous passâmes ainsi le reste de la journée à acheter çà et là les petites choses dont nous aurions besoin pour le voyage.

De retour à Lakewood, nous trouvâmes, comme d'habitude affichée sur le panneau, la liste des corvées qui nous étaient réservées. Malgré les examens, Gordon ne semblait pas disposé à faire exception à la règle. Nous nous mîmes donc au travail tout en espérant cacher le mieux possible notre excitation et notre anxiété. Il nous parut d'ailleurs étrange d'aller et venir dans cette maison que nous nous apprêtions à quitter pour toujours.

Pendant le dîner, nous ne cessâmes de nous regarder avec des airs de conspiratrices. Janet était si nerveuse qu'elle parvint à peine à avaler quelques bouchées. Je dus la forcer à manger un peu car je ne voulais surtout pas attirer l'attention de qui que ce soit sur notre comportement qui, de toute évidence, était particulier, ce soir-là.

Le cœur serré, nous montâmes ensuite dans nos chambres et attendîmes que tombe l'obscurité et que s'installe le silence habituel de la maison une fois que tout le monde était couché. Louise s'arrêta devant chacune des chambres pour demander comment s'étaient passés les examens.

— J'espère que vous aurez toutes d'excellentes notes, nous dit-elle. J'ai toujours été très fière de votre travail à l'école, mes enfants. L'année prochaine, Crystal sortira major de sa promotion. Imaginez un peu, une enfant de Louise Tooey qui se retrouve major!

Personne ne chercha à répliquer car nous espérions toutes qu'elle ne s'éterniserait pas trop longtemps, mais Louise ne semblait pas avoir envie de nous quitter. Elle se mit à parler de l'été qui s'annonçait, des travaux de réfection qu'elle prévoyait d'entreprendre à Lakewood House. Enfin, elle nous souhaita une bonne nuit et nous laissa pour redescendre dans son bureau.

— J'ai bien cru qu'elle ne partirait jamais, murmurai-je non sans soulagement. Allez, on agit comme si de rien n'était et on va se coucher. Mais, les filles, gardez vos vêtements sur vous pour être prêtes à décoller quand ce sera l'heure.

Tétanisées par l'anxiété, c'était tout juste si nous osions encore respirer.

La nuit arriva enfin. J'entendis Louise et Gordon

monter puis entrer dans leur chambre. Au son de sa voix, je devinai qu'il avait un peu bu, ce que j'espérais car cela l'aiderait à trouver plus vite le sommeil. Je l'avais déjà vu à l'œuvre, auparavant. Quand il était saoul, il pouvait s'endormir n'importe où, même sur une de ces vieilles chaises de bois, ses bras et ses jambes pendant comme les appendices d'un énorme insecte mort.

Peu après minuit, je me levai, le cœur battant à tout rompre. En m'entendant, Rebecca s'assit sur son lit. Manifestement, elle était restée allongée, les yeux grands ouverts, à guetter le moindre de mes gestes.

— On y va? demanda-t-elle.
— Oui. Tu vas chercher Crystal et vous descendez toutes les trois à la cuisine. Le chemin doit être libre mais soyez particulièrement prudentes, tout de même. Et, souviens-toi, n'emportez pas trop de choses. Pendant ce temps, je prends les clés de la voiture.

Je dis cela comme si le fait d'aller voler ces clés dans la chambre des Tooey était un jeu d'enfant.

— C'est à toi d'être prudente, Brenda, me déclara Rebecca. S'il y a le moindre risque qu'il te surprenne, ne le fais pas.

— Il n'y a aucun risque, la rassurai-je en m'efforçant de me convaincre moi-même.

— Peut-être qu'on devrait joindre nos forces et réciter nos...

— Non, tout ira bien, Rebecca, ne t'en fais pas. Je les récupérerai, ces clés.

J'étais en fait terriblement impatiente de les avoir enfin dans ma main car, dès cet instant, je saurais que tout le reste était possible.

Avant de sortir de la pièce, je tapai quelques coups discrets contre la cloison séparant notre chambre de celle de Crystal et de Janet. L'une d'elles me répondit aussitôt.

— On y va, leur dis-je à voix basse tout en sachant qu'elles ne m'entendaient pas.

Je pris mes chaussures à la main pour ne pas faire de

bruit dans le corridor, puis je sortis. Crystal et Janet m'attendaient devant leur porte.

— Tout va bien, annonçai-je à Crystal sans lui laisser le temps de m'interroger sur le trac qui commençait à me nouer l'estomac. Va chercher de la nourriture en bas, avec Rebecca. Et toi, Janet, fais le guet.

Quand elles furent descendues, je me tournai vers le bout du couloir, vers la chambre de Louise et de Gordon. L'endroit était à peine éclairé par trois plafonniers et la porte que je visais me parut plus loin que jamais. Je me décidai à avancer. A chacun de mes pas, le parquet craquait de façon sinistre; j'avais l'impression que ce bruit allait réveiller la terre entière.

L'oreille tendue, j'hésitai un instant. Si on me trouvait ici, j'aurais bien du mal à expliquer ce que je faisais à cette heure, pieds nus dans le corridor, à l'opposé de là où était située ma chambre. Par ailleurs, je craignais de causer une peur bleue à celle qui, à demi endormie, me surprendrait là.

Les battements de mon cœur se firent si forts et si rapides que j'eus peur un instant de m'évanouir. Comment avais-je pu croire que j'aurais le courage et la capacité de faire une chose pareille? Qu'est-ce que je faisais ici? Crystal avait raison. Mon plan n'était qu'une chimère. Je ne pourrais jamais ouvrir cette porte et fouiller dans la veste de Gordon. Et, même si j'y parvenais, elles feraient un bruit d'enfer en tintant. Et si Gordon était éveillé au moment où je pensais entrer?

Je commençai à m'affoler. Mon cœur tambourinait contre ma poitrine. Rebecca aussi avait raison. Nous aurions dû joindre nos forces et chanter nos psalmodies. Je m'étais montrée trop sûre de moi.

Je me retournai soudain. Janet se tenait toujours à l'entrée du corridor, visiblement anxieuse en m'attendant. Cependant, le seul fait de la voir là-bas dans la pénombre, si menue, si fragile mais aussi pleine d'espoir, me rendit un peu de courage. Il fallait que je quitte cet endroit au plus vite.

Je lui fis un petit signe de la main et hochai la tête

pour lui signifier que tout allait bien... même si c'était loin d'être la vérité.

Puis, en rasant les murs, je me dirigeai lentement vers la chambre de Louise et de Gordon. Arrivée devant le seuil, je fermai les yeux, pris une longue inspiration et posai une main sur la poignée. Lentement, je la tournai et elle céda sous mes doigts. Lorsque le battant s'ouvrit, il grinça légèrement.

Pour une raison ou une autre — un service rendu à Louise, par exemple — j'avais déjà mis les pieds une demi-douzaine de fois dans cette pièce. Je savais qu'avant d'y pénétrer on se retrouvait d'abord dans une petite entrée avec une penderie sur la gauche. Dans la chambre, ornée de meubles rustiques, deux grandes fenêtres offraient une vue magnifique sur le lac et, au fond, se trouvait une porte donnant sur la salle de bain.

En silence, je m'introduisis à l'intérieur et refermai aussitôt le battant derrière moi afin que la lumière du couloir, si faible soit-elle, ne les réveille pas. Puis, retenant mon souffle, je demeurai immobile dans le réduit obscur. Il était trop tard pour reculer, à présent.

Tâtonnant avec une infinie lenteur, je trouvai la veste de Gordon, suspendue là où il la laissait toujours, et je glissai une main au hasard dans l'une des poches. Mais, à l'instant précis où le bout de mes doigts rencontrait le métal froid de la clé, une lampe de chevet s'alluma. Glacée d'effroi, je me figeai.

— Qu'est-ce que c'est? entendis-je Gordon maugréer d'une voix rocailleuse.

— Rien, je dois aller aux toilettes, lui répondit Louise.

— Tu as besoin d'allumer cette foutue lumière, pour ça? Tu vois bien que tu me réveilles, bon Dieu!

— C'était pour éviter de buter sur quelque chose en passant... lui expliqua-t-elle d'un ton penaud.

Il laissa échapper un grognement et se retourna sur son lit dont les ressorts gémirent. Quant à moi, pétrifiée d'angoisse, je m'efforçais tant bien que mal de retenir ma respiration. Un instant plus tard, j'entendis Louise entrer dans la salle de bain et s'y enfermer. Toujours immobile, j'attendis. Au bout d'une éternité, le bruit de la chasse d'eau résonna, la porte se rouvrit puis il y eut un nouveau grincement métallique et, enfin, la lampe de chevet s'éteignit.

— Pardon, murmura-t-elle à Gordon qui se garda bien de répondre.

Des filets de sueur me dégoulinaient le long de la nuque. Je patientai encore un bon moment pour leur laisser le temps de se rendormir. J'étais si crispée que mon corps entier commençait à s'engourdir, j'avais froid et mes jambes menaçaient à présent de se dérober sous moi. Déjà, je me voyais en train de m'effondrer par terre... Dans un sursaut, je me ressaisis alors. J'étais venue ici dans un but bien précis; il fallait en finir.

De nouveau, je plongeai les doigts dans la poche de la veste et y saisis les clés. Cependant, au moment de la ressortir, ma main effleura quelque chose d'autre. Un objet en plastique plat et dur. Immédiatement, je compris ma chance. Une carte de crédit pour l'essence! Inespéré! Sans attendre, je l'agrippai en même temps que les clés puis m'écartai vivement.

A présent, il fallait que je ressorte aussi furtivement que j'étais entrée. Avec d'infinies précautions, je tournai la poignée et tirai la porte vers moi, faisant une nouvelle fois gémir les gonds mal graissés, puis je me glissai dehors. Lorsque j'eus refermé le battant derrière moi, je restai immobile, les paupières closes, le souffle court, m'attendant à tout instant que Gordon surgisse soudain et me saute dessus.

Pourtant, tout demeura silencieux. J'ouvris alors les yeux et risquai un regard au bout du corridor. Là-bas, j'aperçus Crystal, Rebecca et Janet qui m'observaient, visiblement inquiètes. Les deux premières étaient remontées de la cuisine et portaient chacune dans la main un sac plein de victuailles. Je levai alors en l'air un pouce victorieux puis les rejoignis sur la pointe des pieds en m'efforçant de ne pas courir.

Peu après, nous nous retrouvâmes toutes les quatre dans notre chambre et discutâmes à voix basse.

— Tu as mis tellement de temps que j'étais sûre que tu t'étais fait prendre, se plaignit Rebecca.

Je leur racontai brièvement ce qui s'était passé puis je leur montrai la carte de crédit.

— Non seulement Gordon nous prête sa voiture mais il nous laisse aussi de l'argent pour l'essence, vous vous rendez compte?

— Tu es certaine qu'ils ne t'ont pas entendue? s'inquiéta Crystal.

— S'ils m'avaient entendue, Gordon serait déjà là, ma belle. Et vous, comment ça s'est passé?

Elle me montra ce qu'elles avaient récolté dans leurs sacs : des boîtes, pour la plupart, et de la nourriture non périssable.

— Très bon choix, commentai-je. Eh bien, nous voilà prêtes. Plus rien ne peut nous arrêter, maintenant.

— J'ai peur, murmura Janet en constatant que nous avions à présent le champ libre.

— Joignons nos forces, suggéra alors Rebecca. J'en ai besoin, moi aussi.

Après avoir formé un cercle entre les deux lits, nous chantâmes à voix basse les psalmodies qui devaient renforcer notre courage faiblissant. Puis, nous nous séparâmes et, le cœur serré, réunîmes nos affaires en silence. Enfin, telles quatre voleuses, nous sortîmes à pas de loup dans le couloir pour nous diriger vers l'escalier. Ce fut cet instant que choisit Megan Callaway pour émerger de sa chambre et aller aux toilettes.

Une douche glacée nous figea sur place.

— Mais qu'est-ce qu'elles font, ces idiotes? interrogea-t-elle en s'approchant.

— Parle tout bas, la suppliai-je en jetant un regard désespéré vers la chambre des Tooey.

Elle aperçut alors nos taies d'oreiller remplies et les deux sacs de nourriture.

— Qu'est-ce que c'est que ça?

— On s'en va, articulai-je le plus naturellement du monde.

Megan nous considéra l'une après l'autre d'un air stupéfait.

— Vous êtes sérieuses ?

— Parfaitement. On file d'ici. Si tu profères le moindre son, je te jure de prendre tellement de photos de toi toute nue que tu pourras en tapisser le mur de la salle à manger.

Comme mon regard restait rivé au sien, elle finit par comprendre que je ne plaisantais pas et parut se radoucir.

— Eh bien, fichez le camp, lâcha-t-elle en haussant les épaules. Qu'est-ce que ça peut me faire, après tout ? Bon débarras... et bonne vie ailleurs.

Je fis signe à Rebecca qui commença à descendre l'escalier, tandis que Megan restait derrière nous à nous observer. Discrètement, Crystal m'empoigna le bras et je me retournai : elle m'indiqua sa poche d'où elle extirpa la carte destinée à tromper Gordon sur notre trajet. En souriant, je hochai la tête.

Juste avant de descendre à son tour, elle la laissa tomber comme par accident et me rejoignit dans l'escalier. Les vieilles marches de bois grinçaient et je crus que la terre entière allait se réveiller à ce bruit.

— Elle ne pourra jamais attendre jusqu'à demain, me dit Crystal, une fois en bas. Dès qu'on sera parties, tu peux être sûre qu'elle ira réveiller Gordon pour lui montrer la carte.

— Crystal, je te le répète, tu es diabolique !

— Je sais, murmura-t-elle avec un sourire.

Janet sur nos talons, nous poursuivîmes notre chemin à travers la maison, jusqu'à la porte de derrière. Je l'ouvris lentement puis me retournai vers mes sœurs qui semblaient boire chacun de mes gestes.

— C'est un jeu d'enfant, leur dis-je d'une voix qui se voulait assurée.

Rebecca souriait nerveusement, Janet paraissait sur le point d'éclater en sanglots à tout instant et Crystal restait muette d'anxiété. Je décidai donc d'accélérer les choses avant que l'une d'elles ne craque.

Une fois dehors, nous nous précipitâmes vers le break de Gordon. Les nuits de belle saison, il laissait le plus souvent son véhicule à l'extérieur, devant le garage, sans même le fermer.

Sans bruit, avec mille précautions, j'ouvris la portière avant et m'assis au volant. Devant mon attitude déterminée, toutes les trois me rejoignirent dans la voiture, Rebecca s'installant à mes côtés, et les deux autres prenant place à l'arrière. Tandis qu'elles refermaient les portes dans le plus grand silence, j'introduisis la clé dans le démarreur et mis le contact, mes doigts tremblant à peine.

— Ça sent la cave à vin, ici, commenta Rebecca en se bouchant le nez. Beurk...

— En voici la raison, annonça Crystal en brandissant une bouteille de vin bon marché qui avait dû s'écouler sous la banquette.

— Il faudra nettoyer tout ça avant de dormir là-dedans, marmonna Janet sur un ton dégoûté.

— Tu es sûre de pouvoir conduire cet engin ? me demanda Rebecca, dubitative.

— Oui, tu le sais très bien, lui répondis-je avec un sourire confiant. Je me débrouillais comme une chef pendant les leçons de conduite. Souviens-toi, j'ai même obtenu la meilleure note, à l'examen.

— Ce n'était pas un examen, me rappela Crystal. Mais, maintenant, tu conduis pour de vrai et sans instructeur pour t'aider.

— Arrête de t'angoisser comme ça, froussarde. On n'a rien à craindre. Vous êtes prêtes, les filles ?

Quelques oui peu enthousiastes me répondirent et je tournai la clé dans le contact. Le break démarra aussitôt dans un grondement qui le secoua de part en part.

— Le réservoir est plein, annonçai-je. Ce cher Gordon a pensé à tout.

Je me tournai vers la façade sombre et ajoutai :

— Merci, mon vieux.

En rejoignant l'allée, j'accélérai juste un peu trop et les pneus crissèrent sur le gravier. Le véhicule chassa un peu de l'arrière mais je gardai fermement le contrôle et, peu après, nous atteignîmes la route sans problème. Les autres avaient-elles remarqué quelque chose ? Je l'ignorais mais j'étais tout de même assez fière de moi.

La nationale s'étendait à présent devant nous comme le chemin vers la liberté. Vers l'inconnu, aussi...

Dans la voiture, personne ne disait mot. Il était si tard que la nuit sans lune semblait maintenant nous submerger comme une chape de plomb.

— Je regrette de ne pas être là demain pour voir la tête qu'il fera, déclara Rebecca en rompant enfin le silence.

— Eh bien, pas moi, marmonna Crystal.

— Il va tout mettre sur le dos de Louise, observai-je alors. Il l'accuse toujours d'être trop laxiste avec nous.

— Je la plains, reprit Rebecca. Je me demande comment elle a pu l'épouser.

— Je crois qu'elle se posera la même question demain matin, dis-je avant de partir d'un éclat de rire crispé.

— Qu'est-ce qu'il y a de si drôle ? interrogea Rebecca.

— Je pense à Megan. Elle va jouer les héroïnes en lui donnant la carte, demain. Et lui, il filera tout droit dans la mauvaise direction.

— C'est bien ce que tu voulais, non ?

Je me tournai vers Crystal qui sourit et se pencha vers Rebecca.

— En fait, c'est à Megan qu'il va s'en prendre. Il va penser qu'elle l'a fait exprès, que c'était prévu dans notre plan et qu'elle était notre complice.

— Ah, oui, c'est vraiment drôle ! s'exclama Rebecca. Mais peut-être pas tant que ça, après tout... Dans sa fureur, il pourrait bien tuer Megan.

Cette réflexion nous plongea dans un silence profond tandis que chacune de nous imaginait la rage terrible qui allait saisir Gordon.

— Peut-être qu'on devrait faire demi-tour, suggéra Janet d'une voix étranglée.
— Demi-tour? Demi-tour vers quoi? Impossible. On ne peut plus reculer; on est obligées d'avancer. Mais on est toutes ensemble avec toi, n'oublie pas.

Personne dans la voiture n'osa me contredire. Il était trop tard, à présent.

— On a réussi, déclara soudain Crystal qui semblait avoir du mal à le croire. On a vraiment réussi...
— Je savais qu'on y arriverait, lui répondis-je, l'air victorieux.

Au-dessus de nous, le ciel resplendissait d'étoiles.

— On peut allumer la radio? demanda Rebecca.
— Vas-y. Trouve-nous une station sympa.

Après avoir cherché un peu, elle tomba sur de la musique country. Augmentant le volume, elle se mit à accompagner l'interprète de sa voix mélodieuse.

Au fil des kilomètres, je me sentais de plus en plus délivrée, de plus en plus légère.

Notre aventure avait bel et bien commencé.

Des routes peu
fréquentées

Ce départ furtif suscita chez nous tant d'anxiété et de tension qu'aucune de nous ne remarqua à quel point nous étions fatiguées. Et l'heure tardive ne fit rien pour nous aider à rester éveillées.

Conduire au beau milieu de la nuit avait pourtant un sérieux avantage : la circulation était quasiment nulle. Je connaissais la direction pour arriver sur la grand-route mais, après cela, je devais m'en remettre à Crystal et à ses cartes.

Lorsque nous l'atteignîmes et que je vis la pancarte indiquant NEW YORK — 145 KM, mon cœur se mit à battre plus fort. A cet instant seulement, je compris que nous étions en train de mettre des kilomètres entre nous et les êtres avec lesquels nous avions vécu durant des années. Je ne fus pas la seule à ressentir cela. Cette évidence parut tout autant assommer les autres qui demeurèrent plongées dans leurs réflexions pendant de longues minutes.

Toute notre vie, nous l'avions passée au sein d'une famille adoptive ou d'un orphelinat. Toute notre vie, il nous avait paru impossible de faire comprendre à ceux qui vivaient avec de vrais parents ce qu'était notre existence. Sans famille, nous n'avions pas d'histoire. On nous avait propulsées dans un endroit quelconque avec l'ordre de manger, de dormir, de jouer et de grandir comme des enfants normaux.

Il était difficile d'être la pupille de cette entité géante qu'on appelait l'État. Lorsque nous avions peur ou que nous souffrions de notre solitude, lorsque des cauchemars venaient s'immiscer dans nos rêves, lorsque les échecs et les déceptions nous submergeaient, nous n'avions ni père ni mère vers qui aller pour nous faire consoler. Nous pouvions bien sûr en parler de temps à autre à un psychologue, ou suivre un traitement pour nous guérir de nos craintes et de nos angoisses, mais cela ne servait la plupart du temps à rien : nous nous sentions toujours aussi mal dans notre peau.

Un jour qu'une élève de l'école m'avait mise en colère, je l'accusai d'être trop gâtée et d'ignorer ce que c'était que de vivre sans être entourée d'une vraie famille. Elle se contenta de rire, ce qui ne fit qu'exciter ma rage. Alors, je m'approchai d'elle jusqu'à ce que nos visages se touchent presque et je lui dis : « Imagine-toi devant la télé tous les soirs, en train de voir ces publicités qui montrent des parents emmenant leurs enfants à Disneyland ou tout simplement une famille réunie autour de la table du petit déjeuner. Eh bien, je suis sûre que, à notre place, tu croirais que tout ça c'est de la pure fiction ! »

Son sourire disparut sur-le-champ et toutes autour de nous baissèrent les yeux, peut-être honteuses d'avoir eu à la naissance plus de chance que moi.

Jamais je n'ai eu l'impression d'être quelqu'un de spécial, excepté peut-être lorsque j'ai vécu avec Pamela et Peter. Mais si pour cela je devais renoncer à ma personnalité et jusqu'à mon identité, alors je préférais ne pas être « spéciale ». Autant me retrouver seule et rester moi-même plutôt que de devenir celle que mes parents nourriciers voulaient façonner à leur idée en me forçant à entrer dans un moule qui ne me convenait pas.

Et aujourd'hui, au volant de cette voiture, tandis que je fuyais avec mes trois amies vers un monde meilleur et parfaitement inconnu, j'éprouvais pour la première fois de mon existence un immense sentiment de liberté. J'avais l'impression d'avoir brisé les chaînes qui me retenaient prisonnière, qui faisaient de moi un simple numéro.

Quelques heures plus tôt, nous n'étions encore en effet que des noms sur une liste. Nous étions, comme le disait Crystal, « dans le système », étiquetées et classées par des gens très officiels. Notre petite histoire était résumée sur deux ou trois pages où étaient consignés toutes sortes de faits biologiques tels que notre groupe sanguin, la couleur de nos yeux, les vaccins auxquels nous avions eu droit, etc.

Mais tout cela ne comptait plus pour nous. Propulsées dans l'espace, nous étions à présent à la recherche d'une nouvelle planète, d'un endroit où nous nous sentirions chez nous et comme des êtres humains à part entière. Bientôt, nous aurions une histoire à raconter, nous remplirions nous-mêmes nos fiches personnelles, nous ferions enfin partie de la société tout en restant des individus libres.

Pour la première fois de notre existence, nous prenions notre destinée en main.

— Fais attention à la vitesse, me conseilla Crystal. Même à cette heure, il y a des contrôles radar et on pourrait nous arrêter. Tu imagines, Brenda ?

— Oui, oui, répondis-je en baissant les yeux sur le compteur.

Il était vrai que je ne faisais pas attention. Depuis un bon nombre de kilomètres, je rêvais à ce qui nous attendait et j'accélérais sans m'en rendre compte sur la route déserte. Heureusement que Crystal était là pour me rappeler à l'ordre.

Jetant un coup d'œil dans le rétroviseur, j'aperçus Janet affalée sur son siège, les yeux clos, la tête appuyée contre l'épaule de Crystal. Elle avait l'air d'une poupée de chiffon et me semblait si vulnérable et dépendante de nous autres. En me remémorant tout cela, je crois aujourd'hui que toutes les trois nous retrouvions quelque chose de nous-mêmes dans la douce et délicate Janet ; c'est pourquoi nous cherchions tant à la protéger.

La radio ronronnait. Des kilomètres et des kilomètres de route se déroulaient sous nos yeux pour disparaître ensuite loin derrière nous, dans la nuit noire. De temps à autre, un véhicule s'approchait, nous rejoignait puis nous dépassait. Les mains bien posées sur le volant, l'œil vigilant malgré le manque de sommeil, je conduisais à une allure tranquille et parvenais ainsi à maintenir une moyenne correcte.

— Tu devrais peut-être vérifier notre chemin, Crystal, lui suggérai-je tandis que nous pénétrions dans des régions moins connues.

Après avoir déplié la carte sur ses genoux, Crystal chercha à allumer le plafonnier arrière... qui ne marchait pas. Alors, elle se pencha vers l'avant pour tenter de discerner quelque chose.

— On pourrait prendre la voie rapide de New York ou la Route 6, vers Palisades Parkway, pour rejoindre ensuite la I-95, proposa-t-elle.

— Laquelle est la mieux ?

— Moins de gens on verra, mieux ce sera. Tous ceux

qu'on croisera sont susceptibles de nous repérer et de donner ensuite notre signalement en cas de recherches. Donc, autant éviter les stations de péage. Prends la Route 6. On ne devrait pas tarder à rejoindre une sortie.

Un peu plus tard, nous aperçûmes effectivement les panneaux annonçant la voie rapide qui devait nous y mener. Je ralentis et pris la rampe de sortie en direction de New York.

— Tu t'en sors vraiment bien, me dit Rebecca, impressionnée. J'aurais dû prendre des leçons de conduite, moi aussi.

Il aurait été en effet agréable et plus facile d'être deux à conduire, songeai-je.

— Si Megan n'a réveillé personne, ils ne savent toujours pas que nous sommes parties, observa Crystal après avoir lâché un long bâillement.

Je regardai la montre du tableau de bord. Elle affichait trois heures et demie du matin. Gordon, le cerveau embrumé par le whisky, devait dormir comme une masse. Quant aux autres habitants de Lakewood House, ils devaient vraisemblablement faire de même. Mais, dans quelques heures, ils auraient droit à une belle surprise.

Rebecca se cala la tête contre la vitre. La fatigue que, tout à notre excitation, nous avions conjurée jusque-là, commençait nettement à se faire sentir.

— On va rouler toute la nuit? demanda soudain Crystal.

— Il vaut mieux mettre le plus de distance possible entre nous et Lakewood, tu ne crois pas?

— Bien sûr, mais tu tiendras le coup? Tu risques peut-être de t'endormir au volant.

— Non, non, ça ira, la rassurai-je malgré mes paupières qui devenaient de plus en plus lourdes.

Il fallait que je les garde ouvertes, coûte que coûte. La radio devenant bavarde, je demandai à Rebecca de chercher une autre station.

— Trouve n'importe quelle musique, quelque chose qui me tienne éveillée, s'il te plaît.

Elle tourna le bouton pour ne rencontrer que des parlotes, sans doute destinées à occuper les gens qui veillaient la nuit entière. Enfin, elle s'arrêta sur un rythme de rock, ce qui me convenait fort bien.

Nous continuâmes notre route et je regrettai de ne pas avoir prolongé la conversation avec l'une de mes passagères. Janet dormait profondément et Crystal, en dépit de ses efforts, avait fini par fermer les yeux et, sa carte toujours sur les genoux, semblait se laisser gagner par le sommeil. Rebecca, tout aussi épuisée par les émotions, avait cessé de parler et, le regard dans le vague, tombait elle aussi dans les bras de Morphée.

Comprenant alors que j'étais la seule à rester éveillée, je me mis à compter, à chanter, à remuer au rythme de la musique, n'importe quoi du moment que cela m'évitait de m'endormir. Mais je dus partir moi aussi dans quelque rêve car, soudain, je clignai des yeux en apercevant un panneau qui annonçait : GEORGE WASHINGTON BRIDGE.

— Crystal ! m'écriai-je.

— Quoi ? Oh, pardon... J'ai dû m'endormir. Où est-ce qu'on est ?

— C'est normal qu'on traverse le pont George Washington ?

La station de péage se trouvait juste en face de nous à quelques mètres. Impossible de l'éviter.

— Non, non ! Brenda, tu as loupé la sortie !

— Alors, qu'est-ce que je dois faire ?

— Qu'est-ce qui se passe ? interrogea Rebecca dans un demi-sommeil.

Quant à Janet, elle gémit, se frotta les yeux puis se redressa sur son siège.

— Traverse le pont, ordonna vivement Crystal. Prends l'air naturel, fais comme si tout était normal. Une fois qu'on sera passées, je vais trouver une autre route.

Je ralentis donc, lus le prix du passage et cherchai de l'argent dans ma poche. La caissière, une Noire d'une quarantaine d'années, prit mon billet et me rendit la monnaie sans même jeter un regard sur moi.

— Elle n'a même pas fait attention à nous, marmonnai-je en accélérant doucement. Ça doit être super ennuyeux de travailler ici.

L'aube pointait. Nous commençâmes notre traversée du pont Washington tout éclairé, puis New York nous apparut, lumineuse devant le ciel qui prenait maintenant des teintes violettes. « Que c'est beau ! » songeai-je, le cœur battant d'émotion.

— Regardez ça ! dit alors Rebecca que l'arrêt de la voiture avait réveillée.

L'Empire State Building et tous les gratte-ciel de Manhattan scintillaient de mille feux devant nos yeux émerveillés. C'était impressionnant de beauté.

— Je suis sûre que Broadway est illuminée comme au carnaval, lança Crystal, tout excitée.

— Broadway !? On pourra voir Broadway !? s'exclama Rebecca en sautant sur son siège.

— Oh, oui ! Oh, oui ! renchérit derrière moi la petite voix de Janet.

— Il faut surtout qu'on retrouve notre route, leur dis-je en me demandant si je serais capable de conduire en ville.

— Oh, s'il te plaît, Brenda, insista Rebecca. Faisnous passer par Broadway. Ça ne doit pas être très loin, hein, Crystal ?

— Qu'est-ce que je fais ? demandai-je à celle-ci tandis que nous achevions de franchir le pont pour entrer dans Manhattan.

— Reste sur la droite. On va prendre Henry Hudson Parkway qui devrait nous mener dans le centre-ville. Puis on traversera Broadway pendant que Rebecca et Janet ouvriront tout grands leurs yeux, ça vous va ?

— Super ! s'écria Rebecca. Regarde bien, Janet.

— Après, continua Crystal, on prendra le tunnel pour retrouver notre chemin. Mais, faites bien attention aux panneaux, cette fois-ci. Brenda ne peut pas tout faire toute seule.

Si tôt le matin, la circulation n'était heureusement pas trop dense. Suivant à la lettre les instructions de

Crystal, je sortis sur la 42ᵉ rue et conduisis lentement à travers la ville jusqu'au moment où nous débouchâmes sur Times Square. Puis, peu après, nous nous engageâmes dans Broadway. Les lumières étaient si belles que je dus m'arrêter un instant au bord du trottoir pour les admirer. Partout scintillaient des panneaux lumineux, des écrans géants, des signaux de toutes sortes tandis qu'un nombre incroyable de gens se baladaient dans les rues, malgré l'heure et le trafic qui s'intensifiait déjà.

— Tout a l'air si grand! s'extasia Janet, le nez collé à la vitre. C'est si beau!

— Un jour, ton nom brillera en haut de ces panneaux, lui dis-je. Et Rebecca chantera sur une des scènes de Broadway, c'est moi qui vous le dis!

— Et toi, Brenda? interrogea Crystal.

— Je posséderai et je dirigerai un des théâtres, par ici.

Toutes se mirent à rire puis nous sursautâmes ensemble en entendant un violent coup frappé sur le côté de la voiture. Aussitôt, un policier à l'allure de géant apparut devant nous.

— Qu'est-ce que vous faites, stationnée ici?

Il se pencha, jeta un regard inquisiteur à l'intérieur du véhicule puis se redressa et me considéra d'un air sévère.

« Oh, non! pensai-je. S'il me demande mon permis de conduire et les papiers, tout est fichu! Tout ce qu'on aura réussi à faire aura été une balade dans New York... »

— On voulait voir les lumières de Manhattan, intervint Crystal. On est venues rendre visite à ma tante.

— Eh bien, vous ne pouvez pas stationner ici. Vous voyez le panneau, là-bas? C'est interdit.

— Je suis désolée, lui dis-je, l'air contrit.

De nouveau, il se pencha pour nous dévisager l'une après l'autre.

— Ce n'est pas une heure pour circuler à votre âge. Votre tante sait que vous vous baladez ici?

— On vient d'arriver, lui dit Crystal. On va chez elle, maintenant.

— Vous savez comment y aller, au moins ?

— Oui, monsieur, on a un plan, son adresse et son numéro de téléphone

— Alors, ne restez pas ici. Vous pouvez y aller.

— Merci, lui lança Crystal.

Puis elle me souffla à l'oreille :

— Vas-y, vas-y !

Je passai la première vitesse et m'écartai du trottoir, de nouveau un peu trop vite. Tout le monde dans la voiture retint son souffle et, enfin, Crystal osa un coup d'œil en arrière.

— Ça va, il ne nous suit pas.

— Tu as été super, lui dis-je alors. Tu as tout de suite trouvé quoi lui répondre. Je trouve ça génial !

Étions-nous naturellement de redoutables menteuses ? Était-ce notre passé qui nous avait forgées ainsi ?

— Fais attention, insista Crystal. Ne va pas trop vite. On doit bientôt tourner... Voilà ! Il ne faut surtout pas rater le tunnel Lincoln.

Les yeux passant de la rue à son plan, elle poursuivit :

— Maintenant, tourne à gauche et continue tout droit.

Malgré l'heure et la fatigue, il nous était impossible de ne pas rester éveillées. Je suivis exactement les indications que me donnait Crystal et, quand nous pénétrâmes dans le tunnel, Janet eut peur que nous ne puissions jamais en ressortir. Il semblait en effet interminable mais nous finîmes par en émerger enfin. Et là, attentives au moindre panneau de signalisation, nous trouvâmes sans difficulté la route qui nous conduirait vers l'ouest.

De nouveau, je regardai la montre du tableau de bord. Dans quelques heures à peine, Gordon Tooey se lèverait, s'habillerait, sortirait de la maison et constaterait la disparition de son break.

Alors, l'aventure commencerait pour lui.

Le jour se levait tandis que nous poursuivions notre route et nous vîmes apparaître les premiers rayons du soleil. Le ciel était d'un bleu limpide, parsemé çà et là de petits nuages duveteux, et l'horizon entier s'offrait à nous.

— On peut s'arrêter pour boire un café ? demanda Rebecca. Il me faut ma dose de caféine pour tenir le coup et j'ai besoin d'aller aux toilettes.

— Moi aussi, lui fit écho Janet.

— D'accord, d'accord. Je crois que ça nous fera du bien à toutes.

Je fus heureuse de pouvoir faire une pause. Toutes ces émotions m'avaient épuisée et je me sentais en même temps un appétit d'ogre. Un peu plus loin, nous vîmes une pancarte annonçant un fast-food à une quinzaine de kilomètres.

— On va s'arrêter là, c'est promis.

A peine dix minutes plus tard, je stoppai la voiture sur le parking du restaurant. Sans attendre, nous sortîmes nous dégourdir les jambes. A force de tension, j'avais les reins en capilotade et les épaules raides d'avoir sans doute trop longtemps gardé les mains crispées sur le volant.

— Ça fait du bien de marcher un peu, remarqua Rebecca qui allait et venait autour de la voiture.

— Si tu te plains déjà, qu'est-ce que tu diras quand on atteindra la Californie ? lui dis-je en riant.

Il fallait absolument que je les incite à garder leur courage et leur détermination, ce qui signifiait que je devais me montrer plus forte qu'elles.

— Qui est-ce qui se plaint, ici ? Je me plaignais, Crystal ?

— Non, non, personne ne se plaint, répondit-elle avant de prendre le bras de Janet. Allez, on va se prendre un bon café.

Il y avait trois motos garées devant le restaurant et, derrière la vitre, j'aperçus trois garçons en blouson de cuir, qui nous regardaient approcher. Une fois à l'intérieur, je compris que c'était surtout Rebecca qu'ils observaient.

— Tiens, tiens, ça recommence, lui chantonnai-je à l'oreille.
— Quoi ?
Occupée à fouiller dans son sac, elle n'avait pas remarqué les motards.
— Brenda te faisait simplement remarquer que tu as un fan club, ici, lui dit Crystal d'une voix égale.
— Beurk... ils me font penser aux hommes que ma mère ramenait à la maison. Des voyous, rien d'autre.
Elle frissonna.
— N'aie pas peur, Rebecca, lui dit alors Janet, on ne les laissera pas t'ennuyer.
Malgré sa fragilité, elle était toujours prête à défendre et à protéger Rebecca.
— Allez, on fait semblant de n'avoir rien vu et on va s'asseoir au fond, là-bas. Ils ne viendront pas nous embêter si on les ignore.
Quand notre commande fut passée, je quittai un instant notre table pour me rendre aux toilettes. Mais, lorsque je revins, je constatai qu'un des trois garçons était carrément venu s'installer à ma place. En me voyant approcher, il se leva et fit mine de s'excuser. Crystal, Rebecca et Janet me jetèrent alors un regard plein de reconnaissance, comme si je venais de les sauver de la torture. Ce ne fut que lorsque je l'entendis parler que je compris leur douleur.
— Si vous avez besoin de quelque chose, les filles, vous n'avez qu'à siffler Paulo. Je suis là-bas avec mes potes.
Il indiqua la table où étaient assis ses deux copains dont les vêtements et les boots rivalisaient de crasse.
Par bonheur, la serveuse arriva avec notre commande et nous dévorâmes littéralement notre petit déjeuner. Tout en mangeant, Crystal me demanda si nous aurions bientôt besoin d'essence.
— Je vais faire le plein avant de repartir, lui répondis-je. Ce break est un véritable goinfre. Heureusement qu'on a la carte de Gordon.
— Mais... tu ne dois pas signer à son nom ? interrogea Janet avec crainte.

— On ira dans une station avec paiement automatique. Tu sais, il suffit d'introduire la carte dans une machine et c'est fait. J'en ai repéré une au bout du petit centre commercial, là-bas.

Crystal sortit sa carte et nous commençâmes à discuter de l'itinéraire du lendemain ainsi que de l'endroit où nous devrions aboutir.

Soudain, comme je levai les yeux vers la fenêtre, je me figeai.

— Regardez, lançai-je aux autres qui eurent la même réaction de terreur.

Une voiture de police venait de s'arrêter sur le parking. Les hommes qui en sortirent jetèrent aussitôt un regard sur le break garé un peu plus loin.

— C'est trop tôt pour qu'il y ait déjà eu un avis de recherche et une description du véhicule, tu ne crois pas, Crystal ? lui demandai-je, le cœur battant.

— A moins que Megan n'ait prévenu Gordon juste après notre départ... Dans ce cas, il aura immédiatement alerté la police.

Janet semblait prête à éclater en sanglots.

— Ils vont nous mettre en prison... !

— Mais non, mais non... ne vous inquiétez pas, tenta de nous rassurer Crystal. Surtout, n'ayez pas l'air coupable car c'est ça qui risquerait de nous trahir.

Comme les policiers entraient, la serveuse s'approcha pour nous proposer une seconde rasade de café et de jus de fruits.

— Qu'est-ce qu'ils font ? demandai-je à Crystal qui leva discrètement le nez dans leur direction.

— Ils vont vers le comptoir. Ils ne nous ont même pas regardées.

Poussant un soupir de soulagement, je me calai contre mon dossier.

— Vous savez, articulai-je sur un ton désabusé, chaque fois qu'on verra des flics, on aura ce genre de réaction.

— C'est pour ça qu'il faut éviter au maximum les grandes routes, reprit Crystal avant de se replonger dans l'étude de la carte.

— Alors, vous allez de quel côté ? résonna soudain une voix derrière moi.

C'était un des motards qui s'était approché de notre table.

— On va voir de la famille, répliqua aussitôt Crystal.

— Les vacances ont commencé, si je comprends bien ?

— En quelque sorte, oui, répondis-je sur un ton sec lui signifiant d'aller voir ailleurs.

Mais il m'ignora et se tourna vers Rebecca.

— Et cette famille, elle habite où ?

Malgré sa queue-de-cheval, des mèches brunes et graisseuses lui retombaient autour du visage comme des cordes de piano cassées. Il avait le nez long et fin et des petits yeux sombres, très enfoncés dans les orbites. S'il s'était rasé récemment, le résultat n'avait rien de fameux et ses mâchoires étaient maculées d'huile de vidange.

Rebecca jeta un regard suppliant à Crystal.

— Dans un petit patelin, près de Philadelphie, répondit celle-ci en montrant un point sur la carte.

— Oh, vous avez une carte !

Il se pencha un instant dessus puis se tourna vers ses deux copains en train de régler l'addition.

— J'arrive, leur lança-t-il.

Puis il ajouta à l'adresse de Crystal :

— Je connais ce patelin. Pour y aller, vous devez prendre la première route à gauche en repartant d'ici ; et après, il faut la suivre pendant une quinzaine de bornes jusqu'à la I-78. Vous pouvez même couper par là, ajouta-t-il en posant un long doigt osseux sur la carte de Crystal. Ça vous fera gagner à peu près quatre-vingts kilomètres.

— Vraiment ?

— Ouais, vraiment. On est de là-bas, alors vous pensez si on connaît les astuces du coin. Allez, je vous laisse... Bon voyage.

Après nous avoir gratifiées d'un immense sourire, il nous quitta pour rejoindre ses amis.

— Dieu merci, il est parti, lâcha Rebecca dans un souffle.

— Peut-être qu'il n'est pas aussi voyou qu'on le croit, observa Crystal. Et, s'il a raison, ça ferait un super raccourci pour nous et ça nous éviterait d'emprunter des routes trop fréquentées. Ce qu'il dit a l'air de tenir debout, en tout cas.

Par la fenêtre, nous vîmes les trois garçons grimper sur leurs motos puis démarrer non sans nous jeter un dernier coup d'œil. Celui qui avait la queue-de-cheval nous fit un signe de la main puis ils s'éloignèrent dans un bruit d'enfer.

Nous nous levâmes à notre tour et, après avoir réglé notre petit déjeuner, nous quittâmes le restaurant sans traîner. Un des policiers leva un œil vers nous, pour revenir aussi vite à ses œufs brouillés.

— J'ai eu tellement peur quand il nous a regardées, nous dit Rebecca une fois que nous fûmes dehors. Brenda a raison. On aura des sueurs froides chaque fois qu'on verra un flic ou sa voiture apparaître au coin d'une rue.

Dans la voiture, Crystal étudia de nouveau la carte.

— Je propose d'essayer le raccourci qu'il nous a indiqué. Ça m'a l'air d'être une route tranquille et peut-être qu'on restera longtemps sans voir de policier.

— Bonne idée, lui dis-je avant de démarrer.

J'amenai le break jusqu'à la station d'essence, fis le plein puis payai avec la carte de crédit de Gordon. La manœuvre fut aussi simple que de tirer de l'argent dans un distributeur.

Nous reprîmes notre chemin pendant une centaine de mètres puis Crystal annonça :

— Voilà la route à prendre, sur la gauche.

Elle semblait en piteux état, ce qui m'étonna.

— Celle-là ? Tu es sûre ?

— Oui, c'est bien ce qu'il nous a dit : la première à gauche après le restaurant.

— D'accord, dis-je en obtempérant à contrecœur.

La route était poussiéreuse, pleine de nids-de-poule

et de cailloux. Au bout d'un kilomètre de cahots, j'arrêtai la voiture et me tournai vers Crystal.

— Ce n'est pas la bonne route. Pas étonnant qu'il n'y ait personne, elle est impraticable.

— Je suis sûre que c'est celle-là, insista Crystal. C'est celle qu'il m'a montrée sur la carte.

Soudain, comme s'ils l'avaient entendue, les trois motards surgirent de nulle part. Deux d'entre eux se plantèrent face à la voiture, leur roue pratiquement contre le pare-chocs, et le troisième, celui qui portait la queue-de-cheval, vint se coller à notre côté gauche. Puis, tous ensemble, ils descendirent de leur moto.

— Qu'est-ce qui se passe? interrogeai-je d'une voix tremblante.

— Je vois que vous avez pris le petit raccourci que je vous avais conseillé, nous déclara le dénommé Paulo. Vous m'avez l'air bien pressées.

— Et alors? lui dis-je sur un ton qui se voulait assuré.

— Alors? Vous roulez sur une route à péage, me répondit-il avant de partir d'un rire méchant.

— Quoi?

Je me mis à sourire quand l'un des deux autres s'approcha à son tour, ouvrit la portière de Rebecca et se pencha à l'intérieur.

— Re-bonjour! dit-il simplement.

Petit et trapu, il avait une tignasse châtain clair, des yeux bleus, une peau grêlée et un nez épaté qui contrastait fortement avec sa bouche trop fine.

— Joli, très joli! déclara-t-il en posant la main sur la chevelure d'ébène de Rebecca.

Elle bondit en arrière sur son siège.

— Ne me touche pas! hurla-t-elle en venant chercher refuge contre moi.

— Je te fais un compliment, c'est tout. Ne t'énerve pas, Maria!

— Je ne m'appelle pas Maria, protesta-t-elle entre ses dents.

Je vis alors le dénommé Paulo fouiller dans une de ses poches pour en extirper un couteau à cran d'arrêt.

— On pourrait en couper quelques mèches et les attacher à nos bécanes, qu'est-ce que tu en dis, Duke ?

— Bonne idée, reprit le petit râblé qui se collait littéralement contre Rebecca.

Son haleine empestait tellement le whisky que l'odeur emplissait toute la voiture et me retournait l'estomac.

Dans le rétroviseur, je vis le regard terrifié de Janet et la colère sur le visage de Crystal. Nous étions seules sur cette route perdue, il n'y avait aucune maison aux alentours et la chance pour qu'une voiture passe par là était nulle. Ces types nous avaient piégées et nous avions eu la naïveté de les croire.

— Vous avez de l'oseille avec vous ? nous demanda celui qui s'appelait Duke.

— Oh, oui, des tonnes ! répliquai-je avec défi. C'est pour ça qu'on a une si belle voiture.

D'instinct, je savais que, si je manifestais la moindre peur, les choses ne feraient qu'empirer.

— Oh, tu joues les petites futées, toi ! Peut-être bien qu'on pourrait te couper les cheveux à toi aussi. Ce n'est pas que tu en aies des masses mais...

— L'oreille, Tony, l'oreille ! lui suggéra Paulo. Tu pourrais la porter à ta ceinture, après.

Puis, posant un pied sur le pare-chocs avant, il éclata de rire.

— Le péage, c'est cinquante dollars, annonça Duke. Mais, faites gaffe, dans cinq minutes, il grimpera à soixante-quinze.

— Ça fait déjà deux minutes, annonça Paulo en lui arrachant un rire gras.

— Il a raison. Deux minutes ! Alors ?

— Je crois qu'on va prendre une autre route, tentai-je.

— Trop tard, reprit Duke. On est sur celle-là, on ne change pas.

Il chercha une nouvelle fois à caresser les cheveux de Rebecca qui le repoussa avec violence.

— Si vous ne nous laissez pas tranquilles, les menaça Crystal, on raconte tout à la police.

— Ma jolie, lui rétorqua-t-il, la bouche tordue par un mauvais sourire, mon petit doigt me dit que vous n'oserez pas. Je me trompe ?

— Oui ! lui crachai-je soudain d'une voix vibrante de colère. Vous vous trompez sur toute la ligne !

Sans lui laisser le temps de répliquer, j'écrasai la pédale d'accélérateur. Le break fit un bond en avant, projetant la portière ouverte sur Duke qui, de surprise, perdit l'équilibre et roula sur le sol. Tony, celui qui était resté à l'avant, parvint à ôter de justesse son pied du pare-chocs mais, déséquilibré lui aussi, il alla valser par terre.

Sur ma lancée, je précipitai notre véhicule sur les deux motos garées devant nous. Avant que l'une n'aille voler sur la gauche et que l'autre ne vienne s'écraser de l'autre côté de la route, je sentis nettement les pneus du break leur rouler dessus.

Effarés, les trois voyous eurent à peine le temps de réagir que je faisais déjà marche arrière, Rebecca s'empressant de refermer sa portière. Paulo fit faire un rapide demi-tour à sa moto intacte mais, avec une détermination que je ne me connaissais pas, je fonçai sur lui en faisant hurler le moteur. Il n'eut d'autre choix que de bondir sur le côté pour ne pas être écrasé à son tour. Je le vis alors se jeter avec son engin dans le fossé puis exécuter un superbe soleil avant de se faire éjecter, tête la première, dans les hautes herbes.

Je ne pris pas le temps de vérifier le résultat de la cascade ni de constater les dégâts. Je poursuivis ma course folle en marche arrière, le break heurtant les trous et les pierres qui jonchaient le chemin, nos têtes se cognant contre le plafond, jusqu'à ce que j'atteigne le croisement. Là, je fis demi-tour en soulevant un nuage de poussière puis je m'engageai sur la route en accélérant comme une malade.

En quelques secondes, le chemin disparut dans le rétroviseur.

— Ne va pas trop vite, Brenda ! me supplia Crystal.

Le son de sa voix m'aida à reprendre mes esprits et, vaguement calmée, je levai le pied.

Derrière moi, Janet sanglotait. Quant à Rebecca, elle semblait encore sous le choc. Un peu étourdie par ce qui venait de nous arriver, je gardai les yeux rivés sur la route tandis que Crystal se retournait sans cesse pour s'assurer que personne ne nous suivait.

— Aucune trace d'eux. J'ai bien l'impression que tu as achevé leurs motos.

— Continue quand même, me conseilla Rebecca. Ne ralentis pas trop non plus.

Je n'en avais pas l'intention et nous poursuivîmes notre route, au rythme des hoquets de Janet et de nos respirations encore haletantes.

— Janet, ça va, maintenant, la réconforta Crystal en lui passant un bras autour du cou. On est en sécurité; ils ne peuvent plus rien contre nous.

— Il s'agit à présent de bien regarder la carte, lançai-je à Crystal. On ne peut plus se permettre la moindre erreur.

— Tu prendras la prochaine sortie. On sera alors à une quarantaine de kilomètres de la I-287. Ne la loupe pas.

Quand le panneau annonça la sortie en question, je pris soin de bien rester sur la droite pour ne pas la rater et nous atteignîmes bientôt la route indiquée par Crystal, qui devait nous mener en Pennsylvanie.

Les motards avaient bel et bien disparu. Rassurée, je me calai dans mon siège pour me détendre un peu mais Crystal continuait de s'inquiéter pour Janet. Je voyais bien à son visage lorsque je l'observais dans le rétroviseur. Alors, saisie d'une impulsion subite, je m'engageai sur la première aire de repos qui se présenta pour que nous soufflions un peu. Janet semblait être au bord d'une de ses crises et je n'aimais pas cela.

— Je crois qu'il faut joindre nos forces, murmura Crystal dès que j'eus garé le break.

Je jetai un coup d'œil à Rebecca qui acquiesça sans attendre et, bientôt, nous nous retrouvâmes toutes les quatre à l'arrière du véhicule, nos têtes se touchant, en train de psalmodier :

— Nous sommes sœurs. Nous resterons toujours des sœurs...

Au bout de quelques instants, la tension qui nous oppressait sembla s'atténuer pour finir par disparaître de notre corps et de notre esprit.

— Vous avez vu le regard ahuri de ce Duke quand Brenda a subitement accéléré ? demanda Rebecca en riant.

— La portière l'a bien fichu par terre, en tout cas, observa Crystal.

— C'est peut-être lui qui a perdu un peu de ses cheveux, dans la bagarre...

— J'ai senti les roues écraser une des motos, déclarai-je, un peu ennuyée malgré moi.

— Mais ils ne peuvent tout de même pas aller se plaindre à la police, non ? demanda Rebecca.

— Ils n'oseraient pas. Quant à ton héros à la queue-de-cheval, je crois que je lui ai vu pousser des ailes.

Nous partîmes toutes d'un rire bienfaisant puis le silence s'installa de nouveau.

— Je crois qu'on forme une sacrée équipe, déclarai-je au bout d'un moment. Nous sommes maintenant les Quatre Super-Orphelines, n'est-ce pas, Janet ?

Elle me répondit par un sourire timide.

— Allez, on repart, annonçai-je avant d'aller reprendre ma place au volant. Rebecca, si tu nous chantais quelque chose ?

Elle resta pensive un moment puis entonna un air à l'instant où nous reprenions la route. Bientôt, nous nous mîmes à chanter en chœur et, l'esprit apaisé par la musique, j'osai croire que tout allait bien se passer, dorénavant.

Nous roulâmes pendant près de trois heures avant de nous arrêter dans un restaurant. C'était moins bon marché que ce que j'avais prévu et je compris que Crystal ne se trompait pas en nous disant que l'argent allait très vite disparaître.

Malgré le fait que nous utilisions la carte de Gordon pour l'essence, ce voyage nous coûtait encore cher. Je suggérai donc de ne plus nous arrêter que dans des fast-food où l'on pouvait se nourrir pour trois fois rien.

Ce soir-là, après avoir roulé presque toute la nuit et la journée entière, nous commencions à sentir l'épuisement nous gagner et je me rendais compte que je ne pourrais pas conduire encore très longtemps dans cet état.

— Je crois qu'on va s'en tenir là, pour aujourd'hui, annonçai-je aux filles. Il est encore tôt mais je me sens incapable de continuer ce soir.

— C'est mieux, tu as raison, dit Crystal. On va essayer de trouver un chemin tranquille pour dormir.

Il nous fallut rouler encore une trentaine de kilomètres avant de repérer un endroit sûr pour passer la nuit. Nous faillîmes le rater car l'entrée était masquée par une haie d'érables feuillus. La route, autrefois goudronnée, n'était plus aujourd'hui qu'un chemin de gravillons.

— C'est parfait, commenta Crystal.

— Il n'y a pas d'ours, par ici, j'espère? demanda Janet, inquiète.

— Normalement, les ours ne sont pas agressifs tant qu'on ne les menace pas ou tant qu'une mère ne sent pas ses petits en danger, lui expliqua Crystal.

— Normalement? répéta Rebecca en haussant les sourcils.

— Tu sais, je crois que, d'une manière ou d'une autre, c'est nous qui ferons peur aux animaux, et non le contraire.

Je dirigeai donc le break vers le chemin qui s'enfonçait dans les sous-bois et conduisis très lentement jusqu'à ce que nous rencontrions un endroit qui nous parût tranquille.

— Et maintenant, qu'est-ce qu'on fait? interrogea Rebecca.

— On nettoie la voiture et on s'installe de la façon le plus confortable possible, reprit Crystal. De toute façon, on est tellement fatiguées qu'on pourrait s'endormir sur le toit, si on voulait.

Il nous fallut un bon moment pour rabattre la banquette arrière car les attaches métalliques étaient rouillées et tordues. Sous les sièges, on découvrit des papiers de bonbon, des emballages graisseux de hamburgers, des canettes de bière et même une bouteille de vin... vide, bien entendu.

— Il est peut-être préférable de dormir les fenêtres ouvertes, non ? proposa Rebecca.

— Tu n'as pas peur des insectes ? lui demandai-je.

— Tant pis, reprit Crystal. Rebecca a raison. Mais on laissera les vitres entrouvertes, ça suffira.

Une fois installée, la banquette rabattue offrait à l'arrière trois places confortables pour Crystal, Rebecca et Janet. Quant à moi, je pouvais tranquillement m'allonger en travers sur les sièges de devant. Je savais qu'il ne se passerait pas dix minutes avant que nous soyons toutes les quatre endormies.

Le soleil venait de se coucher derrière les bouleaux et les érables qui nous entouraient et, bientôt, l'obscurité nous enveloppa d'une tiédeur apaisante. Tout était parfaitement calme, les oiseaux eux-mêmes s'étaient tus.

— Je me demande ce que peut faire Gordon en ce moment, murmura Rebecca.

— Il pense à nous, ça c'est sûr, lui répliquai-je en lui arrachant un petit rire.

— Moi, je ne veux pas penser à lui, dit Janet.

— Alors, on ferait mieux de dormir, lançai-je. Bonne nuit, les filles. Faites de beaux rêves...

Ce fut la lumière qui me réveilla. Je clignai un instant des yeux puis je compris soudain que, s'il faisait jour dans la voiture, ce n'était pas à cause du matin qui se levait.

— Oh, non... soufflai-je en m'asseyant.

Derrière nous, il y avait un véhicule arrêté qui nous éclairait de ses phares. Je n'eus pas le temps de secouer les autres que j'entendis trois coups frappés à la fenêtre. En m'approchant, j'aperçus le visage d'un homme âgé qui regardait à l'intérieur. Mon sang se glaça dans mes veines.

Lentement, je baissai ma vitre pendant que les filles commençaient à ouvrir les yeux.

— Ça alors! s'exclama le visiteur. Voilà des agneaux qui se seraient égarés... Bon sang, dormir dans une voiture quand il y a toute la place chez nous! Allez, en route. Suivez le chemin jusqu'à la maison. Nana sera trop contente de vous héberger. Allez!

Ébahie, je me tournai vers Crystal qui ouvrait péniblement un œil.

— Autant faire ce qu'il dit, murmura-t-elle. Ce n'est pas un vieux bonhomme comme lui qu'on va renverser et laisser pour mort sur le bord du chemin...

Je démarrai donc et remis le break sur la route cabossée. Le vieil homme rentra dans sa voiture et me suivit, son pare-chocs pratiquement collé au mien.

De toute façon, il n'y avait rien d'autre à faire.

Un coin de paradis

La petite propriété qui apparut devant nos yeux écarquillés semblait venir d'un autre âge. La maison était entourée d'herbes folles qui n'avaient pas connu de tonte depuis des siècles. Les arbres qui l'entouraient, dont trois magnifiques saules pleureurs, s'élevaient en toute liberté et certaines de leurs branches venaient frôler le toit, par endroits.

J'imaginais que, dans la journée, le feuillage devait faire un obstacle important à la lumière et que, les nuits de tempête, on pouvait aisément croire que des fantômes se baladaient sur la toiture.

La maison, recouverte d'un crépi qui s'effritait, ressemblait à la chaumière de Blanche-Neige. Sur la droite, se dressait une arche ouvrant sur une courette et un petit jardin. Lorsque les phares de la voiture l'illuminèrent, j'aperçus une vieille fontaine craquelée en forme de vasque d'où émergeait un angelot grassouillet.

Les fenêtres étaient flanquées de volets bruns restés ouverts, et on voyait de la lumière briller au rez-de-chaussée. Plus loin, sur la droite de la propriété, s'étendait un champ envahi de mauvaises herbes, qui aboutissait sur ce qui semblait être un bois.

Un garage, indépendant de la maison, s'élevait sur la gauche. Le vieil homme arrêta son véhicule devant l'entrée, sortit et m'indiqua une place où garer le break. Dès que j'eus coupé le moteur, Rebecca, peu rassurée, suggéra :

— On devrait peut-être faire demi-tour et nous enfuir d'ici pendant qu'il est encore temps.

— Dans ce cas, il risque d'avertir la police et on l'aura sur le dos dans la demi-heure qui suit, lui fit remarquer Crystal. Gordon a dû leur donner notre signalement, maintenant.

— Voyons d'abord ce qu'il veut, leur dis-je en le regardant s'approcher.

— Ne restez pas là-dedans, nous lança-t-il. Descendez, descendez ! Nana est à l'intérieur, elle écoute de la musique tout en tricotant quelque chose pour les enfants de Gerry.

— Qui est Gerry ? demandai-je d'une voix légère.

— C'est mon garçon. Le seul qui habite encore dans le coin. Hélène est mariée et elle s'est installée à Akron. Burt travaille à Atlanta, mais lui, il ne se mariera jamais. Allez, venez ! C'est un bon chocolat chaud qu'il vous faut.

Comme d'habitude, je me tournai pour chercher conseil auprès de Crystal. Elle hocha la tête et, d'un même mouvement, nous sortîmes toutes les quatre du break.

— Regardez-moi ça! s'exclama-t-il en apercevant Janet. Ce n'est pas une jolie petite chose? Gerry a une fille qui a les mêmes boucles blondes. Comment t'appelles-tu?

— Janet, répondit celle-ci d'une voix timide.

— Janet, Janet... répéta-t-il en se grattant le crâne comme s'il fouillait dans sa mémoire.

Il restait quelques touffes de cheveux blancs sur son crâne dégarni et, avec ses épais sourcils gris, il me rappelait le Père Noël. Il avait un visage rond et jovial. Malgré l'obscurité, je vis qu'il mesurait à peine plus que Rebecca — la plus grande d'entre nous, il est vrai. Ses avant-bras étaient musclés, ses mains puissantes et épaisses, et il se tenait un peu voûté. En dépit de son âge avancé, il émanait de lui une puissance manifeste. Il avait la solidité d'un vieux chêne.

— Suivez-moi, nous dit-il avant de franchir une allée aux dalles craquelées.

La porte d'entrée était ornée d'une fenêtre à petits carreaux colorés. Arrivé sur le seuil, il tourna la poignée et appela:

— Nana, on a des invités!

Puis il recula d'un pas et nous laissa entrer avant de refermer la porte derrière nous.

Aussitôt, une odeur de ragoût et de pain cuit maison nous chatouilla les narines. Accueillante, douillette, la maison offrait la chaleur d'un vieil édredon. Des photos de famille recouvraient les murs du petit vestibule au coin duquel se dressait un portemanteau faisant face à un vieux poêle éteint.

Du salon, nous parvenait de la musique douce.

— Debussy, me souffla Crystal à l'oreille.

Décidément, elle connaissait tout...

Une petite femme âgée, aux cheveux blancs ramenés en chignon sur la nuque, vint nous accueillir. Elle portait une robe de coton bleu clair à manches longues et, à ses poignets, brillaient un bracelet d'or ainsi qu'une montre de prix. Elle avait de grands yeux noisette et des lèvres presque parfaites qui dessinaient un joli sourire sur son visage avenant. Avec son regard rieur, elle avait dû être très belle dans sa jeunesse. Elle l'était encore, d'ailleurs...

— Qui sont ces jeunes filles, Norman ? demanda-t-elle d'une voix douce.

— Des agneaux perdus, Nana. Je les ai trouvées en train de dormir dans leur voiture, sur le chemin. Tu te rends compte !

— Mon Dieu... souffla-t-elle.

— On ne pensait pas être chez vous, hasardai-je vivement. On croyait que ce chemin était inutilisé et qu'il ne menait nulle part.

— C'est vrai qu'il a l'air inutilisé, reconnut-elle. Je te l'ai dit, Norman : il faut que Gerry demande à Billy Powers de le remettre en état.

— Mais il dit que ça va nous coûter une fortune, lui rétorqua le vieil homme. Et tu sais ce qu'il pense de cette propriété.

Se tournant vers nous, il poursuivit :

— Mon fils ne veut plus que nous habitions ici. Il estime que c'est trop difficile à entretenir, surtout pour les candidats à l'hospice que nous sommes...

— Arrête, Norman, le réprimanda Nana. Il n'a jamais rien dit de ce genre.

Avec un sourire désabusé, il reprit :

— Oh, il n'a pas besoin de le dire. Je sais ce qu'il pense. C'est mon garçon... Allons, mes petites, donnez vos noms à Nana.

Les mains jointes sur le ventre, elle nous sourit et attendit. Je regrettai de ne pas avoir demandé à Crystal s'il valait mieux divulguer de faux noms, mais il était trop tard, à présent.

— Je m'appelle Brenda, déclarai-je la première, bientôt imitée par les autres.

Quand Janet se mit à parler, le regard de Nana parut s'illuminer et son sourire s'accentua.

— Regarde-la, Norman, elle a l'air si fragile. Dormir dans une voiture, quand j'y pense... Mes petites, je voudrais tout savoir sur vous et, surtout, pourquoi vous couchez dans une voiture alors qu'il y a tant de place pour vous, ici.

Comment aurions-nous pu le savoir ? Cela paraissait pourtant tellement évident pour Nana.

— En attendant, je vais vous préparer du chocolat chaud, proposa Norman.

— Sans salir toute la cuisine, Norman Stevens, lui rappela Nana sur un ton faussement autoritaire.

— Elle ne me lâchera jamais, répliqua-t-il en riant. Et ça fait près de soixante ans que ça dure...

— Venez par ici, mes petites, nous dit-elle avant de nous guider vers le salon.

Sans paraître sale ni désordonnée, la pièce était encombrée de mille objets anciens, de vases, de cadres, de statuettes de toutes sortes. Les cuivres étincelaient, les bois cirés brillaient, et les fauteuils aux profonds coussins semblaient prêts à nous accueillir. Bien qu'usés par le temps, les meubles semblaient parfaitement entretenus. Contre un mur se dressait une bibliothèque chargée de livres reliés qui attira comme un aimant le regard fasciné de Crystal.

— Prenez place où vous le désirez, nous proposa Nana. Norman va mettre un petit bout de temps à trouver un pot et à mesurer six tasses de chocolat. Il n'a plus les yeux de sa jeunesse. Gerry ne veut plus qu'il conduise mais Norman n'est pas homme à admettre son âge ou sa faiblesse.

— Ça fait vraiment soixante ans que vous êtes mariés ? lui demanda Rebecca en se penchant en avant.

Assise dans son fauteuil à bascule, Nana lui répondit non sans fierté :

— Cela fera soixante-deux ans le 5 novembre.

Rebecca parut stupéfaite.

— J'ai l'impression que c'était hier, poursuivit la vieille femme. Je le vois encore se présenter chez mes parents, à Denton, son chapeau à la main, avec, sous le bras, une petite boîte de chocolats pour ma mère et, pour mon père, de la liqueur de mûre fabriquée par sa chère maman. Et, pour moi, il avait un énorme bouquet de roses jaunes. C'était fort cher, à l'époque. « Je viens demander la main de votre fille », a-t-il déclaré. Vous imaginez combien de fois il avait répété cette petite phrase, en chemin? Papa fit mine de réfléchir comme s'il n'était pas au courant alors que tout le voisinage voyait Norman me faire la cour depuis si longtemps...

Elle demeura rêveuse un instant avant de poursuivre :

— « Croyez-vous pouvoir lui offrir une existence décente ? » lui a demandé mon père. « Oui, monsieur, a-t-il répondu, une bonne et honnête vie de fermier. »

Elle partit d'un rire léger.

— Et voilà : depuis ce jour, nous vivons ici.

— Vous voulez dire que vous avez habité ici, dans la même maison, toutes ces années ? interrogea Rebecca, interloquée.

— Mais oui, pourquoi ? Norman n'aurait quitté cette propriété sous aucun prétexte. C'est ici qu'il voudrait finir ses jours, et moi aussi, si Dieu le permet. Voilà pourquoi Gerry parle dans le vent avec ses histoires de maisons de retraite et autres asiles de vieux. Autant hurler à la lune...

De son regard plein de bonté, Nana nous considéra l'une après l'autre puis déclara :

— A votre tour, maintenant. Parlez-moi un peu de vous, mes petites. Comment en êtes-vous venues à coucher dans une voiture ? Et où allez-vous, ainsi ?

Je regardai Crystal. A elle de fouiller dans son imagination et d'y piocher une histoire qui tienne debout pour nous quatre.

— Voilà, commença-t-elle. On vient toutes les quatre d'une école de filles, là-bas, dans l'Est. On est d'excellentes amies et ce qui nous a réunies, c'est un peu le fait qu'on soit les plus pauvres du lycée ; on a même droit à une bourse d'études. Comme je les ai invitées à passer chez moi une partie des vacances d'été, on était en route vers la maison. C'est pour économiser un peu qu'on a décidé de dormir dans la voiture au lieu de

107

dépenser notre argent dans un hôtel. Et puis, on pensait que ce serait amusant de faire comme si on campait...

Je restai stupéfaite par la facilité avec laquelle Crystal savait nous monter un récit de toutes pièces. Les livres qu'elle dévorait à longueur de temps lui donnaient décidément une imagination diabolique.

— Mais, vos parents ne vont-ils pas être inquiets de ne pas avoir de vos nouvelles ? demanda Nana.

— Oh, on les a appelés... tout à l'heure, avant de nous arrêter pour la nuit. Ils savent qu'on prend notre temps et qu'on en profite pour visiter un peu la région.

— Ah, les enfants d'aujourd'hui... commenta-t-elle en hochant la tête. A votre âge, jamais je n'aurais osé faire ne serait-ce que cinquante kilomètres par moi-même ; et vous, vous vous promenez toutes seules à travers le pays. Mais, je suppose que vous êtes très prudentes, n'est-ce pas ?

— Oui, bien sûr, lui assura Crystal.

Nana se tourna alors vers Janet.

— Tu ne dois pas être tellement plus vieille que ma petite-fille Lindsey. Quel âge as-tu, mon enfant ?

— Presque dix-sept ans, souffla-t-elle d'une voix quasiment inaudible.

— Vraiment ? Sans vouloir te blesser, je t'en aurais donné à peine plus de quatorze. Tu dois beaucoup manquer à ta maman.

Janet se crispa soudain et jeta un coup d'œil alarmé à Crystal, qui s'empressa d'intervenir :

— Sa mère est morte. Janet vit avec son père mais il est souvent absent à cause de ses nombreux voyages d'affaires.

— Oh... murmura la vieille femme. Je suis désolée, Janet.

— Mais, vous savez, déclara Rebecca, Butterfly a beaucoup de talent. Un jour, ce sera une grande danseuse.

— Butterfly ?

— Oui, c'est son surnom, répondis-je vivement.

— Un papillon... C'est vrai qu'elle ressemble à un papillon. Quel genre de danse pratiques-tu, Janet ?

— Le ballet classique, répliqua Crystal. Elle peut danser magnifiquement sur la musique qu'on entend en ce moment.

— Oh, c'est merveilleux ! s'exclama Nana en se plaquant les mains l'une contre l'autre. J'aimerais tant voir cela !

Crystal regarda Janet dont le visage refléta d'abord une expression de crainte puis de fierté. Peut-être n'était-elle pas assez douée pour fréquenter une grande école de ballet mais elle savait certainement danser à merveille quand elle se laissait entraîner par son instinct.

— Montre-lui ce que tu sais faire, lui suggéra Crystal.

— Oui, renchérit Rebecca, montre-lui.

Janet regarda Nana qui, déjà, souriait de bonheur, puis elle se leva. Elle prit position au moment précis où Norman revenait avec un plateau de tasses fumantes.

— Voilà le chocolat chaud !

— Ne fais pas de bruit, Norman, et assieds-toi, lui recommanda Nana. Nous avons droit à un petit spectacle.

— Qu'est-ce que c'est ?

Puis il aperçut Janet qui attendait dans un coin de la pièce.

— Oh, pardon... ajouta-t-il avant de poser son plateau sur une table basse et de s'asseoir auprès de son épouse.

Janet commença. Elle ne dansa pas longtemps, n'exécuta rien de très extraordinaire. Nous l'avions souvent vue s'entraîner à Lakewood House. Cependant, pour Nana et Norman, ce fut comme si une danseuse étoile leur offrait une représentation. Ils applaudirent avec passion lorsqu'elle eut terminé.

— Eh bien, si on m'avait dit... si je m'attendais à une chose pareille... balbutia Norman. C'est magnifique ! Est-ce que tu te produis dans des théâtres ou... ?

— Non, non, s'empressa de répondre Janet dont le visage virait au cramoisi.

— Mais, tu devrais le faire, mon petit.
— Ça viendra, leur assura Rebecca.

Profitant de l'opportunité, Janet chercha à détourner d'elle l'attention du vieux couple et annonça :

— Rebecca chante très bien, aussi.
— Vraiment ? demanda Norman, décidément très impressionné.
— Oui, elle connaît toutes les comédies musicales. Chante-nous *Le Fantôme de l'Opéra*, Rebecca, s'il te plaît. Tu sais, l'air que j'adore.
— Bon... d'accord, répondit-elle après une hésitation.

Elle se leva à son tour pour aller se placer devant la cheminée. Et, pendant que Norman distribuait en silence une tasse de chocolat à chacune, Janet vint s'asseoir aux pieds du fauteuil à bascule de Nana.

Rebecca se mit à chanter de la voix mélodieuse que nous lui connaissions et, bientôt, tout le monde fut sous le charme.

De nouveau, Nana et Norman applaudirent avec enthousiasme. Ils semblaient être aux anges.

— N'êtes-vous pas, mes petites, dans une école où l'on enseigne la musique et les arts ? interrogea notre hôte.

— Oui, une école où l'on peut choisir une spécialité artistique, précisa Crystal de sa voix de professeur.

— Et Crystal veut devenir médecin, leur dit Rebecca qui ne voulait pas qu'elle soit en reste. Ce qui ne l'empêche pas d'écrire des poèmes, à ses heures perdues.

— Tu fais de la poésie ? s'étonna Norman. Tu nous réciteras bien quelque chose ?

Crystal parut réfléchir un instant, balaya la pièce du regard puis se leva.

— J'ai écrit ceci pour mes grands-parents, il y a longtemps, annonça-t-elle en prenant un air grave.

Une fois de plus, sa vivacité d'esprit me laissa bouche bée. Comment une idée pareille lui était-elle venue aussi vite ? Les yeux dirigés vers le plafond, elle commença :

— « Je ne connais rien de mon passé, si ce n'est à travers vous. Je ne connais pas mon nom, si ce n'est par vous. Lorsque je m'interroge sur ma voix, sur mon visage, lorsque je me mets à rire ou à pleurer, alors je pense à vous. Vous, mon grand-père et ma grand-mère, qui êtes les racines de mon être, et qui avez toujours partagé avec moi vos amours et vos rêves. Aujourd'hui encore, je pense à vous chaque fois que je me retrouve en moi-même. »

Elle s'arrêta, baissa les yeux puis se rassit lentement.

— C'est si joli, ma petite. N'est-ce pas merveilleux, Norman ?

— Oui... je suis plein d'admiration, reconnut-il. Et puis, je crois que j'ai compris le sens du poème.

Tout le monde partit d'un même rire puis Nana se tourna vers moi et me dit :

— A toi de nous montrer tes talents, maintenant. Veux-tu ?

— Vous savez, je ne chante pas, je ne danse pas, je ne fais pas non plus de poésie...

— Brenda est notre déesse des stades, me coupa Janet sur un ton joyeux. Elle pourrait faire les Jeux olympiques.

— Ah, oui ? reprit Norman en se tournant vers moi. J'étais moi aussi un grand sportif, autrefois. Mais, jamais on ne me voyait m'exercer à l'intérieur, cloîtré dans un gymnase. Rien ne pouvait m'empêcher de m'entraîner dehors au grand air. J'aime la nature... même si l'état actuel de cette propriété laisse un peu à désirer.

— C'est vrai que l'herbe aurait besoin d'un bon coup de tondeuse, admis-je avec un sourire.

— Oui, ça ne serait pas du luxe, je le reconnais. J'allais m'y atteler, d'ailleurs.

— Norman, tu devrais avoir honte, le taquina gentiment Nana.

— Honte, oui... On dirait que cet endroit me file entre les doigts ; je n'arrive plus à l'entretenir comme je le devrais.

— C'est un travail très pénible, en convint Crystal. On est bien placées pour le savoir car c'est nous qui étions chargées de nous occuper du parc, à l'école.

— Peut-être pourriez-vous aider un peu Norman au jardin, demain matin, mes petites, hasarda Nana au bout d'un instant de silence.

Reposant sa tasse sur la table basse, elle sembla attendre une réponse de notre part.

— Demain matin...? répétai-je avant de regarder Crystal qui, aussitôt, hocha la tête.

— Oui, demain matin, assura Nana. Vous ne pensez tout de même pas que je vais vous laisser retourner dormir dans votre voiture alors qu'il y a là-haut, outre la nôtre, deux chambres à coucher, prêtes à accueillir chacune deux personnes? De plus, vous n'aurez pas à faire les lits car j'y laisse toujours des draps frais, s'il prend un jour l'idée à ceux de ma famille de venir me rendre visite.

Au ton triste de sa voix, il était évident que ceux-ci ne venaient pas très souvent.

— C'est très gentil à vous, mais...

Faisant mine de ne pas entendre Crystal, Nana se leva et annonça :

— Demain, vous aurez droit à un petit déjeuner à l'ancienne. Je n'en ai pas fait depuis des siècles car nous sommes seuls, ici, et Norman et moi avons un appétit d'oiseau. Le matin, il se contente d'un bol de céréales, et moi de...

— Et d'un jus de pruneaux, ajouta-t-il en souriant.

— N'entrons pas dans les détails, Norman. Ces jeunes filles doivent être épuisées après leur journée de route. Maintenant, je vais vous montrer vos chambres et je ne veux pas entendre la moindre protestation.

D'autorité, Nana prit la main de Janet et l'entraîna avec elle.

— Par ici, ma chérie.

Interloquées, nous la suivîmes vers le petit escalier qui menait au premier étage. Il était toujours surprenant de constater que, dès le premier instant, un étranger pressentait chez Janet l'immense besoin d'amour et d'affection qui l'habitait. Confiante, le visage rayonnant de plaisir, elle accepta la main de Nana sans protester.

Comme Rebecca me jetait un regard étonné, je haussai les épaules et nous leur emboîtâmes le pas.

Chacune des chambres à coucher disposait de deux lits recouverts d'un énorme édredon et d'oreillers moelleux. Elles étaient tapissées d'un tendre papier peint bleu pâle qui contrastait joliment avec le bleu marine des épais rideaux ornant les fenêtres. Les lits étaient séparés par une table de chevet où trônait une lampe de cuivre surmontée d'un abat-jour à volant. Aux murs, étaient accrochées des peintures à l'huile évoquant des scènes champêtres.

Chaque pièce était dotée de deux coiffeuses sur lesquelles trônaient des photos dans un cadre d'étain. Nana nous présenta ainsi ses enfants et ses petits-enfants, en nous disant combien ils lui manquaient tous et quel bonheur elle ressentait chaque fois qu'ils venaient la voir.

— Rien n'est plus merveilleux qu'une maison où toute la famille se trouve réunie, observa-t-elle d'une voix triste.

Nous nous regardâmes toutes les quatre. Si elle savait combien cela nous manquait à nous aussi. Je détestais l'idée de devoir lui mentir, et je vis que Crystal ressentait la même chose.

— La salle de bain est de l'autre côté du couloir, nous dit-elle. Avez-vous besoin d'un vêtement pour dormir ? J'ai de très jolies choses qui vous iraient à ravir.

— Je veux bien, répondit Rebecca, trop contente de se débarrasser de ses habits froissés.

— Je vous remercie mais j'ai ce qu'il faut, répliquai-je en songeant que mon T-shirt ferait très bien l'affaire.

— Moi aussi, déclara Crystal avant de sortir de son sac à dos une grande chemise blanche dans laquelle je l'avais vue des centaines de fois.

Janet, qui avait laissé ses affaires dans la voiture, accepta avec plaisir la proposition de Nana.

— Attends, je crois savoir ce qui t'ira bien, mon enfant.

Se dirigeant vers l'une des commodes, elle en extirpa une ravissante nuisette bleu et rose dont le col était resserré par un délicat nœud de satin.

— Je suis sûre que c'est la bonne taille, ajouta-t-elle en la brandissant devant notre petite sœur.

Janet la prit entre ses mains comme s'il s'agissait d'un objet fragile.

— Maintenant, mes petites, à vous de décider qui dort avec qui.

— Je crois que nous garderons nos habitudes de l'école, lui dit Crystal.

— Parfait. Quelqu'un a-t-il besoin d'autre chose? interrogea la vieille femme.

Nous secouâmes la tête en silence. Je me sentais réellement fatiguée, à présent, et je crois que les trois autres l'étaient autant que moi.

— Bien. Je vais te chercher la chemise dont je t'ai parlé, Rebecca. Ne bouge pas.

— Regardez comme tout est beau ici, s'extasia Janet en s'asseyant sur un des lits. Je dormais dans une chambre comme celle-ci quand je vivais avec Céline et Sanford.

— Moi, je suis tellement épuisée que je pourrais dormir sur un banc public, articulai-je avant de bâiller. Salut, les filles. A demain.

— Tu crois qu'on a eu raison d'accepter? me demanda Crystal, soudain saisie d'un doute.

Je haussai les épaules.

— Bien sûr. En tout cas c'est certainement mieux de dormir ici que dans ce break pourri.

— Si ça pouvait être notre maison et s'ils pouvaient être nos grands-parents... se prit à rêver Janet.

Aucune de nous ne songea à répliquer tant nous souhaitions secrètement la même chose.

Bientôt, Nana fut de retour avec la chemise de nuit qu'elle destinait à Rebecca.

— Je la portais quand j'avais ton âge, lui dit-elle. J'espère qu'elle te plaît.

— Oh, oui, répondit-elle en serrant le vêtement contre son cœur. Merci beaucoup, Nana.

Rebecca frotta le fin tissu contre sa joue comme pour mieux en éprouver la douceur puis elle effleura du doigt les délicates broderies qui en ornaient le col.

Lorsqu'elle la passa enfin, elle me fit penser à une riche aristocrate du temps jadis et je me mis à regretter de ne pas avoir accepté l'offre de Nana. Ainsi vêtue, je me serais peut-être sentie comme une princesse. Cependant, je refusai de me laisser aller à rêver à ce que je n'aurais jamais. N'était-il pas mieux de me satisfaire de mon existence telle qu'elle était? N'était-ce pas le meilleur moyen de ne jamais me trouver déçue?

Enfin, nous nous couchâmes et, quelques instants à peine après que ma tête se fut posée sur l'oreiller moelleux, je sombrai dans le sommeil. Cette nuit-là, je dormis comme je ne l'avais pas fait depuis des siècles. Et, apparemment, d'après ce que les autres m'avouèrent le lendemain, ce fut le cas pour elles aussi.

L'arôme du café chaud, du pain frais, des œufs et du bacon se révéla autrement plus efficace et agréable que la sonnerie d'un réveil. Dès que ces délicieuses odeurs me montèrent aux narines, mes yeux s'ouvrirent d'un coup et Rebecca ne fut pas longue à m'imiter.

Jamais je n'avais connu de matin plus merveilleux. Devant nos fenêtres, les oiseaux chantaient à tue-tête, et le soleil filtrait à travers les rideaux, donnant à la pièce un aspect quasi féerique. Quelle différence avec la chambre sinistre que nous avions à Lakewood House et que, pourtant, nous considérions comme notre petit chez-nous!

Lorsque je sortis la tête dans le couloir, j'eus la surprise de voir Janet et Crystal descendre l'escalier. Rebecca émergeait tout juste de la salle de bain et, à l'expression qu'elle affichait, je sentis qu'elle aussi était ravie de se trouver dans une maison chaleureuse et accueillante.

— Dépêche-toi, Belle au Bois dormant, me lança-t-elle alors que je partais moi aussi faire ma toilette. J'ai si faim que je suis bien capable de dévorer ton petit déjeuner si tu ne descends pas à temps.

Je ne pus m'empêcher de rire en moi-même. C'était bon de retrouver ma bonne vieille Rebecca.

J'avais à peine rejoint mes petites sœurs à la cuisine que Norman entra par la porte de derrière, rouge et soufflant comme un bûcheron.

— Seigneur, Norman, qu'est-ce qu'il t'arrive ? lui demanda Nana, alarmée.

— Oh, c'est cette fichue tondeuse qui se rend intéressante, de nouveau.

Il s'assit au bout de la table et se mit à pester contre les vieilles mécaniques sur lesquelles on ne pouvait pas compter.

— C'est peut-être l'essence, hasardai-je.

— Hum... c'est vrai que j'ai oublié de vérifier ce détail, reconnut-il avant de se lever.

Je le suivis dehors, jusqu'à l'entrée du garage où il avait laissé la tondeuse. Là, il dévissa le bouchon du réservoir puis laissa échapper un rire gêné.

— Eh bien, ça alors... articula-t-il en se grattant le crâne. Je commence vraiment à perdre la tête, tu sais.

— Et, vous avez de l'essence en réserve ? lui demandai-je pour éviter de l'embarrasser davantage.

— Oui, j'en ai un peu dans la remise, au fond du jardin.

— Ne bougez pas, je vais la chercher.

— Tu trouveras un jerrican en plastique, à côté de la porte.

J'apportai donc à Norman l'essence dont il avait besoin pour la tondeuse puis retournai à la cuisine où m'attendait mon petit déjeuner. Debout près de la fenêtre, Nana m'accueillit avec un petit sourire narquois.

— Je vois que tu as donné un coup de main à mon Norman, n'est-ce pas ?

— Oh, je n'ai pas fait grand-chose, rétorquai-je sans trop savoir ce qu'elle avait pu voir.

Après le petit déjeuner, Rebecca, Crystal et Janet

débarrassèrent la table et lavèrent la vaisselle avec Nana pendant que j'allais aider Norman à ratisser l'herbe coupée. Je fus contente de les voir nous rejoindre car il y avait vraiment beaucoup à faire au jardin.

Plus tard dans la matinée, nous restâmes à bavarder avec Nana tandis qu'elle tricotait, installée sous le porche. Elle nous avait servi de la limonade et nous étions heureuses de paresser un peu au soleil. Vers midi, elle nous proposa de déjeuner dehors, derrière la maison, sur la table de pique-nique.

— Ça fait des années que ça ne nous est pas arrivé, déclara Norman avec émotion avant de se tourner vers sa femme.

Elle avait l'air aussi heureuse que lui de cette idée. Aussi ravies qu'eux, nous nous empressâmes de les aider à tout installer.

Durant le repas, Janet et Rebecca faillirent nous trahir malgré elles une bonne dizaine de fois. Des références involontaires à Lakewood House, à Gordon ou à Louise amenèrent Nana à nous poser certaines questions, auxquelles Crystal trouva chaque fois une réponse plausible. Mais, plus le temps avançait, plus nous nous sentions crispées par la peur de commettre des gaffes.

— On devrait reprendre la route, suggérai-je à la fin du déjeuner.

— Qu'est-ce qui vous presse, mes enfants ? Restez donc une autre nuit ici, nous demanda Nana avec insistance. J'ai une grosse dinde à rôtir au four et je voudrais vous faire goûter ma purée de pommes de terre.

— C'est sa spécialité, précisa Norman. Elle est très forte, pour ça. As-tu prévu une tarte ou un gâteau, aussi, Nana ?

— Oui, mais c'était une surprise, dit-elle avec une petite moue de dépit. Je fais une tarte aux pommes dont tout le monde dans le coin me félicite.

— Et elle a reçu des prix pour ça, ajouta Norman avec fierté.

— J'adore la tarte aux pommes! s'écria Janet avant de me jeter un regard suppliant.

Je me tournai vers Rebecca puis Crystal.

— Une autre journée loin des grandes routes ne devrait pas nous faire de mal, déclara celle-ci.

— Pourquoi loin des grandes routes? demanda Nana, intriguée.

— Oh, je voulais dire un autre jour loin des embouteillages, c'est tout...

Le regard de la vieille femme passa de l'une à l'autre puis elle eut un sourire tendre. Plus nous restions ici, songeai-je, plus notre histoire avait des chances de s'étioler.

— Alors on partira après le dîner, déclarai-je sur un ton ni convaincu ni convaincant.

— Vous n'y pensez pas, mes enfants! s'indigna Nana. Je dirai à Norman de vous bloquer la sortie, si vous essayez. Il est dangereux de voyager la nuit. Et puis, vous avez payé votre séjour ici en aidant Norman au jardin. Cet endroit ressemble enfin à ce qu'il était avant, quand mon époux était assez jeune pour l'entretenir de façon régulière.

— D'accord, Nana, finis-je par dire. On reste pour ce soir.

Le visage de Janet se fit tout à coup rayonnant.

— Peut-être que Janet acceptera de danser encore pour nous, et Rebecca nous chantera bien quelque chose. Et je suis certaine que si nous laissons Crystal tranquille un moment, elle nous écrira un autre joli poème.

Se tournant vers son mari, elle ajouta:

— Norman, il y aurait quelques courses à faire à l'épicerie. Peut-être Brenda aura-t-elle la gentillesse de t'y conduire.

— Bien sûr, Nana.

— J'accepte avec plaisir, dit Norman avant de nous contempler avec un sourire attendri. Il y a des grands-parents là-bas qui ont bien de la chance...

Si nous avions pu, nous leur aurions tout révélé de

notre existence, juste pour ne pas sentir les larmes nous monter aux yeux.

Je fus heureuse d'accompagner Norman au village pour faire ces quelques courses. En chemin, il me parla des jours anciens où il s'occupait de l'exploitation de ses terres, de sa famille, de la façon dont il avait rencontré Nana. Il me dit aussi combien il aimait ses petits-enfants et m'avoua qu'il regrettait de ne pas les voir plus souvent. Je me demandai moi-même pourquoi ceux-ci ne venaient pas davantage leur rendre visite, et je finis par comprendre que sa belle-fille ne sautait jamais de joie à l'idée de passer quelque temps dans « la vieille propriété ».

Puis, Norman commença à me poser des questions sur ma famille et, plus d'une fois, je me vis poussée loin dans mes retranchements. Je n'étais pas aussi douée que Crystal pour inventer des histoires et je sais que, pendant ce bout de chemin en voiture, je dus me contredire plus d'une fois ou lui affirmer des choses qui ne tenaient pas debout. Mais Norman ne parut — ou ne voulut — pas y prêter attention.

Je lui racontai que je n'avais ni frères ni sœurs et je parlai beaucoup de Pamela afin d'appuyer mon récit sur des faits réels.

— Elle me fait beaucoup penser à la femme de Gerry, maugréa Norman au moment où nous atteignions le parking.

Dans l'épicerie, je fis le tour des gondoles pour repérer les produits que Nana avait inscrits sur sa liste. Norman m'avoua que je réduisais considérablement le temps qu'il passait d'habitude à faire les courses car je savais où trouver les choses.

— Je devrais t'adopter, laissa-t-il tomber tout à trac alors que nous quittions le magasin.

Ces paroles me coupèrent le souffle et je m'empressai de baisser la tête pour qu'il ne voie pas mon air bouleversé. A la différence de Crystal et de Rebecca, je n'avais pas le don de dissimuler mes sentiments. Cette dernière ne disait-elle pas, d'ailleurs, qu'à la place des yeux j'aurais pu avoir des écrans de télévision tant mes pensées s'y lisaient clairement ?

Le dîner fut un vrai délice ; nous n'en avions pas dégusté d'aussi bon depuis des siècles. Janet déclara avec émoi que cela lui rappelait Thanksgiving, ce qui nous fit tous rire de bon cœur, la dinde étant par définition le plat que l'on mangeait ce jour-là.

Comment décrire l'incroyable sentiment de chaleur que nous éprouvions tous à cet instant ? C'était un peu comme si Nana et Norman étaient nos grands-parents, la famille que nous n'avions jamais connue. Un soir, par accident ou par miracle, nous étions tombées sur eux et nous avions maintenant l'impression de les connaître depuis toujours. Nos rires venaient si spontanément, nos sourires étaient si naturels qu'il semblait impossible d'imaginer que, la veille encore, nous étions de parfaites étrangères pour le vieux couple.

Après le dîner, Janet dansa de nouveau mais plus longtemps, cette fois, et avec plus de talent que jamais. Rebecca nous chanta deux airs parmi ses favoris et aurait été prête à continuer si nous avions un peu insisté. Crystal, qui avait écrit un court poème sur la nature et ses bienfaits pour l'homme, le récita avec beaucoup d'âme.

Durant notre petite représentation, je ne cessai d'observer Nana. Elle était si douce, si belle dans son genre, et elle possédait la sincérité de sentiments qui nous avait manqué toute notre vie. Lorsqu'elle regardait Janet, qu'elle écoutait Rebecca ou Crystal, ses yeux s'emplissaient de larmes. Des larmes de joie qui, immanquablement, m'en arrachaient aussi.

Quand ce fut fini, Norman nous remercia encore toutes les quatre de l'avoir aidé au jardin.

— Je devrais louer vos services pour l'été, ajouta-t-il en riant.

— Ce serait formidable, renchérit Nana. J'aimerais tant que vous restiez, mes enfants.

— Oh, moi aussi, leur fit écho Janet qui avait du mal

à se contenir tant elle ressentait le besoin d'avoir une famille.

— N'oublie pas qu'on nous attend à la maison, lui rappela Crystal en la fixant d'un air sévère.

Affreusement embarrassée, Janet baissa aussitôt les yeux en rougissant.

— C'est vrai qu'on vous attend, mes petites, reprit Nana. Vos familles doivent déjà s'inquiéter et je suis sûre que vos grands-parents ont hâte de vous revoir.

Puis, elle se leva et ajouta :

— Quant à moi, je crois que je vais aller me coucher ; je me sens un peu lasse, ce soir. Mais vous pouvez rester regarder la télévision à votre guise. A cette heure, notre feuilleton doit être fini.

— Oh, je suis désolée, dit Crystal.

— Oh, non, je t'en prie... Le spectacle que nous avons eu ce soir était mieux que n'importe quelle émission télévisée, n'est-ce pas, Norman ?

— Mille fois mieux, assura-t-il en hochant la tête.

— Je vous préparerai le petit déjeuner demain matin, mes filles, déclara Nana en se dirigeant vers la porte de la cuisine.

Elle semblait effectivement fatiguée et, soudain, très vieille.

— Ce ne sera pas la peine, Nana, lui lançai-je. Nous devons partir de très bonne heure.

— Nous nous levons assez tôt, nous aussi. Et puis, je ne vous laisserai pas quitter cette maison sans que vous ayez mangé et bu quelque chose de chaud. C'est bien compris ?

— Bien, m'dame, repris-je en lui arrachant un sourire.

— Alors, bonne nuit, les enfants. Faites de beaux rêves.

— Bonne nuit, Nana, lui répondit un chœur parfait.

Norman s'attarda avec nous encore un moment.

— Je voudrais vous remercier d'être restées un peu avec nous, nous dit-il d'une voix émue. C'était une grande joie, pour nous. Vraiment.

En se levant, il laissa échapper un grognement de douleur et se passa une main dans le bas du dos.

— Je n'avais pas travaillé aussi dur depuis des mois. Et tout ça à cause de vous, mes filles. C'est peut-être dangereux de vous avoir ici, en fin de compte.

Il partit d'un grand rire puis nous lança :

— Bonne nuit, mes enfants. Et ne partez tout de même pas aux aurores, demain.

— Non, non, Norman, lui assurai-je. Vous pouvez dormir sur vos deux oreilles.

— Bonne nuit, lui dirent Crystal et Rebecca.

Lorsqu'il fut dans la maison, nous l'entendîmes monter l'escalier puis nous retrouvâmes nos places autour de la table. Le silence du soir nous enveloppa, bientôt rompu par Crystal qui fut la première à prendre la parole.

— Peut-être qu'on devrait partir maintenant, Brenda, qu'est-ce que tu en penses ?

— Non... souffla Janet.

— Tu sais, c'est mieux de voyager de nuit, insista Crystal, et ce sera très pénible de leur dire au revoir.

Elle chercha mon regard en espérant un appui de ma part.

— Crystal a raison en ce qui concerne le voyage, dis-je alors, mais Janet a tout autant raison de trouver qu'ici on est bien.

— Brenda, je ne fais qu'évaluer la situation et te donner mes conclusions, répliqua Crystal.

— Et toi, Rebecca ? interrogea Janet dans l'espoir qu'elle nous départagerait.

— Je n'ai pas vraiment envie de rouler toute la nuit dans cette voiture alors qu'un lit douillet m'attend ici. Et puis, j'aimerais bien regarder un peu la télévision ; MTV, par exemple, pour savoir ce qu'il y a de nouveau en musique. Ça pose vraiment un problème de rester ici une nuit de plus ?

Aucune de nous ne répondit car aucune de nous ne pouvait prévoir quel problème, effectivement, le lendemain pouvait apporter.

Nous regardâmes donc la télévision et lorsque Rebecca éteignit le poste, elle fut la bonne dernière à monter se coucher. Quant à moi, je me retournai pendant des heures dans mon lit sans trouver le sommeil tant je me reprochais d'avoir accepté l'hospitalité de ce vieux couple en ayant inventé un tel tissu de mensonges.

Ce ne fut que lorsque Rebecca me rejoignit dans la chambre et se glissa sous sa couverture que je parvins enfin à m'endormir.

Le lendemain, nous fûmes tous réveillés par une voix au ton plus que bourru, qui nous parvenait d'en bas. Rebecca me regarda d'un air inquiet et je m'assis sur le lit, à l'instant précis où Crystal ouvrait notre porte.

— Habillez-vous vite, nous dit-elle en parlant tout bas. Je suis allée sur le palier et j'ai écouté ce qui se disait. C'est Gerry, leur fils ; il est furieux contre Nana et Norman parce qu'ils ont hébergé quatre étrangères chez eux. D'après lui, ça prouve qu'ils ne peuvent plus rester seuls et qu'ils ont besoin d'avoir quelqu'un chez eux pour les surveiller. Nana s'est même mise à pleurer, je l'ai entendue.

— Quel salaud ! lâchai-je malgré moi en faisant aussitôt le rapprochement avec Gordon.

— Allez, dépêchez-vous ; Janet est déjà prête. On part tout de suite.

— D'accord.

Rebecca et moi sautâmes du lit et, en moins d'une minute, nous nous étions lavées et habillées. L'instant d'après, nous descendions ensemble l'escalier.

Gerry était un homme immense, qui devait mesurer plus d'un mètre quatre-vingt-dix et peser pas loin de cent kilos. Tout en ressemblant davantage à Norman, il avait les yeux de Nana. Ses cheveux châtain clair étaient coupés très court, ce qui faisait ressortir ses grandes oreilles. Il portait une veste brun foncé sur une chemise blanche au col béant et un pantalon de toile grise.

Lorsque nous entrâmes dans la cuisine, il était

appuyé contre le comptoir, les bras croisés sur sa large poitrine. Assis à table, Norman l'écoutait en baissant la tête, et Nana, qui faisait mine de s'affairer devant sa cuisinière, semblait bouleversée.

— Qu'est-ce que vous faites là ? nous demanda Gerry sans nous laisser le temps de nous présenter ni même de dire bonjour.

— On est simplement de passage, répondit Crystal. On s'apprêtait à repartir pour rejoindre ma maison. Je m'appelle Crystal, voici Brenda et...

— Je me fiche de savoir vos noms, coupa-t-il avec sécheresse. Pour qui vous prenez-vous pour vous permettre de dormir dans une voiture sur notre chemin ?

— Je t'ai expliqué pourquoi, intervint Nana. Asseyez-vous, mes filles, le petit déjeuner est prêt.

— On devrait peut-être partir, hasardai-je.

— Oui, sûrement, même, déclara Gerry en nous dévisageant l'une après l'autre d'un regard chargé de colère.

— Mais il leur faut quelque chose dans l'estomac, insista Nana.

Elle paraissait au bord des larmes.

— Laisse-les manger quelque chose, Gerry, s'il te plaît.

— Ce n'est pas un hôtel, ici, maugréa-t-il, avant de se détourner d'un air méprisant.

— Allez, mettez-vous à table, mes enfants, nous dit Nana qui avait retrouvé un peu le sourire.

— Oui, venez vous asseoir, nous pressa Norman.

Janet fut la première à obéir. Rebecca, qui ne quittait pas Gerry des yeux, s'assit à son tour, bientôt suivie de Crystal puis de moi-même. Quelque peu rassérénée, Nana nous servit aussitôt les œufs brouillés qu'elle avait préparés.

— Je ne veux pas que ma mère se mette à faire la servante, maintenant, marmonna Gerry, toujours appuyé contre son comptoir.

— Je ne fais pas la servante, Gerry. Ces filles nous ont tellement aidés, hier, si tu savais. Ton père ne t'a pas dit qu'ils avaient tondu la pelouse et tout ratissé ensemble.

— Mmmh... grogna-t-il pour toute réponse.

Il ne cessa de nous fixer pendant que nous mangions et ce fut très gênant pour nous de déjeuner ainsi, tout en essayant de paraître aimables et de ne pas embarrasser davantage Norman et Nana.

— Dis donc, maman, s'exclama-t-il soudain, où sont passés ton bracelet et ta montre?

— Comment...? Oh, ce n'est rien, j'ai dû les laisser là-haut.

— Où ça, là-haut? insista-t-il en nous fusillant du regard.

— Sur ma commode, là où je les laisse toujours. Gerry, vraiment, j'aimerais que tu...

Sans l'écouter, il s'écarta brutalement du comptoir et, l'air suspicieux, quitta la cuisine pour se précipiter dans l'escalier.

— Ne faites pas attention à lui, nous dit Nana. Il se méfie toujours des étrangers. Il a toujours été comme ça, même quand il était petit, souviens-toi, Norman.

— Oui, c'est vrai.

— Il s'inquiétait pour nous en permanence, ajouta-t-elle avec un sourire forcé.

— Je le ferais aussi, avouai-je à mi-voix.

Nous avalâmes notre petit déjeuner en quatrième vitesse, malgré les efforts de Norman et de Nana pour nous mettre à l'aise. Puis, alors que nous nous apprêtions à laver notre vaisselle, nous entendîmes les pas lourds de Gerry dans l'escalier avant que sa haute silhouette ne vienne se planter à l'entrée de la cuisine.

— Il n'y a ni bracelet ni montre sur ta commode, maman. J'ai vérifié dans ta boîte à bijoux, aussi. Rien!

— C'est impossible, s'étonna-t-elle. Je suis sûre de les avoir posés là hier soir, avant de me coucher.

Il nous dévisagea d'un air menaçant.

— Personne ne partira de cette maison tant qu'on n'aura pas retrouvé cette montre et ce bracelet, annonça-t-il.

— On n'a rien pris! m'entendis-je crier malgré moi.
— Non, on n'a rien pris, renchérit Crystal. Pourquoi nous accusez-vous?
— Gerry, je t'en prie. Ces filles n'ont...
— Tu ne sais rien d'elles, maman! Maintenant, les gamines comme elles traînent partout. Elles s'enfuient de chez elles, de la prison ou de je ne sais où, et elles finissent sur le trottoir.
— Ce n'est pas vrai! hurla Crystal, scandalisée.
— Vous vous êtes regardées? Vous n'avez pas vraiment la tête de Mary Poppins. Où sont les bijoux de ma mère?
— On n'a rien pris! répétai-je sur un ton indigné. On n'est pas des voleuses.
— C'est ça, bien sûr...
— Eh, attendez, intervint soudain Norman. Je crois me souvenir que tu les as enlevés avant de faire la cuisine, hier soir, Nana.
— C'est vrai, dit-elle en arrondissant les yeux. C'est vrai...

Se retournant vivement, elle alla droit vers le tiroir du placard, près de l'évier, l'ouvrit et en sortit la montre et le bracelet.

— Les voilà! lança-t-elle, l'air triomphant. J'avais oublié...

Un silence gêné s'installa dans la pièce puis Crystal finit par articuler, les yeux fixés sur Gerry:

— Je crois qu'on a droit à des excuses, non?
— Moi, je crois que vous avez assez profité de mes parents comme ça, rétorqua-t-il sur un ton sec.
— Ce n'est pas d'eux que je parlais.
— C'est vrai, Gerry, lui dit doucement Nana. Tu leur dois des excuses.
— Ne compte pas sur moi pour ça; ce n'est pas mon genre. Papa, je pars travailler. A plus tard.

Puis, nous jetant un regard mauvais, il ajouta:

— Vous avez intérêt à avoir disparu de cette maison à mon retour.
— Comptez sur nous, on ne traînera pas, répliquai-je avec colère.

— J'espère bien.

Il tourna les talons et sortit. Dès que la porte se fut refermée derrière lui, Nana s'excusa de nouveau pour lui.

— Ne vous en faites pas pour nous, la rassura Crystal. Mais il faut qu'on parte, maintenant. Je suis contente que vous ayez tout retrouvé.

— On oublie beaucoup de choses à notre âge, vous savez... murmura la vieille femme d'un air triste.

— On devrait peut-être faire la vaisselle avant de partir ? suggéra Janet.

— Non, non, surtout pas, mes enfants. J'ai si peu à faire que cela m'occupera après votre départ.

Norman et Nana nous suivirent dehors et, une fois encore, s'excusèrent pour Gerry.

— Venez nous voir quand vous passerez par ici, sur le chemin du retour, nous proposa gentiment Norman.

Je me contentai de lui répondre par un sourire.

Nana embrassa Rebecca et Crystal puis étreignit longuement Janet avant de me dire au revoir aussi. Je m'installai au volant et mis le moteur en marche. Dès que les autres furent montées, je fis faire un demi-tour au break et pris lentement le chemin menant vers la route.

Main dans la main, serrés l'un contre l'autre, Norman et Nana nous regardèrent partir en nous faisant de grands signes. De loin, dans le rétroviseur, ils me parurent plus vulnérables que jamais.

— J'aurais tellement aimé rester, se lamenta Janet derrière moi.

— J'espère seulement que ce Gerry de malheur ne nous dénoncera pas à la police, observa Crystal.

Cette idée nous trotta dans la tête pendant au moins deux heures avant que nous commencions à nous sentir un peu plus à l'aise, au fil des kilomètres.

Nous avions passé des instants merveilleux dans cette maison auprès de ce vieux couple, devais-je reconnaître. Cependant, en voyant les mines attristées de mes compagnes, je me ravisai. Peut-être aurait-il mieux valu que nous ne les ayons jamais rencontrés...

Ce que nous avions vécu avec Norman et Nana semblait confirmer ce que nous avions toujours craint : jamais nous n'aurions la chance d'être aimées un jour, d'avoir une vraie famille.

Être orphelines nous avait marquées pour toujours.

Quart de Lune

Crystal se replongea dans ses cartes pour nous trouver les routes les plus tranquilles car elle craignait qu'à un moment ou à un autre Gerry ou Gordon ne finissent par nous dénoncer à la police.

— En admettant que Louise ait réussi à l'en dissuader pour l'instant, avec l'espoir qu'on reviendrait à Lakewood House après une simple petite escapade, nous expliqua-t-elle, il doit de toute façon être furieux après nous, surtout s'il s'est servi de la fausse carte. Alors, on continue d'éviter les grandes routes où la police patrouille beaucoup plus souvent qu'ailleurs. Vous êtes d'accord ?

— Bien sûr, répliquai-je en suivant ses instructions à la lettre.

— Est-ce qu'on pourra pique-niquer, aujourd'hui ? demanda Janet au bout de plusieurs kilomètres de route tranquille. C'était sympa de déjeuner dehors avec Norman et Nana, hier.

— On dirait qu'il va pleuvoir, observa Rebecca d'un air décourageant.

Les nuages sombres qui rampaient vers nous semblaient en effet s'être déjà infiltrés dans la voiture. Rebecca, qui n'avait même pas remarqué que la radio était restée éteinte, regardait par la fenêtre, comme hypnotisée par le paysage qui défilait dehors. Et, lorsque je jetai un coup d'œil dans le rétroviseur, je vis une Crystal extrêmement pensive et une Janet plus triste que jamais.

— Vous voulez chanter ou jouer aux devinettes, hasardai-je dans l'espoir d'alléger un peu l'atmosphère.

Pas de réponse.

— Dites donc, vous êtes très gaies, aujourd'hui... J'ai l'impression de conduire un corbillard.

— Qu'est-ce qu'il y a, là-bas? interrogea soudain Rebecca sans prêter attention à ma remarque.

A quelques centaines de mètres de nous, on devinait quelqu'un au bord de la route, assis sur une valise. Instinctivement, je levai le pied.

— C'est un auto-stoppeur, continua Rebecca. C'est une fille... Arrête-toi, Brenda. On va la prendre.

— Non, dit Crystal d'un ton ferme.

— Pourquoi? Elle est peut-être toute seule, comme nous. Et puis, elle va être surprise par l'orage.

— C'est dangereux; on ne sait pas ce qu'on risque avec elle.

— Ce n'est pas un risque que de lui rendre service, insista-t-elle Arrête-toi, Brenda. Ça nous fera un petit changement.

— Moi, je veux bien, intervint Janet. Ça nous fera de la compagnie.

En approchant, nous vîmes que l'auto-stoppeuse n'avait pas plus de dix-sept ou dix-huit ans. Elle portait une minijupe rose, un T-shirt délavé et des boots. Noué autour de son front, un bandana vert et blanc retenait ses cheveux blonds méchés de bleu. La valise de cuir usé sur laquelle elle était assise bâillait tant par endroits que certains de ses habits s'en seraient échappés, n'eût été la corde qui la tenait fermée.

— C'est vrai qu'elle fait un peu pitié, lui concédai-je avant de m'arrêter sur le bas-côté.

A son oreille pendait une fine lanière de cuir au bout de laquelle était attachée une bille de verre. Ses lunettes aux verres sombres lui cachaient les yeux et, sur sa joue gauche, apparaissaient d'étranges petites taches bleues.

Son T-shirt moulant révélait qu'elle ne portait pas de soutien-gorge malgré une poitrine bien pleine. Elle avait les bras presque maigres et sur l'un d'eux apparaissait un tatouage représentant un tournesol. Quant à ses mains, elles étaient couvertes de bagues fantaisie.

Malgré son tatouage, les petits points bleus sur sa peau, ses habits voyants et son apparence un peu étrange, elle avait un assez joli visage. Son nez était mince et parfaitement droit et sa bouche avait l'air de sourire. Quand elle se mit à parler, une fossette se dessina sur sa joue droite.

— Merci de vous arrêter, nous dit-elle, le souffle court. Je ne m'attendais pas à trouver quelqu'un sur cette route avant des siècles. Où est-ce que je peux mettre ça?

Elle indiquait sa vieille valise qui semblait prête à craquer à tout instant.

Interloquées, nous restâmes incapables de prononcer la moindre parole.

— Alors, je peux monter ou pas? finit-elle par demander.

— Euh, oui... J'ouvre derrière.

Descendant précipitamment de voiture, j'allai lui ouvrir le hayon arrière. Sans attendre, elle fourra ses bagages à côté des nôtres.

— Tu peux venir t'asseoir devant, lui lança Rebecca par la fenêtre ouverte.

Notre auto-stoppeuse ne se le fit pas dire deux fois et monta à l'avant, à côté de Rebecca qui s'était glissée au milieu pour lui laisser un peu de place.

Je mis le moteur en route puis nous repartîmes.

— Merci, les filles, dit-elle alors en se retournant vers Crystal et Janet, celle-ci continuant de la regarder comme s'il s'agissait d'une extraterrestre.

— Où vas-tu? lui demandai-je.

— N'importe où, du moment que ce n'est pas ici. Et vous?

Dans le rétroviseur, je jetai un coup d'œil à Crystal qui leva les yeux au ciel.

— Chez une amie, dans l'Ohio.

— Parfait. Alors j'irai dans l'Ohio.

A la façon dont elle dit cela, je compris qu'elle serait prête à aller jusqu'en Alaska si c'était le but de notre voyage.

— Comment tu t'appelles ? interrogea Rebecca qui semblait décidément subjuguée par cette fille.

— Quart de Lune. Et toi ? Et vous... ?

— Quart de Lune ? Euh... moi, c'est Rebecca. Au volant, c'est Brenda et, derrière toi, il y a Crystal et Butterfly.

— Butterfly ? sourit-elle. Joli nom... Ça lui va très bien, d'ailleurs.

— C'est juste un surnom, lui expliquai-je. En réalité, elle s'appelle Janet. Et toi, quel est ton vrai nom ?

— Je te l'ai dit, Quart de Lune. Je n'en ai pas d'autre.

— Et comment se fait-il que tu fasses du stop comme ça, toute seule ? lui demanda Rebecca.

— Parce que Sky, mon petit ami adoré, m'a laissée ici sur le bord de la route. On vient de rompre.

— Sky ? répétai-je avec un sourire.

— Lui, il a un autre nom ; il s'appelle Ormand Boreman. C'est du moins ce que j'ai vu sur son permis de conduire. Mais, bon, comme petit ami, on fait mieux.

— Et il t'a abandonnée ici ? s'indigna Crystal.

Quart de Lune se tourna vers elle et lui sourit.

— En fait, j'ai ouvert la portière et j'ai menacé de sauter s'il n'arrêtait pas immédiatement la voiture. C'est ce qu'il a fait et je suis descendue. Voilà. Il est reparti avec la porte encore ouverte.

— Qu'est-ce que c'est que ce petit ami ? demanda Janet d'un air outré.

— Une ordure, répondit Quart de Lune sans hésiter. Mais, bon débarras. Les hommes me rendent malade, de toute façon. Sous prétexte qu'on est mignonne ou amusante, ils croient tous qu'on est bonne pour aller au lit avec eux.

— Je comprends très bien ce que tu veux dire, reprit Rebecca.

Quart de Lune la regarda, un petit sourire aux lèvres. De toute évidence, ces deux-là étaient sœurs en esprit.

— Et vous autres, d'où venez-vous?

— Du nord de l'État de New York, lui répondit vivement Crystal, excepté pour moi. Je viens de l'Ohio. Et toi?

— Je suis née en Californie mais je n'y suis pas retournée depuis...

Quart de Lune hésita avant de continuer.

— Depuis...? interrogea Crystal.

— Depuis que mes chers parents ont divorcé.

— Oh, désolée...

— Ce n'est rien. Tu n'as pas à être désolée, d'ailleurs. C'est comme ça.

— Tu as des frères ou des sœurs? lui demanda Rebecca.

— Sans doute.

— Sans doute? m'étonnai-je. Qu'est-ce que ça veut dire?

— Ça veut dire sans doute. Connaissant mon père, je suis sûre que je ne me trompe pas en pensant qu'il m'a sans doute fait des frères et des sœurs ailleurs. Ça se pourrait même que l'une de vous soit ma demi-sœur, je ne sais pas.

— Et tes parents, où sont-ils maintenant? hasarda Janet.

Manifestement, l'arrivée de Quart de Lune lui avait fait oublier ses craintes.

— D'après ce qu'on m'a dit, ma mère est partie au Mexique et mon père est allé s'enterrer dans l'Oregon.

— Et depuis, tu n'as pas eu de nouvelles d'eux? poursuivit Janet.

— Non. Vous voyez, je suis orpheline, laissa-t-elle tomber laconiquement. Et, pour tout vous dire, ça ne me gêne pas.

— C'est parce que tu n'en es pas une vraie, ne put s'empêcher de marmonner Crystal.

— Quoi ?
— Rien... rien.
— Tu avais quel âge quand tu es partie de chez toi ? lui demandai-je.
— Seize ans. Ou peut-être quinze, je ne sais plus. Ça fait si longtemps, je ne me souviens plus très bien.
— Mais, quel âge as-tu ? reprit Janet. Dix-sept ans ?
Quart de Lune se mit à rire avant de répliquer :
— Non. Vingt.
— Vingt ans ! Tu as vingt ans ?
— Oui, je suis une vieille.
Fouillant dans la minuscule sacoche qui lui pendait au cou, elle en sortit une cigarette en piteux état dont le papier retenait à peine le tabac qu'elle contenait.
— Quelqu'un veut une taffe ? proposa-t-elle avant de l'allumer.
— On ne fume pas, rétorqua Crystal sur un ton cassant.
— Moi non plus, dit-elle d'une voix égale.
— Mais... ce n'est pas une cigarette, remarqua soudain Rebecca d'un ton méfiant.
— Non, c'est un joint, reprit Quart de Lune avec un sourire.
Elle l'offrit à Crystal qui secoua la tête avec dégoût, puis à Janet qui la considéra avec des yeux effarés.
— Elle n'en veut pas non plus, répondit Crystal à sa place.
— Personne n'en veut, ajouta Rebecca. Ce truc, c'est le danger incarné.
— Avec un D majuscule ! lançai-je avant de partir d'un rire nerveux.
— C'est bon... Ce n'est pas une taffe qui te bousillera, dit Quart de Lune en tirant une longue bouffée. Ça ne peut pas faire de mal, c'est ça qui est bien.
Elle se pencha vers moi et je reculai la tête en faisant la grimace. L'odeur douceâtre de l'herbe emplissait maintenant la voiture. Crystal se mit à tousser.
— Jette-moi ça, lui ordonna-t-elle.
Quart de Lune me regarda.

— Oui, s'il te plaît, jette-le.

Je n'avais pas vraiment envie de la flanquer dehors mais je savais qu'on serait obligées d'en venir là si elle s'obstinait à nous enfumer.

— Quel gâchis, marmonna-t-elle.

Puis elle tira une dernière bouffée et jeta son pétard par la fenêtre ouverte.

— Tu sais que tu peux incendier un champ entier en faisant ça ? lui reprocha Crystal en regardant en arrière d'un air inquiet.

— Tu te prends pour une cheftaine, ou quoi ?

Rebecca, qui commençait à regretter d'avoir insisté pour la prendre avec nous, lui assena un tel regard qu'elle préféra changer de sujet.

— Alors, qu'est-ce que vous faisiez là-bas, dans l'État de New York ?

— On allait à l'école. Une école privée, reprit vivement Crystal.

Peut-être un peu trop vivement, d'ailleurs.

Quart de Lune regarda Rebecca un instant puis se retourna vers Crystal avant d'ôter lentement ses lunettes de soleil. Alors, elle dévisagea Janet qui s'empressa de baisser les yeux.

— Quelque chose me dit que vous me racontez des craques. Je me trompe ?

N'obtenant aucune réponse, elle insista :

— Vous êtes en train de faire une fugue, ou quoi ?

— Non, répliquai-je enfin d'une voix qui se voulait assurée. On va chez Crystal, dans l'Ohio. Elle nous a invitées.

— Ah, oui ? reprit-elle avec un petit sourire avant de se retourner de notre côté. Vous n'avez pas beaucoup de bagages ; je ne vois que des taies d'oreiller. Vous n'allez pas me faire croire que vous vous rendez à une pyjama-party. Vous vous enfuyez, ça se voit. Inutile de prétendre le contraire ; j'en sais assez sur les gens qui fuguent.

— Je t'avais dit de ne pas la prendre, se lamenta Crystal.

— Du calme, lui dit Quart de Lune. Je suis bien la dernière personne dont vous devez avoir peur. Ça fait des années que je suis en cavale. Je comprends trop bien ce que c'est.

Ravie de son effet, elle partit d'un rire satisfait qui m'horripila au plus haut point.

Malgré la répugnance de Crystal à la garder avec nous, nous ne pouvions nous empêcher d'être intriguées et intéressées par notre nouvelle compagne. Elle nous décrivit ses voyages, les villes qu'elle avait traversées en Amérique, ses rencontres avec les hommes qui l'avaient prise en stop et qui, soit l'abandonnaient à l'arrivée, soit faisaient en sorte que ce soit elle qui les fuie.

— J'ai failli me faire tuer au Texas, expliqua-t-elle à son assistance, littéralement pendue à ses lèvres. J'avais rencontré un camionneur sur une aire de repos, le meilleur endroit pour se faire prendre en stop. Même ceux qui n'en ont pas l'autorisation le font, si vous savez le leur demander gentiment... vous voyez ce que je veux dire ?

— Non, répondit Crystal, les dents serrées. Qu'est-ce que tu veux dire ?

— Arrête ton char, Miss Sainte-Nitouche ! commença-t-elle, ce qui mit Crystal hors d'elle :

— Non mais, pour qui te prends-tu ?

— Comme tu voudras. Donc Miss Oie Blanche, tu leur montres un peu de peau, tu flirtes avec eux, tu alimentes leurs fantasmes...

— Et alors, demandai-je, il se passe quoi ?

— Ça dépend. Si le gars te plaît, tu paies en nature. Sinon, tu trouves toujours un moyen de te défiler. Mais, cette fois, au Texas, le Roy en question n'a rien voulu entendre. Il m'a plaqué un couteau comme ça contre la gorge.

Les deux mains levées et écartées d'une bonne quinzaine de centimètres, Quart de Lune nous regarda l'une après l'autre pour voir notre réaction. Rebecca faillit s'étrangler.

— Qu'est-ce qui s'est passé? interrogea Janet, brûlant d'impatience.

— Tu veux vraiment savoir?

— Non, répondit Crystal à sa place.

— Toi, Miss Oie Blanche, ça ne m'étonne pas.

— Moi, je veux savoir, dit Rebecca. Ça peut nous apprendre à nous méfier des ces hommes.

— Quoi? s'indigna Crystal. Tu as l'intention de faire du stop avec les camions, maintenant?

— On ne sait jamais. Pourquoi pas?

— C'est comme ça qu'il faut penser, reprit Quart de Lune en souriant à Rebecca. Enfin, pour en revenir à ce Roy, je n'avais pas le choix; j'ai été obligée de le laisser faire ou, du moins, de le laisser commencer sa petite affaire. Il faut savoir à quel moment un homme se trouve... disons, le plus vulnérable. J'ai donc attendu la meilleure opportunité, je lui ai flanqué un coup de genou là où ça fait très mal et j'ai fichu le camp. J'ai perdu quelques plumes, dans la bagarre; voilà pourquoi je n'ai que ça comme bagages. Mais je n'allais pas revenir lui demander le reste, non?

Un silence pesant s'installa dans la voiture, chacune de nous imaginant ces terribles instants et ce que nous éprouverions si cela nous arrivait à notre tour.

— Pourquoi fais-tu ça? interrogea enfin Crystal.

— Quoi, ça?

— Du stop. Pourquoi est-ce que tu fais du stop partout, pourquoi est-ce que tu suis des étrangers, pourquoi est-ce que tu vis comme ça?

— Tu vois, moi je ne suis pas inscrite dans une école privée de New York ou des environs, répliqua Quart de Lune avec une pointe de mépris dans la voix. Je suis toute seule, moi.

— Alors, trouve-toi un job, apprends à faire quelque chose, construis ta vie comme tout le monde, poursuivit Crystal sur le ton docte qu'elle affectionnait. Il y a beaucoup de gens qui sont indépendants mais qui ne finissent pas forcément à moitié égorgés ou violés dans la cabine d'un camion.

Quart de Lune la considéra un long instant avant de lâcher un soupir du bout des lèvres.

— Et toi, bien sûr, tu connais tout, tu ne te trompes jamais, tu sais exactement ce qui est bien pour chacun d'entre nous. Quand tu te sentiras seule depuis trop longtemps, viens me voir. Je me ferai une joie de te consacrer un peu de mon précieux temps.

— On a vécu seules pratiquement toute notre vie, rétorqua Crystal avec véhémence.

— C'est vrai ? s'étonna Quart de Lune en nous regardant l'une après l'autre.

Puis son scepticisme fut bientôt remplacé par un intérêt nouveau.

— Qu'est-ce que tu veux dire ? Vous êtes quoi, exactement ?

— On est de vraies orphelines, répondit Crystal en se radoucissant quelque peu. On vient d'un foyer d'accueil. Tu sais ce que c'est ?

— Tu plaisantes ! Vraiment ?

Cette fois, Quart de Lune n'en croyait pas ses oreilles.

— Personne ne plaisante, ici, déclara Rebecca. Mais, comment se fait-il que toi tu n'aies jamais atterri dans un orphelinat ?

— Ça a failli m'arriver, un jour. Je m'étais fait pincer pour vagabondage dans un petit patelin de l'Oklahoma et les flics allaient me remettre entre les mains de l'État, mais je m'en suis sortie en leur inventant une histoire pas possible. J'avais une amie à Phoenix qui a prétendu être ma tante et m'a envoyé de l'argent pour m'acheter un billet de car. La police a tout gobé. Je suis monté dans le car et, au premier arrêt, j'en suis redescendue. En fait je ne les intéressais pas ; ils voulaient simplement se débarrasser de moi. Tu vois, Miss Oie Blanche, il faut apprendre à vivre sur les routes.

— Cesse de m'appeler ainsi !

— Elle est susceptible, hein ? La première règle à appliquer quand on est sur la route, c'est de ne pas être susceptible. Il faut se faire une carapace comme ces tortues qu'on voit se balader un peu partout. Un jour, à

El Paso, j'en ai retourné une pour voir comment elle était faite.

— Dis donc, tu as vraiment traîné tes guêtres partout! s'extasia Rebecca qui n'avait jamais dépassé l'ouest de l'État de New York.

— Non, pas à New York, corrigea-t-elle. Je n'ai jamais mis les pieds à Manhattan. Là-bas, on a toutes les chances de se faire dévorer vivante.

— On y était il y a deux jours, se vanta Janet. C'est super!

— Ah, oui? Et vous y êtes restées longtemps?

— Oh, quelques minutes, lui expliquai-je. On s'est un peu perdues dans cette ville, et on voulait voir Broadway.

— Beaucoup de gens aimeraient se retrouver à Broadway, commenta Quart de Lune en riant avant de donner un coup d'épaule à Rebecca. Je vous aime bien, les filles, vous savez? ajouta-t-elle tout à trac. Vous avez de l'argent avec vous?

— Seulement nos économies, lui répondis-je. C'est l'argent qu'on a gagné en faisant des petits boulots à droite et à gauche pendant l'été.

— Vous avez combien?

— Presque mille cinq cents dollars.

— Mille quatre cent vingt, maintenant, précisa Crystal.

— Elle a raison, c'est elle la banquière.

— Oh... dit Quart de Lune en se retournant vers Crystal. Eh bien, on dirait que vos épargnes sont entre de bonnes mains. Je ne crois pas que Miss Oie Blanche soit du genre à gaspiller le moindre sou.

— Si tu m'appelles encore comme ça une seule fois...

Quart de Lune éclata de rire et je lui demandai :

— S'il te plaît, arrête de la taquiner.

— Bon, d'accord. Mais, comment tu t'appelles, au fait? J'ai oublié.

— Crystal! Je m'appelle Crystal!

— Bon, ça revient au même. Mais d'accord, je dirai

Crystal. Je t'aime bien, aussi. Alors, dites-moi, comment quatre orphelines peuvent avoir une voiture pareille ? Non pas qu'elle soit très reluisante mais, quand même...

Personne ne dit mot.

— Oh, je vois. C'est Crystal. Elle n'est pas aussi innocente qu'elle le prétend, en fin de compte.

— Ce n'était pas très chouette, là où on était, tu sais. Et on ne voyait pas quel avenir nous attendait là-bas...

— Ça s'appelait Lakewood House, me coupa Janet, et le nom du propriétaire c'était Gordon. Un vrai monstre !

Aussitôt, Crystal lui donna un coup de coude pour l'empêcher d'en raconter trop.

— Oui, c'est un être délicieux, enchaînai-je sans rire. Tellement charmant qu'on a fini par lui emprunter sa voiture pour nous enfuir.

— J'ai déjà fait ça, déclara Quart de Lune en haussant les épaules.

— Quoi ? demanda Rebecca. Qu'est-ce que tu as fait ?

— J'ai emprunté certaines choses. C'est la seule façon de survivre, sur la route. J'ai connu un garçon, à Las Vegas — une ville super, complètement folle. Un soir, il a emprunté une voiture mais il a changé les plaques d'immatriculation dès qu'on a quitté la région. Vous l'avez fait, aussi ?

— Changer les plaques ? demandai-je en secouant la tête. Non...

— Ce sont les numéros de plaques que les flics recherchent quand une voiture est volée. Si tu les échanges avec celles d'un autre véhicule, tu as plus de chances de t'en tirer. La plupart des gens ne remarquent même pas que leurs plaques ont été changées.

— Dis donc, c'est une bonne idée, fit remarquer Rebecca.

— Non, intervint Crystal. On ne fait rien qui risquerait de nous attirer des ennuis, je te préviens.

— Si vous vous faites pincer dans cette voiture par

les flics, vous serez déjà dans de sales draps. Ce n'est pas le fait de changer les plaques qui fera beaucoup de différence.

— Je ne sais pas... dit alors Rebecca, l'air songeur.

— Écoutez, je vais vous aider! annonça Quart de Lune. Vous allez voir, c'est très facile.

Jetant alors un coup d'œil dans le rétroviseur, je vis le regard inquiet de Crystal.

— On verra, dis-je doucement. Chaque chose en son temps.

— Exactement, renchérit Quart de Lune. C'est ce que je fais. Regarde, ajouta-t-elle en se retournant vers Crystal, tu commences à m'apprécier. On va toutes finir par s'entendre super bien. On sera comme... des sœurs. Des sœurs routardes.

Pour déjeuner, nous fîmes une halte dans un restaurant qui faisait aussi station-service. Malgré l'endroit perdu où il se trouvait, il semblait avoir une clientèle d'habitués car, peu de temps après notre arrivée, il affichait déjà complet.

Pour économiser au maximum, Crystal nous recommanda de choisir avec attention notre menu mais Quart de Lune ne cessa de lui mettre des bâtons dans les roues en nous conseillant de prendre tel ou tel plat.

— Je n'ai jamais vu un restaurant avec des prix aussi bas, nous disait-elle. Profitez-en.

— Non, insista Crystal. On ne peut pas se le permettre.

— Mais je meurs de faim, protesta Rebecca.

— N'oublie pas qu'on a pris exprès un petit déjeuner très copieux, lui rappela Crystal.

— Eh bien, j'ai encore faim. Je voudrais un milk-shake au chocolat, aussi. Et Quart de Lune dit que les frites sont excellentes, ici.

— Oui, j'ai déjeuné une fois ici, assura-t-elle. Peut-être même deux, je crois.

Ignorant les conseils de Crystal, elle commanda pour elle un double hamburger, des frites, un milk-shake à la banane et une glace au chocolat pour le dessert.

— Tu paies pour moi, lui dit-elle ensuite, je te rembourserai plus tard.

Crystal me jeta un regard que je ne connaissais que trop. Mais, pour éviter une scène à table, je me contentai de hocher la tête. A contrecœur, elle paya donc l'addition totale à la fin du repas et, après avoir laissé un léger pourboire, nous quittâmes le restaurant.

— Je vous rejoins dans une minute, nous dit alors Quart de Lune avant de se diriger vers les toilettes, au fond de la salle.

— On s'en va et on la plante là, déclara Crystal une fois que nous fûmes toutes les quatre installées dans le break. Jamais elle ne nous rendra l'argent de ce déjeuner. Cette fille va nous attirer les pires ennuis, je te préviens, Brenda.

— On ne peut pas faire ça, intervint Rebecca. On a sa valise.

— Ce n'est pas un problème. On peut la laisser sur le parking...

— Quelqu'un pourrait la voler, dit doucement Janet.

— Voler ça ? J'en doute. A la limite, la sécurité routière pourrait la récupérer pour éviter une contamination générale, mais personne ne voudra la voler, crois-moi. Allez, Brenda, on fiche ça dehors.

— Je ne peux pas, Crystal. Cette fille est aussi mal barrée que nous, tu sais. Je pense qu'on peut l'emmener un peu plus loin et lui dire ensuite qu'on a décidé d'aller ailleurs que dans l'Ohio.

— Elle s'en fichera. Elle va nous coller le plus longtemps possible, tu vas voir.

— La voilà, dit Rebecca.

En effet, Quart de Lune rejoignit le break en courant, reprit sa place à l'avant et me lança d'une voix essoufflée :

— Vas-y, démarre.

Dès que nous fûmes sorties du parking, elle se retourna vers Crystal et lui tendit un billet.

— Tiens, c'est pour mon déjeuner, articula-t-elle avec un petit sourire satisfait.

Crystal me jeta un regard surpris dans le rétroviseur puis saisit le billet et, intriguée, passa longuement la main dessus comme pour en vérifier l'authenticité. Enfin, elle leva les yeux et, d'une voix tremblante, demanda à Quart de Lune :

— Où as-tu trouvé cet argent ?

— Je ne l'ai trouvé nulle part. Je l'avais sur moi, c'est tout.

— Tu mens, tu ne l'avais pas sur toi. C'est le billet de cinq dollars que j'ai laissé en pourboire sur la table. Je le reconnais parce qu'il avait une tache d'encre au beau milieu de la tête de Lincoln

— Tu es vraiment incroyable ! s'exclama Quart de Lune. Tu mémorises chaque billet qui te passe dans la main ? C'est une manie, ou quoi ?

— Non, je m'en souviens simplement parce que j'avais remarqué cette tache particulière, c'est tout. Tu as volé le pourboire de la serveuse.

— Et alors ? Elle en recevra bien d'autres, des pourboires. De ceux qui ont plus de sous que nous, par exemple.

— C'est vraiment moche, ce que tu fais, s'indigna Crystal.

— Ah, oui ? Et tu crois que le fait de voler la voiture de quelqu'un te vaudra le prix Nobel ?

Crystal dut se mordre violemment la lèvre pour ne pas lui sortir ses quatre vérités.

— Ce n'est pas bien, marmonna-t-elle. Je ne suis pas d'accord.

— Un sou est un sou, surtout quand on fait la route. Vous allez voir, vous allez vite apprendre avec moi. Faites-moi confiance.

— C'est bien ce qui me fait peur, maugréa Crystal.

Quart de Lune se mit à rire.

— Attendez, je vais vous raconter ce qui m'est arrivé au Kansas. Là, le cas était désespéré ; je devais avoir vingt *cents* en poche, tout au plus...

Elle alla ainsi d'une aventure à l'autre, nous décrivant les villes qu'elle avait traversées, les gens qu'elle avait rencontrés, les événements survenus çà et là, ses brèves histoires d'amour, tout cela sans la moindre gêne ni le moindre regret.

A l'entendre, il fallait au maximum tirer profit de la stupidité des hommes, et le sexe n'était qu'un moyen agréable de se faire offrir un repas, de se payer un billet de car ou de ne pas passer la nuit seule dans une ville inconnue.

Cependant, les récits de Quart de Lune, qui, au début, nous avaient fait l'effet d'une simple distraction rompant la monotonie du voyage, se révélèrent bientôt comme la description parfaite de ce qui nous pendait au nez si nous n'étions pas assez prudentes. Le tout étant de savoir comment on pouvait être prudent quand on évoluait dans l'univers de Quart de Lune.

Je finis même par me demander s'il ne valait pas mieux faire demi-tour tout en nous montrant reconnaissantes de ce que nous avions déjà.

La halte qui suivit celle du déjeuner ne se fit que tard dans l'après-midi. Crystal avait retrouvé son rôle de navigatrice, nous guidant sur des petites routes à l'écart des nationales, et nous continuâmes ainsi, non sans retenir notre souffle chaque fois que nous croisions une voiture de police.

— Ne vous faites pas tant de mouron, nous dit Quart de Lune en constatant notre angoisse. Il y a tellement de voitures volées chaque jour dans ce pays que les flics n'arrivent pas à suivre. Mais il faut quand même continuer à porter un masque.

Elle agissait un peu comme si elle était notre tuteur, nous enseignant la meilleure manière de nous forger une existence en partant pratiquement de rien.

— Porter un masque? répéta Janet, intriguée.

Elle ne semblait pas aussi alarmée que nous par les agissements de Quart de Lune, et cela commençait à m'inquiéter.

— Oui, jouer les innocentes, si tu préfères. Tu dois avoir l'air naturelle, douce et gentille, et ne jamais laisser croire à ton interlocuteur que tu crains qu'il ne découvre quelque chose à ton sujet. Montre-toi détendue, décontractée.

— Mais, comment ? insista-t-elle.

— Persuade-toi que tout le monde autour de toi porte aussi un masque, et tu y arriveras. Parce que chacun d'entre nous se cache derrière quelque chose. Chacun d'entre nous cherche à se servir des autres. Certains le font légalement parce qu'ils ont l'État derrière eux ou parce qu'ils savent détourner les lois et tirer profit des gens. Je l'ai vu partout. Tu as déjà entendu l'expression : « Qui n'a jamais péché peut jeter des pierres aux autres », ou quelque chose dans ce genre ?

— « Que celui qui n'a jamais péché lui jette la première pierre », corrigea Crystal sur un ton sec. C'est dans la Bible. C'est Jésus qui a dit ça.

— Je savais que ça venait de la Bible, lui rétorqua aussitôt Quart de Lune. Enfin, voilà, c'est en pensant comme ça que tu arriveras à te fabriquer un masque. Personne ne pourra alors te jeter la pierre, crois-moi, mon chou.

— Je ne comprends pas comment tu prétends t'appeler Quart de Lune avec un esprit aussi noir, observa Crystal. Tu m'effraies.

— C'est justement ça, le masque, lui répliqua-t-elle en souriant. Tu dois comprendre, toi qui es si intelligente.

A cette réflexion, je parvins de justesse à réprimer un rire. Quant à Crystal, elle se cala dans le fond de son siège en boudant.

Petit à petit, Rebecca raconta à Quart de Lune de plus en plus de choses à notre sujet, ce qui, manifestement, inquiétait beaucoup Crystal. Toutefois, je ne voyais pas où était le problème. En quoi cette fille représentait-elle un danger pour nous ? Elle avait l'habitude des fugues alors que nous n'en étions qu'à notre première expérience. Elle s'exprimait comme une personne habituée depuis longtemps aux coups durs.

Comme la nuit tombait, la question de notre dîner et de l'endroit où nous dormirions commença à se poser.

Les choses se compliquaient un peu maintenant que Quart de Lune se trouvait avec nous.

— Où est-ce que vous avez dormi, la nuit dernière? demanda-t-elle.

Rebecca lui raconta alors notre halte chez Nana et Norman.

— Eh bien, je crois qu'on a encore de la chance pour ce soir, nous déclara-t-elle avant de sortir de son sac une carte de crédit. On pourra s'arrêter dans un motel.

— A qui est cette carte? interrogea Crystal d'un air suspicieux.

— A moi.

— Je ne te crois pas.

Quart de Lune haussa les épaules. Blindée comme elle l'était, Crystal ne pouvait rien contre elle.

— Quand elle nous ouvrira la porte d'une chambre, tu me croiras.

— Non, il vaut mieux dormir dans la voiture, insista Crystal.

— Tu sais, Quart de Lune, intervint Rebecca, on peut se faire pincer si on utilise une carte de crédit volée.

Déjà, j'avais remarqué son inquiétude chaque fois que je me servais de la carte de Gordon.

— Comme vous voulez, déclara-t-elle. Moi, je vais prendre une chambre. Si vous préférez rester dans votre caisse pourrie, je ne vous en empêche pas.

Se tournant vers Janet, elle ajouta :

— Mais, vous savez, ce n'est pas très sûr de dormir dans une voiture. Quelqu'un pourrait la voler et partir avec, même si vous êtes dedans.

Janet laissa échapper un cri d'horreur.

— C'est ridicule, lança Crystal.

— D'accord, c'est ridicule, reprit Quart de Lune. Mais, faites-en l'expérience, vous verrez.

Un silence pesant s'installa tandis que nous continuions notre route sous un ciel de plus en plus sombre. Au bout d'un long moment, un motel s'annonça.

— C'est l'endroit qu'il nous faut, déclara Quart de

Lune. Pas trop fréquenté; et ils seront ravis de nous accueillir, j'en suis sûre. On va prendre une chambre et se faire livrer une pizza.

— Ça devrait aller, dit Rebecca sans enthousiasme.

Elle me regarda alors et je jetai un coup d'œil dans le rétroviseur. Les bras croisés sur la poitrine, le visage tourné vers la fenêtre, Crystal semblait furieuse.

— Puisqu'on est en démocratie, dis-je alors, on va voter. Celles qui sont d'accord pour s'arrêter ici cette nuit lèvent la main.

Quatre mains se levèrent, celle de Crystal restant fermement contre sa poitrine.

— Quatre contre une, annonçai-je. On prend donc cette chambre.

— Depuis quand est-ce qu'elle vote pour nous? demanda soudain Crystal.

— Elle a le droit de voter, répondit Rebecca. C'est elle qui paie.

— Oh, et puis, faites ce que vous voulez, marmonna-t-elle.

Je garai le break devant l'entrée du motel et Quart de Lune en descendit aussitôt.

— Ça ne sera pas long, nous dit-elle avant de pénétrer dans le hall de réception.

— Brenda, me demanda Crystal, comment peut-elle avoir une carte de crédit? Elle n'a pas d'adresse fixe. Je suis sûre qu'elle l'a volée, et nous, on la laisse faire...

— C'est elle qui signe, pas nous, lui fit remarquer Rebecca.

— Mais, en faisant ça, elle contrôle tout, je te signale. Elle va nous causer les pires ennuis, je le sens.

— Écoute, on est en fuite, on doit survivre d'une manière ou d'une autre. Je ne veux surtout pas revenir en arrière. Et toi, Brenda?

— Bien sûr que non.

— Moi non plus, murmura Janet.

— On l'a prise en stop, elle peut bien nous offrir ça en échange, décida Rebecca.

De toute évidence, elle ne voulait pas que nous sautions sur des conclusions trop hâtives au sujet de Quart de Lune. Elle estimait qu'il fallait laisser à chacun la chance de faire ses preuves.

Cinq minutes passèrent tandis que nous guettions avec anxiété l'entrée du motel. Enfin, Quart de Lune en émergea, souriante, une clé à la main. Elle remonta dans la voiture.

— Va jusqu'au 32, me dit-elle. C'est en face, là-bas.
— Tu n'as eu aucun problème ? lui demandai-je.
— Non. Pourquoi ?
— Tu avais des papiers d'identité sur toi ? interrogea Crystal, sceptique.
— Bien sûr, j'en ai tout un tas, répondit-elle en partant d'un grand rire.

Ouvrant son sac, elle en extirpa quelques permis de conduire, des cartes de crédit et même une carte d'inscription universitaire sur laquelle était collée sa photo.

— Où est-ce que tu as eu tout ça ? s'étonna Rebecca.
— D'après toi ? répliqua-t-elle en s'esclaffant. J'en ai eu certaines par des amis et, les autres, c'est moi qui me les suis procurées. Si vous êtes gentilles, je vous dirai comment on fait. Oh, j'ai tellement envie d'une douche... Ah, j'allais oublier, le réceptionniste m'a dit qu'on pouvait commander des pizzas, pas loin d'ici. Et il va nous apporter un lit pliant supplémentaire. Je suppose que vous avez l'habitude de dormir ensemble ; alors c'est moi qui l'utiliserai.

Personne ne trouva d'objections et, quelques minutes plus tard, nous nous installâmes dans la chambre à deux lits qu'on lui avait décernée

Comme promis, le réceptionniste, un homme jeune au crâne dégarni, se présenta avec un lit pliant qu'il fit rouler dans la pièce avant de tendre une paire de draps à Quart de Lune.

— Merci, lui dit-elle en minaudant.

Avant qu'il ne referme la porte derrière lui, elle ajouta :

— A tout à l'heure.

Il lui répondit par un sourire complice.

— Pourquoi « à tout à l'heure » ? lui demandai-je quand il fut sorti.

— Oh, je lui ai promis de le retrouver après son travail pour boire un verre dans un petit bar, pas loin. J'irai peut-être...

— Mais, tu lui as promis, non ? lui fit remarquer Janet.

Elle se mit à rire.

— Ce ne sera ni la première ni la dernière promesse que je romprai. Alors, on la prend, cette pizza ? Je meurs de faim.

Elle passa la commande par téléphone et, en attendant la livraison, nous prîmes chacune notre tour une douche. Lorsque les pizzas et les sodas furent livrés, Quart de Lune piocha dans nos économies pour les payer.

Le dîner fut presque comme une petite fête durant laquelle nous ne cessâmes de parler toutes en même temps, excepté Crystal qui se montrait encore très contrariée. Puis nous regardâmes un film à la télévision et, peu après onze heures, Quart de Lune nous annonça que, finalement, elle allait rejoindre le réceptionniste comme elle le lui avait promis.

— Je ne resterai pas très longtemps, nous déclarat-elle. Brenda, je peux avoir les clés du break pour récupérer ma valise ? Je voudrais me changer.

Crystal me jeta un tel regard que je me sentis obligée de suivre Quart de Lune dehors pour lui ouvrir moi-même le coffre. De retour dans la chambre, elle troqua sa petite jupe et son T-shirt pour un jean et un polo bleu pâle.

— J'espère que je ne suis pas trop apprêtée pour ce petit bar, nous dit-elle en riant. Allez, dormez bien, les filles. Je ne ferai pas de bruit en rentrant, c'est juré.

— Bon débarras, lâcha Crystal à voix basse.

— Laisse tomber, Crystal, lui suggéra alors Rebecca. Pour l'instant, elle n'a fait que nous aider et nous donner des conseils.

En réponse, Crystal se contenta de marmonner quelque chose d'inaudible.

La pluie qui menaçait depuis le début de la journée finit par tomber, frappant si fort contre la fenêtre et le toit que l'on aurait dit de la grêle.

— J'espère qu'elle ne se fera pas surprendre par l'orage, commenta Rebecca.

— Ce serait bien fait, repartit Crystal.

— Je suis épuisée, dis-je alors, avant qu'une autre dispute ne survienne.

Puis je me tournai vers Janet.

— Regardez-la, soufflai-je. Elle dort déjà. Ne la réveillez pas.

Une fois que nous fûmes toutes couchées, Crystal éteignit la lampe de chevet.

— J'aime bien Quart de Lune, murmura Rebecca dans le noir. Elle est un peu dingue mais elle est amusante, non ? Qu'est-ce que tu en penses, Brenda ?

— Oui, elle est amusante mais Crystal a raison. On ne peut pas la garder éternellement avec nous et je me demande comment on va pouvoir s'en débarrasser. Il va falloir la laisser sur la route...

A ce moment, nous ignorions encore que nous n'aurions pas à nous creuser longtemps la cervelle pour trouver le moyen de nous séparer d'elle...

Nous trouvâmes très vite le sommeil et lorsque nous ouvrîmes les yeux, le lendemain aux premières lueurs de l'aube, ce fut pour constater que Quart de Lune n'avait pas utilisé le lit pliant. Les draps étaient encore proprement posés sur la couverture et Rebecca fut la première à s'apercevoir de son absence.

— Regardez ! s'exclama-t-elle en s'asseyant sur son lit. Quart de Lune n'est pas rentrée, cette nuit !

Crystal émit un petit gémissement puis se leva à son tour, bientôt imitée par Janet et par moi-même. Pendant un instant, nous restâmes toutes les quatre interdites devant le lit intact.

— Je ne vois pas sa valise, observa alors Crystal. Elle était pourtant bien là, hier soir, près de la porte, non ?

— Oui, c'est vrai, lui répondis-je.

— Elle serait venue la récupérer en pleine nuit et nous aurait plantées là ? s'étonna Rebecca. Pourquoi ?

— Je ne sais pas, répliqua Crystal mais j'en suis ravie et...

Elle s'arrêta soudain et, une main sur la bouche, étouffa un cri.

— Qu'est-ce qu'il y a ? lui demandai-je, alarmée.

Sans répondre, Crystal se leva et traversa si lentement la pièce que je me crus un instant en plein rêve. Puis elle souleva son chemisier tombé à terre près de la chaise où elle l'avait suspendu et demeura sans bouger, comme pétrifiée. Son sac avait disparu.

— Notre argent! s'écria-t-elle alors avant de se tourner vers nous. Brenda, on n'a plus notre argent!

La croisée des

chemins

— Tout ça, c'est ta faute! hurla Crystal à l'adresse de Rebecca. Je t'avais dit de ne pas la prendre avec nous, mais tu as tellement insisté! Tu es contente, maintenant?

Au bord des larmes, Rebecca se tourna vers moi avant de poser son regard sur Janet : secouée de sanglots, celle-ci se tenait les bras et paraissait frigorifiée. Soudain, ses paupières commencèrent à trembler et ses pleurs cessèrent si brusquement que je crus que ses cordes vocales s'étaient brisées net.

— Janet? articula Rebecca d'une voix blanche.

Sans répondre, elle retomba sur son oreiller, les yeux grands ouverts et fixant le plafond, la bouche béante, son visage devenant plus blême à chaque seconde qui passait. Le spectacle était terrifiant.

— Crystal ! m'écriai-je avant de me ruer vers elle. Je crois qu'elle a une nouvelle crise !

Je lui pris la main. Elle me parut glacée.

— Tout va bien, Janet, lui soufflai-je. On est là, avec toi. Crystal, vite !

— Ne t'affole pas, Brenda. Si elle se rend compte que tu as peur, elle aura peur elle aussi et son état ne fera qu'empirer.

Impuissante, la tête basse, Rebecca se tenait derrière nous sans oser rien faire. Crystal se tourna alors vers elle et lui demanda :

— Trouve-moi un gant de toilette humide, s'il te plaît.

Dès que Rebecca revint de la salle de bain avec le gant mouillé, Crystal le posa sur le front de Janet. Puis elle lui tapota le dos de la main.

— Allez, Janet, reste avec nous. On a toutes besoin de toi, tu sais.

Derrière moi, Rebecca frissonna. Elle semblait gelée, elle aussi. Comment ne pas être bouleversée devant ce qui se passait ? D'un geste ferme, je passai un bras autour de la nuque de Janet puis la soulevai avec précaution pour la mettre en position assise. La tête ballottant à droite et à gauche, elle roula des yeux blancs, ce qui accrut notre angoisse.

Crystal se rua de l'autre côté du lit pour me venir en aide.

— Qu'est-ce qui lui arrive ? lui demandai-je en sentant la panique me gagner.

— C'est juste une autre de ces attaques dont elle a le secret. Mais plus sévère, cette fois. Restons calmes, ça ne sert à rien de s'affoler.

Notre Crystal avait décidément l'étoffe d'un grand médecin.

— Vite, dit-elle à Rebecca, qui grimpa à son tour sur le lit.

Un instant plus tard, nos têtes se rejoignaient pour toucher aussi celle de Janet et réunir ainsi nos forces. Puis Crystal commença :

— Nous sommes sœurs. Nous serons toujours sœurs. Ce qui arrive à l'une de nous arrive à nous toutes...

Rebecca se mit aussi à chanter avec moi et, peu à peu, nos voix se mêlèrent pour ne former plus qu'une seule voix, un seul espoir, une seule prière.

La peau de Janet parut se réchauffer et, bientôt nous l'entendîmes psalmodier les mêmes paroles, en harmonie avec nous.

— Nous serons toujours sœurs. Quand l'une est triste, nous sommes toutes tristes. Quand l'une est heureuse, nous sommes toutes heureuses...

Puis, nous nous séparâmes et Janet cligna violemment des yeux avant de nous dévisager l'une après l'autre.

— Qu'est-ce qui va nous arriver? interrogea-t-elle alors comme si le temps s'était arrêté, comme si elle n'avait jamais eu d'attaque.

— Tu nous as fait une de ces peurs, lui dit Rebecca d'une voix tremblante.

— Moi?

— Laisse, Rebecca, lui conseilla Crystal en lui serrant discrètement le bras.

Encore sous l'effet de ses reproches acerbes, Rebecca ne se le fit pas dire deux fois. Quant à Janet, elle nous regardait toutes les trois sans réellement comprendre ce qui venait de se passer.

— Qu'est-ce qu'on va faire? interrogea-t-elle.

Aucune de nous n'avait, hélas, de réponse à lui donner. Lentement, Crystal réunit ses vêtements éparpillés puis déclara d'une voix défaite :

— On va devoir rentrer à Lakewood.

— Non! s'écria Rebecca. Jamais je ne retournerai là-bas!

— Moi non plus, je ne veux pas, se lamenta Janet.

Estimant que Crystal avait sans doute raison, je ne cherchai pas à la contredire. On ne pouvait décemment pas espérer vivre avec une carte d'essence et, tôt ou tard, Gordon recevrait son relevé pour y faire aussitôt opposition.

— Et moi, vous croyez peut-être que j'ai envie d'y retourner? déclara Crystal. Rappelez-vous ce que Gordon m'a fait... Mais je ne vois pas quelle autre solution il nous reste. Avec nos économies, on avait au moins de quoi survivre; maintenant, on n'a plus rien.

— J'ai deux dollars, dit Rebecca.

— Moi aussi, j'en ai un peu, ajouta Janet.

— Et après? Qu'est-ce que ça nous fait au total? Dix dollars, tout au plus... On ne va nulle part avec ça.

— Crystal a raison, leur dis-je alors. Tout ce qu'on a, ce sont quelques habits dans nos taies d'oreiller. C'est ridicule d'espérer pouvoir traverser le pays avec ça.

— On ne peut pas retourner là-bas, insista Rebecca. Ce n'est pas possible...

Un silence pesant s'installa, pendant lequel nous nous habillâmes et réunîmes le peu d'affaires que nous possédions encore. Mais, au moment de quitter la chambre et de monter en voiture, Rebecca resta sur le seuil, immobile, sa taie d'oreiller pleine entre les bras. Ainsi, elle paraissait la fille la plus malheureuse du monde.

— Rebecca, lui lançai-je, ne sois pas bête. On rentre à Lakewood et on cherche autre chose...

— Non, on ne trouvera rien, on ne pourra rien faire! Si on retourne là-bas, Gordon fera de notre vie un enfer — à supposer que l'État ne décide pas de nous séparer et de nous placer dans un endroit pire que Lakewood House...

Elle se mit à pleurnicher puis continua:

— Tout est ma faute. Je pensais que Quart de Lune était comme nous, qu'elle méritait qu'on lui donne une chance...

— Elle a pris notre argent, Rebecca. Ce n'est la faute de personne. On est toutes un peu responsables. Je l'ai laissée monter dans la voiture, moi aussi. Maintenant, en tout cas, c'est à toi d'y monter. Allez, viens.

— Oui, viens, Rebecca, la supplia Janet. On ne peut pas partir sans toi, tu le sais bien.

— Je regrette de t'avoir crié après, ajouta Crystal.

C'est vrai, on ne peut pas te reprocher d'avoir voulu aider quelqu'un.

Rebecca la regarda longuement puis considéra d'un air pensif la rangée de chambres qui donnaient sur le parking, avant de poser de nouveau les yeux sur nous.

— Gordon va certainement nous faire arrêter, observa-t-elle en se décidant enfin à monter dans le break. On devrait continuer un peu à rouler pour voir si on retrouve Quart de Lune. Je lui demanderai de nous rendre notre argent...

— On ne la retrouvera pas, lui dit Crystal. Maintenant qu'elle a notre argent, elle ne se donnera plus la peine de faire du stop, c'est sûr.

— Comment a-t-elle pu nous faire une chose pareille ? pleura Rebecca. Elle savait qu'on était comme elle.

Lentement, je quittai le parking du motel, secrètement heureuse que Quart de Lune ait eu l'obligeance de nous laisser au moins notre véhicule !

— On n'est pas comme elle, corrigea Crystal. On est bien mieux qu'elle, Rebecca ! Elle est toute seule ; nous, on est ensemble. Comment crois-tu qu'elle va finir ? Elle mourra probablement dans une ruelle sombre, oubliée de tous.

— Je vais de quel côté, Crystal ? demandai-je alors que nous atteignions la route principale.

Aussitôt, elle se plongea dans ses cartes.

— Je crois qu'il faut continuer vers l'ouest pendant environ trente kilomètres. Là, on prendra une bretelle qui nous mènera vers un des grands axes et, ensuite, on verra bien. Puisqu'on rentre à Lakewood, ça n'aura pas d'importance si on se fait arrêter par la police.

Nous poursuivîmes notre route dans une ambiance sinistre et, comme pour ajouter à notre humeur lugubre, le ciel ne fit que s'assombrir au fil des kilomètres. Bientôt, il commença à pleuvoir et, à un moment donné, la pluie tomba si fort que je dus m'arrêter au bord de la route, à l'entrée d'un chemin, car la visibilité devenait nulle.

— J'espère qu'elle a essayé de faire du stop et qu'elle se retrouve maintenant prise sous l'orage, marmonna Rebecca pendant que nous attendions une accalmie.

Puis elle lâcha un profond soupir et se cala dans le fond de son siège en fermant les yeux.

— J'ai faim, lança Janet au bout de quelques instants. On pourra s'arrêter quelque part pour prendre un petit déjeuner ?

— Je n'ai pas un sou, lui dit Crystal. Brenda, tu as combien sur toi ?

— Un peu de monnaie, c'est tout. Peut-être quatre-vingt-dix cents, tout au plus. C'est toi qui avais tout dans ton sac.

— On pourrait se partager un petit déjeuner, suggéra Janet.

— Et après ? reprit Crystal. Comment on fera pour les autres repas ? On ne sera pas de retour à Lakewood avant deux ou trois jours. Peut-être qu'on ferait mieux de se rendre à la police.

Un silence glacé lui répondit. Chaque seconde qui passait semblait nous rapprocher davantage d'une catastrophe pire que ce que nous avions pu imaginer.

Finalement, la pluie se calma et nous pûmes repartir. Mais le vent et les nuages persistèrent.

— J'ai vraiment été idiote, dis-je une fois que nous eûmes repris la route. Pourquoi est-ce que je n'ai pas compris tout de suite quel genre de fille c'était ?

— Ne te pose pas ce genre de question, me conseilla Crystal. C'est inutile, maintenant.

Je regardai son image dans le rétroviseur. Son expression était ferme ; elle avait raison, bien sûr. Je détestais m'apitoyer sur moi-même et je ne supportais pas cela non plus de la part des autres. Alors, autant ne pas insister.

Tout à coup, Rebecca se redressa sur son siège.

— Écoutez, j'ai une idée ! Un jour que je me baladais avec Dede et Charlie Weiner, on a eu envie de s'acheter de quoi boire mais on n'avait pas assez d'argent. Charlie a alors pensé à regarder sous la banquette arrière de la voiture pour voir si, par hasard, il y trouverait quelques pièces oubliées. Peut-être qu'on pourrait faire la même chose, non?

— Tu sais, lui objecta Crystal, même si on trouve quelques pièces, ça ne nous mènera pas très loin.

— Ça pourrait au moins nous offrir le petit déjeuner, qui sait? Moi aussi, je meurs de faim. Et puis, une petite halte ne nous fera pas de mal; on pourra réfléchir un peu à la suite des événements.

— Comme vous voulez, leur dis-je avant de descendre du véhicule. Alors, allons-y, enlevons cette banquette pour voir ce qu'il y a dessous.

Après avoir ouvert le hayon, Rebecca et moi commençâmes à tirer sur les côtés du siège, qui céda assez vite. Crystal nous aida alors à l'extirper du break pour le poser au bord du chemin. Et là, dans les rainures de la tôle à demi mangée par la rouille, nous trouvâmes en effet la valeur de quelques dollars en pièces de monnaie. Mais nous découvrîmes autre chose, ensuite.

— Qu'est-ce que c'est que ça? m'exclamai-je sans oser y toucher.

A moitié dissimulé sous le caoutchouc qui recouvrait le renflement de la carrosserie formé par la roue arrière, nous aperçûmes un gros sachet de plastique transparent, rempli d'une poudre qui ressemblait à de la farine. Rebecca l'attrapa aussitôt, l'ouvrit, essaya d'en renifler le contenu puis y glissa l'index et le pouce. Elle en saisit une pincée, me regarda et, enfin, porta les doigts à ses lèvres. Alors, ses yeux s'écarquillèrent.

— C'est de la cocaïne! s'écria-t-elle avant de brandir le sac devant elle. Et il y en a un paquet!

— De la cocaïne? répéta Crystal, éberluée. Tu es sûre?

— Certaine. J'en ai déjà vu et je sais quel goût ça a. Ma mère en utilisait avec les hommes qui venaient à la maison et il lui arrivait d'en laisser traîner dans sa chambre. Ça vaut un fric fou!

— Ça veut dire aussi que Gordon la vendait, commentai-je.

Il se mit à pleuvoir de nouveau mais personne ne parut s'en soucier.

— Maintenant, je comprends ce qu'il trafiquait quand je l'ai surpris, une nuit, avec un autre homme près de son break. Ce devait être son fournisseur ou alors un client, je ne sais pas.

— Tu l'as vu ? demanda Janet d'une voix étranglée.

— Oui, plusieurs fois. Et, l'autre nuit, je crois qu'il m'a aperçue en train de le regarder derrière la fenêtre et j'ai eu peur. Mince alors, de la cocaïne ! Et dire qu'on se balade depuis des jours avec de la drogue planquée dans la voiture...

— Oui, et on a franchi plusieurs États, comme ça, reprit Crystal. Il faut s'en débarrasser au plus vite.

Comme Rebecca s'apprêtait à balancer le sac au loin, Crystal l'arrêta en lui saisissant le bras.

— Attends !

— Quoi ? Tu veux la garder ?

— Non. Donne-la-moi.

Rebecca lui tendit le sachet et Crystal l'ouvrit de nouveau.

— On ne peut pas laisser de la coke, comme ça, au bord de la route. Imagine que quelqu'un la trouve et la revende ensuite... même à des enfants. On serait responsables.

Elle s'éloigna de la voiture.

— Qu'est-ce que tu fais ? lui cria Rebecca.

Sans répondre, Crystal secoua le sachet dans le sens du vent. La poudre s'en échappa et s'envola devant elle en un léger nuage blanchâtre que la pluie absorba aussitôt. Puis elle avança encore un peu et chercha une pierre où elle pût dissimuler le plastique vide.

— Vite, lui lançai-je tandis qu'une voiture approchait sur la route. On va finir par se faire remarquer !

Alors qu'elle nous rejoignait en courant, aidée de Rebecca et de Janet, je remis la banquette en place. Puis nous grimpâmes en vitesse dans le break et je démarrai, juste devant le véhicule qui avait ralenti à notre vue.

Dans le rétroviseur, je distinguai un homme et une femme, d'âge moyen, qui nous montraient du doigt. Ils paraissaient intrigués par nos agissements. Pourtant, arrivés à la hauteur du chemin, ils ne s'arrêtèrent pas et ne cherchèrent pas non plus à nous rattraper.

— J'espère qu'on ne regrettera pas d'avoir fait ça, se lamenta Rebecca.

— On regrettera beaucoup de nos gestes, Rebecca, lui assura Crystal, mais jamais celui-là.

— Mais... attends, lui dis-je tout à coup. On ne peut pas rentrer maintenant, c'est impossible.

— Pourquoi ?

— Gordon ne nous tuera peut-être pas pour avoir volé sa voiture mais si on a balancé sa drogue...

— Brenda a raison, Crystal, renchérit Rebecca. Tu imagines ce qu'il nous fera ? Je n'ose même pas y penser.

Crystal resta un instant silencieuse puis proposa :

— On peut aller à la police.

— Ils vont nous demander pourquoi on n'est pas venues les voir tout de suite, quand on avait encore cette coke entre les mains, reprit Rebecca. C'est vrai, c'est ce qu'on aurait dû faire...

Elle se retourna pour regarder la route derrière elle, comme si elle espérait pouvoir retourner à l'entrée du chemin et récupérer la drogue dans son sachet de plastique.

— On est vraiment dans de sales draps, commenta-t-elle avec inquiétude. Je crois qu'il vaut mieux continuer à fuir tant qu'on n'a pas trouvé comment nous en sortir.

Avec ce qui nous restait d'argent personnel et les pièces que nous avions trouvées sous la banquette, nous avions en tout un peu plus de onze dollars. Je mourais de faim, moi aussi. Alors, dès que je vis un panneau annonçant un restaurant proche, je pris le premier embranchement indiqué.

— J'espère que ce n'est pas hors de prix, déclara Crystal.

En apercevant l'entrée de l'établissement, nous fûmes tout de suite fixées... et Crystal soulagée. Sans être en ruine, l'endroit était modeste et semblait faire partie d'une maison qui, autrefois, avait dû être une habitation familiale. Devant, se trouvait un parking et, un peu plus loin, deux pompes à essence.

A droite du restaurant se dressait une vieille caravane entourée d'un bout de pelouse jaunie au coin de laquelle gisait une tondeuse en piteux état. Derrière le bâtiment, on apercevait un petit cottage aux fenêtres condamnées et dont la gouttière brisée pendait lamentablement d'un côté du toit.

Sur le parking, il y avait déjà six ou sept voitures garées, plus trois pick-up. La porte-moustiquaire était ouverte et de la musique country nous parvenait de l'intérieur.

— Qu'est-ce que vous en pensez ? demandai-je aux filles.

— Nécessité fait loi, répondit Crystal d'une voix enjouée.

A sa façon, elle tentait de nous remonter le moral.

Nous descendîmes du break et entrâmes dans le restaurant. La salle n'était pas aussi petite que nous le pensions. Il y avait des tables partout et, face à nous, se dressait un comptoir flanqué de tabourets recouverts d'un vinyle noir et usé. Derrière, on distinguait la cuisine dont la porte était restée grande ouverte.

Le cuisinier, un petit homme noir dont le crâne ne portait plus que quelques touffes de cheveux blancs, s'affairait devant un vieux réchaud. A notre arrivée, il tourna la tête, nous regarda un instant puis revint à ses pancakes, ses œufs au bacon et ses muffins dont les odeurs divines nous firent venir l'eau à la bouche. A voir les visages de mes trois amies, je compris que je n'étais pas la seule à mourir d'envie d'en avaler des assiettes entières.

Une femme de grande taille, à la chevelure brune et terne méchée de gris, travaillait au comptoir et semblait être la seule à servir. Ses yeux pâles et injectés de sang, ses lèvres mornes et son teint verdâtre laissaient penser qu'elle était fatiguée. Sans être très forte, elle avait une poitrine abondante, moulée dans un chemisier blanc dont le col bâillait sur un profond décolleté ; ce qui, d'ailleurs, ne manquait pas d'attirer les regards masculins. Sa jupe noire était si serrée que ses hanches pointaient nettement sous le tissu. En nous voyant, elle s'interrompit, nous dévisagea puis nous lança :

— Si vous voulez manger quelque chose, installez-vous où vous voulez.

Tous les clients avaient la tête tournée dans notre direction et souriaient. Ils ne nous quittèrent pas des yeux tandis que nous allâmes nous asseoir à une table dans un coin reculé de la salle. L'un d'eux avala une énorme bouchée de sandwich puis déclara à la patronne :

— Dis donc, Patsy, tu devrais peut-être aller réveiller Danny ; on dirait qu'il y a du monde, ce matin.

— Vas-y, si tu y tiens, maugréa-t-elle. Moi, je ne bouge pas. Autant essayer de réveiller un mort.

Tous partirent d'un rire épais puis une voix résonna, un peu plus loin :

— Je peux aller te le réveiller, Patsy, si tu veux.

Très grand, taillé en athlète, l'homme devait avoir une quarantaine d'années. Bien qu'assis seul à une table, il participait comme tous les autres à la conversation générale, ce qui semblait être l'habitude dans l'établissement.

— Si c'est toi qui vas le réveiller, Gordy, je sais très bien qu'après il ne sera plus bon à rien, lui répliqua Patsy.

— Ça ne sera pas une grosse perte. Pour ce qu'il te sert, de toute façon...

De nouveau, un rire général s'éleva de la salle.

— Inutile de me le rappeler, lui dit-elle en saisissant dans le four un pancake qu'elle plaqua sur une assiette devant un client accoudé au comptoir.

Puis elle s'essuya les mains et s'avança vers notre table. Elle n'avait pas de menu à la main mais parut immédiatement savoir ce que j'allais lui demander.

— Le menu des petits déjeuners est affiché au mur, nous dit-elle en indiquant un tableau noir derrière nous.

Rien n'était bien cher, à la vérité, mais si nous commandions toutes les quatre quelque chose, nous n'aurions pas de quoi payer. Crystal étudia le tableau.

— Alors, on se balade dans le coin, mesdemoiselles ? nous demanda-t-elle en nous dévisageant l'une après l'autre.

— Oui, on voyage, répondis-je. Et on a vu votre panneau.

— Je t'avais bien dit que ça payait de faire un peu de pub, lui cria l'homme prénommé Gordy.

Certains clients accoudés au comptoir rirent de cette réflexion fort spirituelle.

— Ça ne t'ennuierait pas de la fermer ? riposta-t-elle. Je fais mon boulot, c'est tout.

Les rires redoublèrent dans la salle. Les ignorant avec mépris, Patsy se tourna vers nous.

— On prendra une part de pancakes, lui annonça Crystal, deux œufs, deux jus d'orange et deux cafés.

— Pour vous toutes ? s'étonna-t-elle.

— Oui.

Elle nous observa un instant puis s'enquit d'une voix sèche :

— Vous avez combien sur vous ?

— Assez pour ce qu'on a commandé, répondit Crystal sur le même ton.

— Ça ne me renseigne pas.

Crystal soutint un instant son regard puis se mit à compter notre argent.

— On a onze dollars et quarante-trois *cents*, lui annonça-t-elle.

— En tout ?

— Oui.

— Et vous allez loin, comme ça ?

Rebecca commença à s'agiter sur son siège et Janet afficha un air de plus en plus apeuré.

— Jusqu'en Californie, on espère, lui répliquai-je.

Mais on s'est fait voler nos économies, la nuit dernière, et c'est tout ce qui nous reste.

— Sans blague? reprit-elle en se grattant la tête. Comment est-ce que vous vous êtes fait voler ça?

— Quelqu'un en qui on avait confiance nous a barboté toutes nos économies pendant qu'on dormait.

— Diable! Et il ne vous reste plus que onze dollars, c'est ça?

— Et quarante-trois *cents*, précisa Crystal.

— Oui, quarante-trois *cents*... répéta la patronne en hochant la tête d'un air désolé. Vous avez de la veine, je suis dans un bon jour, ce matin.

Se tournant alors vers la cuisine, elle lança :

— Charlie, quatre parts de pancakes, pour ces demoiselles! Des jumbo, s'il te plaît!

— Mais... on ne peut pas s'offrir ça! s'exclama Crystal.

— Personne ne ressort de chez Patsy le ventre creux. C'est une règle, chez moi.

Sans un mot de plus, elle retourna vers le comptoir. Là, nous la vîmes remplir quatre verres de jus d'orange.

— Elle est drôlement gentille, je ne comprends pas... déclara Rebecca avec méfiance.

Comment, en effet, se fier à un étranger après ce qui nous était arrivé?

Deux clients entrèrent dans la salle et, avant que nous ayons pu êtres servies, trois autres personnes se présentèrent. Patsy semblait surchargée de travail. Enfin, je la vis poser nos assiettes sur le comptoir.

— Je vais l'aider, déclarai-je soudain en me levant.

— Quoi? me lança Rebecca.

Patsy, qui s'apprêtait à nous servir, me vit arriver auprès d'elle et, tout naturellement, me laissa prendre les quatre assiettes pour les porter à notre table. Puis elle m'emboîta le pas avec nos jus de fruits et nos cafés. J'avais travaillé comme serveuse, auparavant, et j'étais encore assez habile de ce côté-là. Je servis donc mes trois amies éberluées avant de me rasseoir. Patsy me remercia d'un petit sourire.

— C'est bon, observa Rebecca entre deux bouchées de pancake.

— Oh, oui, renchérit Janet. Surtout avec ce sirop. Et les œufs sont exactement comme je les aime.

Patsy continuait de s'affairer, travaillant à la fois au comptoir et aux tables. Malgré la lenteur du service, son restaurant était manifestement apprécié par les gens du coin car les clients ne cessaient d'arriver et tous semblaient la connaître. Tranquilles, ils attendaient patiemment qu'elle vienne prendre leur commande.

J'avalai en vitesse mon petit déjeuner puis me levai avant que les filles aient terminé le leur.

— Qu'est-ce que tu fais? me demanda Crystal, intriguée.

— Je vais l'aider, dis-je simplement.

Puis, je me dirigeai vers le comptoir pour y trouver un plateau et je partis vers une table tout juste libérée par ses occupants. Je la débarrassai des verres, des assiettes et des couverts qui y restaient et revins la nettoyer avec un chiffon humide. Comme je commençais à m'attaquer à la suivante, je vis Rebecca achever de boire son café en vitesse pour venir m'aider.

Sans un mot, secouant la tête d'un air incrédule, Patsy nous regarda faire de loin puis appela Charlie pour lui montrer ce qui se passait. Celui-ci émergea un instant de sa cuisine pour nous observer avec une mine attendrie.

— Tu as de nouvelles recrues, on dirait? lui demanda un client.

— On dirait, oui, répondit-elle avec un demi-sourire.

Quand nous eûmes achevé de nettoyer les tables, nous commençâmes tranquillement à y installer des couverts propres rangés sur une étagère, derrière le comptoir. Un jeune homme aux cheveux roux complimenta Rebecca sur ses dons de serveuse et, à son sourire et à sa façon de lui dire merci, je compris qu'elle était très flattée.

— Merci de venir à mon secours, me lança Patsy à la

sauvette en me croisant, les bras chargés d'un plateau rempli.

— Vous voulez que je propose une deuxième tasse de café à ceux qui sont servis ? lui demandai-je après qu'elle eut crié un ordre à Charlie.

Elle me considéra un moment d'un air interrogateur.

— Tu as déjà travaillé dans un restaurant ?
— Oui, ça m'arrive pendant l'été.
— Alors, d'accord, dit-elle simplement. Merci.

Comme elle partait servir un autre client, je la suivis, la cafetière à la main. Estomaquée par notre manège, Crystal semblait pétrifiée sur sa chaise ; Janet, elle, affichait un sourire ravi.

— J'aurai peut-être besoin d'aide, leur lançai-je alors. Rebecca a l'air d'être occupée ailleurs.

Le jeune rouquin lui avait demandé un peu plus de café et il ne cessait maintenant de se répandre en éloges sur elle. Bien qu'un peu gênée par ses compliments, elle paraissait en même temps très intéressée par l'attention qu'il lui portait.

Enfin, la salle commença à se vider, laissant à Patsy le temps de souffler un peu. La bousculade du petit déjeuner était passée. Après avoir servi un client assis au comptoir, elle s'avança vers Crystal et moi et nous demanda :

— Qu'est-ce qui vous a amenées à faire la route toutes seules ?

— On allait rendre visite pour deux semaines à ma tante en Californie, lui répondit Crystal. On fréquente la même école, dans l'État de New York, et nos parents nous avaient donné de l'argent pour le voyage. Mais nos petites vacances d'été sont fichues maintenant et on va être obligées de faire demi-tour.

— Et vous deviez arriver quand en Californie ?

— On n'avait pas de date précise, répliquai-je en enjolivant les inventions de Crystal. On prenait notre temps. On avait tout l'été pour ça.

J'ai toujours eu l'intime conviction que, plutôt que de chercher à raconter des mensonges, Crystal se laissait emporter par son imagination. Sans doute était-ce parce que je savais qu'il n'y avait aucune malice en elle, aucune arrière-pensée. Elle semblait prendre autant de plaisir à inventer des événements qu'à préparer des dissertations pour les cours d'anglais.

— Hier, on a fait l'erreur de prendre en stop une fille qui nous a tout volé, poursuivit-elle en mélangeant allègrement la réalité et la fiction.

— Hum, je vois... commenta Patsy en hochant la tête.

Elle porta son regard sur deux tables vides où des clients avaient laissé un pourboire.

— Au fait, il y a un peu d'argent qui vous revient, les filles, dit-elle.

— Oh, non! répliquai-je aussitôt. Vous nous avez offert un délicieux petit déjeuner. On ne peut pas accepter ça.

Elle se mit à rire puis demeura pensive un instant en regardant Rebecca dire au revoir au garçon avec qui elle parlait depuis un moment.

— Écoutez, continua-t-elle, si votre tante peut attendre, je vous embaucherais bien pour une semaine ou deux. Comme ça, vous gagneriez quelques sous avant de vous pointer en Californie. Ça vous dit?

Devant nos mines ébahies et notre mutisme stupéfait, elle poursuivit :

— J'ai un petit cottage derrière le restaurant, qui ne me sert pas et où vous pourriez loger pendant ce temps. Il faudra l'installer un peu mais je vous fournirai tout le linge dont vous aurez besoin. A une époque, j'y accueillais des voyageurs de passage. Quand mon mari était encore de ce monde...

— Qu'est-ce qui lui est arrivé? demanda Crystal tout à trac.

— Il a été tué dans un accident de voiture; le conducteur était ivre. Vous avez entendu mentionner le nom de mon fils, plusieurs fois, tout à l'heure. Danny... Il ne met pas beaucoup la main à la pâte, c'est le moins qu'on puisse dire. Depuis la mort d'Eddy, il me donne plutôt du fil à retordre. Quant à Charlie, ça fait plus de dix ans qu'il est à la cuisine.

— C'est vrai, reconnut celui-ci en souriant. Mais vous, les filles, vous nous avez bien aidés, ce matin. Des vrais pros !

— Vous savez, continua Patsy, notre petite affaire tournait bien avant qu'ils ne construisent cette fichue autoroute. A l'époque, on pouvait s'offrir des serveuses. J'en avais même une en permanence au comptoir. Je ne vous promets pas de vous payer une fortune mais vous pourrez vous faire des bons pourboires et vous serez logées et nourries. C'est vraiment la période de l'année la plus chargée, pour nous. Alors ?

Au bout d'un long instant d'hésitation, je me lançai :

— On peut accepter, Crystal, tu ne crois pas ?

Rebecca venait de nous rejoindre.

— Accepter quoi ? interrogea-t-elle d'une voix gaie.

— De rester travailler ici une semaine ou deux pour récupérer l'argent qu'on nous a volé la nuit dernière.

J'espérais qu'elle ne dirait rien qui puisse contredire notre petite histoire.

— Vraiment ? Ça serait super ! s'exclama-t-elle avant de tourner vers la fenêtre un regard rêveur sur le jeune homme aux cheveux roux qui se dirigeait vers son pick-up.

Puis, elle se ressaisit et secoua la tête.

— Je ne sais pas ce qui m'arrive, j'ai chaud tout d'un coup. Je vais aller m'asperger la figure d'eau froide, ça me fera du bien. J'avais oublié que ce boulot de serveuse était si fatigant.

— Mais, qu'est-ce qui te prend ? lui lança Crystal sur un ton inquiet.

Comme Rebecca s'éloignait sans répondre, Janet qui, elle aussi, regardait par la fenêtre, demanda à Patsy :

— Qui est ce garçon ?

— Lui, là-bas ? répliqua-t-elle en fronçant les sourcils. C'est Taylor Cummings. Il ne rate jamais un joli minois, celui-là. Dites à Rebecca de faire attention... c'est un rapace.

— Oh, inutile de s'en faire pour Rebecca, reprit Crystal. Elle fait de l'effet, comme ça, mais ce n'est pas une poupée ; elle sait très bien comment s'y prendre quand on cherche à la baratiner.

En temps normal, j'aurais approuvé ce que disait Crystal mais, ce matin-là, je n'étais pas si sûre qu'elle ait raison.

— Oui... murmurai-je alors presque pour moi-même. Mais on dirait qu'elle ne réagit pas comme d'habitude avec celui-là.

— Eh bien, déclara Patsy, je vous propose d'aller voir dans quel état est ce cottage. Charlie, s'il te plaît, jette un coup d'œil sur les clients. Je reviens tout de suite.

Un torchon sur l'épaule, Charlie émergea de sa cuisine pour venir se placer derrière le comptoir.

Rebecca nous rejoignit dehors en courant tandis que le pick-up de son nouvel ami quittait le parking.

— Alors, on reste ? demanda-t-elle, la voix pleine d'espoir.

— On verra, lui répondis-je d'un air grave. On va d'abord jeter un œil à la maison où Patsy propose de nous loger et on décidera ensuite si on reste travailler un peu ici ou pas.

Bien que très petite, la maison comportait deux chambres contiguës, l'une avec deux lits et l'autre équipée d'un canapé convertible à deux places. Quant à la cuisine, elle se réduisait à une alcôve équipée d'un évier et d'un réchaud. Le réfrigérateur, dont la porte restait entrebâillée, semblait hors d'état de marche. Mais, puisque nous devions prendre nos repas au restaurant avec les autres, cela n'avait au fond pas grande importance.

La minuscule salle de bain attenante avait une baignoire-sabot surmontée d'une douche. Les contours de robinets et le fond du lavabo étaient jaunis par la rouille et une forte odeur de moisissure imprégnait le réduit. Pas un coin de la maison n'était épargné par les toiles d'araignée et une épaisse couche de poussière recouvrait tout ce qu'il y avait d'horizontal.

— C'est pire que ce que je croyais, maugréa Patsy sur un ton déçu.

— Ce n'est pas si mal, corrigea vivement Rebecca. On peut tout à fait loger ici, n'est-ce pas, Brenda ? Je suis sûre qu'en nous y mettant à quatre, on fera de cette pièce un palace en moins de temps qu'il ne faut pour le dire.

— Oui, on s'arrangera, ajoutai-je. Crystal, qu'est-ce que tu en dis ?

— Je crois qu'il faut qu'on en parle ensemble, répondit-elle simplement.

— Oh, mais bien sûr... intervint Patsy. Je vous laisse discuter entre vous, les filles. Revenez me voir au restaurant quand vous aurez pris votre décision.

Dès qu'elle nous eut quittées, Rebecca s'adressa à Crystal :

— Pourquoi est-ce que tu lui as dit ça ? Si on reste ici, on a des chances d'éviter la police.

— Oui mais, d'un autre côté, si on paraît trop pressées d'accepter, ça risque d'éveiller les soupçons de Patsy. Pourquoi quatre filles issues de familles assez aisées pour leur offrir un voyage et des vacances en Californie accepteraient-elles un job de ce genre ? Ça va lui sembler louche...

— Mais, on vient de se faire voler tout ce qu'on avait ! riposta Rebecca. C'est une bonne raison, non ?

— Rebecca, à ses yeux on devrait pouvoir se faire envoyer de l'argent par nos parents, pour rentrer chez nous ou continuer vers la Californie. Ça me semble l'évidence même. Patsy va finir par se poser des questions.

En proie à ce qui semblait être le plus grave dilemme de sa vie, Crystal resta un long moment à contempler le vieux plancher usé sans le voir.

— Moi, je crois qu'on pourrait très bien dormir ici, intervint alors Janet d'une petite voix timide.

— Bien sûr qu'on pourrait, renchérit Rebecca non sans poser un regard appuyé sur Crystal. On s'apprêtait bien à dormir dans la voiture, la première nuit.

— Bon, d'accord, reprit Crystal. Si vous voulez... On va faire croire à Patsy que ça fait partie de notre petite aventure vers la Californie. Mais, surtout, ne lui dites rien qui pourrait faire naître des soupçons à notre égard. Tu entends, Rebecca ?

— Je ne dirai pas un mot, promit-elle en levant la main droite.

Crystal hocha la tête puis se tourna vers moi.

— Peut-être qu'on s'en tirera, finalement. Peut-être que la chance est en train de tourner en notre faveur. Bon, voyons maintenant qui dormira dans le canapé-lit.

— Janet et moi ! dit aussitôt Rebecca.

— Non, tu ronfles, se plaignit Janet.

— Ce n'est pas vrai !

— Pas de dispute, lançai-je alors. C'est moi qui vais partager le canapé-lit avec Rebecca.

J'avais bien l'intention de lui tirer les vers du nez quant à l'étrange humeur qu'elle manifestait depuis sa rencontre avec ce rouquin.

Au bout d'un moment, nous retournâmes dans le restaurant pour dire à Patsy que nous acceptions sa proposition. En entrant dans la salle, nous aperçûmes au comptoir un garçon aux cheveux longs, d'environ vingt ans, accoudé au-dessus d'une tasse de café fumant. Il portait un sweat-shirt des Grateful Dead qui avait dû être réanimé des centaines de fois tant il paraissait usé et délavé, un jean tout aussi moribond et des baskets crasseux, sans chaussettes.

— Les voilà, dit Patsy en nous voyant entrer.

Le garçon se retourna.

— On est d'accord pour rester, Patsy, lui annonçai-je d'emblée.

— Parfait. Tenez, je vous présente mon fils, Danny.

Aussitôt, le sourire qu'elle affichait disparut, remplacé par une mine désapprobatrice.

Danny regarda de côté, plissa ses yeux noisette et grimaça en articulant un vague bonjour. Était-il déçu de ce qu'il découvrait après ce que sa mère lui avait sans doute raconté? Impossible à dire... Il avait malgré tout une bouche qui semblait douce et dont la lèvre inférieure paraissait gonflée; peut-être était-ce dû à la petite entaille qui lui barrait le menton. Malgré un nez un peu fort, il ressemblait trait pour trait à Patsy.

Sans être obèse ni d'une carrure impressionnante, il commençait à avoir le ventre d'un buveur de bière. Et, s'il devait remporter un concours, ce serait sans nul doute celui de l'allure la plus malsaine du comté.

— Tu as le droit de dire bonjour, Danny, lui dit sa mère sur un ton sec.

— Salut, marmonna-t-il avant de se tourner de nouveau vers son café. Qu'est-ce qu'elles vont fabriquer ici, exactement?

— En gros, ce que tu devrais faire toi-même, mon chou... Venez, les filles, je vais vous donner du linge et de quoi faire un peu de ménage chez vous. Danny, tu pourras ôter les volets des fenêtres de la baraque du fond, s'il te plaît?

Pour toute réponse, il émit un vague grognement.

Patsy secoua la tête avec tristesse et nous fit signe de la suivre jusque dans la caravane où elle logeait. Dès qu'elle eut ouvert la porte, elle se plaqua une main sur la bouche et se confondit en excuses. Hormis les habits de Danny qui traînaient un peu partout, la table de la cuisine et le sol étaient jonchés de canettes de bière vides, de cendriers pleins et de vaisselle sale. Instinctivement, elle commença à ranger un peu.

— Je lui avais demandé de tout nettoyer avant de sortir, ce matin, se lamenta-t-elle. Il a reçu des amis hier soir, et voilà le résultat.

Tout en maugréant, elle ramassa deux ou trois objets oubliés par terre puis se dirigea vers le fond de la caravane.

— Je reviens, nous dit-elle, une main sur les reins.

Crystal me jeta alors un regard consterné.

— Pourquoi est-ce qu'il est si méchant avec sa mère? interrogea Janet.

— Il lui manque un bon coup de pied aux fesses, en tout cas, commentai-je.

Patsy revint, les bras chargés de draps et de serviettes de toilette, et nous indiqua un placard où trouver un seau, des balais et des chiffons.

— Voilà pour vous. Dites-moi si vous avez besoin d'autre chose pour venir à bout de ce taudis. Et, même si vous n'avez pas fini, soyez prêtes vers quatre heures pour m'aider à mettre en route le repas du soir. En ce moment, c'est de la folie. Heureusement que je vous ai, les filles...

Avant de sortir de la caravane, elle s'arrêta sur le seuil et nous déclara :

— Alors, bienvenue à *La Croisée des Chemins*, mesdemoiselles !

Elle ne se trompait pas. Nous nous trouvions bien à un carrefour. Un endroit où nous pouvions souffler un peu et tenter de comprendre si nous étions en train de nous fourvoyer dans nos rêves ou, au contraire, de nous lancer sur le chemin d'une vraie vie.

Pour le meilleur

et pour le pire

Puisque Rebecca et moi avions déjà travaillé en tant que serveuses, nous décidâmes que, pour le premier jour, Crystal et Janet se chargeraient de nettoyer le cottage. A contrecœur, Danny avait retiré les volets des fenêtres et nous comprîmes alors qu'il nous faudrait des rideaux ou des stores. Je parai au plus pressé en utilisant des serviettes de bain afin que nous ayons un minimum d'intimité et aussi pour empêcher le soleil de nous réveiller aux premières lueurs de l'aube, même si nous devions de toute façon nous lever très tôt pour servir le petit déjeuner.

A notre réveil, le lendemain, Rebecca fut la seule à se plaindre de l'heure matinale mais, comme elle, nous mourions toutes d'envie de retourner nous glisser sous les draps encore tièdes.

— La liberté, c'est terrible, finalement ! se lamenta-t-elle. On se lève tous les jours aux aurores.

Crystal se mit à rire pour reprendre aussitôt son expression professorale. Elle expliqua à Rebecca que la vraie liberté exigeait de la responsabilité, non seulement pour soi-même mais pour les autres.

— Je sais, je sais, lui répondit-elle en bâillant. J'aurais simplement voulu dormir un peu plus, c'est tout.

Crystal me regarda avec l'air de dire qu'elle aussi aurait bien aimé rester au lit. Mais, que nous le voulions ou non, il faudrait nous lever tôt aussi longtemps que nous travaillerions pour Patsy.

Chaque jour, Charlie arrivait avant l'aube pour préparer café, pancakes et muffins. Il savait aussi faire de délicieux œufs brouillés et nous ne tardâmes pas à nous rendre compte que, si Patsy gardait une clientèle fidèle, c'était grâce à sa réputation de cuisinier et aux prix très bas que pratiquait l'établissement.

— Vous savez que vous apportez une bouffée d'air frais dans la maison, nous dit Charlie le premier matin où nous nous présentâmes devant lui. Ça faisait longtemps que je n'avais pas vu Patsy aussi gaie et souriante. C'est vrai que, ces derniers temps, elle n'a pas eu beaucoup de quoi se réjouir.

En travaillant auprès de Charlie, on ne voyait plus la tristesse des lieux. Quoi qu'il arrive, que nous croulions sous les tâches ou que l'une de nous perde un tant soit peu de courage, il gardait toujours sa gaieté et son insouciance. Il se montrait avec nous infiniment patient et amical. Jamais il ne s'énervait quand l'une de nous confondait une commande avec une autre ou oubliait de resservir un client.

Cependant, je ne manquais pas de voir son regard s'assombrir et son sourire s'évanouir chaque fois que Danny faisait son apparition. Celui-ci ne faisait d'ailleurs aucun effort pour se montrer aimable avec Charlie. Devant lui, il avait des exigences mais aucun souhait et jamais il ne prenait soin de le remercier en repartant.

Le premier soir, nous dînâmes tous ensemble de bonne heure. Ne voyant pas Danny dans les parages, je demandai à Patsy où il était. Elle fut incapable de me répondre et je regrettai aussitôt ma question qui n'avait su que l'attrister.

Un peu plus tard, lorsque nous fûmes prêts à accueillir les premiers clients, Danny apparut. Sans être exactement reluisant, il avait changé de sweat-shirt et passé un jean un peu plus décent que celui de la veille. Quant à ses baskets crasseux, il les portait toujours à même la peau. On devinait aussi qu'il avait fait quelques tentatives pour se brosser les cheveux et qu'il s'était rasé.

Néanmoins, il avait consciencieusement évité d'aider aux préparatifs du dîner et il était clair qu'il ne venait pas là pour travailler.

— On dirait que tu n'as pas besoin de moi ce soir, m'man, déclara-t-il à sa mère. Je sors avec Terry et Marc.

Sans laisser à Patsy le temps de répondre, il ajouta d'une voix neutre :

— Il me faut dix dollars.

Puis il s'approcha de la caisse, en sortit un billet de dix, posa sur moi un regard insistant, puis referma le tiroir bruyamment.

— Je peux ? demanda-t-il à Patsy en agitant l'argent devant elle.

Elle prit le temps d'essuyer un plat puis leva lentement les yeux vers lui.

— Où vas-tu ?

— Je t'ai dit que je sortais. Je vais dehors, c'est tout. Dehors, c'est dehors, pas vrai ?

Il prononça ces derniers mots en me regardant d'un air de défi.

— Dehors, ça peut être n'importe où, corrigeai-je alors en réponse à sa question. Ça peut être en dehors des sentiers battus, en dehors du temps, en dehors de la réalité...

Rebecca ne put s'empêcher de sourire en m'entendant.

— Très drôle, me rétorqua Danny d'une voix sèche. Tellement drôle que j'en ai oublié de rire.

— Vous perdez la mémoire à ce point ? lui répliquai-je sans me démonter.

Glissant le billet dans sa poche, il me jeta un regard noir et sortit du restaurant. Lorsque je me tournai vers Charlie, je vis un sourire rayonnant lui illuminer le visage. Patsy, elle, affichait un air déprimé.

— Ça ira bien, Patsy, lui assurai-je. Si on voit qu'il y a vraiment trop à faire, j'irai chercher Crystal.

— Oh, ce n'est pas ça qui m'ennuie, dit-elle. Ce n'est pas la première fois que j'ai tout à faire, ici. Charlie et moi, on a toujours su tenir la barre, n'est-ce pas, mon vieux ?

— Sûr, lui répondit-il en souriant. Et on leur a toujours donné satisfaction ; c'est la vérité.

Les clients commençaient à arriver. Ce soir, le plat du jour n'était autre que la spécialité de la maison : les fameuses boulettes de viande confectionnées par Charlie, qui avaient toujours un succès fou. A notre grande surprise, nous vîmes le restaurant se remplir en une demi-heure à peine.

Crystal et Janet, voyant ce qui se passait, arrivèrent en catastrophe pour nous aider. J'expliquai alors à Patsy que Crystal était capable de travailler à la caisse, si cela pouvait lui rendre service, et elle accepta. Janet entreprit de desservir les tables au fur et à mesure qu'elles se vidaient et, bientôt, tout marcha comme sur des roulettes.

Cependant, Rebecca ne tarda pas à remarquer qu'elle attirait plus d'un regard et, assez vite, elle oublia son travail pour s'arrêter devant certains clients et bavarder avec eux. Taylor Cummings, avec qui elle avait eu une longue conversation un peu plus tôt dans la journée et qui lui avait proposé un rendez-vous, réapparut ce soir-là.

En l'observant avec plus d'attention, je le trouvai assez beau garçon avec ses cheveux blond-roux et ses yeux d'un bleu limpide. Il devait avoir dans les vingt-cinq ans et je dus admettre qu'il avait un sourire à faire fondre la glace la plus dure.

Patsy s'approcha de moi et murmura :

— Ici, on l'appelle le Rouleau Compresseur, tellement il a brisé de cœurs autour de lui. Dis bien à Rebecca de se méfier, surtout.

Mais comment espérer donner le moindre conseil à Rebecca sur l'amour ? Ce n'était ni le moment ni l'endroit. Chaque fois que je passais à côté d'elle, je me contentais de lui rappeler qu'il y avait un monde fou et qu'on avait besoin d'elle.

— J'arrive, me répondait-elle invariablement.

Mais autant parler à un mur. Taylor Cummings semblait la tenir en son pouvoir. Dès qu'elle s'écartait de sa table pour servir ailleurs, elle paraissait être aussitôt attirée de nouveau dans son orbite.

— Il revient me chercher dans une heure, m'annonça-t-elle finalement quand il paya son addition avant de quitter le restaurant. Il va m'emmener danser, tu te rends compte ?

— Tu ne le connais même pas, lui répliquai-je, estomaquée. Comment peux-tu accepter de sortir avec un parfait étranger ?

Je tournai alors vers Crystal un regard implorant mais celle-ci se contenta de secouer la tête.

— Rebecca, insistai-je, tu te rends compte de ce que tu fais ?

— Brenda, tout ira bien. Je suis déjà sortie avec des inconnus, tu te rappelles ?

— Mais on est en fuite, Rebecca. On n'a rien pour nous protéger, on est... impuissantes.

— Peut-être que toi tu te sens impuissante, me rétorqua-t-elle avec un sourire arrogant. Mais moi, avec les hommes, je ne me sens jamais démunie. Jamais.

Constatant qu'il n'y avait rien à faire, je décidai de chasser de mon esprit mes inquiétudes.

A la fin de la soirée, Patsy nous inonda de compliments sur notre savoir-faire et notre rapidité. Grâce à nous, le service s'était merveilleusement passé. En faisant l'addition, elle nous expliqua que, comme nous avions pu servir plus de tables que d'habitude, le restaurant n'avait pas fait une telle recette depuis bien longtemps.

— Les filles, vous êtes un vrai cadeau du Ciel ! nous déclara-t-elle.

Après le départ du dernier client, nous nous retrouvâmes autour d'une table et bavardâmes un peu en dégustant les restes de la tarte aux pommes de Charlie. Patsy ressentit alors le besoin d'excuser la conduite de Danny quelques heures plus tôt.

— Je ne sais plus quoi faire avec lui. Je suis au désespoir et je sens qu'il va au-devant des pires ennuis.

— On dirait qu'il a de terribles complexes, lui dit doucement Crystal. Je crois qu'il a une très mauvaise image de lui-même.

Patsy leva vers elle un regard surpris et je frémis à l'idée de ce que notre petit professeur allait nous sortir.

— Je ne sais pas quelle relation il avait avec son père, poursuivit-elle, mais vous nous avez dit que c'est après sa mort que Danny a commencé à avoir de sérieux problèmes. Il a dû se sentir inutile, inefficace et incapable de se montrer à la hauteur de votre mari. Et, plutôt que de lutter contre l'angoisse que cela créait en lui, il a abandonné et a pris la direction opposée. Il s'est laissé dominer par sa faiblesse. C'est un mécanisme de défense psychologique tout à fait classique, surtout chez les adolescents.

Patsy, qui n'en revenait pas d'entendre un tel discours, considéra Crystal d'un air stupéfait.

— Où est-ce que tu as appris tout ça ?
— Crystal est un génie, déclara Janet avec fierté.

— Elle a toujours été la première de la classe, ajouta Rebecca, et je suis sûre qu'elle aurait fini major de sa promotion.

— Pourquoi dire « elle aurait fini » ? rétorqua Patsy.

Si elle ne vit pas à cet instant nos yeux affolés rouler en tous sens, il fallait au moins lui reconnaître une surprenante vivacité d'esprit.

— Elle voulait dire que je finirai probablement major, corrigea hâtivement Crystal. C'est bien ça, Rebecca ?

— Oui, oui... reprit celle-ci avec un rire nerveux. Je me trompe toujours dans ma grammaire. Si Crystal ne m'avait pas aidée en anglais, c'est moi qui aurais fini chaque année dernière de la classe.

Ces explications ne semblèrent pas convaincre Patsy qui nous considéra d'un air vaguement sceptique.

— Au fait, vous avez prévenu vos parents que vous alliez rester ici quelque temps ?

— Oui, s'empressa de répondre Crystal en prenant la parole pour nous toutes. Mais on ne leur a pas encore dit qu'on s'était fait voler notre argent.

Le fait d'entendre Crystal avouer ne serait-ce qu'une once de notre supercherie parut calmer les doutes de Patsy à notre égard, qui afficha alors un sourire plus que compréhensif.

— Eh bien, les filles, j'espère qu'en travaillant ici vous vous referez assez vite. Vous avez obtenu combien en pourboires ?

— Quarante et un dollars, répondis-je.

— Et moi, trente-trois, observa Rebecca en fronçant les sourcils.

A son air dépité, je voyais bien qu'elle se demandait pourquoi j'en avais récolté plus qu'elle.

— Si tu parlais moins, tu pourrais travailler un peu plus, lui lançai-je alors sur le ton de la plaisanterie.

Elle eut un sourire penaud et baissa les yeux.

— Mais, c'est parfait tout ça, nous déclara Patsy. Et, avec ce que je vous paierai de mon côté, vous retomberez vite sur vos pieds. Mais votre travail ici va me manquer, j'en suis sûre, et je vais finir par souhaiter que moins de clients se pointent dans mon restaurant...

Nous nous mîmes toutes à rire mais, au fond de nous-mêmes, nous ne trouvions pas cela si drôle. Si Patsy savait combien nous désirions nous sentir utiles, elle aurait aisément compris à quel point cette réflexion de sa part pouvait nous toucher.

Soudain, un coup de klaxon retentit sur le parking. Rebecca bondit de son siège.

— Ça doit être Taylor! s'exclama-t-elle avant de jeter son tablier pour se précipiter vers la porte. Oui, c'est lui! Vous me laissez sortir, hein, les filles? Tout se passera bien, je vous le promets!

Elle semblait si heureuse qu'aucune de nous n'eut le courage de jouer les rabat-joie et nous la laissâmes partir.

Cependant, quand je vis l'expression inquiète de Patsy, je compris que je devais avertir Rebecca, même si cela devait la mettre très en colère après moi. Je courus donc la rattraper et l'appelai juste avant qu'elle ne rejoigne le pick-up de Taylor.

— Qu'est-ce qu'il y a? me demanda-t-elle d'un air à la fois surpris et inquiet.

— Fais très attention, Rebecca. Patsy dit que ce Taylor est un homme à femmes.

— Je n'en crois rien, me rétorqua-t-elle, le visage soudain rembruni. Il s'est montré si gentil avec moi, tellement plus attentionné que les autres garçons avec qui je suis sortie.

— Mais ce n'est pas un garçon, Rebecca. C'est un homme. Et je ne vois pas pourquoi Patsy nous raconterait des histoires.

Chagrinée par ce que je venais de lui dire, elle resta songeuse un moment avant de déclarer :

— Tu as raison, Patsy ne ferait pas ça. Mais si Taylor est vraiment celui qu'elle prétend, il faut que je m'en rende compte par moi-même.

Elle fit encore un pas vers la camionnette, s'arrêta puis ajouta d'une voix étranglée :

— Ça vous est donc si difficile de croire que quelqu'un puisse s'intéresser à moi pour mon caractère plutôt que pour mon physique ?

Sans attendre de réponse, Rebecca courut vers le véhicule dont le moteur semblait ronronner d'impatience.

Ce ne fut que tard dans la nuit que Rebecca nous rejoignit dans le petit cottage où nous l'attendions avec une excitation grandissante. Toutes les trois, nous poussâmes un soupir de soulagement en la voyant entrer, le sourire aux lèvres.

— Hé, les mères poules, vous ne dormez pas encore à cette heure ? plaisanta-t-elle. Je croyais qu'on avait laissé tomber le couvre-feu en quittant Lakewood House.

— On voulait juste s'assurer que tu allais bien et que Taylor ne s'était pas comporté comme un sale type, lui répondit Crystal.

— Eh bien, vous pouvez dormir tranquilles, maintenant. Taylor a été très bien, exactement comme je m'y attendais, d'ailleurs. Il m'aime bien, j'ai l'impression. Et moi aussi, je l'apprécie beaucoup.

En chantonnant, Rebecca se dirigea vers la salle de bain et fit sa toilette avant de venir se coucher.

Crystal, Janet et moi échangeâmes un long regard puis haussâmes les épaules. Il semblait donc que Taylor Cummings ne présentait aucun problème.

Pour l'instant...

Tôt le lendemain, bien avant que le soleil ne vienne filtrer à travers nos rideaux improvisés, j'entendis Janet gémir au fond de son lit. A côté d'elle, Crystal dormait encore à poings fermés et n'avait, semblait-il, rien entendu. Quant à Rebecca, je savais que plusieurs coups de canon ne lui feraient même pas frémir les paupières, surtout après être rentrée si tard.

Tendant l'oreille, je perçus de nouveau un gémissement, qui se répéta, cette fois, plus profond et plus long encore que le premier. Inquiète, je me levai et me dirigeai vers son lit.

— Janet ?

Elle eut une toux sèche avant de me répondre :

— J'ai mal aux yeux.

A côté d'elle, Crystal remua légèrement sans se réveiller. J'allumai la lampe de chevet et j'étouffai un cri.

— Crystal... murmurai-je pour ne pas l'effrayer.

— Quoi... ? Qu'est-ce qu'il y a ?

Elle s'assit, me regarda d'un air ahuri puis se tourna vers sa compagne avant de se plaquer une main sur la bouche. La pauvre Janet avait le nez qui coulait, les joues cramoisies et elle grimaçait de douleur. Aussitôt, Crystal se ressaisit et lui appliqua une paume sur le front.

— Elle est brûlante, me dit-elle à voix basse.

— Que... qu'est-ce qui se passe ? articula Rebecca. Ce n'est pas déjà l'heure de se lever ?

— Janet est malade ! lui criai-je avant de me tourner vers Crystal. Qu'est-ce qu'elle a ?

Janet se remit à tousser puis renifla bruyamment. Sans plus attendre, Crystal se leva et courut vers la salle de bain d'où elle rapporta une serviette mouillée qu'elle lui appliqua sur le front.

— Où est-ce que tu as mal ? lui demanda-t-elle d'une voix apaisante.

Rebecca, qui finit enfin par émerger, s'étonna de l'agitation qui régnait dans la pièce.

— Mais, qu'est-ce qui se passe ? Qu'est-ce qui arrive à Janet ?

— J'ai mal aux yeux, se plaignit-elle de nouveau. Tu vois, là, ajouta-t-elle en indiquant sa paupière supérieure.

Crystal lui ouvrit sa chemise et lui palpa doucement la poitrine et le ventre.

— Tu sais ce qu'elle a ? interrogeai-je d'une voix inquiète.

— Je crois savoir, oui.

— Alors, qu'est-ce que c'est ? demanda Rebecca avec impatience.

— J'ai l'impression que c'est la rougeole.

— La rougeole ! s'écria Rebecca, soudain terrifiée. Oh, non ! Est-ce qu'on va l'attraper aussi ?

— Pas moi, je l'ai déjà eue.

— Moi aussi, repris-je. Et toi, Rebecca ?

— Je ne sais pas, dit-elle d'une voix paniquée. Je ne me souviens pas si j'ai eu la rougeole ou la varicelle.

— Si tu dois l'avoir, tu l'auras, c'est tout, lui annonça Crystal avec fatalisme. Autant t'en débarrasser tout de suite, en fait.

— Mais... je croyais que c'était une maladie d'enfant.

— Pas forcément. Les adultes peuvent attraper la rougeole s'ils ne l'ont pas eue dans leur enfance.

Janet lâcha un nouveau gémissement.

— Je ne me sens pas bien, pleura-t-elle.

— Qu'est-ce qu'on fait, Crystal ?

— Il n'y a pas grand-chose à faire, Brenda. La garder au chaud et lui trouver du paracétamol.

— Qu'est-ce que c'est que ça ? demanda Rebecca.

— Du Tylenol, si tu préfères.

— Alors, pourquoi ne pas dire le vrai nom tout de suite ? reprit-elle, un peu vexée.

— J'ai dit le vrai nom, repartit Crystal avec froideur.

— On a autre chose à faire que de se disputer là-dessus, vous ne croyez pas ? intervins-je. On a du Tylenol ou pas ?

— Peut-être que Patsy en a, suggéra-t-elle. On pourrait lui demander quand elle sera debout ; elle devrait se lever dans une heure.

— Elle va peut-être vouloir nous chasser en apprenant ça, s'inquiéta Rebecca. Vous croyez qu'il faut lui dire ?

— Je ne crois pas qu'elle nous fera ça. Qu'est-ce que tu en penses, Crystal ?

Elle réfléchit un instant tandis que Janet toussait et reniflait de plus belle.

— Elle nous demandera au moins de l'emmener

chez le médecin et ça pourrait nous causer des ennuis. Rebecca a raison. Peut-être qu'il vaut mieux ne rien dire à Patsy, du moins pour le moment. On lui annoncera simplement qu'elle a un rhume et un peu mal à la tête. Parce que, si elle monte ici et qu'elle la voit dans cet état, elle peut très bien en conclure tout de suite de quoi il s'agit.

— C'est vrai, dis-je en hochant la tête. Elle a dû connaître ça avec Danny, quand il était petit. Mais, tu crois que ça pourrait être autre chose, Crystal ? Quelque chose... de plus sérieux ?

— Il faudra voir comment ça évolue. Le problème c'est que, pour l'emmener aux urgences ou chez un médecin, on doit avoir un tuteur ou un parent avec nous.

— Oh, non... soupira Rebecca.

— De toute façon, continua Crystal, il nous faut un thermomètre pour surveiller sa température. Si elle grimpe trop...

— Écoute, l'interrompis-je d'un ton impatient, je m'habille et je vais voir si je trouve un drugstore ouvert dans le coin.

— C'est encore trop tôt, Brenda. Mais on a peut-être une chance d'en trouver dans la boutique d'une station-service, si on y vend des médicaments.

— Je vais voir, dis-je en enfilant mes vêtements, trop heureuse de faire quelque chose pour aider notre Janet.

Aussitôt dehors, je partis à la recherche d'un magasin ouvert. Le soleil commençait à se lever et je me pris à songer que c'était réellement le plus beau moment de la journée. La terre ouvrait les yeux et le petit village à l'entrée duquel se trouvait le restaurant de Patsy allait bientôt se réveiller. Dans la rue, je vis quelques chiens errer en reniflant à la recherche d'un petit déjeuner.

Tout au bout, de l'autre côté, je repérai une station-service. Dans le bureau, près de la caisse, à côté de la machine à boissons, je trouvai effectivement le classique distributeur d'aspirine et d'Alka Seltzer.

Cette bonne vieille Crystal avait raison. Elle songeait

décidément à tout et, grâce à elle, je gardais une confiance totale en notre avenir. Elle apportait sécurité et cohésion à notre petite famille. D'autre part, je savais qu'elle ne se trompait pas en diagnostiquant une rougeole chez Janet. Son plus cher souhait était de devenir médecin et elle passait presque tous ses moments de loisirs à étudier comme si elle se trouvait déjà en faculté de médecine. Sa soif de connaissance ne semblait pas avoir de limite.

Lorsque je fus de retour, je vis que Patsy et Charlie avaient commencé leur travail au restaurant. Crystal, qui avait aussi le don d'anticiper jusqu'au moindre problème, avait très vite envoyé Rebecca auprès de notre patronne afin que celle-ci ne remarque rien. Après notre aventure avec Quart de Lune, je savais que, dorénavant, j'écouterais toujours les recommandations de notre grande sœur.

Je remontai discrètement à notre chambre et Crystal fit absorber à Janet deux comprimés de Tylenol.

— Elle ne sera pas affamée, ce matin, mais on va tout de même lui apporter du jus de fruits et toutes les boissons qu'elle pourra ingurgiter. Il lui faut beaucoup de liquide pour qu'elle ne se déshydrate pas à cause de la fièvre.

Elle se leva et ajouta :

— Maintenant, je crois qu'il vaut mieux aller travailler. Vas-y la première, je te suis sans tarder. Je voudrais que Janet se sente le mieux possible avant qu'on la laisse toute seule. Je vais essayer de la rafraîchir encore un peu avec un linge humide.

— A vos ordres, docteur, lui dis-je, ce qui lui arracha un bref sourire.

— Tu sais que ce travail que nous a offert Patsy peut nous sauver, Brenda.

— Je sais, mais pour l'instant, c'est la santé de Janet qui me préoccupe le plus.

J'allai donc rejoindre les autres au restaurant. Patsy se montra bien un peu curieuse au sujet de notre malade mais, lorsque Crystal arriva à son tour, elle s'arrangea pour lui faire comprendre que les ennuis de Janet n'étaient que passagers.

— Ça fait plusieurs jours qu'elle traîne un rhume; je pense qu'elle a pris froid au début de notre voyage. Je lui ai donc conseillé de rester au lit et de boire beaucoup. Elle devrait très vite aller mieux.

Crystal parlait comme une vraie pro, comme si elle avait déjà en poche le diplôme médical dont elle rêvait depuis des années.

Patsy nous regarda toutes les trois tour à tour en hochant la tête.

— J'admire la façon dont vous prenez soin les unes des autres, les filles. C'est à croire que vous êtes ensemble depuis le berceau. Vous me faites plus penser à des sœurs qu'à des amies.

Des sœurs... Je faillis approuver chaleureusement mais, au dernier moment, je me ravisai et baissai les yeux.

Crystal n'osa pas lui demander un thermomètre de peur que cela ne mène Patsy à se poser des questions sur le cas de Janet. Aussi, dès que j'eus avalé mon petit déjeuner, je courus de nouveau en ville et m'arrêtai dans un drugstore pour en acheter un.

En prenant sa température, nous vîmes que Janet avait 39°8 de fièvre. En fin d'après-midi, elle avait atteint plus de 40°.

— Et ça, c'est avec le Tylenol, nous précisa Crystal. La pauvre est dans un sale état.

Je l'aidai à rafraîchir régulièrement le front de Janet tandis que Rebecca, terrifiée à l'idée d'attraper sa maladie, se rongeait les sangs en tentant de se rappeler si elle avait eu la rougeole dans son enfance.

— Évite au maximum de l'approcher, lui conseilla Crystal. On ne peut pas s'offrir le luxe d'avoir deux malades, ni maintenant ni plus tard.

Soudain, quelques coups résonnèrent à la porte. Tout le monde se figea.

— C'est Patsy! annonçai-je à voix basse en repoussant un coin de nos rideaux improvisés.

Aussitôt, Crystal demanda à Janet de se retourner et de faire comme si elle dormait. Puis, elle ouvrit à Patsy.

— Comment va-t-elle? demanda celle-ci.
— Mieux. Elle dort, pour le moment.
— Pauvre petite. Dites-moi si vous avez besoin de quoi que ce soit. Si vous pensez qu'il est préférable de la montrer à un médecin, je peux appeler le mien et fixer un rendez-vous. Il est très gentil et...
— Non, je crois que ça ira, s'empressa de répliquer Crystal.
— Elle a de la fièvre?
— Non, répondit-elle vivement.

Trop vivement, à mon goût, car, de nouveau, le regard de Patsy se fit soupçonneux tandis qu'elle nous dévisageait l'une après l'autre.

— Vous en êtes sûres?
— On a un thermomètre, reprit Crystal avec assurance. En partant, on a emporté avec nous un petit nécessaire de premiers soins.
— Ah, ce n'est pas ça que Brenda est allée chercher en ville, tout à l'heure? Je l'ai vue partir en voiture...
— Je l'avais envoyée chercher un peu de Tylenol, déclara Crystal.
— J'en ai, chez moi. Vous auriez pu me poser la question avant d'en acheter. Il y en a aussi toute une boîte au restaurant, sous le comptoir.

Comme elle semblait s'attarder, je crus un instant qu'elle allait demander à examiner Janet, mais elle se contenta de nous dire :

— Eh bien, les filles, reposez-vous, maintenant. Ce soir, on aura beaucoup de travail. Appelez-moi si vous avez besoin de quelque chose.

Je lui adressai un immense sourire et Crystal la remercia chaleureusement. Puis, par la porte entrebâillée, nous la regardâmes se diriger vers sa caravane. Enfin, Crystal referma doucement le battant derrière elle.

— Je déteste avoir à raconter des mensonges, soupira-t-elle. C'est peut-être amusant de nous fabriquer un passé mais je n'aime vraiment pas tromper les gens; surtout quand ils sont comme Patsy... ou Nana.

— Mais il le fallait, pourtant, Crystal.

— Je sais. J'espère seulement qu'elle ne va pas avoir trop de soupçons, après ça.

— Moi aussi, ça me fait très peur, renchérit Rebecca.

— Je suis désolée d'être malade comme ça, résonna soudain la petite voix de Janet.

Dans un même élan, Crystal et moi nous précipitâmes à son chevet.

— Ne sois pas bête, lui dit-elle. Tu n'y peux rien, c'est tout.

— Et moi, je vais l'attraper, insista Rebecca restée à l'écart. Je suis sûre que je vais l'attraper aussi. Qu'est-ce qu'on fera si je ne peux pas travailler? Il nous faudra des siècles pour récupérer nos économies.

— Ça, c'est un détail secondaire, lui rappela Crystal. Ce n'est pas la peine de nous torturer avec ça pour le moment, on a un problème plus grave à régler.

Ce soir-là, ce fut la cohue dans le restaurant de Patsy. La clientèle fut nombreuse et la présence de Janet nous manqua cruellement. Danny se pointa une heure après le début de la ruée et aida à débarrasser quelques tables avant de disparaître dans le fond avec deux de ses amis qui venaient d'arriver. Rebecca nous déclara alors qu'elle les soupçonnait de fumer du hasch. Avec Charlie, elle s'était rendue dans la réserve et les avait observés derrière la porte entrouverte.

— Ne le dis pas à Patsy, lui recommandai-je vivement. Surtout pas maintenant.

Dès qu'il y avait une accalmie, Crystal en profitait pour aller voir Janet. La seconde fois, elle revint un peu affolée en m'annonçant que sa fièvre était montée à 41°.

— Brenda, si sa température ne baisse pas d'ici une heure, je crois qu'il faudra l'emmener à l'hôpital. J'ai peur de m'être trompée dans mon diagnostic. Elle est peut-être en train de réagir à un virus ou à quelque

Je cherchais désespérément à comprendre ce qui se passait dans la tête de Rebecca depuis quelques jours. Jamais je n'avais été amoureuse et je ne parvenais pas à imaginer à quoi cela pouvait ressembler.

— Je sais que vous vous inquiétez pour moi, déclara-t-elle, mais Taylor est quelqu'un de spécial. Et il y a entre nous quelque chose de... de presque magique. J'ai toujours rêvé de rencontrer un jour le garçon parfait et je crois que c'est enfin arrivé.

D'une voix douce, Janet murmura alors :
— J'espère que moi aussi, un jour, je rencontrerai le Prince Charmant...

Une toux violente la saisit alors et Rebecca la raccompagna au lit.

Jusqu'à maintenant, Patsy avait accepté nos excuses quant à l'absence de Janet mais, le matin suivant, elle commença à montrer de réels soupçons. Par bonheur, la fièvre avait un peu chuté durant la nuit et elle se sentait assez d'aplomb pour venir nous aider durant le service de midi.

Cependant, alors que nous nous croyions tout juste tirées d'affaire, Patsy fit ce soir-là une annonce qui nous glaça les sangs.

— Demain, c'est jour de paie, lança-t-elle sur un ton enjoué. Il me faut vos adresses à toutes et votre numéro de sécurité sociale.

Je tournai un regard consterné vers Crystal qui embraya aussitôt :
— Est-ce que vous pourriez... nous payer au noir ? hasarda-t-elle alors. On est d'accord pour avoir un peu moins, dans ce cas.

Secouant lentement la tête, Patsy afficha une curieuse expression.

— Les filles, vous devriez savoir que ce n'est pas comme ça que je dirige mon affaire. Je suis parfaitement réglo et je tiens à le rester.

Puis elle nous dévisagea d'un air intrigué et il me

sembla qu'elle attendait de voir craquer l'une d'entre nous.

Ne pouvant supporter ce silence plus longtemps, je finis par déclarer :

— Nos cartes sont enterrées au fond de nos sacs, il faut qu'on les retrouve. Est-ce qu'on peut vous les donner demain ?

Crystal tourna vers moi un regard inquiet tandis que Rebecca et Janet écarquillaient les yeux d'étonnement.

Patsy nous laissa donc aller nous coucher sans nous poser de questions mais, dès que nous eûmes rejoint le cottage, Crystal explosa :

— Qu'est-ce qui t'a pris, Brenda ? Ces cartes de sécurité sociale, elles vont apparaître par magie, d'après toi ?

Elle était livide.

— Je n'y peux rien, Patsy avait l'air tellement surprise ! Il fallait que je sorte quelque chose. J'ai lâché la première idée qui m'est passée par la tête.

Je savais que je nous avais mises dans l'embarras le plus profond mais, même sans cela, nous nous trouvions déjà dans une sale situation.

— On peut peut-être lui raconter qu'on nous a volé nos cartes avec le reste, suggéra Crystal. Et, quant aux adresses, on pourra les inventer.

— Et si Patsy fait vérifier ces adresses et s'aperçoit qu'elles sont fausses ? intervint Rebecca d'une voix tremblante.

— Elle ne le fera pas, lui assurai-je sur un ton faussement tranquille.

Une fois encore, j'eus l'impression que le tissu de nos mensonges se resserrait autour de nous, nous emprisonnant peu à peu dans une toile d'araignée gluante de laquelle nous ne pourrions jamais nous échapper.

Pris sur le fait

Cette nuit-là, Crystal travailla à inventer l'adresse de chacune. Elle seule possédait une carte de sécurité sociale et elle décida de la remettre à Patsy en lui expliquant que les autres avaient été volées.

— Je crois qu'on devrait s'en sortir comme ça mais je ne sais pas combien de temps on pourra rester ici, avec ces fausses déclarations. Les mensonges, c'est comme les bulles ; ça finit toujours par remonter à la surface.

— On restera au moins jusqu'à ce qu'on ait assez d'argent ? interrogea Rebecca d'une voix pleine d'espoir.

Taylor n'avait pas reparu depuis le second soir où il lui avait proposé de sortir avec lui et elle commençait à s'inquiéter à son sujet.

— Je ne peux rien promettre, Rebecca, lui dit Crystal d'une voix neutre.

— Promettre ? répéta-t-elle en criant. Tu crois peut-être que j'attends des promesses ? Je n'attends rien du tout !

Sur ces mots, elle sortit du cottage en claquant violemment la porte derrière elle.

— Qu'est-ce qu'elle a ? interrogea Janet.

— On dirait qu'elle s'est disputée avec Taylor, lui répondis-je. Au moins il ne s'est pas montré ce soir, c'est déjà une bonne chose.

Crystal s'installa à table pour mettre au point un budget révisé, basé sur l'argent que nous avions déjà gagné et sur celui que nous pouvions encore gagner. Janet émit alors le désir de rejoindre Rebecca mais je lui suggérai gentiment qu'il valait peut-être mieux la laisser seule pour l'instant.

— Viens donc plutôt m'aider, lui proposa Crystal

191

avant d'étaler une carte devant elle. Regarde un peu où on pourrait aller ensuite et ce qu'il y aurait à voir en chemin.

Les laissant travailler, j'allai prendre ma douche. Au début, alors que nous étions à peine installées dans ce cottage, l'eau s'écoulait brune des robinets et il avait fallu un bon moment avant qu'elle ne s'éclaircisse. A présent, elle était parfaitement transparente mais, hormis le fait qu'il n'y avait pas beaucoup de pression, faire sa toilette restait un véritable pensum. Primo, le tuyau de douche n'était pas placé assez haut et, à part Janet, nous devions nous plier en deux pour recevoir de l'eau. Secundo, on n'avait pas la place de se remuer et, tertio, arriver à obtenir un mélange qui ne soit ni brûlant ni glacé relevait de la prouesse technique.

Entrée dans la salle de bain, je commençai à me déshabiller. Une fois nue, je m'accroupis dans la baignoire sabot et me mis à jouer avec les robinets pour obtenir une température supportable. Cependant, tout en m'affairant, je perçus un mouvement au coin de la petite fenêtre, sur ma gauche. Instantanément, je me figeai. J'attendis et, de nouveau, je vis quelque chose. Une tête...

Je ne poussai aucun cri. Avec calme, prétendant toujours m'occuper des robinets, je sortis de la baignoire et reculai jusqu'à me trouver hors de vue, cachée par un angle du mur. En vitesse, j'enfilai mon chemisier et mon jean puis me glissai vers la porte en rampant, l'entrouvris et sortis sans me faire voir.

En m'apercevant ainsi à quatre pattes, Crystal me regarda d'un air interloqué.

— Qu'est-ce que tu fais ?

Pour toute réponse, je mis un doigt sur ma bouche et me relevai d'un bond avant de me précipiter dehors. Rebecca, qui calmait sa contrariété en faisant les cent pas sur le parking, me vit soudain et s'arrêta, interloquée. Je lui jetai un regard rapide et, sans bruit, je contournai la maison en courant... pour tomber sur Danny et ses deux copains, plantés devant la lucarne qui donnait sur la salle de bain. Aucun d'eux ne m'avait entendue arriver et tous les trois me tournaient le dos.

— Alors, on s'amuse bien ? lançai-je sur un ton léger.

Dans un magnifique ensemble, ils firent brusquement volte-face.

— C'est comme ça que vous prenez votre pied ? continuai-je. Vous n'avez rien trouvé de mieux ?

Ses deux amis eurent un rire nerveux mais Danny ne sembla pas éprouver le moindre embarras. S'avançant vers moi, il lâcha :

— On voulait voir si tu étais un garçon ou une fille.

— Ah bon ? rétorquai-je. Tu es capable de reconnaître la différence ?

Ses copains se mirent à ricaner et, à la lueur qui filtrait de la petite fenêtre, je le vis rougir jusqu'aux oreilles.

— D'habitude, oui, siffla Danny, les lèvres serrées. Mais toi, tu fais exception. Attends, peut-être qu'on va la voir tout de suite, cette différence.

Jetant un regard rapide vers les deux autres qui s'approchaient à leur tour, un vilain sourire aux lèvres, il me saisit le poignet et m'attira vers lui.

— Et si tu nous montrais ce que tu caches là-dessous, hein ?

Un jour, au collège, je m'étais battue avec un garçon. Il s'appelait Eddie Goodwin et il n'arrêtait pas de se moquer de moi parce que je voulais à l'époque faire partie de l'équipe masculine de basket-ball de l'école et que j'avais failli y arriver. L'entraîneur des garçons, peut-être dans l'espoir de secouer un peu l'apathie de ses joueurs, avait en effet accepté de me laisser faire un essai.

Les mouvements d'Eddie étant plus prévisibles les uns que les autres, j'eus deux fois de suite l'occasion de lui voler le ballon, ce qui lui valut de se faire mettre en boîte par ses copains. Vexé, il me rattrapa le lendemain dans un couloir de l'école et, là, je compris qu'il ne se contenterait pas de m'injurier. Le sentant prêt à me frapper, je ne lui en laissai pas la chance : dès qu'il fut assez près, je lui assenai un coup de genou bien haut entre les jambes. La douleur lui arracha un cri et, plié en deux, les mains plaquées contre l'aine, il s'effondra sur le sol.

Un peu plus tard, je dus me présenter au bureau du principal. Parce que j'étais celle qui avait attaqué en premier, ce fut moi qui récoltai le plus d'ennuis, au bout du compte. Peu importait le fait que je me sois sentie menacée par Eddie Goodwin ; je fus renvoyée de l'école pendant deux jours et je reçus également une punition dans ma famille d'accueil.

Je trouvai cela très injuste mais, au fond, dans ce bas monde, les injustices m'étaient plutôt familières. Et, bien sûr, le fait de frapper un garçon de la sorte ne fit rien pour améliorer ma réputation. Cela accentua au contraire la mauvaise image que la plupart des garçons et certains professeurs avaient déjà de moi.

Mais j'en avais assez de me laisser humilier, assez d'être considérée comme une sorte de phénomène sous prétexte que je ne correspondais pas à l'idée préconçue que l'on se faisait d'une fille. Écœurée, je me disais qu'on pouvait tout aussi bien être des robots ou des produits issus de laboratoires génétiques. Je m'en tins donc à essayer de préserver ma propre image, quel qu'en soit le prix, même si cela devait me mener à ne jamais faire l'objet de l'attention de quelque beau garçon.

Les doigts de Danny me serraient maintenant le poignet comme un étau et je sentis ma peau brûler tandis qu'il me tordait le bras. Mais, au moment où, de sa main libre, il s'apprêtait à ouvrir mon chemisier, je lui envoyai violemment un coup de genou dans l'aine. La douleur lui tordit alors le visage tandis que son regard trahissait sa stupéfaction. Il me lâcha, se courba en deux avant d'aller rouler à terre en hurlant toutes sortes d'injures.

Estomaqués, ses deux amis le regardèrent se tortiller comme un ver puis se tournèrent vers moi, l'air furieux.

— Attrapez-la ! leur ordonna Danny.

Sans se le faire dire deux fois, ils s'avancèrent dans ma direction. Tout en reculant de quelques pas, j'aperçus du coin de l'œil un cageot brisé, dont je saisis un morceau encore hérissé de clous. Je le brandis devant moi, ce qui stoppa net leur mouvement.

— Je n'hésiterai pas à m'en servir ! leur annonçai-je d'une voix tremblante.

Rebecca choisit cet instant pour déboucher du coin de la maison.

— Qu'est-ce qui se passe ? demanda-t-elle en découvrant Danny qui se tenait maintenant à quatre pattes pour reprendre sa respiration.

— Il a essayé de m'arracher mon chemisier, voilà ce qui se passe ! Je les ai surpris en train de me regarder par la lucarne de la salle de bain alors que je n'étais même pas encore sous la douche. Ces imbéciles pensaient peut-être se prendre le pied du siècle...

Les amis de Danny l'aidèrent à se relever.

— Garce ! me cracha-t-il. Tu vas le regretter.

— Va au diable ! lui criai-je avant de tourner les talons.

— Mon Dieu, s'exclama Rebecca, horrifiée, qu'est-ce que Patsy va faire, maintenant ?

— Peut-être me donner une médaille, qui sait ?

— Ça va ? Tu n'as rien ? me demanda Crystal qui arrivait en courant, Janet sur ses talons.

— Oui, oui, ça va, la rassurai-je. Allez, on rentre. De toute façon, je suis sûre que Danny ne dira rien à sa mère sinon il faudrait qu'il lui explique ce qu'il faisait avec ses copains derrière la lucarne de la salle de bain.

Nous vîmes les trois garçons se diriger vers une voiture stationnée sur le parking. Arrivés devant, ils allumèrent une cigarette et nous regardèrent d'un air mauvais.

— Je voudrais savoir ce qui s'est passé, me dit Crystal en me poussant à l'intérieur du cottage avant de refermer la porte derrière nous.

Je leur racontai donc tout, dans les moindres détails.

— J'avais oublié de suspendre une serviette devant la lucarne. Danny avait dû le remarquer un peu plus tôt et il a amené ses copains pour profiter du spectacle.

— A mon avis, c'est le seul moyen qu'il aura trouvé pour apercevoir au moins une fois dans sa vie une fille toute nue, insinua Rebecca avec mépris.

Tout en parlant, elle gardait un œil rivé à la fenêtre dans l'espoir de voir débarquer Taylor.

Je finis par me calmer mais, ce soir-là, je n'eus pas le courage d'aller prendre une douche, même si, depuis, Crystal avait soigneusement installé une serviette devant la lucarne.

Alors que nous nous apprêtions à nous coucher, Rebecca refusa d'aller au lit, préférant rester éveillée au cas où Taylor se déciderait à venir la chercher. Elle s'assit donc sur une chaise dans l'obscurité et observa le parking vide.

— Il ne viendra pas, Rebecca, lui dis-je au bout d'un moment. Pourquoi te torturer les méninges à attendre ?

— Il lui est peut-être arrivé quelque chose, murmura-t-elle.

— Oui, certainement...

— Tu es contente, hein ?

— Ne sois pas stupide, Rebecca. J'admets que je n'étais pas ravie de te voir t'attacher à ce garçon mais je ne veux pas non plus que tu sois malheureuse. Je m'inquiète pour toi, c'est tout.

— Jamais je n'ai eu un petit ami correct, se lamenta-t-elle. Je n'ai toujours rencontré que des abrutis.

Sans répliquer, je me retournai et fermai les yeux. Au bout d'une demi-heure, je l'entendis lâcher un profond soupir, se lever et se déshabiller pour se coucher. Enfin, elle vint se glisser sous la couverture à mes côtés.

— Brenda ? souffla-t-elle.

— Quoi ?

— Tu ne dors pas ?

— Si. Je te parle dans mon sommeil. Qu'est-ce qu'il y a ?

— Je vous ai menti, en fait, avoua-t-elle à voix basse.
Je me retournai brusquement.
— Qu'est-ce que... tu as fait ?
— Je n'ai pas autant d'expérience que ça. En fait...
— Quoi, Rebecca ? En fait... quoi ?
— Hier soir, c'était la première fois pour moi.
— Hier soir ? faillis-je crier avant de m'asseoir sur le lit. Tu as fait attention, j'espère ?
— C'était dur de faire attention, Brenda. Ça ne t'est jamais arrivé, tu ne peux pas te rendre compte. Mais, dans ces instants, on oublie où on va, on se laisse entraîner. C'est si bon et, en même temps, on n'arrête pas de se dire qu'il faut s'arrêter et puis on continue. Je sais que j'aurais dû me protéger mais...
— Mais... quoi ? lui demandai-je en redoutant le pire.
— Je ne l'ai pas fait.
— Il... il n'avait pas de protection ?
— Non.
— Oh, Rebecca, mais c'est un salaud pour faire une chose pareille ! Pourquoi est-ce qu'il n'avait rien ?
— Ce n'est pas un salaud, résonna soudain la voix de Crystal à l'entrée de la pièce. Il est stupide, c'est tout. Il ne te connaît ni d'Ève ni d'Adam et il prend un risque en ayant des rapports avec toi ? C'est stupide.
Je ne pus m'empêcher de sourire. Cette bonne vieille Crystal qui prétendait dormir et n'avait en fait pas perdu un mot de notre conversation.
— J'ai fait la même chose, admit Rebecca. J'ai été stupide, aussi.
Crystal se leva et s'approcha de notre lit.
— Oui, tu as été stupide, Rebecca. Espérons seulement que tu auras de la chance.
— J'ai peur, dit-elle au bout d'un instant. Tu crois que je pourrais me retrouver enceinte ?
— Bien sûr, lui répliquai-je. Pas vrai, Crystal ?
— Quand est-ce que tu dois avoir tes règles ? lui demanda-t-elle.
— Dans trois jours, environ.
— Alors a priori tu ne crains rien. Tu as toujours été régulière, je crois ?

— Oui, murmura-t-elle sur un ton penaud.
— Donc, il y a peu de chances pour que tu sois enceinte, répéta Crystal. Mais tu sais, il n'y a pas que le risque de grossesse. En te montrant aussi imprudente, tu as mis ta vie en jeu. Enfin, à ta place, je ne chercherais pas à le revoir. Tu ne comptais pas beaucoup pour lui, c'est sûr.

Rebecca demeura silencieuse un long moment, avant de se tourner et de s'enfouir la tête dans l'oreiller. Ce fut alors que nous entendîmes des pleurs étouffés. Je lui tapotai doucement l'épaule pour l'apaiser.

— Je suis nulle, se lamenta-t-elle. Je regrette d'avoir été aussi stupide. Et puis, je ne peux pas m'empêcher d'avoir peur...

Janet dormait toujours et, apparemment, n'avait rien entendu de ce qui s'était passé. Crystal s'assit alors au bord du lit et contempla Rebecca dont les épaules étaient secouées de sanglots. Puis, lentement, elle se glissa avec nous sous la couverture et approcha son front de celui de Rebecca. Je fis de même et, à voix basse, elle se mit à psalmodier :

— Nous sommes sœurs. Nous resterons toujours sœurs...

Ensemble, nous chantâmes notre rituel, en priant le Ciel que tout se termine au mieux pour Rebecca.

Le lendemain matin, nous nous levâmes et nous habillâmes sans mentionner une seule fois le nom de Taylor Cummings. Nous ne parlâmes même pas de Danny et de ses sinistres copains. La nuit avait été éprouvante pour Crystal, Rebecca et moi et nous avions l'air de véritables zombies. En arrivant au restaurant, nous nous jetâmes sur le boulot pour oublier tout le reste.

Patsy se montra enjouée et bavarde et évoqua le moment où elle fermerait l'établissement pour prendre une ou deux semaines de vacances.

— Peut-être que j'irai en Californie, pourquoi pas ? Je n'ai jamais mis les pieds là-bas. Et vous, les filles ?

Comme d'habitude, nous attendîmes que Crystal réponde pour nous et je vis que cela commençait à aiguiser la curiosité de Patsy à notre égard. Elle nous regarda d'une façon particulièrement intense et Crystal se lança :

— Non, ce sera notre premier séjour là-bas, nous aussi. C'est pour ça qu'on était si emballées à l'idée d'y passer nos vacances.

— C'est courageux de la part de vos parents de vous laisser traverser le pays toutes seules en voiture, remarqua-t-elle alors que les premiers clients ne s'étaient pas encore montrés.

— Enfin... pour tout vous dire, on ne mène pas exactement l'existence à laquelle des filles comme nous auraient pu s'attendre, continua Crystal.

Tandis que Rebecca, Janet et moi étions occupées, l'une à préparer les tables, l'autre à astiquer les couverts, la troisième à plier les serviettes, nous ne manquions pas un mot de ce que racontait Crystal. Les renseignements qui sortaient de sa bouche étaient en effet aussi nouveaux pour nous que pour Patsy.

— Qu'est-ce que tu veux dire ? interrogea celle-ci, intriguée.

— La mère de Janet est morte il y a quelques années, expliqua Crystal. Et son père voyage beaucoup. Quant à Rebecca et à moi, nos parents ont divorcé ; et Brenda a été adoptée. Tout récemment, sa mère adoptive a subi une grave opération et son mari — le père adoptif de Brenda, donc — a pensé que ce serait bien qu'elle parte en vacances avec nous pendant qu'il soignait son épouse.

Crystal me faisait penser à une araignée, tissant tranquillement une toile d'existences, d'événements, de drames et de comédies afin de piéger un auditeur qui ne se méfiait pas. Et Patsy, en effet, paraissait prise au piège. Elle tourna vers chacune d'entre nous un regard chargé de sympathie.

— Oh... dit-elle simplement. Je n'imaginais pas...

— Mais, tout va bien, vous savez, s'empressa d'ajouter Crystal. On s'amusait réellement, jusqu'à ce qu'on tombe sur cette fille un peu épouvantable. Ce n'est pas vrai, Brenda?

— Si, si... Et puis, c'est sympa de travailler ici. On est toutes très contentes, Patsy.

Janet confirma mes dires en secouant très fort la tête et Rebecca en profita pour demander à Patsy :

— Les filles m'ont dit que vous vous inquiétiez pour moi à propos de Taylor. J'aurais dû les écouter. Vous aviez raison, c'est lui... un pauvre type.

— Il t'a fait du mal? Parce que, si c'est le cas, je...

— Non, non, je ne voudrais pas que vous interveniez. S'il revient traîner par ici, c'est à moi seule qu'il aura affaire. Merci de tout cœur, Patsy.

— Oh, j'imagine que tu sauras très bien t'en tirer, reprit-elle en souriant.

Le premier client se présenta et nous nous remîmes au travail. Deux garçons, que nous avions souvent vus en compagnie de Taylor, arrivèrent un peu plus tard. Mais Taylor, lui, ne se montra pas. Je vis Rebecca s'adresser à eux puis se retirer dans un coin de la salle pour s'essuyer les yeux. Abandonnant mon travail, je la rejoignis aussitôt.

— Qu'est-ce qui se passe, Rebecca?

— Ils viennent de me dire que Taylor était retourné avec son ex-petite amie. Il est sorti avec elle, hier soir. Il s'est servi de moi, Brenda. Quelle imbécile j'ai été...

Je la pris un instant dans mes bras pour la consoler.

— C'est lui qui t'a perdue, Rebecca. C'est lui qui a fait une bêtise, crois-moi. Allez, reviens travailler et ôte ce moins que rien de ton esprit.

Elle s'essuya les yeux et hocha la tête en articulant :

— Merci, Brenda...

Puis elle recommença à s'affairer aux tables et au comptoir où commençaient à s'entasser les plats commandés.

Une clientèle nombreuse se pressa ce matin-là dans le restaurant, pour la plus grande joie de Janet qui se retrouva à la caisse... et de Patsy, qui fit d'excellentes affaires. Quand elle fit les comptes, elle s'étonna de nouveau de la somme qu'elle avait récoltée.

— Si ça continue, plaisanta-t-elle, je pourrai bientôt prendre ma retraite. Bon, je cours à la banque pour y déposer la recette d'hier et de ce matin. Quelqu'un a besoin que je lui rapporte quelque chose puisque je vais en ville?

— Non, merci, répondis-je en regardant Rebecca.

— Moi non plus, dit-elle. Je n'ai besoin de rien, merci, Patsy.

Nous restâmes dans le restaurant pour bavarder avec Charlie devant une tasse de café. Il nous raconta les nombreux voyages qu'il avait faits dans sa jeunesse et nous surprit en nous avouant être allé jusqu'en Chine.

— Il y a tant de choses à voir et à apprendre, dans le monde, nous dit-il. Mais ce que vous apprenez à coup sûr, c'est qu'il est difficile de se faire de vrais amis. Vous, les filles, on dirait que vous vous êtes trouvées toutes les quatre, et, ça, ça vaut de l'or! Inutile de chercher dans les voyages quelque chose qui aurait plus de valeur que cette amitié, croyez-moi. Ça n'existe pas!

Charlie nous remonta merveilleusement le moral et même Rebecca se sentit joyeuse après notre conversation. Cependant, nous savions qu'il lui faudrait du temps avant de soigner son petit cœur brisé.

Nous nous apprêtions à sortir pour regagner le cottage quand Patsy fit irruption dans le restaurant. Elle n'était pas encore partie pour la banque et sa seule expression suffit à nous faire comprendre qu'une catastrophe était arrivée.

— Mon argent a disparu! annonça-t-elle d'une voix fébrile. La recette d'hier soir et celle de ce matin... tout a disparu!

Elle resta immobile devant nous, la bouche tremblante, l'air consterné. Crystal fut la première à rompre le silence pesant qui venait de s'installer.

— Et Danny? Il a disparu, aussi?

— Non. Il est là, il se levait quand j'ai découvert que... Mais il m'a juré qu'il n'était au courant de rien.

— Quand est-ce que vous avez vu votre argent pour la dernière fois ? lui demandai-je.

— Hier soir.

Elle nous dévisagea l'une après l'autre, sans paraître comprendre ce qui lui arrivait.

Un affreux pressentiment me saisit alors. Je me tournai vers Crystal qui fronçait les sourcils, semblant redouter, elle aussi, le pire.

— J'ai cherché partout dans la caravane, précisa Patsy. J'ai fouillé aussi la chambre de Danny, mieux qu'un chien policier.

— Alors, où a pu passer cet argent, d'après vous ? interrogea Charlie.

— Danny m'a dit qu'il m'avait entendue revenir dans la caravane, ce matin, après le coup de feu du petit déjeuner. Mais je n'y suis pas retournée avant maintenant.

Ses yeux qui nous dévisageaient l'une après l'autre ne firent qu'accentuer mon malaise. Je me redressai sur ma chaise.

— Vous... vous ne croyez tout de même que nous... que l'une de nous ait pu dérober votre argent ? lui demandai-je d'une voix blanche en espérant qu'elle s'indignerait de ma question.

— Je ne voudrais accuser personne, répondit-elle au bord des larmes, mais Danny prétend qu'il a entendu des pas...

— Il ment ! s'écria Rebecca malgré elle. Il vous a raconté ce qui s'est passé, hier ?

— Non. Qu'est-ce qui s'est passé ?

— Rebecca... intervins-je en la fusillant du regard.

— Non, Brenda, elle doit savoir. Danny et ses amis s'amusaient à nous observer à la dérobée par la lucarne de la salle de bain. Brenda les a surpris alors qu'elle allait prendre une douche. Ils ont même essayé de...

— Ils ont essayé quoi ?

— De se jeter sur elle, finit-elle par lâcher.

— Quoi ?

— Ce n'était rien, Patsy, lui assurai-je. Ils sont partis quand ils ont vu que je savais me défendre.

Incapable de prononcer le moindre mot, Patsy nous jeta un regard atterré.

— Écoutez, lui dit enfin Crystal, je crois que la meilleure des choses à faire est d'aller fouiller le cottage pour voir si votre argent s'y trouve.

— Jamais je ne ferai ça, les filles. Je sais très bien que vous êtes incapables de me voler quoi que ce soit.

— Vous avez raison de le croire, Patsy, ajoutai-je sur un ton solennel.

Comme elle hochait la tête, je crus que tout soupçon était écarté mais elle poussa un profond soupir et déclara :

— Danny se plaint que je ne le crois jamais. Il prétend que c'est toujours lui que j'accuse le premier. Je sais que c'est très insultant pour vous mais je préférerais finalement aller fouiller le cottage avec vous...

— Très bien, dit Crystal en se levant d'un bond. On y va.

— Oui, renchérit Rebecca, et, après ça, on discutera franchement avec ce cher Danny.

— Patsy, tu sais très bien que ces filles ne te voleraient pas le moindre sou, lui dit alors Charlie.

— Je sais, répondit-elle en se forçant à sourire. Merci, les filles.

Nous la suivîmes dehors. Comme nous contournions le restaurant, nous entendîmes une porte claquer et nous vîmes Danny, torse nu, sauter les trois petites marches de la caravane. Passant en vitesse le T-shirt qu'il avait à la main, il ricana et nous emboîta le pas.

Nous entrâmes dans le cottage. Crystal et Janet avaient fait leur lit avant d'aller travailler et j'avais moi-même rabattu le canapé pliant. A part une chemise de Rebecca oubliée sur une chaise, rien ne traînait dans la pièce. La salle de bain était propre, elle aussi, et le coin cuisine parfaitement rangé.

— Vous pouvez regarder partout où vous voulez, Patsy, lui dis-je, le cœur battant.

Malgré moi, je lui en voulais de ne pas nous faire totalement confiance. Mais comment aurait-elle pu agir autrement ? Cet argent était vital pour elle.

— Regarde dans ces sacs, m'man, lança derrière nous la voix de Danny.

Il parlait bien sûr de nos taies d'oreiller.

— Danny, elles sont incapables d'une chose pareille, répéta Patsy en secouant la tête.

— Eh bien, moi je regarde! annonça-t-il en nous bousculant presque pour passer devant nous.

Avec des gestes rageurs, il vida chacune des taies sur le plancher. Certaines de nos affaires se mêlèrent à celles des autres mais on ne trouva rien qui ressemblât à une pochette contenant de l'argent.

— Satisfait? demandai-je à Danny.

Il regarda sa mère d'un air furieux.

— Non, lâcha-t-il avant de porter son regard sur la petite commode dont il alla fouiller les trois tiroirs.

Je fus dégoûtée de voir ses mains brutales tripoter ainsi nos sous-vêtements.

— La leçon d'hier ne t'a pas suffi? lui demandai-je alors qu'il écartait sans ménagement un soutien-gorge de Rebecca.

Il ne répondit rien mais je vis son visage virer au cramoisi.

— Allons, Danny, ça suffit, lui dit alors Patsy. Les filles ne m'ont rien pris, j'en suis sûre.

— Pourquoi est-ce que tu ne lui dis pas tout de suite où est l'argent? lui lança Rebecca sur un ton de défi.

Les dents serrées, comme frappé par une idée lumineuse, Danny se rua soudain vers le canapé-lit. Sous nos yeux étonnés, il s'agenouilla devant et passa un bras sous le sommier rabattu. Rebecca se mit à rire quand il recula d'un bond après avoir extirpé du meuble une petite pochette de toile plastifiée qu'il nous brandit sous le nez.

— Je savais qu'il était là! s'écria-t-il avec un plaisir malsain.

Puis il jeta la pochette à terre, qui en s'ouvrant laissa apparaître l'argent de Patsy.

— On n'a jamais volé cet argent! m'exclamai-je, scandalisée. C'est toi qui l'as mis là, j'en suis sûre!

— Ouais, c'est ça, je suis un magicien ! M'man, appelle la police.
— Non ! hurla Rebecca. On n'a rien fait, Patsy ! Il ment ! C'est lui qui l'a caché ici !
— Si c'est moi qui l'ai caché ici, pourquoi je ne suis pas allé droit au canapé, hein ? Pourquoi est-ce que j'aurais perdu tout ce temps à chercher ailleurs, petite idiote !
— Parce que tu nous as monté tout un cirque, voilà ! rétorqua-t-elle en s'écartant de lui.
— C'est toi qui nous fais un cirque, lui cracha-t-il. Tu savais que ma mère laisse toujours la porte de la caravane ouverte. Je t'ai entendue entrer, ce matin.
— Ce n'est pas vrai, Patsy ! lui criai-je à mon tour. Je vous jure qu'on n'est pour rien dans cette affaire ! C'est un coup monté...

Les lèvres serrées, Patsy parut un instant sur le point d'éclater en sanglots.

— Appelle la police, m'man. Je suis sûre que ce sont des voleuses professionnelles. Ou alors, c'est moi qui les appelle.
— Non, lui dit-elle. Remets l'argent dans la pochette, Danny. Allez, je te le demande.
— Mais...
— Fais ce que je te dis, ordonna-t-elle. Remets l'argent dans la pochette et donne-la-moi.
— Mais, c'est la preuve qu'elles t'ont volée, m'man ! Tu dois la laisser là pour que les flics la voient.
— Danny ! Remets cet argent dans la pochette !
— Alors, tu prends leur parti, maintenant ! éructa-t-il, le visage tordu de fureur. Tu crois toujours les autres, et jamais moi !
— Je ne crois personne, Danny. Je...
— Si, je vois bien que tu les crois ! hurla-t-il. Eh bien, tu peux aller au diable !

Il traversa la pièce d'un pas rageur et sortit en claquant violemment la porte derrière lui. On aurait dit qu'une tornade venait de se jeter sur le cottage.

Crystal passa un bras autour du cou de Janet et

l'attira contre elle. Rebecca, les yeux rivés sur le plancher où gisait l'argent, semblait incapable du moindre mouvement. Quant à moi, après m'être ressaisie, je m'agenouillai et ramassai billets, pièces et chèques échappés de la pochette.

— Ce n'est pas nous qui avons pris ça, Patsy, lui répétai-je en lui tendant son argent. Je ne sais pas comment cette pochette a atterri sous le canapé.

— Moi je sais, déclara Rebecca d'une voix vibrante.

— Je vous crois, les filles. Je vous crois sincèrement mais je pense que, pour notre bien à tous, il vaudrait mieux que vous partiez, à présent. Je vais faire les comptes et vous payer ce qui vous revient.

Secouant tristement la tête, Patsy ajouta :

— Il faut que je règle cette affaire avec Danny mais je sais que je n'y arriverai jamais si vous restez dans les parages. A l'en croire, tous ses problèmes viennent de vous... Je suis désolée, vraiment. Venez me voir au restaurant quand vous aurez fait vos bagages.

D'un pas lourd, elle se dirigea vers la porte. Au moment où elle l'ouvrit, Janet s'écarta de Crystal pour s'avancer vers elle.

— On n'a pas pris votre argent, Patsy, dit-elle doucement. Jamais on ne ferait ça à personne. S'il vous plaît, ne nous chassez pas.

— Je regrette, mon petit, articula Patsy avant de fondre en larmes.

Puis, lâchant un profond soupir, elle sortit.

— Le fumier! s'écria Rebecca. Ce n'est qu'un pauvre type, un déchet humain! Pourquoi est-ce qu'elle lui donne ce qu'il veut? Dès qu'il nous a vues, il nous a détestées.

— Que veux-tu qu'elle fasse d'autre? répliqua Crystal. C'est son fils. Plus vite on filera d'ici, mieux ce sera pour tout le monde, je crois.

Il ne nous fallut pas longtemps pour réunir nos affaires et les ranger dans le break. Nous nous apprêtions à partir sans récupérer ce que Patsy nous devait, mais elle nous envoya Charlie au dernier moment.

— Je sais ce que ce garçon vous a fait, nous dit-il d'un air furieux. Il est pourri de l'intérieur et il pourrit tout autour de lui.

Jamais nous ne l'avions vu dans cet état.

— Je me charge de le lui faire comprendre, ajouta-t-il. A ma manière...

— Ne faites pas ça, Charlie, lui recommanda vivement Crystal. Patsy a besoin de vous, ici. Et elle a besoin que vous la souteniez dans cette histoire.

— Je sais bien. J'ai l'impression de nager avec une pierre attachée au cou. Venez, Patsy veut vous voir.

A l'entrée du restaurant, elle nous attendait en effet avec nos enveloppes.

— Ce n'est pas grand-chose, nous dit-elle, mais j'espère que ça vous aidera un peu en chemin. Peut-être que vous devriez faire demi-tour, les filles. Remettez ce voyage à plus tard. Ce n'est pas évident de traverser le pays comme ça, à votre âge.

— Merci, Patsy, déclara Crystal en prenant les enveloppes pour nous. On est désolées de vous quitter comme ça.

Janet semblait sur le point de fondre en larmes. Patsy la prit dans ses bras pour la réconforter puis embrassa Rebecca, Crystal et moi-même.

— Merci de m'avoir si bien aidée, murmura-t-elle, la gorge serrée. Vous êtes de bonnes filles.

Puis elle nous laissa et disparut dans la salle.

Nous restâmes un moment sans bouger, à regarder Charlie qui rejoignait sa patronne. Il avait l'air de détester les adieux autant que nous.

— On y va, souffla Crystal.

En silence, nous rejoignîmes la voiture et je m'installai au volant. Le ciel lourd qui menaçait depuis le matin semblait s'éclaircir un peu. Au loin, les nuages commençaient à s'écarter et un rayon de soleil fit même son apparition.

— Le temps a l'air de se mettre au beau, dis-je d'une voix neutre. Au moins, on ne roulera pas sous la pluie.

Personne ne répliqua. Je crois que la météo était alors le dernier de leurs soucis.

Je démarrai enfin et, en jetant un regard dans le rétroviseur, j'aperçus Danny, debout devant la caravane, les bras croisés et l'air tout à fait content de lui.

Je sortis du parking et tournai à droite, en direction de l'ouest. Dans la voiture, mes trois compagnes restaient muettes comme des carpes.

— Tu devrais ressortir ta carte, dis-je à Crystal qui la déplia sans un mot.

Le visage collé contre la vitre, Rebecca contemplait d'un air absent le paysage qui défilait. Au bout d'un instant, elle poussa un soupir et ferma les yeux.

— J'ai bien l'impression qu'on a battu un record : en moins de vingt-quatre heures, on a été trahies par deux sales types, laissa-t-elle tomber avec un rire nerveux.

— Je suis sûre que tu finiras par trouver un garçon honnête et gentil, lui répondis-je. Et nous aussi.

— Je n'arrive toujours pas à croire ce que Danny a inventé, ajouta-t-elle en ravalant ses larmes.

Janet se pencha en avant et posa une paume sur l'épaule de Rebecca. Celle-ci lui répondit en lui serrant chaleureusement la main à son tour.

— Pourquoi est-ce qu'il a été si méchant avec nous ? lui demanda Janet.

— Parce qu'il est méchant avec lui-même, lui répliqua Crystal. Comme il déteste celui qu'il est, il déteste tout le monde, même sa propre mère.

— Moi je pensais qu'il avait de la chance d'avoir une mère, au contraire.

— Il a de la chance, lui dis-je, mais il ne le sait pas.

— Ou bien il s'en moque, ajouta Rebecca.

Après un long silence, elle retrouva son sourire et déclara d'une voix enjouée :

— Vous savez, peut-être qu'on n'est pas si malchanceuses que ça, après tout. Peut-être qu'on a mieux que les autres.

— Comment ça ? lui demanda Janet.

— Eh bien, on a *nous*. Moi je t'ai, j'ai Crystal et j'ai Brenda. Et pour vous autres, c'est pareil.

Nous poursuivîmes notre route face au soleil qui

émergeait des nuages. Un soleil qui, comme nous, fuyait vers l'ouest.

En route vers
l'inconnu

Malgré mes espoirs, il se remit à pleuvoir. Conduire ne m'amusait plus car cela devenait ennuyeux et monotone, surtout le long de ces routes interminables où il n'y avait rien à voir.

Chaque fois que nous apercevions une voiture de police, l'angoisse nous serrait le cœur mais aucun de ses occupants ne semblait s'intéresser à nous. C'était tout juste si nous avions droit à un regard quand ils nous doublaient.

Je m'assurai de ne jamais dépasser les limites de vitesse et nos arrêts pour prendre de l'essence ou grignoter quelque chose furent les seuls instants un peu animés de la journée. Janet dormit beaucoup et Crystal, qui pouvait lire n'importe où, se plongea dans un bouquin, tandis que Rebecca, toujours contrariée, passa son temps à sommeiller, à bouder, à s'agiter sur son siège ou à se plaindre. Tel un serpent, le regret avait fini par s'insinuer dans son esprit, se rappelant à son bon souvenir à la moindre occasion.

— Finalement, les vacances ne se passaient pas si mal, à Lakewood, marmonna-t-elle juste avant que l'on s'arrête pour dîner.

Une heure s'était presque écoulée sans qu'aucune de nous ait prononcé une parole. La radio marchait mais je ne l'écoutais plus.

— Au moins, on échappait à l'emprise de Louise et de Gordon pendant la journée quand on se trouvait un job d'été, ajouta-t-elle.

— Mais, alors, c'était le paradis! m'exclamai-je. Je devais me shooter, à l'époque, parce que je n'avais pas remarqué que tu te sentais si heureuse, là-bas. J'avais au contraire la stupidité de croire que tu haïssais cet endroit. Mais les plaintes continuelles qui sortaient de ta bouche devaient être un effet de mon imagination.

— Je n'ai jamais prétendu que j'aimais Lakewood! protesta-t-elle avec véhémence. J'ai dit que, l'été, ce n'était pas aussi pénible. Peut-être qu'on aurait dû attendre le retour de l'automne pour nous enfuir.

Crystal leva les yeux de son bouquin pour déclarer :

— J'espère surtout qu'on finira par trouver un endroit pour vivre et terminer l'école. Si on était parties en automne, jamais on n'aurait pu s'inscrire à temps dans un lycée.

— Le lycée? s'exclama Rebecca. Mais on s'en fiche, du lycée!

— Tu ne crois pas que Janet devra continuer ses études? Et moi, il me faut absolument obtenir une bourse pour continuer. Si j'avais su que tu pensais qu'on ne retournerait jamais à l'école, je ne serais pas partie.

Rebecca marmonna quelque chose d'inaudible puis tourna un visage irrité vers la fenêtre.

— On n'aurait pas dû se débarrasser de la cocaïne de Gordon, ajouta-t-elle. On aurait dû la laisser là où on l'avait trouvée. Maintenant, même si on en avait envie, on ne pourrait même pas revenir à Lakewood.

Crystal se replongea dans sa lecture, Rebecca ferma les yeux et Janet se mit à gémir dans son sommeil. Quant à moi, je me lamentais intérieurement sur la longueur de la route, qui semblait devoir ne jamais finir. J'avais l'impression de m'enfoncer dans un tunnel de boue glacée.

Décidément, la liberté n'avait pas que du bon. Sans cesse, on se heurtait à toutes sortes de déceptions, d'humiliations, et on n'avait que soi-même à blâmer. A mon tour, je commençais à douter de notre entreprise. Les avais-je toutes entraînées vers une inévitable catastrophe ?

Après avoir dîné dans un fast-food, nous poussâmes jusqu'à l'État d'Indiana. Comme nous redoutions toutes de dormir dans la voiture, nous nous lançâmes à la recherche d'un petit motel abordable. Nous en trouvâmes un qui ne payait pas de mine mais où une chambre à deux lits doubles ne coûtait que dix-sept dollars.

La pièce sentait en effet le moisi et le renfermé, une odeur que Rebecca compara à celle de la mort. Je tentai d'ouvrir une des fenêtres mais celle-ci refusa de bouger ne serait-ce que d'un millimètre.

— On dirait qu'elle n'a pas été ouverte depuis des siècles, commentai-je avant de baisser les bras.

— On ferait peut-être mieux de dormir avec la porte entrouverte, suggéra Rebecca.

Mais Crystal, prudente, refusa.

— Non, c'est dangereux. On se trouve au beau milieu de nulle part et j'ai l'impression qu'il n'y a personne d'autre dans ce motel.

— Il faut faire avec ce qu'on a, intervins-je alors pour éviter une nouvelle dispute.

Nous étions toutes épuisées, sur les nerfs, et le moindre désaccord risquait de dégénérer en dispute.

Quand nous nous couchâmes, les matelas nous parurent si mous qu'on eut l'impression de s'y enfoncer jusqu'au sol. Nous dormîmes avec nos vêtements sur nous et en utilisant nos taies d'oreiller pour recouvrir les autres dont la saleté nous répugnait. Malgré les lieux peu ragoûtants, nous étions si usées par les émotions de la journée et la route interminable que nous nous endormîmes comme des masses.

Le soleil du matin pénétra facilement par les stores délavés mais, au lieu de nous annoncer une journée belle et agréable, il ne fit que mettre l'accent sur l'état crasseux et délabré de la chambre. Après n'avoir utilisé la salle de bain que par extrême nécessité, nous quittâmes les lieux en vitesse et achevâmes de nous rafraîchir dans les toilettes de la cafétéria voisine où nous prîmes notre petit déjeuner.

Aucune de nous n'avait particulièrement faim, ce matin-là. Crystal fit le compte de nos maigres finances et conclut que, si nous savions nous montrer frugales et si Gordon ne faisait pas opposition sur sa carte d'essence, nous avions encore des chances d'arriver en Californie.

— Je ne comprends pas pourquoi il n'a pas déjà fait annuler sa carte, fis-je remarquer.

Crystal demeura pensive un moment puis lâcha :

— C'est évident : il préfère nous laisser l'utiliser parce que, de cette manière, il arrive à nous suivre à la trace en repérant dans quelle station on fait le plein.

Un nuage de terreur passa au-dessus de nos têtes.

— Bien sûr il a toujours un peu de retard sur nous, continua Crystal, mais ça n'empêche pas que...

La fin de sa phrase resta en suspens, ce qui n'avait rien de rassurant.

— Qu'est-ce que tu veux dire par « frugales »? demanda Rebecca en revenant au premier problème qui nous préoccupait.

— Je veux dire qu'il faut faire de véritables économies. C'est la dernière fois qu'on déjeune dans un restaurant, vous êtes d'accord ? A partir de maintenant, on va acheter de la nourriture et manger dans la voiture. Tout le monde aime le beurre de cacahouète ; eh bien, c'est ce qu'on prendra pour les repas. Tous les jours.

— Bravo, reprit Rebecca. Et dire qu'on se plaignait de la cuisine à Lakewood ! Maintenant, ça va nous sembler un restaurant gastronomique, à côté de ce qu'on va subir.

— Si tu as tellement envie de retourner là-bas, lui rétorquai-je, vas-y.

— Avec quoi ? Cinq dollars ? Et qu'est-ce qui se passera, quand j'arriverai là-bas ? Je servirai de cible à Gordon pour qu'il s'entraîne à tirer ? Non merci.

— Alors, arrête d'en parler, lui dis-je. Tu n'arranges pas les choses en nous rappelant toutes les deux minutes qu'on est dans de sales draps.

— Brenda a raison, déclara Crystal. Essaie plutôt de voir le côté positif des choses. C'est le seul moyen de ne pas déprimer, tu sais.

— Oui, je sais. Je suis désolée, je ne voulais pas être si désagréable. Seulement, je... je... oh, je ne sais même plus !

Les larmes aux yeux, elle se leva et fila vers les toilettes de la cafétéria.

— Mais, pourquoi est-ce qu'on n'arrête pas de se disputer ? interrogea soudain Janet.

— Parce qu'on a peur, lui expliqua doucement Crystal, et qu'il est plus facile de s'en prendre les unes aux autres que de chercher à voir où est le vrai problème. Rebecca s'en sortira, ne t'inquiète pas.

Lorsque cette dernière revint, cependant, elle paraissait plus déprimée encore.

— J'ai tellement envie d'un bain chaud, dit-elle avec un soupir, que j'accepterais même que Gordon me regarde toute nue dans la baignoire...

Aussitôt, elle parut regretter ses paroles. Crystal lui jeta un tel regard que je crus un instant qu'elle allait se jeter sur elle et l'étrangler.

— Tu crois peut-être que j'en ai rajouté en racontant ce qui s'est passé ? C'était répugnant de le voir me dévorer comme ça de son regard vitreux. Il avait les mains juste au-dessus de mes seins et il bavait d'envie. Moi, j'avais si peur que je ne pouvais plus respirer et je suis sûre que mon cœur s'est arrêté un moment de battre. J'étais sur le point de m'évanouir et je me disais que, si je tombais dans les pommes, il en profiterait pour...

— Oh, Crystal, je suis désolée. Je ne voulais pas dire ça, tu le sais bien...

— Laisse tomber, coupa-t-elle. Allez, on y va. En poursuivant notre route, ça ira mieux pour tout le monde.

La journée de route ne fut pas particulièrement plaisante, mis à part le fait que Rebecca s'efforça au maximum de se montrer agréable. Elle inventa des jeux avec Janet, chanta des chansons idiotes pour nous faire rire et se lança avec Crystal dans une discussion passionnée sur le féminisme. Pendant un bout de chemin, nous eûmes l'impression de retrouver le bon vieux temps.

Peu après être entrées dans l'Illinois, le moteur du break commença à montrer des signes de surchauffe. Voyant le témoin de température grimper de plus en plus haut, je ralentis et finis par m'arrêter sur le bas-côté de la route.

— Qu'est-ce qui se passe ? demanda Rebecca.

— Je ne sais pas. La température a l'air de monter de manière anormale.

— Brenda, il faut sortir au plus vite de cette grande route, me dit Crystal. On attire trop l'attention et, d'ici peu, ce seront les flics qui s'arrêteront derrière nous.

J'allai pourtant ouvrir le capot et examinai le moteur. Je n'y connaissais rien en mécanique mais je savais que si de l'eau bouillante s'échappait d'un des tuyaux, c'était mauvais signe.

— Tu sais ce qui se passe ? interrogea Crystal.

— Je crois que c'est ce tuyau, là. Il y a de l'eau qui en jaillit ; ça ne me semble pas normal.

— Et, qu'est-ce que ça veut dire ? demanda Rebecca d'une voix inquiète.

— Ça veut dire qu'il nous en faut un neuf.

Je savais peut-être conduire une voiture, mais je n'étais pas mécanicien.

— Qu'est-ce qu'on va faire ? pleurnicha Janet.

En levant les yeux, j'aperçus un peu plus loin un vieux panneau indiquant un garage à moins de deux kilomètres de là. L'annonce semblait dater d'Hérode mais je jugeai que cela valait le coup de tenter notre chance.

— Je vais aller voir à pied si ce garage est encore en service, annonçai-je. S'il est ouvert, je fais venir quelqu'un qui nous dépannera.

— On ne peut pas s'offrir ce luxe, Brenda, me rappela Crystal. Ça peut nous coûter tout notre argent.

— On va voir. Peut-être qu'ils accepteront notre carte de crédit. S'il n'y a pas de garage, je reviens tout de suite et, alors, on décidera de ce qu'on fait.

Crystal regarda sa carte.

— Il doit y avoir une petite ville, pas loin d'ici. On trouvera quelque chose.

— D'accord, alors j'y vais. Et pas de panique, ajoutai-je à l'attention de Rebecca. Je reviens le plus vite possible.

Au bout de quelques minutes, j'arrivai à hauteur d'une maison isolée qui me parut inhabitée à cause de ses fenêtres sombres et des herbes folles qui l'entouraient.

Je continuai mon chemin et, après une longue courbe, j'aperçus le garage annoncé. A cette distance, il était difficile de savoir s'il était toujours en service. Je ne vis personne autour du bâtiment ni aucune voiture arrêtée devant les pompes à essence.

Comme je m'approchais, cependant, j'entendis des cliquetis et je me rendis compte que la grande porte était ouverte. Je m'arrêtai devant la façade décrépie et m'avançai pour jeter un regard à l'intérieur.

D'abord, l'endroit me parut désert puis, dans un coin, je distinguai un jeune homme accroupi devant une roue de camion. Il portait une salopette grise sur un T-shirt blanc et devait avoir dans les vingt ans. D'épais cheveux bruns lui retombaient dans le cou et, malgré la distance, je trouvai un éclat particulier à ses grands yeux sombres. Il avait un visage émacié, des pommettes saillantes, des mâchoires carrées et... une bouche parfaite.

Durant un instant, il me considéra d'un air stupéfait comme s'il avait devant lui une apparition.

— D'où sortez-vous ? me demanda-t-il. Je ne vous ai pas entendue entrer.

— Notre voiture est tombée en panne à un peu plus d'un kilomètre d'ici, juste avant la sortie...

Sur le moment, il ne bougea pas et sembla ne pas réagir à ce que je venais de lui dire. Puis il posa sa clé à molette, s'essuya les mains sur un chiffon graisseux et me rejoignit. Malgré son travail qui devait souvent le retenir à l'intérieur, il avait la peau particulièrement bronzée. Il mesurait au moins un mètre quatre-vingt-dix et, sous son T-shirt, on devinait une puissante musculature.

— Je voulais m'assurer que ce garage était bien ouvert, poursuivis-je alors qu'il restait muet.

Un petit sourire au coin des lèvres, il se contentait en effet de m'observer. Enfin, il déclara :

— On ne fait plus que de la carrosserie et un peu de mécanique, à présent. On a abandonné la pompe à essence depuis un an parce qu'on y perdait, finalement ; la grand-route n'est plus très passante. Qu'est-ce que vous avez comme voiture ?

— Une Buick break, de 1990.

— Le problème c'est qu'on n'a plus de dépanneuse. Vous devriez appeler l'Automobile Club.

— On n'en fait pas partie, répondis-je vivement.

De nouveau, il me considéra sans articuler une parole, et je me vis forcée de baisser les yeux tant cela m'embarrassait. Pour ajouter à mon malaise, je me sentis rougir jusqu'aux oreilles.

Il hocha la tête et regarda autour de lui comme s'il cherchait la ou les personnes qui pouvaient m'attendre.

— Où est votre famille ? Comment se fait-il que vous soyez venue ici seule ?

— Je suis avec trois autres filles, mes amies. On va en Californie.

— En Californie ? répéta-t-il, étonné.

— Oui, il y a des gens qui vont là-bas, repris-je en plaisantant, ce qui accentua son sourire.

— C'est un endroit qu'il faut voir, effectivement. C'est l'État le plus célèbre du pays. Alors, dites-moi, qu'est-ce qui se passe avec votre voiture ?

— J'ai l'impression que le moteur surchauffe. En ouvrant le capot, j'ai vu de l'eau gicler d'un des tuyaux.

Il haussa les sourcils.

— Vraiment ? Eh bien, on dirait que vous avez trouvé ce qui n'allait pas, docteur ?

— Écoutez, je ne sais pas... Tout ce que je peux dire c'est qu'il y a une fuite quelque part, en tout cas.

— C'est la durite du radiateur qui doit être percée, donc fichue. De quand date la dernière révision du moteur ?

— Je ne sais pas, répliquai-je en évitant de le regarder.

— A qui appartient la voiture ?

— A... à moi. Mais je ne sais pas quand la dernière révision a été faite.

— Si j'allais en Californie, j'aurais fait réviser mon véhicule avant de partir, commenta-t-il.

— On s'est décidées à la dernière minute.

De nouveau, il sourit et il me fixa d'un air amusé. J'essayai de me détourner mais son regard insistant me fit l'effet d'une piqûre en plein cœur.

— D'où êtes-vous ?

— De l'État de New York.

— Et vous avez décidé au dernier moment de traverser tout le pays en voiture ? demanda-t-il sur un ton sceptique.

— Exactement. Vous pouvez nous aider ou pas ?

Sans se départir de son sourire, il prit toutefois une expression plus grave.

— Eh bien, je vais essayer de vous tracter avec ma Chevrolet, c'est tout ce que j'ai. Je vais prendre de l'eau, aussi, au cas où ça suffirait à vous dépanner.

De la tête, il m'indiqua dans le fond du garage une voiture aux couleurs chatoyantes dont l'arrière avait été surbaissé et équipé de deux pots d'échappement rutilants. En m'approchant du véhicule, je pus lire sur la portière avant qu'il avait été primé pour les superbes décorations de sa carrosserie.

— Voilà Betty Lou, annonça-t-il. Montez. Je reviens tout de suite.

— Betty Lou ?

— Ma petite amie, se contenta-t-il de préciser avant d'aller remplir un jerrican d'eau.

En m'installant à l'avant de la Chevrolet, je vis que les

sièges avaient été recouverts d'un tissu aux couleurs vives. Sous mes pieds, la moquette était d'une propreté impeccable et pas un grain de poussière n'apparaissait sur le tableau de bord ou sur les accessoires qui le composaient. Sous le rétroviseur pendait une paire de gros dés en coton.

Mon mécanicien — dont je ne connaissais toujours pas le nom — revint avec un bidon plein d'eau qu'il glissa dans le coffre avant de s'installer au volant et de démarrer. Aussitôt, le garage résonna du grondement caractéristique des engins de course dont les moteurs étaient gonflés.

— Chouette, hein? me dit l'heureux propriétaire de cette petite merveille. Mais pas autant que vous, bien sûr...

Cette fois, ce fut à lui de se détourner avec timidité.

Son compliment me laissa sans voix et nous parcourûmes le chemin sans parler jusqu'à ce que le break en panne apparaisse au bord de la route.

— C'est vous, là-bas? demanda-t-il alors.

— Oui.

Il fit un demi-tour prudent et avança lentement vers notre voiture pour stopper juste derrière. Pendant qu'il commençait à s'affairer devant le moteur, j'expliquai rapidement aux filles ce qui s'était passé.

— Ne vous approchez pas trop, nous lança-t-il, penché sous le capot ouvert. L'eau qui sort d'ici est bouillante, en général. Hum... on dirait que la pompe en a pris un coup aussi.

A son expression, je compris que notre panne était plus que sérieuse.

— Vous pensez pouvoir réparer tout ça? lui demanda Rebecca.

Il la regarda puis se tourna vers moi. C'était bien la première fois de ma vie que je voyais un garçon s'intéresser davantage à moi qu'à Rebecca.

— Je crois surtout que je vais devoir vous tracter jusqu'à mon garage. Le patelin le plus près pour trouver des pièces de rechange est à quarante-cinq kilomètres d'ici, dans la direction de Grover.

— On n'a pas beaucoup d'argent, lui dis-je d'une voix tranquille. Vous accepteriez une carte de crédit ?

— On ne prend plus les cartes de crédit. Je suis tout seul avec mon père et il ne travaille plus beaucoup.

Il resta pensif un moment puis ajouta :

— Écoutez, je vous monte jusqu'au garage et, là, je vais me renseigner. Je pourrai peut-être vous trouver quelque chose.

— Merci beaucoup, lui répondis-je, les yeux brillants.

Il referma le capot de la Buick et alla ouvrir le coffre de sa voiture pour en sortir une chaîne. Rebecca me regarda alors et, à son expression, je compris qu'elle le trouvait fort à son goût. Cependant, je m'efforçai d'ignorer sa réaction.

Une fois la chaîne fixée au break, notre mécanicien l'attacha à son véhicule puis me demanda :

— Asseyez-vous au volant et mettez la vitesse au point mort, vous voulez bien ?

Je montai dans la voiture et Rebecca s'empressa de me suivre, aussitôt imitée par Janet et Crystal.

— Où est-ce qu'il nous emmène ? interrogea celle-ci sur un ton vaguement inquiet.

— Chez lui, dans son garage.

— Il a l'air très gentil, commenta Rebecca tandis qu'il montait dans sa Chevrolet et commençait à nous tracter.

— Oui, il est gentil, répondis-je platement.

Mais, lorsqu'elle aperçut le garage en question, elle marmonna :

— On devrait peut-être aller autre part.

— Quand on est demandeur, on ne choisit pas, lui répliqua Crystal. On va déjà voir ce qu'il peut faire pour nous dépanner.

Lorsque nous descendîmes de voiture, il annonça :

— La casse où on pourra trouver des pièces détachées est à environ douze kilomètres d'ici. Ils auront peut-être ce qu'il vous faut.

Puis il se tourna vers moi et me demanda avec un charmant sourire :

219

— Vous voulez m'accompagner ? Vous autres, vous pouvez nous attendre ici. On ne devrait pas en avoir pour très longtemps.

Ouvrant la porte du bureau, il précisa :

— Il y a du coca dans le frigo, si vous voulez, et de quoi grignoter, aussi. Servez-vous. J'ai aussi quelques magazines mais je ne crois pas qu'ils vous intéresseront.

Rejetant ses cheveux en arrière, Rebecca rétorqua :

— Il y a peu de chances.

— Merci, lui dit Crystal avant d'entraîner Janet vers le petit bureau.

— Si le téléphone sonne, vous pourrez répondre, s'il vous plaît ? lui demanda-t-il avec un gentil sourire.

— Bien sûr.

— Ça va vous prendre beaucoup de temps ? interrogea Rebecca qui commençait déjà à s'impatienter.

— Ça dépend, répondit-il. D'abord, il faut dégoter une pompe à eau en état de marche et puis il faut l'installer. En fait, s'il y a beaucoup de travail, vous devrez peut-être passer la nuit ici.

— Ici ? Où ça ? interrogea-t-elle en considérant la route déserte.

— Je ne sais plus quels sont les prix, dans la région. Mais je connais un endroit, le Woodside, à trois ou quatre kilomètres au nord, qui fait chambre d'hôte. Mme Slater, la propriétaire, est tout à fait charmante. Vous pouvez chercher son adresse dans l'annuaire, pendant qu'on est là-bas.

— Tu es sûre de vouloir partir avec lui ? me demanda Rebecca tandis que notre mécano repartait vers sa voiture.

— Mais oui, ne t'inquiète pas. Tu sais, il se dérange pour nous aider. Et puis, il a l'air vraiment gentil.

— Brenda, si quelqu'un peut te dire de te méfier des « gentils garçons », c'est bien moi ! Ne fais pas la même erreur que moi, s'il te plaît.

Rougissante, je baissai les yeux et filai le rejoindre dans sa Chevrolet.

— Au fait, je m'appelle Todd, m'annonça-t-il alors que je montais à ses côtés. Todd Mayton.

— Moi, c'est Brenda.

— Ravi de te connaître. Euh... on peut se tutoyer ?

— Bien sûr...

Je vis Rebecca nous regarder partir avec une mine particulièrement inquiète.

Todd fit la conversation durant presque tout le chemin. Il me raconta qu'il était le plus jeune d'une famille de trois enfants, tous des garçons, et que ses frères habitaient et travaillaient chez un oncle, à Indianapolis. Sa mère les avait quittés quatre ans plus tôt et vivait non loin de cette ville avec son nouveau mari. A sa façon de parler, je compris qu'il éprouvait une immense rancœur envers elle et lui reprochait ce qu'elle avait fait à leur père.

— Il a toujours travaillé dur, me précisa Todd, et notre vie ici n'avait rien de folichon. Ma mère a toujours prétendu que le fait de vivre à ses côtés lui avait fait prendre dix ans. C'était une jolie femme... Quand on avait encore la station-service, les hommes n'hésitaient pas à faire un détour de quinze ou vingt kilomètres pour s'arrêter chez nous parce que c'était elle qui servait. Elle portait souvent un short très court et un dos nu, tu imagines.... J'étais encore un gamin, à l'époque mais je comprenais très bien le sens de leurs remarques et je détestais la façon dont ils la regardaient.

« Bon sang, lâcha-t-il au bout d'un moment, je n'arrête pas de parler. Ce n'est pas mon genre, pourtant. Tu dois être particulière...

Cette réflexion me parut si délicieuse et inattendue que je frissonnai malgré moi.

— Et toi ? me demanda-t-il. Qu'est-ce que tu racontes ?

— Moi...? Ce que je raconte ?

— Oui. Comment se fait-il, d'abord, que quatre filles comme vous se retrouvent seules sur les routes ?

J'hésitai un instant. La simplicité avec laquelle il

m'avait ouvert son cœur, la confiance dont il venait de faire preuve envers moi, tout cela m'empêchait de lui mentir.

— On s'est enfuies, articulai-je à voix basse en sachant que les autres allaient m'étrangler.

Todd sourit, d'abord, puis me regarda et son visage se fit soudain grave.

— Tu plaisantes ?

— Non, je ne plaisante pas. On est orphelines. On n'a pas de famille. Jusqu'à maintenant, on vivait dans une maison d'accueil depuis des années et, pour une tonne de raisons, on a fini par décider qu'il était temps de partir.

L'air stupéfait, il me demanda :

— Tu me racontes des blagues, là ?

— Non, mais ça commence à en prendre l'allure, lui répondis-je sans rire. Depuis qu'on est en fuite, on s'est fait piquer tout notre argent, on nous a deux fois accusées de vol et, maintenant, nous voilà en panne de voiture. Et, comme il n'est pas question de rebrousser chemin, on est prises dans un étau qui se resserre de jour en jour.

Incapable de répondre quoi que ce soit, Todd resta silencieux un bon moment puis annonça :

— Voilà la casse dont je t'ai parlé. Tu vois, derrière cette palissade ?

Je répondis par un signe de tête, tandis qu'il arrêtait sa Chevrolet devant l'entrée.

Un homme, âgé d'environ soixante-dix ans, était en train d'empiler des pneus à côté de la grille ouverte. Il portait une chemise de flanelle dont les manches étaient roulées sur les coudes et un jean dont un trou bien placé à l'arrière révélait un caleçon aux couleurs délavées. Son visage semblait avoir été taillé au cordeau et sa peau striée de rides avait la couleur du cuivre. Il leva les yeux vers nous et nous gratifia d'un sourire édenté.

— Ce n'est pas une heure pour débarquer, mon vieux Todd. Qu'est-ce qui t'arrive ?

— Une panne. Il me faudrait une pompe à eau pour une Buick break de 90. Tu pourrais nous avoir ça, Lefty ?

Le vieil homme se prit le menton dans une main et resta pensif un moment. Je me mis à contempler la jungle de ferraille qui s'étalait devant nous, les épaves de voitures empilées en dépit du bon sens, les amas de métal, de caoutchouc et de plastique. Je demeurai stupéfaite devant cet amoncellement de véhicules inutilisables comme ce vieux bus aux vitres éclatées renversé sur le côté, ce tracteur qui, à mes yeux, paraissait encore en état de marche ou ce reste de caravane calcinée. Pourquoi garder tout cela ? Peut-être pour laisser en paix les nombreux oiseaux qui semblaient y avoir trouvé refuge...

— Prenez l'autoroute jusqu'au Golden Gate, nous dit alors Lefty. Je crois me souvenir qu'au bout il y a une Buick de ces années-là. Johnny l'avait trouvée près de Cranberry Lake, il y a de ça un an.

— Merci, vieux, lui lança Todd avant de redémarrer.

— L'autoroute jusqu'au Golden Gate ? demandai-je sans comprendre.

Todd se mit à rire.

— Lefty n'arrête pas de blaguer. Il donne des noms à toutes les allées qui traversent cette casse. Ici, on est sur l'autoroute et, là, regarde bien, on arrive au Golden Gate en question. Tu vas comprendre.

La Chevrolet roula en effet sur de grandes plaques de métal disposées par terre afin de franchir plus aisément les ornières creusées par la pluie. Partout, le paysage était le même. Çà et là, des véhicules de toutes sortes formaient des piles impressionnantes tandis que des pièces de métal et de plastique jonchaient le sol boueux.

Lentement, nous cherchâmes la Buick dont parlait le vieux Lefty puis je la repérai soudain.

— Là ! m'écriai-je en indiquant une voiture abandonnée à l'angle de l'allée.

— Bravo ! me lança Todd sur un ton impressionné.

Le véhicule avait le toit défoncé, son pare-brise et ses vitres latérales étaient en morceaux et la portière avant gauche avait été arrachée.

— Elle a vécu, celle-là, commenta-t-il en se garant devant.

Aussitôt descendu de sa Chevrolet, il tenta d'ouvrir le capot de la vieille Buick. Impossible. Celui-ci semblait avoir été riveté au châssis.

— On va avoir du mal, marmonna-t-il.
— Et Lefty? demandai-je. Il peut nous aider?
— Ici, on peut prendre tout ce qu'on trouve mais on se débrouille tout seul. Ensuite, on retourne vers l'entrée, on marchande le prix des pièces avec Lefty et, si on est satisfait, on part avec. Attends, je vais prendre mes outils dans le coffre.

Pendant ce temps, je m'amusai à examiner l'avant de la Buick et je repérai l'endroit où la poignée avait été arrachée. Dans la boîte que Todd venait d'apporter, je pris le marteau de caoutchouc et un burin et, alors qu'il s'installait au volant de l'épave pour chercher la manette d'ouverture du capot, je me mis à marteler le loquet coincé. A ma grande surprise, celui-ci céda assez vite et, en y glissant les doigts, je parvins à le déplacer de côté. Je pus alors pousser sur la tôle qui se souleva et grinça de façon sinistre en attirant l'attention de Todd.

S'extirpant de la Buick, un sourire admiratif sur les lèvres, il me rejoignit près du capot enfin ouvert.

— Eh bien, dis donc! Si tu cherches du boulot, ça ne sera pas difficile!

— En fait, oui, lui répondis-je d'un air grave. On est un peu à court d'argent.

— Tu m'étonnes! Ça coûte cher de voyager.
— Surtout quand on se fait voler le peu qu'on a...

Il hocha la tête d'un air sceptique, en semblant se demander s'il devait me croire. Puis il se pencha sur le moteur, trouva la pompe à eau et l'examina un instant.

— Elle paraît bien, commenta-t-il.

Toujours à ses côtés, je le regardai la démonter. Tout

en bricolant, Todd continua à me parler un peu de la région et de ce qu'il y faisait, non sans glisser, dès que l'occasion s'en présentait, une petite question sur mon passé d'orpheline.

— Alors, me dit-il juste avant d'extraire enfin la pompe, tu crois qu'à l'orphelinat on ne vous cherche pas ?

— Oh, si. Ils ont sûrement lancé un avis de recherche dans tout le pays.

Hochant la tête, Todd me tendit la pompe que je pris avec précaution puis il rangea ses outils dans la boîte. Nous regagnâmes la Chevrolet et remontâmes l'allée pour retrouver Lefty à l'entrée de la casse.

— Vingt dollars, ça te va ? proposa-t-il après avoir un instant examiné la pièce que Todd lui présentait.

— Non, ça ne me va pas, répliqua celui-ci sans sourire. En revanche, j'ai dans ma poche un petit billet de dix qui, lui, devrait très bien t'aller.

— Tu me voles... maugréa le vieux Lefty.

— Ça ne sera pas la première fois, lui rétorqua Todd. L'autre eut un sourire fugace.

— C'est ton père qui t'a appris le métier... commenta-t-il en acceptant le billet de dix dollars. Tu as de la veine, je me sens d'humeur généreuse, aujourd'hui.

— Merci, mon vieux, souffla Todd. A bientôt.

— Salue ton paternel de ma part, lança-t-il alors que la Chevrolet démarrait déjà.

— Merci d'avoir si bien négocié, lui dis-je en lui arrachant un petit rire.

— C'est un jeu de marchander avec lui. Lefty demande toujours deux fois plus cher que ce qu'il obtiendra. Tout le monde le sait. Mais c'est à mon tour de te dire merci. Tu m'as bien aidé.

— Ton père ne sera peut-être pas très content de voir que tu passes tant de temps à nous dépanner.

Todd secoua la tête, demeura silencieux un moment et déclara enfin :

— Mon père ne s'occupe plus beaucoup du garage, tu sais. Il a une jambe malade, du diabète...

Puis, se tournant vers moi, il ajouta :
— Il passe le plus clair de son temps à boire.
— Oh... je suis désolée.
— Ce n'est rien. Tu sais, je vais devoir rentrer à la maison pour lui préparer à dîner. Mais, dès que j'aurai fini, je reviendrai au garage pour travailler sur votre voiture. En revanche, je ne sais pas pour combien de temps j'en aurai et je crois vraiment que vous devriez vous trouver une chambre pour la nuit.
— D'accord. Peut-être que Crystal a déjà appelé. Elle est très efficace.
— Crystal ?
Je lui racontai un peu notre histoire à chacune. Lui parler me semblait incroyablement facile ; c'était comme si nous nous connaissions depuis toujours. Todd m'écouta d'un air tranquille puis me dit :
— Tu n'as pas à être inquiète avec moi, Brenda. Vous faites ce que vous croyez être le mieux pour vous et ce n'est certainement pas moi qui vous dénoncerai la police.
— Je sais, lui répliquai-je.
Je le sentais sincère et cela me fit chaud au cœur.
— Je peux revenir t'aider un peu plus tard, si tu veux, lui proposai-je en riant. Tu n'as qu'à me dire l'heure.
— Je ne demande pas mieux, Brenda. Et, je te le répète, si tu as besoin d'un job, tu peux rester ici et devenir mon assistante...
— Tu sais, je suis la seule à conduire cette Buick. Si je reste, elles devront rester elles aussi.
— Oh là, ça fait un peu trop de filles pour moi, déclara-t-il en roulant des yeux apeurés.
Nous étions encore en train de rire quand Todd arrêta la Chevrolet devant le garage. Assise sur les marches qui menaient au bureau, Rebecca semblait monter la garde.
— Ah, vous voilà ! s'exclama-t-elle au moment où nous descendions de voiture. Tu sais qu'il est tard, Brenda ? Crystal a appelé pour la chambre d'hôte ; elle pense qu'on devrait dormir là-bas.

— Très bonne idée, lui lança Todd. Vous ne pourrez pas repartir ce soir, c'est certain.

Crystal sortit et me raconta tous les détails.

— J'ai tenté le coup, en espérant que la réparation de du break ne nous coûterait pas plus de vingt dollars.

Comme elle jetait à Todd un regard interrogateur, celui-ci s'approcha de nous.

— Ne vous en faites pas pour la voiture, nous dit-il. La pièce n'a coûté que dix dollars et je ne vous demanderai rien pour la main-d'œuvre.

— Vraiment ? C'est super !

— Il faut que je rentre chez moi, maintenant. En attendant, je peux vous déposer à votre chambre, si vous voulez. Au fait, Brenda, j'aurai peut-être besoin de toi un peu plus tard quand je viendrai changer la pompe. Tu voudras bien m'aider ?

— Euh... oui, bien sûr.

Mon cœur battait aussi fort que si on venait de me proposer de m'accompagner au bal du lycée.

— J'ai faim, dit soudain Janet. On n'a trouvé que des barres de chocolat dans le frigo...

— Je sais, reprit Todd en riant. Il faudrait que j'apprenne à me nourrir un peu mieux. Mais vous aurez un bon repas au Woodside.

Nous montâmes dans sa voiture et il nous conduisit à un endroit qui nous parut être une maison particulière. Seul un petit panneau discret indiquait qu'il y avait des chambres à louer.

— Saluez Mme Slater de ma part, nous dit-il au moment où nous descendions.

— Promis, lui répondis-je. Alors, dans deux heures ?

— Dans deux heures.

Dès que Todd fut reparti, Rebecca me déclara :

— Tu vois, Brenda, je m'inquiétais de te savoir seule avec lui mais, si le seul moyen pour lui de te revoir est de te proposer de l'aider au garage, je crois qu'on peut avoir confiance en lui.

Toutes les trois éclatèrent de rire tandis que je devenais rouge comme une pivoine.

Sans doute devais-je mourir de faim car Mme Slater me fit l'effet d'un menu à elle toute seule. A peine plus grande que Janet, elle était à peu près aussi ronde et dodue qu'une dinde de Thanksgiving. Ses bajoues remuaient comme de la gelée quand elle marchait — ou, plus exactement, se dandinait. Ses cheveux couleur de lait étaient ramassés sur sa nuque en un chignon en forme de brioche et retenus sur les côtés par des barrettes brunes qui avaient la texture du chocolat.

Elle avait des yeux couleur menthe, à la fois brillants et tendres — des yeux de grand-mère, comme aurait dit Janet. Ses bras me faisaient penser à des miches de pain de seigle et ses doigts potelés, dont l'un portait une alliance, étaient comme de la pâte fraîche.

Quoique assez petite, la maison me parut agréable et chaleureuse, d'autant qu'il y flottait une délicieuse odeur de tarte aux pommes. Mme Slater avait chez elle un autre pensionnaire, un vendeur du nom de M. Franklin.

— Je suis ravie que Todd vous ait recommandé de venir ici, nous dit-elle. Comme d'habitude, j'ai préparé un dîner pour un régiment.

Elle nous proposa deux chambres et nous choisîmes de nous installer comme à Lakewood House : Janet et Crystal dans l'une, Rebecca et moi dans l'autre. Comme nous devions partager la salle de bain avec M. Franklin, notre hôte nous pria de nous montrer prévenantes avec lui. Rebecca était heureuse car elle allait enfin pouvoir prendre une douche chaude et se laver les cheveux.

— Finalement, on a peut-être eu de la chance d'avoir cette panne... commenta-t-elle en souriant.

— Tu vois, lui dit Crystal avec entrain, ça fait du bien de considérer le bon côté des choses.

— Oui, youpi ! s'écria Rebecca avant de se précipiter vers la salle de bain.

Plus tard, alors que nous finissions de dîner, elle se pencha vers moi et murmura :

— Peut-être que je devrais t'accompagner au garage... je te servirais de chaperon. Todd t'aime bien, ça se voit comme le nez au milieu de la figure.

— Non, répliquai-je peut-être un peu trop vivement car elle haussa les sourcils. Todd et moi, on n'a pas le temps de devenir amis. Il faut que la voiture soit réparée ce soir pour qu'on puisse repartir tôt, demain matin.

Loin de paraître convaincue, elle secoua lentement la tête.

— En tout cas, tu ne pourras pas dire que je ne t'ai pas prévenue.

Crystal, qui sentait la tension monter quelque peu entre nous, vint à la rescousse.

— Rebecca, je crois qu'on a toutes appris quelque chose de ton expérience avec Taylor. Je suis sûre que Brenda sera prudente.

Sur ces paroles, elle me jeta un regard des plus significatifs. Janet me prit alors le bras et m'avoua :

— Je trouve Todd terriblement beau, tu sais. Tu le laisseras t'embrasser, s'il te le demande ?

— Mais, vous avez fini ! m'exclamai-je. Je ne sors pas, ce soir. Je vais simplement aider Todd à réparer notre voiture.

C'était bien sûr à contrecœur que je me révoltais d'autant que j'avais le plus grand mal à dissimuler la rougeur qui envahissait mes joues. Quant à Crystal, elle avait le plus grand mal à ne pas se moquer de moi.

— Hum... vous ne trouvez pas que mademoiselle proteste avec un peu trop de véhémence ?

En les voyant rire ainsi, je me demandai si Rebecca n'avait pas raison de me mettre en garde. Et, si Todd avait vraiment un penchant pour moi, est-ce que je le laisserais m'embrasser ?

Torturée par toutes sortes de questions, ce fut à peine si j'entendis sa voiture s'arrêter devant la maison de Mme Slater. Les jambes tremblantes, je me levai, murmurai un vague bonsoir à mes sœurs et sortis. Une fois dehors, avant de monter dans la Chevrolet, je me retournai vers la façade et je vis leurs trois visages curieux littéralement scotchés à la fenêtre.

Elles me parurent alors si inquiètes que je me demandai un instant si elles parvenaient à voir dans mon avenir. Dans ce cas, ce qu'elles voyaient avait l'air de les effrayer.

11

De nouveaux amis

— Alors, quel effet ça fait d'être orpheline? me demanda Todd tandis que nous repartions vers son garage.

— Eh bien, je n'ai jamais su qui était mon père et je ne sais pas non plus si j'ai des frères et des sœurs.

— Et ta mère? Tu l'as connue?

— Pas vraiment. Tu vois ce ruban, lui dis-je en lui montrant le bout de tissu noué autour de mon poignet, c'est la seule chose que j'ai d'elle. Elle me l'avait attaché dans les cheveux avant de me laisser à l'Assistance et quelqu'un a eu le bon sens de le garder pour moi. Il était rouge, à l'époque, mais, tu vois, il est devenu rose pâle avec le temps.

Arrivés devant le garage, nous descendîmes de voiture et Todd déverrouilla la porte métallique qui se souleva dans un bruit d'enfer. Puis il alluma les néons qui clignotèrent un instant avant de diffuser leur lumière bleue et blafarde.

Garée dans un coin, la Buick de Gordon nous attendait, le capot ouvert. Todd s'empara alors de la pompe à eau et l'étudia un moment.

— Comment allait ton père, ce soir? lui demandai-je doucement.

Sans lever la tête, il me répondit :

— Il dormait quand je suis rentré et dormait encore quand je suis reparti.

Branchant une lampe supplémentaire, il la dirigea vers le moteur. Je lui proposai de la tenir moi-même pendant qu'il examinait la pompe hors d'usage pour décider de quel outil il se servirait, comme un chirurgien choisit ses instruments.

— Tu as dû faire de la mécanique toute ta vie, j'imagine.

— Dès que j'ai pu tenir une clé dans mes mains, oui. Je ne devais pas avoir plus de quatorze ans quand papa a commencé à me laisser m'occuper seul du garage. Lui, il partait rendre quelques menus services à droite et à gauche et, le plus souvent, ça se terminait dans un bar devant une bouteille. C'était toujours censé être une petite bière rapide mais il y restait des heures. Et le travail s'amoncelait. Les clients s'énervaient parce que leur voiture n'était jamais prête à temps et moi, je devais inventer des histoires pour les calmer.

— Tu sais ? ajouta-t-il avant de tourner la tête vers moi.

— Non...

— Je crois que toi et moi on n'est pas si différents que ça. J'ai bien eu un père et une mère mais, la plupart du temps, c'est comme si je n'avais pas eu de parents. Après le départ de maman, c'est moi qui faisais les repas, qui lavais le linge et qui nettoyais la maison.

Se replongeant dans l'étude du moteur, il ajouta, avec un sourire :

— Il m'arrivait même d'écrire mes propres mots d'excuse pour l'école, quand j'étais absent. J'ai appris à imiter parfaitement la signature de mon père. Aujourd'hui, dans le voisinage, on parle de mon garage plutôt que celui de papa. Mais il s'en fiche.

J'attendis un instant avant de lui dire :

— Je comprends ce que tu as vécu. Mais, au moins, tu n'as pas passé ton enfance à l'Assistance publique ou dans une famille d'adoption.

— Bien sûr, et j'imagine que vous avez dû en baver, toutes les quatre. Assez pour vous enfuir sans un sou en poche, c'est ça ?

— On avait un peu d'argent, lui précisai-je avant de lui raconter notre mésaventure avec Quart de Lune.

Todd m'écouta tout en continuant de bricoler et, bientôt, la pompe hors d'usage fut retirée et remplacée par celle que nous avions récupérée chez Lefty. Il ne restait qu'à la fixer puis à changer la durite abîmée.

— La route, ce n'est pas un endroit pour vous, me dit-il tout d'un coup. En voyageant seules comme ça, vous courez beaucoup trop de risques. J'espère que vous trouverez bientôt ce que vous cherchez et que vous finirez par vous poser quelque part.

— Moi aussi...

S'essuyant les mains sur un chiffon, il me proposa :

— Tu veux boire quelque chose de frais ? J'ai du coca ou de la bière.

— Je prendrai bien un coca, merci.

Dans le frigo de son bureau il trouva deux canettes de Coke et me proposa de m'asseoir à côté de lui sur un petit banc de bois. Nous regardions pensivement le break quand il me demanda :

— Alors, à qui est cette Buick ?

Je ne répondis pas.

— Elle ne peut pas vous appartenir si vous êtes orphelines, je me trompe ?

— Elle appartient à la créature qui dirige avec sa femme notre foyer d'accueil.

— Gordon Tooey ?

— Oui. Comment le sais-tu ?

— J'ai regardé les papiers qui se trouvent dans la boîte à gants, m'avoua-t-il avant d'avaler une gorgée de coca. Ce n'est pas rien de voler une voiture.

— Maintenant, tu te rends compte à quel point on avait besoin de fuir cet endroit.

— Oui... Mais le Gordon en question, comment est-ce qu'il va prendre ça ?

— Sûrement très mal. Crystal a d'ailleurs terriblement peur qu'il ne se lance à notre poursuite.

— Vous êtes donc des fugitives, commenta-t-il d'un air songeur avant de se tourner vers moi. A te voir comme ça, tu n'as pas l'air d'une hors-la-loi, pourtant.

Nous nous regardâmes durant un long instant, chacun essayant de jauger l'autre, de percer ses mystères et, à un certain point, je finis même par me demander si je lui rappelais quelqu'un. Toutefois, aucun de nous ne paraissait intimidé par cette observation mutuelle; j'en éprouvai au contraire une sensation très agréable. J'aimais la façon dont ses yeux se promenaient sur moi, me caressaient, comme s'il voulait m'imprimer à jamais dans sa mémoire.

Puis, Todd se détourna et dirigea son regard vers la porte d'où l'on apercevait le ciel étoilé.

— C'est une très belle nuit, murmura-t-il. C'est en fait la période de l'année que je préfère. La fin du printemps est tiède, mais pas assez chaude pour que l'humidité devienne insupportable et j'en profite pour passer de longues heures à écouter les oiseaux ou à regarder les étoiles. J'aime cette saison mais je la déteste aussi.

— Tu la détestes ? Pourquoi ? Tu en parles comme le ferait un poète, pourtant. Crystal adorerait t'écouter.

Il se mit à rire.

— Un poète... Mon ancien professeur d'anglais piquerait une crise d'hystérie si elle t'entendait dire ça.

— Mais, pourquoi dis-tu que tu détestes cette époque de l'année ? insistai-je.

— Je ne sais pas. C'est peut-être parce que, en cette période, je me sens plus seul que d'habitude.

Sur ces paroles, Todd posa sa canette par terre, se leva et retourna vers la voiture.

Restée sur le banc, je le regardai réparer la durite percée, sentant mon cœur palpiter comme jamais il ne l'avait fait auparavant. Alors, je me levai à mon tour et le rejoignis tandis qu'il se battait avec un boulon grippé.

— Tu as une petite amie ? lâchai-je tout à trac en regrettant aussitôt cette stupide question.

Le genre de question qu'on ne veut pas poser tant on redoute d'en entendre la réponse, mais qu'il est impossible de garder pour soi tant elle nous taraude aussi.

— J'*avais* une petite amie, corrigea-t-il. On a rompu il y a trois mois.

Sans me laisser le temps de lui demander pourquoi, il ajouta :

— Elle essayait par tous les moyens de me pousser à faire quelque chose que je ne désirais pas.

Todd aspergea d'huile le boulon, qui finit par céder et, au bout de quelques tours de clé, il le brandit sous mes yeux comme une pépite d'or qu'il aurait découverte.

— Ça y est ! s'écria-t-il avec un sourire avant de me considérer d'un air grave. Tu as un nez ravissant, tu sais. Mais j'imagine qu'on a dû te le dire des centaines de fois.

Ce compliment me prit tellement de court que j'en eus un instant le souffle coupé. Sans attendre de réponse, Todd replongea dans le moteur de la Buick.

— Non, lui soufflai-je. Jamais.

Il se retourna, me regarda par-dessus son épaule en fronçant les sourcils comme s'il ne me croyait pas puis se remit au travail. Je continuai de l'observer mais mon cœur battait si fort que je n'étais pas certaine de pouvoir tenir longtemps la lampe qu'il m'avait confiée. Pourtant, Todd ne parut pas remarquer combien ma main tremblait.

Au bout d'un moment, il se redressa et annonça :

— Terminé. Maintenant, on va voir si ça marche. Tu veux bien te mettre au volant pour démarrer ?

Je m'exécutai et Todd observa soigneusement le moteur en train de tourner.

— Regarde la jauge, me demanda-t-il. Qu'est-ce qu'elle indique ?

— C'est revenu à la normale, lui lançai-je. Mais il faudra peut-être la faire rouler un peu, pour voir.

— Laisse déjà le moteur tourner pendant un moment, me suggéra-t-il.

Au bout de quelques minutes, il me demanda de nouveau de vérifier la jauge et je lui annonçai que tout allait bien.

— Eh bien, je peux vous dire que vous avez de la chance, les filles, conclut-il. Tu peux couper le moteur, maintenant.

Tout en nettoyant et en rangeant ses outils, Todd me demanda :

— Alors, où est-ce que vous comptez atterrir à la fin de votre virée ?

— On voudrait aller à Los Angeles. On espère dégoter là-bas un endroit pas trop cher où habiter et travailler. Crystal désire terminer ses études et on aimerait trouver une école de danse pour Janet.

— Janet ? Celle qui est toute menue ? Elle me paraît bien fragile pour ce genre d'aventure.

— C'est vrai, mais on est là pour la protéger.

— Tu crois que ça suffit, Brenda ?

Je dus afficher un air vexé car il réagit aussitôt.

— Excuse-moi mais j'ai tendance à me montrer un peu brutalement réaliste, parfois.

— Ce n'est rien, soupirai-je. Tu sais, Todd, je ne connais pas toutes les réponses. Je sais seulement que nous détestions l'endroit où nous vivions et ce qui se passait là-bas. On se sentait prises au piège, comme des marchandises entreposées sur des étagères et dont personne ne voulait. Peut-être qu'on est folles. Peut-être qu'on a agi de façon stupide mais on a décidé de prendre notre vie en charge même si ça devait ne durer qu'un temps, et je peux t'assurer que c'était pour nous une sensation merveilleuse. Quand je me suis assise au volant de cette voiture et qu'on a pu quitter cette maison...

— Oui ? interrogea-t-il devant mon hésitation.

— Je ne sais pas... Je me suis sentie si libre, si puissante. Je... j'avais l'impression de revivre. Je dois te paraître ridicule, en fait.

— Non, au contraire, je trouve que tu es une fille formidable.

Une fois de plus, je sentis mes joues s'enflammer.

— Je comprends parfaitement ce que tu devais éprouver.

Il se dirigea vers l'entrée du garage et je le suivis. Durant un long moment, il contempla la campagne qui s'étendait devant nous.

— Parfois, cet endroit me met d'une humeur étrange, avoua-t-il. J'éprouve alors un sentiment de gâchis, comme si j'avais perdu les meilleurs moments de ma vie, et il me prend l'envie irrésistible de courir à leur poursuite. Je crois que je ressens la même peur que toi, là-bas. Je me sens seul et pris au piège.

Nous sortîmes et marchâmes dans la nuit tandis qu'il poursuivait :

— Parfois, je vois passer une voiture avec une plaque d'un autre État et je n'ai qu'une envie : m'enfuir d'ici, en conduisant le plus loin possible jusqu'à tomber en panne d'essence. Peu importe l'endroit où j'aboutirais, je sais que j'y resterais et que je m'y construirais une nouvelle vie.

— Qu'est-ce qui t'en empêche ? murmurai-je sans le regarder.

Il haussa les épaules.

— La présence de mon père, sans doute. Il n'a plus que moi, même si, la plupart du temps, il ne sait pas que je suis dans le coin. Et puis, je finis toujours par me demander ce que je trouverais là-bas, si je partais. Au moins, ici, j'ai quelque chose. Ce n'est pas énorme, je sais, mais ça m'appartient et je suis mon propre patron. Il n'y a pas beaucoup de garçons de mon âge qui peuvent en dire autant.

Au coin du garage, se trouvait un vieux pick-up à moitié rouillé, dont les pneus étaient à plat. D'un mouvement souple, Todd se hissa à l'arrière et s'assit sur le bord, les jambes pendantes. En m'aidant du pare-chocs, je sautai à ses côtés, avec une telle aisance qu'il se mit à rire.

— Dis donc, tu es drôlement agile.

— Je peux me tenir sur la tête, aussi, plaisantai-je, mais ne me demande surtout pas de le faire !

En cette nuit sans lune, les étoiles étincelaient magnifiquement. Tout était calme autour de nous, pas un bruit ne venait troubler le silence de la campagne.

— Il n'y a pas beaucoup de voitures à cette heure, remarquai-je d'une voix neutre.

— Non, répondit-il en s'appuyant sur les coudes.

Il trouva un brin d'herbe sèche qu'il se mit à mâchonner.

— Et toi, Brenda ? Tu as laissé un petit ami, là-bas ?
— Non.
— Allez, tu as bien dû abandonner quelques malheureux, insista-t-il.

— Personne de bien important, en tout cas, finis-je par admettre.

— Qu'est-ce que tu veux dire ? C'est impossible. Comment un garçon pourrait-il ne pas tomber fou amoureux de toi ?

Il avait l'air parfaitement sérieux en disant cela et je pris cette réflexion pour un nouveau compliment.

— C'est ce que je me demande chaque jour, plaisantai-je, soudain mal à l'aise.

Alors, Todd partit d'un grand rire avant de s'arrêter subitement et de plonger son regard dans le mien. Dans l'obscurité, ses merveilleux yeux sombres brillaient d'une lueur magique. Puis, il s'approcha de moi pour ne plus se trouver qu'à quelques centimètres de mon corps. Comme je n'eus aucun mouvement de recul quand ses lèvres effleurèrent les miennes, il osa s'aventurer plus loin et m'embrassa avec fougue en me pressant contre lui.

— Tu me plais beaucoup, Brenda, tu sais...
— Toi aussi, Todd, tu me plais beaucoup.
— Tu ne peux pas savoir comme je suis heureux que ta voiture soit tombée en panne.
— Si, je l'imagine.

Nous nous embrassâmes encore avant de nous allonger sur la tôle froide et rouillée du pick-up. Todd tendit un bras de façon que ma tête vienne y reposer et je me blottis alors contre son torse. Au-dessus de nous, les étoiles scintillaient dans le ciel noir et j'éprouvai une sorte de vertige à me retrouver ainsi couchée entre les bras de ce garçon dont le cœur battait si fort contre le mien.

Il posa ses lèvres sur mon front puis, lentement, les laissa descendre le long de mon nez pour s'y arrêter un instant avant de rejoindre ma bouche, qu'il embrassa de nouveau. Ce baiser fut long, plus chaud et plus doux que le précédent, et je sentis une délicieuse torpeur m'envahir.

Tremblante d'émotion, je lui passai une main dans les cheveux et les peignai tendrement en lui caressant la nuque. J'entendis Todd gémir de plaisir et je sentis le désir monter en lui. Il se rapprocha encore et sa main glissa le long de mon bras pour venir effleurer ma poitrine. Je me tournai alors vers lui et enfouis mon visage dans le creux de son épaule. Un peu désemparé, il ne lui resta plus qu'à m'embrasser le front puis à me mordiller doucement l'oreille.

Au bout d'un instant, Todd se mit à genoux puis, d'un geste tendre, m'attira plus loin vers le fond du pick-up si bien que nous étions à présent totalement cachés par les parois latérales. Oubliée là depuis des années sans doute, se trouvait une balle de foin sur laquelle j'appuyai ma tête. Penché sur moi, Todd abaissa les bretelles de sa salopette et ôta son T-shirt, dévoilant un torse puissant qui parut luire dans l'obscurité.

— Tu sais que tu me fais revivre, Brenda, souffla-t-il avant de m'embrasser une nouvelle fois.

Ses doigts remontèrent sous mon sweat-shirt et je relevai un peu le dos de façon à le faire glisser plus aisément par-dessus ma tête. Déposant de légers baisers sur ma nuque, Todd entreprit de défaire mon soutien-gorge et, lorsque je sentis les agrafes céder sous ses doigts, mon cœur s'arrêta de battre avant de se lancer dans un galop effréné.

Mais il ne se pressa nullement pour me déshabiller. Durant un instant qui me parut une éternité, il passa les lèvres sur chaque parcelle de ma peau tout en caressant ma poitrine que je sentais en feu. Jamais auparavant je n'étais allée aussi loin avec un garçon et j'étais si émue que je pouvais à peine respirer.

Aucune voix en moi ne me dictait d'arrêter. Je n'éprouvais aucune peur, je n'avais pas le moindre doute et je fus même surprise par mon propre enthousiasme à continuer, à explorer plus avant encore mes sentiments.

Todd se montrait si différent des autres garçons que j'avais fréquentés. Chaque fois qu'il me touchait, c'était un peu comme s'il m'en demandait la permission, comme s'il voulait être certain que j'en avais envie. Il me donnait l'impression de chercher à ce que je le désire autant qu'il me désirait.

Cela représentait pour moi l'amour le plus romantique qui puisse exister, celui dont toutes les filles de mon âge rêvaient sans avoir jamais pu le connaître. Et voilà que cet amour m'était offert, qu'il envahissait mon cœur, qu'il me brûlait comme jamais je n'aurais pu le croire.

Le désir de lui me submergeait à tel point que j'en gémissais.

— Brenda... murmura Todd dans un souffle. Tu es si belle. Jamais je n'ai vu une fille comme toi.

Je découvris vite que ces mots avaient le pouvoir d'étinceler comme des bijoux. Ils voyagèrent à travers mon esprit jusqu'à atteindre le plus profond de mon âme, réveillant de façon merveilleuse la femme qui était en moi et que, jusque-là, j'avais préféré ignorer. Plus que tout au monde, maintenant, je désirais cet homme.

Je sentis ses jambes se glisser entre les miennes et je me pressai violemment contre lui. Enlacés, nous nous embrassâmes avec passion, chacun buvant avec avidité les lèvres de l'autre. Emportée par un tourbillon de sensations merveilleuses et nouvelles, ce fut à peine si je me rendis compte que ses doigts défaisaient la fermeture de mon jean. Et, avant même que j'aie le temps de réagir, la main de Todd se glissait là où jamais aucune main ne s'était aventurée.

Sa respiration semblait si haletante, à présent, que j'en fus effrayée.

— Todd, lui dis-je doucement, je n'ai jamais fait ça, tu sais...

— Je sais, répondit-il d'une voix rauque, et jamais je n'ai autant désiré une femme qu'en ce moment.

Ses paroles m'hypnotisaient littéralement. Pourtant, une toute petite voix au fond de moi parvint à se faire entendre. Elle prononça mon nom et je crus deviner en moi la voix de ma mère, un son que j'avais dû souvent percevoir lorsque j'étais bébé, un son que j'avais enterré tout au fond de moi-même et qui ne ressuscitait que lorsque j'avais intensément besoin de l'entendre.

Todd s'était débarrassé de sa salopette et je sentis sa nudité contre mon corps. Ses doigts s'affairèrent alors sur mon slip mais il s'arrêta net quand il s'aperçut que je ne me montrais pas aussi coopérante qu'au début.

— J'ai peur, le suppliai-je. On va trop vite. Todd, s'il te plaît...

Il se laissa tomber sur moi et répliqua :

— Tu as raison, on va trop vite. Mais, demain, tu t'en vas, Brenda.

— Oui, et je ne t'oublierai pas pour autant, tu peux t'en douter.

Sa respiration ralentit un peu et il appuya son front contre mon épaule, paraissant endurer le pire des supplices.

— Ça va ? lui demandai-je.

— Oui. Laisse-moi juste reprendre mes esprits.

Son corps reposant sur le mien, il m'entoura de ses bras et, ensemble, nous écoutâmes nos cœurs battre comme des tambours dans la jungle. Quels messages pouvaient-ils bien échanger alors ? Enfin, Todd se retourna et s'allongea sur le dos à côté de moi. D'une main leste, il remonta sa salopette sur ses hanches non sans lâcher un profond soupir.

A mon tour, je remis mon soutien-gorge et récupérai mon sweat-shirt qui avait volé derrière ma tête.

— Je suis désolée, soufflai-je.

— Tu n'as pas à être désolée, Brenda. Tu m'as fait quelque chose dès le moment où je t'ai vue et je n'ai pas pu résister. Je ne suis pas comme ça, d'habitude, il faut que tu me croies.

Il s'assit, ramena ses genoux contre son torse et y appuya la tête.

— Tu sais, me confia-t-il alors, j'ai peur d'être comme ma mère, égoïste et immoral. Je crains que ce ne soit dans mes gènes. Je déteste la façon dont les hommes la traitaient et je m'en voudrais de faire la même chose avec une femme. Avec toi, pourtant, c'était différent. Je n'arrivais pas à me contrôler...

— Je sais, Todd. Moi non plus, je ne pouvais pas lutter contre mes sentiments.

Je vis son sourire briller sous les étoiles.

— Tes amies vont peut-être s'inquiéter et se demander où tu es, me dit-il doucement.

— Non, elles n'ont aucune idée du temps qu'il faut pour réparer une panne.

— Tu peux rentrer dans ta voiture, maintenant, si tu veux, me proposa-t-il à contrecœur.

— Oh, je ne suis pas pressée.

Je posai la tête sur ses genoux et tournai les yeux vers lui.

— Alors, c'est donc ça le coup de foudre ? demanda-t-il en regardant le ciel. Bon sang, je ne sais même pas si je dois en rire ou en pleurer.

— Il vaut mieux en rire, non ? Moi, je peux te dire que ça me rend heureuse.

— Tu es vraiment sûre de ne pas m'oublier ?

— C'est toi qui m'oublieras le premier, répliquai-je avec un éclat de rire.

— D'accord, les paris sont ouverts. Dès que tu atterris quelque part, tu m'écris ou tu m'appelles et je m'offre mes premières vacances pour venir te voir.

— Promis ?

— Je te le jure sur chaque étoile du ciel. Chaque fois que tu observeras la nuit, tu penseras à moi et à ma promesse. Souviens-toi seulement que j'attends ici et... ne m'abandonne pas.

— Oh, Todd... Si au moins je savais où on va atterrir. J'ai peur, maintenant. Et, c'est moi le chef. C'est moi qui les ai décidées à partir.

— Tu trouveras quelque chose, Brenda. Tu es du genre à retomber sur tes pieds, je l'ai tout de suite compris. Je parie n'importe quoi que tu réussiras.

Je me mis à rire.

— Effectivement, tu parles comme quelqu'un qui est amoureux parce que les amoureux sont aveugles devant la réalité.

— Qui est-ce qui t'a raconté ça ?

— Personne. C'est une déduction que j'ai faite toute seule.

— Je t'ai dit que j'étais bien trop réaliste, au contraire. Tes déductions ne s'appliquent pas à moi.

— Oh, que si ! Je me suis enfuie d'un orphelinat, j'ai volé une voiture, je ne sais pas où je vais ni même ce que je ferai quand je serai là-bas et tu prétends que je retomberai sur mes pieds. Tu trouves que c'est réaliste de penser ça ?

— Oui. En ce qui te concerne, je crois que je suis très réaliste.

Je levai un bras que je lui passai autour du cou et Todd baissa la tête pour que sa bouche rencontre la mienne. Ce fut peut-être là notre baiser le plus délicieux parce qu'il scellait une promesse entre nous.

Une promesse d'amour éternel ?

Mme Slater ne m'avait pas dit qu'elle fermait la porte d'entrée après onze heures du soir. Je fus donc forcée de sonner puis, comme personne ne vint, de frapper à plusieurs reprises pour qu'elle m'entende. Enfin, elle arriva et m'ouvrit. Elle portait un peignoir brun sombre bien trop grand pour elle ainsi que des pantoufles d'homme.

— Je suis désolée de vous réveiller à cette heure, lui dis-je sur un ton penaud.

— Je ne savais pas que vous étiez dehors, ma petite. Je ferme toujours la porte à onze heures, à moins qu'on ne me demande expressément de la laisser ouverte. Je vous croyais au lit là-haut, avec les autres. Où étiez-vous ?

— J'aidais à réparer la voiture. Merci d'être descendue m'ouvrir. Bonne nuit, madame Slater.

Sans lui laisser le temps de me poser d'autres questions, je me dépêchai de monter l'escalier vers la chambre que je partageais avec Rebecca. Loin d'être endormie, celle-ci m'attendait assise dans son lit, les mains passées derrière la tête, sa petite lampe de chevet allumée.

— Ne me dis rien, me lança-t-elle à voix basse dès que je fus à l'intérieur. Je lis tout sur ton visage.

— Quoi ?

Elle se mit à rire et regarda sa montre.

— Il vous a vraiment fallu quatre heures pour réparer la pompe à eau ?

— C'était difficile, tu sais. La vieille pompe était complètement rouillée et...

— Brenda... pas à moi, s'il te plaît, plaisanta-t-elle malgré le brin de tristesse que je devinais dans sa voix.

Elle aussi était tombée amoureuse d'un garçon, peu de temps avant, et les blessures qu'il lui avait infligées la marquaient encore.

— Oh, Rebecca... lâchai-je en venant m'asseoir à côté d'elle.

Son sourire s'évanouit aussitôt.

— Qu'est-ce qu'il y a ? demanda-t-elle avec davantage d'inquiétude que de curiosité.

— Je crois... je sais que je suis amoureuse.

— Amoureuse... ? Toi ? Attends, tu le connais à peine, Brenda. Tu ne parles pas sérieusement.

— Et pourquoi pas ?

— Mais parce que tu viens juste de le rencontrer, pardi ! Tu sais ce qui peut arriver si tu vas trop vite. Tu ne veux tout de même pas qu'il t'arrive une mésaventure comme la mienne ?

Il y avait tant d'amertume dans sa voix que je ne demandais qu'à suivre ses conseils mais mon cœur me soutenait que c'était différent pour Todd et moi.

— Je sais que tu as raison, Rebecca, et je regrette vraiment que Taylor ne t'ait brisé le cœur mais Todd n'est pas comme lui, je le sais.

Rebecca plongea son regard dans le mien puis se cala contre son oreiller.

— Dis-moi ce qui est arrivé, Brenda. Je voudrais tellement croire que tu ne te trompes pas sur lui.

— En fait, je ne suis pas allée là-bas avec lui dans l'espoir qu'il se passerait quelque chose de romantique. Je peux te l'assurer, Rebecca. On a parlé un peu et je l'ai aidé à réparer la pompe.

Comme elle commençait à rire, je lui jetai un regard incendiaire.

— Désolée, Brenda. Mais, tu sais, un garage est bien le dernier endroit où je m'attendrais à vivre quelque chose de romantique.

Serrant les lèvres, elle se força à m'écouter sans sourire.

— C'est un garçon très sensible, poursuivis-je, et j'en arrive même à m'apitoyer davantage sur lui que sur moi-même. Son père est alcoolique et sa mère s'est enfuie avec un autre homme, il y a de cela des années.

— Et alors, c'est ça qui fait de lui M. Loyal ?

— On ne peut tout de même pas lui reprocher les erreurs de ses parents, Rebecca. Ça te plairait si on nous mettait sur le dos les dérapages des nôtres ?

— Non... avoua-t-elle. Tu as raison, ça n'a rien à voir.

— Il a rompu avec une fille, récemment. J'imagine qu'elle ne lui convenait pas, même si elle voulait aller très loin avec lui.

— Hum... je vois, commenta-t-elle en fronçant les sourcils.

— Qu'est-ce que ça veut dire, Rebecca ?

— Eh bien, parfois, les garçons se montrent plus passionnés ou plus gentils quand ils sortent d'une histoire d'amour ratée. Ils souffrent, ils ont le cœur brisé et ils tombent sur des filles comme toi qui les aident à panser leurs blessures.

— Todd n'avait pas le cœur brisé. C'est plutôt elle qui a été malheureuse.

Rebecca hocha la tête mais garda cependant un air sceptique.

— On a parlé un peu, continuai-je, puis on est sortis s'installer à l'arrière d'un pick-up.

— A l'arrière d'un pick-up ?

— Oui, je sais, ce n'est pas très romantique mais ça s'est trouvé comme ça. Tu vois, on n'avait rien prévu.

— D'accord, dit-elle d'un air impatient. Et alors, qu'est-ce qui s'est passé ?

— On s'est embrassés et...

— Et... ?

— On s'est encore embrassés, longtemps et... on s'est arrêté avant qu'il ne soit trop tard.

Comme elle restait silencieuse, je baissai les yeux avant d'ajouter :

— Mais, tu vois, j'ai dû me forcer ; je n'avais vraiment pas envie d'arrêter.

— A ce point-là ? Alors, c'est qu'il se passe réellement quelque chose entre vous.

Me posant une main sur l'épaule, Rebecca me demanda :

— Qu'est-ce que tu vas faire ?

— Rien. Qu'est-ce que je peux faire ? Je lui ai promis de lui écrire quand on se sera enfin posées quelque part et, de son côté, il a promis de venir me voir là-bas.

— A mon avis, me dit-elle avec un petit sourire en se calant de nouveau contre son oreiller, il n'est pas impossible qu'il vienne. D'après ce que tu me racontes, il a l'air d'être gentil et plus honnête que les autres. Et, si je me suis montrée tellement méfiante à son égard, c'est parce que je ne voulais pas qu'il t'arrive la même chose qu'à moi.

Je vis à son expression qu'elle était sincère et je l'en remerciai. Nous nous embrassâmes et je partis me laver les dents avant de me coucher.

Plus tard, dans l'obscurité de la chambre, juste avant que je ne m'endorme, Rebecca m'appela.

— Brenda... ?

— Oui ?

— Tu sais que tu as de la chance d'avoir quelqu'un dans tes rêves ?
— Et si ce n'étaient que des rêves, justement ?
— Ce sera plus que ça pour toi, j'en suis certaine.
— Comment le sais-tu ?
— Comment je le sais ? Je le sais parce que je suis jalouse, voilà tout.

Je me demandai alors combien de temps il lui faudrait pour oublier complètement Taylor.

— Bonne nuit, Rebecca. Et merci.
— Tu n'as pas besoin de me remercier. Tu es ma sœur, Brenda.
— Pour toujours, oui.

Le lendemain matin, Rebecca ne parla ni à Crystal ni à Janet de ce que je lui avais dit. Elles s'étaient endormies rapidement la veille et n'avaient donc pas remarqué à quelle heure j'étais rentrée. Comme d'habitude, ce fut Crystal qui nous réveilla.

— La voiture est réparée ? me demanda-t-elle tandis que j'ouvrais les paupières avec peine.
— Oui. Elle est dehors.
— On prend le petit déjeuner ici, les filles. Alors, levez-vous vite.

Je secouai Rebecca qui marmonna une réponse incompréhensible avant de se glisser la tête sous l'oreiller. Crystal la secoua à son tour et, au bout de quelques minutes, elle se leva, s'habilla et descendit comme une somnambule au rez-de-chaussée.

Nous eûmes droit à un délicieux petit déjeuner et Mme Slater se révéla être une hôtesse charmante. Elle bavarda avec nous de tout et de rien et la légère curiosité qu'elle montra à notre sujet n'avait rien de menaçant. Comme tout le monde, elle tomba sous le charme de Janet qui ne manqua pas de lui distiller son regard de petite chatte abandonnée en mal d'affection.

Après le repas, Crystal et moi préparâmes l'itinéraire de la journée et nous tentâmes de décider où nous nous arrêterions le soir.

— Il nous reste un peu plus de cent dollars, me dit-elle. On devrait arriver à Los Angeles dans environ deux jours. Qu'est-ce qu'on fera, alors ?

— On cherchera du travail, dans les bars, dans les restaurants... Peut-être qu'on vendra cette voiture.

— Tu veux vendre le break ? Mais comment ? Il ne nous appartient même pas.

— Là-bas, il y a plein de gens qui s'en moquent et qui seront trop contents de le racheter.

— Mais, comment et où trouver ces gens, Brenda ? Et puis, on ne va pas vendre quelque chose qu'on a emprunté, ça ne se fait pas.

Effectivement, tant que nous restions persuadées que nous n'avions fait qu'emprunter cette voiture, nous ne nous considérions pas comme des voleuses. Mais, à partir du moment où nous décidions de la vendre...

— On trouvera quelque chose, Crystal, tu verras, tentai-je de la rassurer.

J'avais promis à Todd de nous arrêter à son garage avant de prendre la route mais j'hésitais un peu, à présent, et je me demandais si nous n'allions pas partir directement. Je savais cependant qu'un départ sans au revoir le blesserait autant que moi.

— Vous êtes prêtes ? lança Rebecca en virevoltant dans l'entrée. Californie, nous voilà !

Janet nous rejoignit, chargée d'un carton entier de nourriture que nous avait gentiment préparé Mme Slater.

— Elle ne voulait pas nous laisser partir sans emporter de quoi manger, précisa-t-elle en regagnant la voiture.

Une fois encore, nous avions trouvé quelqu'un qui semblait s'attacher à nous au moment où nous devions nous en aller. Nous montâmes dans le break et je mis le moteur en route. Mme Slater apparut alors à la porte et nous fit de nombreux signes d'adieu avant que nous ne nous éloignions.

Nous reprîmes la route et, quelques kilomètres plus loin, comme nous arrivions devant l'établissement de Todd, je ralentis.

— Je m'arrête un instant pour lui dire au revoir, lançai-je d'une voix légère.

— Ah bon ? s'étonna Crystal.

J'arrêtai le break devant l'entrée et je sortis retrouver Todd. Je l'aperçus au fond du garage, allongé sous une voiture qu'il était en train de réparer. Au bruit de mes pas, il marmonna quelque chose puis s'extirpa de sous le véhicule.

— On s'en va, lui dis-je tranquillement.

Il se leva et regarda dehors pour apercevoir le break où attendaient les autres, non sans nous dévorer des yeux. Todd me fit signe de le suivre vers un coin un peu moins visible et, là, il m'embrassa avec passion.

— Brenda, promets-moi que, si vous vous trouvez en difficulté quelque part, tu m'appelleras immédiatement. Tu le feras ?

— Oui.

— Je me suis fait faire des cartes de visite, l'année dernière. J'en ai un tiroir plein, attends.

Il partit fouiller dans son bureau et en revint avec une petite carte qu'il glissa dans la poche arrière de mon jean.

— Regarde-la de temps en temps pour ne pas m'oublier.

— Je ne t'oublierai pas, Todd, tu le sais. Je penserai à toi tout le temps, au contraire.

— Vraiment ? sourit-il. Je l'espère, en tout cas. Tu m'appelleras dès que tu seras là-bas, promis ?

— Promis.

— Tu sais, tu me fais l'effet d'un miracle arrivé dans ma vie pour s'envoler aussi vite.

— Je ne m'envole pas.

Nous nous regardâmes longuement. J'avais le cœur affreusement lourd.

— Il vaut mieux que je parte, maintenant, soufflai-je d'une voix à peine audible.

Je baissai les yeux mais, d'un doigt sous le menton, Todd me fit relever la tête.

— Il faut que j'imprime ton joli visage dans mon esprit. Je veux tout garder de toi.

Nous nous embrassâmes une fois encore puis je m'arrachai à son étreinte et me précipitai vers la voiture, essayant désespérément de ravaler les larmes qui, déjà, me brûlaient les yeux.

— Tout va bien ? me demanda Rebecca.

Pour toute réponse, je hochai la tête.

— Qu'est-ce qui se passe ? demanda Crystal.

— Rien, répondis-je en démarrant.

— Brenda l'aime bien, dit alors Janet. Ce n'est pas vrai, Brenda ?

Je lui jetai un coup d'œil dans le rétroviseur et lui souris.

Au moment où le break s'éloignait, Todd apparut à la porte du garage et nous fit un signe de la main. Je retins cette image de lui et, à mon tour, l'imprimai fortement dans ma mémoire.

Je savais qu'un jour je le reverrais et que nous resterions ensemble pour toujours. Nous nous marierions et construirions une vie à deux parce que non seulement nous nous aimions mais nous avions besoin l'un de l'autre. Ou était-ce encore un rêve impossible ?

Quel mariage pouvais-je avoir, de toute façon ? Je n'avais pas de père pour me conduire à l'autel, pas de mère pour m'aider à choisir ma robe, les fleurs de mon bouquet ou le gâteau de cérémonie.

Je n'avais personne que moi-même.

La dure réalité

Nous crevâmes un pneu juste après être entrées sur la I-70. Heureusement pour nous, Gordon gardait une roue de secours à l'arrière du break et, avec l'aide de

Crystal et de Rebecca, je pus la changer sans trop de difficultés.

Néanmoins, les boulons étaient si serrés que nous dûmes nous appuyer à trois sur la clé en croix pour les débloquer. Nous devions offrir un beau spectacle aux automobilistes qui passaient et, pourtant, pas un ne s'arrêta pour nous offrir de l'aide. Selon Crystal, c'était mieux ainsi car cela nous évitait d'inventer encore des mensonges.

Bien sûr, nous étions terrifiées à l'idée de voir surgir une voiture de police mais pas une ne se pointa à l'horizon et, pendant les soixante-dix kilomètres que nous parcourûmes ensuite, nous n'en aperçûmes aucune, ni dans un sens ni dans l'autre.

Peu de temps après le déjeuner, Crystal nous dirigea sur la route 255 qui nous emmena vers le Missouri. De là, nous prîmes la I-44 en direction de l'ouest, qui devait nous conduire au Texas avant de traverser le Nouveau-Mexique, l'Arizona et d'arriver enfin en Californie.

La Californie... Nous commencions vraiment à nous demander si ce n'était pas la lune !

Chaque fois que nous nous arrêtions pour prendre de l'essence, nous nous attendions que notre carte de crédit soit refusée mais jamais ce ne fut le cas.

— Il nous suit, nous dit soudain Rebecca. Je le sens tout près de nous. Je suis sûre qu'il nous suit à la trace.

Personne ne chercha à la contredire car nous ressentions toutes la même peur. Moi-même, de temps à autre, je jetais un coup d'œil dans le rétroviseur avec la crainte affreuse de voir le pick-up de Gordon venir se coller à l'arrière du break. A travers le pare-brise, je distinguerais son visage furieux, ses mains crispées sur le volant, je verrais même un index menaçant se lever vers nous en signe de vengeance...

Tétanisée par la peur, je tentai de chasser de mon esprit cette vision de cauchemar en me concentrant sur ma conduite.

Le repas préparé par Mme Slater avait été si copieux

que nous ne ressentîmes pas la moindre faim avant huit heures du soir. Crystal décida alors qu'après avoir acheté quelques sodas, on s'arrêterait en rase campagne pour dîner en utilisant une partie des provisions que la vieille dame nous avait données.

Notre problème suivant fut de trouver un endroit où dormir, qui ne grèverait pas trop notre budget. La plupart des motels, même les plus miteux, restaient trop chers pour nous.

— Il faudra de nouveau essayer de dormir dans le break, suggéra Crystal. On n'en mourra pas.

Cette fois, je trouvai une route qui nous parut réellement abandonnée. Le macadam qui la recouvrait avait pratiquement disparu et elle aboutissait dans un champ. Encore un de ces travaux commencés et jamais terminés, ce qui, en fait, nous arrangeait bien. Dissimulées derrière les hautes herbes, après avoir verrouillé les portières, installé nos oreillers et entrouvert les vitres de deux centimètres, nous nous préparâmes à dormir. Ou, au moins, à tenter de dormir. Rebecca choisit ce moment pour nous faire part de tout ce qu'elle avait sur le cœur.

— Si on avait pu travailler un peu plus longtemps chez Patsy, on aurait eu plus d'argent et on ne serait pas obligées de dormir dans un champ. On pourrait manger comme tout le monde et même s'acheter des habits... Je voudrais aller aux toilettes, maintenant. Qu'est-ce que je fais ?

— Tu n'as qu'à te dire que tu es en vacances dans un camp de jeunes organisé pour les orphelins, lui dis-je. Va dormir dans la nature, si tu préfères.

— Beurk, je détestais ces camps. Et puis, c'est infesté de moustiques, dehors. Et de serpents, aussi. Et de...

— De loups-garous et de vampires, coupa Crystal.

— De fantômes et de lutins, continua Janet en pouffant de rire.

— Et de tueurs en série, ajoutai-je. N'oublie pas les tueurs en série qui ont perdu leur chemin...

— Vous êtes vraiment très drôles, rétorqua Rebecca,

piquée au vif, mais vous aussi vous devrez aller aux toilettes dans la verte.

— C'est ce que faisaient nos ancêtres, reprit Crystal. Tu sais, le concept de la plomberie dans une maison est un phénomène relativement récent.

— Oh, pas de discours sur l'histoire des toilettes, je t'en supplie !

Je me mis à rire si fort que j'éprouvai soudain le besoin de sortir moi aussi.

— Allez, viens, dis-je à Rebecca. Je monterai la garde pour toi et tu feras pareil pour moi.

Quand nous eûmes terminé, nous retournâmes à la voiture et tentâmes une nouvelle fois de trouver le sommeil. Sans succès. Après quelques minutes qui me parurent une éternité, je poussai un profond soupir que, bien sûr, les trois autres entendirent.

— Je n'arrive pas à dormir, se plaignit alors Rebecca.

— Moi non plus, avoua Crystal. J'étais pourtant si fatiguée que je croyais que ça ne me prendrait qu'une minute.

— Moi aussi, je suis réveillée, annonça Janet.

— Alors, on pourrait peut-être se raconter des histoires, suggéra Crystal.

— Quelles histoires ? demanda Rebecca. Surtout pas de politique ou de sciences, hein ?

— Non, je sais ce qu'on va faire. Chacune à son tour va nous raconter la première chose qu'elle décidera de faire quand on sera arrivées là-bas. D'accord ? Qui commence ?

— Toi, lui dit Rebecca. C'est ton idée, vas-y.

— D'accord. Je voudrais trouver une bonne école en Californie où je pourrai finir mes études avant de pouvoir ensuite m'inscrire à l'université.

— Palpitant... commenta Rebecca.

Ignorant cette réflexion, Crystal poursuivit :

— Je voudrais aussi aller au bord de la mer et... faire du surf.

— Ça ne t'intéresse pas de rencontrer des stars de cinéma ? interrogea Rebecca, dépitée.

— Non. Les vedettes ne me branchent pas spécialement. Je préférerais m'inscrire à l'UCLA pour assister à des conférences sur la médecine. Le domaine de la recherche est tellement important et j'admire tous ces médecins qui...

— Ça marche, Crystal, l'interrompit Rebecca.

— Quoi ? Qu'est-ce qui marche ?

— Je commence à m'endormir.

— Très drôle, reprit-elle sans entendre le petit rire que, heureusement, j'étouffai à temps. Alors à ton tour, Diva, de nous raconter tes rêves et tes ambitions. On est tout ouïe.

« Mon Dieu, songeai-je, voici notre Crystal qui sort les griffes, à présent... »

— Eh bien, voilà, chantonna Rebecca. Une fois arrivée à Los Angeles, j'ai l'intention de me rendre tout de suite à ma première audition et de signer sans attendre un contrat d'enregistrement.

— Ce n'est pas un but, c'est un rêve, ma jolie. Tu devrais transformer cette histoire en pilule que tu vendrais dans la rue aux insomniaques.

— Ça veut dire quoi ? Brenda, tu comprends ce qu'elle dit ? Et puis, qu'est-ce qu'il y a de mal à rêver ?

— Moi je voudrais obtenir au plus vite une bourse d'études sportives, intervins-je avant que ne s'installe une dispute. Puis, j'écrirais à Todd, il viendrait me voir à Los Angeles et on se marierait dès que je serais passée professionnelle. Ensuite, on voyagerait ensemble à travers le monde avec mon équipe olympique.

— Et, avec tous les enfants que tu auras, tu pourras former ta propre équipe de softball, me fit remarquer Rebecca en riant.

— Finalement, je ne crois pas que ce petit jeu nous aidera à nous endormir, rétorquai-je, vexée.

— Et toi, Janet ? demanda Rebecca en feignant l'insouciance.

Elle hésita un long instant puis déclara d'une voix timide :

— Moi, j'aimerais me trouver un papa et une maman et, peut-être, un grand-père et une grand-mère.

Seul un lourd silence lui répondit.

— Je suis fatiguée, annonçai-je tout d'un coup avant de me caler plus profondément dans mon siège.

— Moi aussi, reprit Rebecca, alors on se tait, maintenant.

Autour de nous, tout était sombre et tranquille. Une douce brise s'immisçait par les vitres entrouvertes et, de loin, me parvenait de temps à autre le cri d'une chouette ou d'un hibou. Je fermai les yeux et le vœu si simple de Janet me revint alors à l'esprit, comme un poème, un rêve irréalisable...

Aurais-je dû révéler aux filles ce que je désirais secrètement ? Je souhaitais que, au bout de mon voyage, ma mère vienne me chercher, me demande de lui pardonner, me raconte une histoire qui la justifierait à mes yeux et expliquerait pourquoi elle m'avait abandonnée. Elle aurait tant de remords que j'oublierais immédiatement ses erreurs passées, elle me serrerait dans ses bras, m'embrasserait et m'avouerait que, depuis le jour terrible où elle avait dû me confier à l'Assistance, elle ne rêvait que d'une seule chose : me retrouver.

Nous reprendrions alors notre vie au début, comme si ces années d'absence avaient été un mauvais rêve. En quelques instants, nous deviendrions comme des sœurs et ma mère ne serait plus contrariée par le fait que le sport m'intéresse plus que les concours de beauté. Elle serait intriguée et surprise par mes aptitudes. Nous jouerions au tennis ensemble, nous irions nager et partirions pour de longues promenades sur les immenses plages californiennes où le sable brille comme du diamant et où les gens restent éternellement jeunes.

Ce serait si merveilleux d'avoir enfin à mes côtés quelqu'un que je pourrais appeler maman.

Peu à peu, l'obscurité enveloppa les quatre âmes perdues et effrayées que nous étions, dormant dans la voiture de celui que nous avions fini par détester, et qui, abreuvé de rage et de haine, devait s'être lancé à notre poursuite.

Comme si elle avait deviné mes pensées dans son

sommeil, Janet eut un terrible cauchemar dès qu'elle se fut endormie. Elle s'éveilla en criant et Crystal se jeta presque sur elle pour la calmer et lui assurer qu'elle n'avait rien à craindre.

— De quoi tu as rêvé? lui demanda Rebecca.

Mais Janet n'osa même pas en parler; rien ne sortit de sa bouche.

— Tout va bien, maintenant, lui dit Crystal. On est là, avec toi, tu le sais.

— Elle m'a fait si peur que mon dîner me remonte dans l'estomac, se plaignit Rebecca.

— Rendors-toi, lui conseilla Crystal.

— Quoi? Je ne pourrai pas...

— Rendors-toi, insista-t-elle d'une voix ferme.

Rebecca comprit alors que Janet resterait tranquille si nous l'étions aussi, et elle finit par se calmer.

Il nous fut cependant difficile de retrouver le sommeil et je pensai malgré moi que nous avions peut-être eu tort d'emmener Janet avec nous. Sans doute Todd avait-il raison. Elle était trop fragile et même notre amour, notre présence, nos attentions et nos promesses de nous soutenir les unes les autres ne suffisaient pas.

Pour qui nous prenions-nous, au fond?

Nous n'étions personne.

Comment cette idée de fuite avait-elle pu me venir à l'esprit?

Le lendemain matin, le soleil nous inonda avec tant de puissance que, lorsque j'ouvris les yeux, je crus que le feu nous entourait et je me redressai d'un bond, prête à hurler. Au bout d'un instant, je me rappelai où nous nous trouvions. Il n'était que cinq heures et demie et je savais que Rebecca me tuerait si j'essayais de la réveiller. Perturbée par mon agitation soudaine, elle ronchonna vaguement et se retourna sur son siège.

En silence, je sortis de la voiture et m'étirai dans l'air frais. Bientôt, Crystal me rejoignit dehors tandis que Janet dormait encore.

— Il faut faire quelque chose, Brenda. Il faut qu'on

arrive à gagner un peu d'argent. On ne peut pas continuer comme ça. Et qu'est-ce qu'on fera une fois qu'on sera en Californie ? Il faudra bien qu'on se loge ; on ne trouvera peut-être pas du travail tout de suite et, même si on en trouve, on ne sera pas payées avant la fin du mois. Comment est-ce qu'on va manger, pendant ce temps ? Personne ne nous proposera un appartement sans qu'on paie de caution... Ça fait longtemps que je suis réveillée et que je pense à tout ça.

— Et alors, quelles sont tes conclusions ? lui demandai-je, à demi assommée par tous les problèmes qu'elle venait de soulever.

— On s'est lancées dans une aventure qui n'aboutira nulle part, Brenda. Je crois qu'il n'y a plus rien à espérer de... notre fuite en avant. Il faut être réaliste, on n'y arrivera pas.

— On ne peut pas non plus revenir en arrière, Crystal. Tu sais très bien ce qui se passera si on retourne là-bas.

— Il ne se passera rien si on raconte tout à la police. On nous croira et, pour ça, je suis prête à retourner à l'endroit où on s'est débarrassées de la cocaïne. J'ai roulé une grosse pierre sur le sac de plastique et je suis certaine qu'il s'y trouve encore, à l'heure qu'il est. Il devrait en rester assez à l'intérieur pour les convaincre qu'on dit la vérité. Gordon sera arrêté...

— Et si on ne l'arrête pas ?

— Si on ne l'arrête pas, on ne nous replacera pas chez lui parce qu'ils sauront alors quel mal ça pourrait nous faire de rester à Lakewood.

— Tu crois ça ? Moi, je préfère risquer de crever de faim plutôt que d'aller à la police.

Les larmes aux yeux, je soupirai et jetai un coup de pied rageur dans une pierre.

— Ou devenir une de ces filles que le fils de Norman et de Nana accusait de... de vivre dans la rue ? Allons, Brenda, ce n'est certainement pas ça que tu cherches. Ce qu'il faut, c'est...

— C'est quoi ?

— S'arranger pour rester pupilles de la nation un peu plus longtemps. Je crois que c'est notre destin, je suis désolée.

— Moi aussi... Mais, ne leur dis rien maintenant, s'il te plaît, la suppliai-je en regardant du côté de la voiture. Continuons le plus loin qu'on pourra, juste pour...

— S'amuser ? Je ne pense pas que Rebecca et Janet voient ça comme un amusement, aujourd'hui.

— Non, pas pour s'amuser mais pour se dire qu'on aura tout tenté. D'accord ?

— D'accord, du moment que tu comprends que tout ça aura bientôt une fin, me concéda-t-elle.

— Oui, j'ai compris, dis-je d'un air résigné.

Je ravalai mes larmes et pris une profonde inspiration. Crystal me passa alors un bras autour du cou et me serra contre elle.

Parfois, elle pouvait se montrer très affectueuse et il n'y avait pas que la raison qui parlait en elle. Elle savait simplement cacher ses sentiments derrière une armure de mots, de logique et de faits. Et je ne doutais pas une seconde que, par moments, secrètement, elle pouvait pleurer tout autant que nous.

— Allez, articulai-je en m'arrachant à son étreinte, on les réveille et on reprend la route.

L'air grave, elle me déclara soudain :

— Tu sais, Brenda, j'ai presque envie qu'on se fasse arrêter par la police. Ça serait plus simple que de devoir tout abandonner de nous-mêmes.

— Peut-être que tu as raison... Peut-être qu'on assumerait mieux nos vies, ensuite.

Janet ouvrait un œil lorsque nous rentrâmes nous asseoir dans le break et Rebecca, en nous entendant, glissa, comme à son habitude, la tête sous son oreiller.

— Allez, lui lançai-je, lève-toi. Il faut redresser la banquette et nous mettre en route. Je ne veux pas qu'on nous trouve ici et qu'on nous arrête pour violation de propriété privée.

Elle s'assit et nous regarda d'un air totalement épuisé.

— Chauffeur d'esclaves... maugréa-t-elle. Tu devrais travailler pour les prisons, ça t'irait bien.

— C'est là qu'on risque d'atterrir si on ne déguerpit pas d'ici tout de suite.

Aidée de Crystal, elle redressa la banquette arrière, s'installa à l'avant et, enfin, je pus démarrer. Après une longue marche arrière dans les bois, nous nous retrouvâmes sur la route principale. Quand nous aperçûmes un panneau annonçant une cafétéria où l'on proposait un petit déjeuner à volonté pour un dollar quatre-vingt-dix, Rebecca se lança dans une âpre discussion avec Crystal.

— Ce n'est pas trop cher, pour un repas où on peut manger tout ce qu'on veut, tu ne trouves pas ?

Crystal finit par accepter et je garai le break sur le parking du restaurant en question. En entrant, nous découvrîmes que la salle était en grande partie occupée par des clients âgés.

— C'est parce qu'ils n'ont que des petits revenus, nous expliqua Crystal qui, comme d'habitude, avait réponse à tout.

Beaucoup de têtes se tournèrent vers nous quand, nos plateaux à la main, nous prîmes la file d'attente.

— On se croirait à Lakewood House, commenta Rebecca. J'en perdrais presque l'appétit.

Malgré cela, elle mangea comme un ogre, n'hésitant pas à aller se resservir à plusieurs reprises. Nous profitâmes bien sûr des lavabos pour nous rafraîchir et faire un brin de toilette avant de repartir.

En sortant de la cafétéria, nous trouvâmes non loin de notre voiture une vieille femme qui, à mon avis, portait un manteau bien trop chaud pour cette époque de l'année. Ses maigres cheveux gris étaient retenus par une douzaine de pinces laissant cependant échapper un bon nombre de mèches folles autour de son visage. Sans aucune trace de maquillage, elle avait pourtant les joues très roses, l'œil vif et une bouche charnue dont un coin s'affaissait légèrement. Elle se tenait bien droite et portait des chaussures à talons qui avaient connu des jours meilleurs.

Lorsque je la montrai à Crystal, elle me dit aussitôt que cette femme avait dû avoir une attaque, ce qui expliquait sa bouche déformée. Elle tenait à la main un sac à provisions bourré de vêtements et, comme nous nous approchions, elle nous regarda avec méfiance. Puis elle aperçut Janet, qui lui jeta un de ses sourires charmeurs dont elle avait le secret.

— Comme vous êtes jolie, lui dit la femme tout à trac. Donna, ma petite-fille, a les mêmes cheveux que vous, un peu plus foncés peut-être... Quel est votre nom ?

— Janet.

— Janet, vous serez une très jolie femme, un jour. Comme ma petite Marion. Elle aurait pu devenir une star de cinéma. Vous êtes toutes seules, mes enfants ?

— Oui, lui répondit Crystal, non sans me jeter un regard prudent tandis que je continuais vers la voiture.

— Je les ai ratés, nous annonça-t-elle. Je suis arrivée trop tard et ils sont partis sans moi.

Je m'arrêtai et Crystal fit de même.

— Qui est parti sans vous ? lui demanda Rebecca.

— Des amis de mon pauvre mari disparu, répondit-elle. Dès que vous vous retrouvez veuve, tous vos amis se mettent à vous éviter comme la peste. Croyez-moi, de son vivant, ils étaient tous là autour de lui. Mais, maintenant... C'est bizarre, hein ?

— Vous deviez les retrouver sur ce parking et ils sont partis sans vous ? s'étonna Crystal.

— Oh, ce n'est pas la première fois qu'on me laisse ainsi. Quand on est veuve, mes enfants, on doit se battre bien plus qu'on ne l'imagine. Mais vous êtes trop jeunes pour vous soucier de ça maintenant. Le grand âge n'est pas plaisant, c'est moi qui vous le dis.

Rebecca me regarda un instant puis se tourna vers elle.

— Où deviez-vous aller ?

— A Morrisville, à une soixantaine de kilomètres d'ici. Je vais devoir me rendre à pied à la station de car.

— Et, où se trouve cette station ? demanda Crystal.

— Je ne sais pas exactement. Je crois que c'est... Il faut que j'aille me renseigner au restaurant.

— Attendez, lui dit Crystal en sortant sa carte qu'elle déplia sur le capot de la voiture. Morrisville... voilà. C'est sur notre chemin, Brenda. On pourrait vous déposer là, madame, si vous voulez.

— Vraiment ? Ce serait tellement gentil de votre part. Les gens ne savent plus être aimables, de nos jours. Merci, mes enfants, merci.

— Vous pouvez vous asseoir derrière, avec nous, lui proposa Janet avant d'ouvrir la portière.

— Merci, ma petite Janet. Vous voyez, je me souviens de votre nom. Janet... Vous me rappelez ma chère Donna. Je vous l'ai dit ?

— Oui, répondit-elle avec un gentil sourire.

La vieille femme monta dans le break et Janet l'y suivit tandis que Rebecca saisissait Crystal par le coude et lui déclarait :

— Elle a intérêt à ne pas nous voler, celle-là.

— Ferais-tu référence à quelqu'un, Rebecca ?

— Réfé... quoi ? Tu ne peux pas parler comme tout le monde, Crystal ?

— Référence, répéta-t-elle en riant. C'est un mot assez courant, tu devrais le connaître.

Rebecca tourna vers moi un regard exaspéré.

— Quand on est avec Crystal, il vaudrait mieux avoir un dictionnaire sur soi. Souvent, ce qu'elle raconte, c'est du chinois, pour moi.

Je me mis à rire à mon tour et je m'installai au volant. Au moment où nous sortions du parking, notre passagère nous annonça :

— Je m'appelle Theresa James. Je vis à Morrisville depuis près de quarante ans. Eugène, mon mari, était vendeur de chaussures et il plaisantait toujours en criant sur tous les toits qu'il était mieux chaussé que n'importe quel ministre. C'est bizarre, hein ?

— Vous avez des enfants et des petits-enfants ? lui demanda Janet.

— J'ai trois enfants : un fils, Thomas Kincaid James,

et deux filles, Marion et Jennie. C'est elle qui me ressemble le plus. Elle est très bonne cuisinière. Marion, elle, ne cuisine pas; elle a des domestiques qui lui font tout. Elle a fait un beau mariage. Son époux construit des bateaux de plaisance et ils vivent dans une maison, près d'un lac, qui a l'air d'un château. Je passe une partie de mes vacances là-bas et je peux alors voir mes petits-enfants. J'en ai cinq, trois garçons et deux filles. Les deux garçons sont de Thomas et il a aussi une fille de dix-sept ans qui s'appelle Connie. Elle a les cheveux longs mais bruns, pas comme les vôtres, Janet. Je garde toutes les photos qu'on m'envoie de mes petits-enfants et je les colle sur mon frigo. C'est bizarre, hein?

En jetant un coup d'œil dans le rétroviseur, je surpris Crystal en train de froncer le nez. Comme je haussai les sourcils sans comprendre, elle m'indiqua d'un geste de la main qu'il y avait une étrange odeur. Au bout d'un instant, en effet, je la reniflai aussi. C'était une odeur de bois brûlé et cela venait tout droit du sac de Theresa James.

— Mon mari était très bon vendeur, continua celle-ci. Il n'a jamais raté une vente. Rockfeller lui-même n'aurait pas su lui résister. On a voulu le nommer vice-président et lui offrir un bureau mais il les a remerciés en disant qu'il préférait rester sur les routes, près du petit peuple. Il adorait être avec les gens, parler avec eux, se mêler à eux...

— Quand est-ce qu'il est mort? interrogea Janet.

— Oh, il est mort... Voyons... Mon Dieu, ça fait presque dix ans. Et ce n'est pas facile d'être veuve. Tous mes anciens amis m'évitent quand ils me voient.

— C'est terrible, s'indigna Rebecca.

— Oh, je finis par m'y habituer, ma petite. Parfois, quand je les croise, c'est moi qui fais comme si je ne les voyais pas, comme si c'étaient des fantômes. Quand on vieillit, on devient un fantôme. C'est bizarre, hein?

— Moi, je ne vous laisserais pas devenir un fantôme, si vous étiez ma grand-mère, lui objecta Janet.

— Écoutez-moi ça, comme c'est gentil! Vous êtes

261

bien la plus adorable enfant que je connaisse, plus gentille encore que ma petite Donna qui saurait arracher un sourire à un ogre.

— Ça fait longtemps que vous ne l'avez pas vue? poursuivit Janet.

— Voyons... Ça doit faire à peu près quatre mois. Non, plutôt six ou sept, même.

— Mais, vos petits-enfants ne vous appellent pas tous les jours?

— Oh, si. Mon téléphone n'arrête pas de sonner. Les voisins me prennent pour un bookmaker. Vous savez ce que c'est, un bookmaker?

Janet secoua la tête.

— C'est un homme à qui on téléphone pour placer des paris sur les chevaux de course. Si vous gagnez, il vous doit de l'argent mais, si vous perdez, c'est vous qui lui devez de l'argent. J'ai un frère qui était bookmaker. Maintenant, il est dans un asile de vieux et je ne le vois jamais.

— Pourquoi? demanda Rebecca. Votre fils ou vos filles ne vous emmènent jamais le voir?

— Non, ils ne l'aiment pas. Ils ne l'ont jamais aimé. Et ils ne veulent pas que je le voie. Ils disent que c'est le vilain petit canard de la famille et qu'il a fait vieillir ma mère avant l'heure. Les mères peuvent devenir vieilles avant l'âge si leurs enfants sont méchants. C'est bizarre, hein?

— Et vous avez passé Noël avec vos petits-enfants? interrogea Janet.

— Oui, bien sûr. On est tous allés dans la grande maison de ma fille. Il y avait un énorme arbre de Noël avec une montagne de cadeaux autour, et une dinde qui aurait pu nourrir un régiment entier. J'ai fait un gâteau à la citrouille et une tarte aux pommes, et Jennie nous a préparé un pain aux noix et aux dattes, et un pudding. C'était une immense fête, avec le feu qui ronronnait dans la cheminée, de la musique partout, comme dans les cartes de Noël que vous ouvrez et qui vous jouent un petit air. Oui, oui, je passe toujours les fêtes avec mes enfants et mes petits-enfants, et aussi les anniversaires...

Elle s'arrêta comme si elle avait oublié ce qu'elle disait, puis elle reprit :

— Mais, pour le moment, je suis seule dans ma petite maison ; celle que mon mari — qui était le meilleur vendeur de chaussures au monde — a achetée il y a bien longtemps. Je vous ai raconté ce qu'il disait toujours ? Il disait qu'il était mieux chaussé qu'un ministre.

Theresa James ne cessa pratiquement pas de parler durant tout le trajet vers Morrisville. De temps à autre, Rebecca me jetait un regard semblant me supplier de faire quelque chose pour la faire taire. Finalement, elle trouva un moyen radical : elle alluma la radio et se mit à chanter avec la musique.

— Vous avez une très jolie voix, ma petite, lui dit alors notre passagère. Ma Jennie avait une jolie voix aussi, mais pas aussi belle que la vôtre. Vous pourriez chanter au coin de la rue et gagner de l'argent qu'on vous jetterait dans un chapeau...

Très fière, Rebecca déclara :

— Un jour, je chanterai sur scène et je gagnerai beaucoup d'argent.

— Oh, j'en suis sûre, reprit la vieille femme. Je viendrai vous écouter et je dirai à tout le monde que je vous connaissais quand vous aviez... quand vous aviez...

Elle hésita un instant puis déclara :

— En fait, j'ai oublié à quelle heure je devais me trouver sur le parking. Peut-être que j'y suis arrivée trop tôt, et non trop tard. Mon Dieu, j'espère qu'ils ne m'ont pas attendue là-bas alors que j'étais déjà partie. Peut-être que j'aurais dû rester et ne pas m'en aller avec vous... Ô Seigneur, je ne sais plus.

Devant ce dilemme infernal, nous restâmes muettes comme des carpes. Regardant Crystal dans le rétroviseur, je la vis baisser sa vitre pour faire entrer un peu d'air frais dans la voiture.

— Vos enfants devraient s'occuper un peu mieux de vous, lâcha soudain Rebecca.

— Oui, c'est bizarre, hein ? Tout le monde me dit ça. Ils se demandent pourquoi une mère peut s'occuper de trois enfants et pourquoi trois enfants ne peuvent pas s'occuper d'une mère. Peut-être que les mères sont plus difficiles à prendre en charge que les enfants.

— Non, lui répliqua Janet. Ça devrait être plus facile, au contraire.

— Vous êtes si gentille. Vous vous appelez Janet, c'est ça ? J'ai failli appeler ma petite Jennie, Janet. On cherchait un nom qui commence par J. Mon mari voulait Joyce, ou Joan, mais moi je n'en voulais pas. Et puis, j'ai soudain pensé à Jennie, qui est le nom de ma grand-mère maternelle. Alors, il a été d'accord, même s'il ne l'avait jamais vue. S'il l'avait rencontrée, il lui aurait certainement vendu une paire de chaussures. C'est bizarre, hein ?

Soûlées de paroles, nous respirâmes en apercevant le panneau qui annonçait Morrisville à deux kilomètres.

— Où habitez-vous ? demandai-je à Theresa. On vous dépose devant chez vous ?

— C'est très gentil à vous. On se connaît à peine et vous me rendez un tel service... Je vis dans une résidence très sélect. Mon mari pensait que ce serait toujours un quartier agréable et il a investi là-bas. On ne l'a jamais regretté. Ça fait une grande maison pour une petite vieille comme moi mais je me suis habituée à ces vieux murs et ils m'appartiennent. J'aurais pu venir habiter avec mes petits-enfants mais je crois qu'on ne se serait pas supportés très longtemps.

Comme elle se mettait à rire de nouveau, Crystal enchaîna :

— C'est bizarre, hein ?

Nous étions toutes en train de chanter ce refrain lorsque nous atteignîmes Morrisville. Le ciel s'était assombri et une petite pluie fine commençait à tomber. L'un des essuie-glaces de la Buick était très usé et ne faisait qu'effleurer la moitié droite du pare-brise, ce qui n'arrangeait rien.

— Vous allez descendre Main Street, me dit Theresa puis vous tournerez à droite sur la 4e Rue et, là, je vous indiquerai où aller. Merci mille fois encore, mes petites.

Je la vis se tourner vers Janet.

— Vous êtes vraiment une très charmante enfant. Vous savez, ma mère disait toujours que j'étais une belle petite fille. Elle disait que tous les hommes seraient prêts à me donner quelques pièces pour que je danse devant eux. Mon père savait d'ailleurs siffler toutes sortes de symphonies. C'était un homme insouciant qui n'a jamais su gagner beaucoup d'argent. Ce n'est pas comme mon mari qui vendait de bonnes chaussures et a su épargner.

Elle s'arrêta, s'essuya le visage d'une main puis continua :

— Je suis fatiguée. Heureusement que j'ai pu rentrer avec vous, mes petites.

J'atteignis la 4e Rue et je tournai à droite. Le quartier que vantait Theresa me parut plutôt miteux qu'autre chose. Les maisons semblaient vieilles, délabrées, les bandes de gazon qui les bordaient étaient clairsemées et envahies de déchets et de mauvaises herbes, et il n'y avait personne dans les rues. La pluie se mit à tomber un peu plus fort.

— On dirait que j'aurais dû penser à emporter mon parapluie, remarqua Theresa. Il ne devait pas pleuvoir, pourtant.

Avec les nuages qui s'amoncelaient, le coin paraissait encore plus lugubre. Les caniveaux n'étaient pas très propres non plus et, devant une des maisons, quatre chiens avaient renversé une poubelle dont ils déchiquetaient consciencieusement les sacs en plastique qui s'en étaient échappés.

— Ce n'est pas là que vous vivez ? demanda Rebecca sur un ton inquiet.

— Oh, non, j'habite un peu plus loin. Quand vous arriverez au coin, prenez à gauche et déposez-moi là. Je marcherai un peu. Vous m'avez bien rendu service mais je ne vous inviterai pas à entrer : ma maison est trop en désordre et puis je me sens un peu fatiguée. Je crois que j'irai tout de suite me coucher. Je suis désolée...

— Ce n'est rien, lui dit Crystal. Nous avons encore beaucoup de route à faire avant la tombée de la nuit.

— Merci, mes chères petites, merci beaucoup.

Comme elle s'agitait sur son siège, je lui demandai :
— C'est ici.
— Oui, oui. Merci. Merci encore mille fois.

J'arrêtai le break au coin de la rue et Crystal descendit ouvrir la porte pour Theresa. Avant de sortir, celle-ci se tourna vers nous et regarda Janet.

— Ne vendez surtout aucune de vos boucles, ma petite. Et méfiez-vous des hommes qui vous font des clins d'œil quand ils sourient. Au revoir, mes enfants.

— Au revoir, murmura Janet d'une voix triste.

— Au revoir, lui dit à son tour Crystal, aussitôt imitée par Rebecca et moi-même.

Après avoir refermé la portière derrière elle, Crystal remonta dans la voiture et nous regardâmes un instant Theresa James trottiner vers sa maison. Comme elle s'arrêtait devant l'entrée d'un petit jardin, je démarrai.

— Il vaudrait mieux retourner sur Main Street pour retrouver plus facilement notre chemin, suggéra Crystal.

— D'accord.

Je fis demi-tour pour reprendre la rue en sens inverse. Et, là, nous vîmes Theresa de nouveau sur le trottoir. Elle avait dépassé le jardinet devant lequel elle s'était arrêtée un peu plus tôt et déposait à présent son sac au pied d'un gros carton d'emballage. Intriguée, je ralentis.

— Qu'est-ce qu'elle fait ? demanda Rebecca.

Un instant plus tard, nous la vîmes s'agenouiller devant le carton et y entrer à quatre pattes. Mon cœur bondit dans ma poitrine.

— Crystal, tu as vu ?
— C'est une SDF, me répondit-elle d'une voix calme.

C'est bien ce que je pensais. Cette odeur de bois brûlé et puis son allure... Tout ce qu'elle nous a raconté, c'était de la pure rêverie, ou alors...

— Ou alors ?

— Alors, c'est l'orpheline la plus malheureuse qui existe, Janet. Une mère oubliée par ses enfants.

— On ne peut pas la laisser comme ça dans sa boîte, pleura Janet.

— Qu'est-ce qu'on peut faire, d'après toi ? lui demanda Rebecca. On n'arrive même pas à nous en sortir nous-mêmes.

— C'est bizarre, hein ? murmura Crystal d'une voix emplie de tristesse.

Sans nous retourner, nous continuâmes notre chemin.

Tout est à l'eau

Après avoir abandonné Theresa James à sa pauvre existence, j'eus l'impression que nous nous laissions dériver, errant sans but précis, là où la voiture voulait bien nous emmener. Notre destination était devenue si vague, nos rêves si improbables que j'avais le sentiment que les prédictions de Crystal allaient bientôt se réaliser. Notre aventure s'arrêterait là, nous allions nous rendre à la police ou retourner de nous-mêmes à cette Assistance publique qui nous avait si longtemps servi de parents adoptifs.

La réalité avait le don de briser toute énergie en moi. Theresa James disait que les vieillards et les veufs devenaient des fantômes et, d'une certaine manière, je commençais à croire que c'était ce qui nous arrivait.

Sans famille pour nous soutenir, nous devenions invisibles, nous n'étions plus que des numéros parmi d'autres dans la société.

Ce n'est que lorsque l'on en est privé que l'on comprend quel rôle énorme une famille peut jouer dans une banale conversation. A l'école, les élèves parlaient souvent de leurs parents, de leurs frères et sœurs, de leurs oncles et tantes, de leurs cousins ; il y avait toujours autour de nous quelqu'un qui avait fait quelque chose, qui ressemblait à untel, qui avait prononcé des paroles intelligentes ou stupides.

Ce qui intéressait le plus mes camarades, c'était de savoir si je me souvenais de mes vrais parents, ou même si je les avais connus un jour. Je ne savais absolument rien de mon père, ce que la plupart des jeunes de mon âge pouvaient facilement comprendre. Il y en avait une bonne partie dont les parents avaient divorcé et bien d'autres aussi qui n'avaient plus aucun contact avec leur père. Mais, ce qui les intriguait le plus était les très vagues références que je faisais à celle que j'appelais ma mère.

Ayant vécu avec elle durant à peine plus d'un an, je n'avais pratiquement rien à raconter sur elle. Il me restait mes rêves et quelques détails qui m'avaient été mentionnés par les administrateurs de l'orphelinat. Je savais, notamment, qu'elle n'avait pas tout à fait vingt ans à ma naissance, qu'elle était seule à ce moment-là et qu'elle n'était pas issue d'une famille très riche. Peut-être même avait-elle été répudiée par ses parents quand elle avait annoncé sa grossesse.

J'ignore comment j'en étais venue à cette conclusion, mais certains détails, certaines précisions ont fini par me laisser croire qu'elle était alors partie pour la Californie. Et, secrètement, j'espérais la retrouver là-bas. Bien sûr, je savais que cet État était très grand et qu'une multitude de gens y vivaient ; je savais aussi que mes chances de la rencontrer étaient minimes mais cela restait malgré tout un rêve.

Il m'était pourtant impossible d'en parler à Crystal, à

Rebecca ou à Janet, bien qu'elles fussent mes sœurs. Leur révéler cette chimère équivalait à me mettre à nu, à ôter l'armure qui me protégeait. Comment, en effet, la fille la plus courageuse qu'elles connaissaient pouvait-elle se montrer aussi faible, aussi folle de croire à une chose pareille ?

— Qu'est-ce que tu as ? me demanda soudain Rebecca.

Cela faisait près de deux heures que nous étions en route. La radio ronronnait dans la voiture, la pluie ne cessait de tomber, les nuages obscurcissaient tout autour de nous, et je devais me montrer particulièrement vigilante en conduisant.

— Qu'est-ce que j'ai ? répétai-je en regardant un instant vers elle.

Se retournant, elle jeta un coup d'œil à la fois inquiet et interrogateur à Crystal avant de me dire :

— Tu pleures, on dirait. Il y a des larmes sur ta joue.

Je portai la main à mon visage et le trouvai en effet humide. Cela me surprit plus encore que Rebecca elle-même et je m'essuyai rapidement les yeux.

— Je ne sais pas, lui dis-je alors. J'ai dû attraper une saleté dans l'œil.

— Dans les deux ?

— Oui, dans les deux, lui renvoyai-je sèchement.

Elle se retourna vers la fenêtre comme si je l'avais giflée et, l'air boudeur, se mit à fixer le paysage.

— Ce soir, on devrait s'offrir une folie et dormir dans un vrai lit, proposai-je en essayant de rattraper mon mouvement d'humeur à l'égard de Rebecca. Vous ne croyez pas ? On se ferait un bon film à la télévision, on prendrait une douche chaude, histoire de se sentir en pleine forme demain matin.

— Si on fait ça, déclara Crystal, il ne nous restera presque plus rien pour manger ce soir et encore moins demain.

— Ça m'est égal, répondit Rebecca. Si j'ai faim, j'irai mendier.

— Mendier ? répéta-t-elle. Tu t'abaisserais vraiment à ça ?

269

— Peut-être, peut-être pas... Je me débrouillerai, faites-moi confiance.

— C'est bien la dernière chose qu'on fera, lui rétorqua-t-elle, fatiguée de ses plaisanteries.

Rebecca se retourna d'un bond vers elle.

— Ça veut dire quoi, au juste ? Pourquoi est-ce que tu te crois obligée de jouer tout le temps les rabat-joie ?

— Je ne joue pas les rabat-joie, je dis simplement que le fait de mendier nos repas ne suffira pas à nous faire vivre, reprit calmement Crystal.

Ce qui eut pour effet de rendre Rebecca encore plus furieuse.

— Et, d'après toi, qu'est-ce qui nous fera vivre ? insista-t-elle. Si tu connais les réponses à tous les problèmes, pourquoi ne pas nous les dire tout de suite ?

— Oh, ça suffit ! m'écriai-je soudain. Vous oubliez qu'on est sœurs et qu'on doit s'entraider et non se disputer en permanence. Les Quatre Orphelines, souvenez-vous...

— Les Quatre Orphelines, marmonna Rebecca sur un ton méprisant. Quel nom stupide !

— Tu le trouvais bien, à une époque, intervint Janet.

— J'ai mûri, depuis.

— Et quand cette maturité miraculeuse t'est-elle tombée dessus ? interrogea Crystal avec sarcasme.

— Mon Dieu, tu entends ça, Brenda ?

— Je vous ai demandé d'arrêter, vous deux ! Si vous continuez, je stoppe au bord de la route et... Qu'est-ce que c'est que ça ?

Rebecca se retourna brusquement et regarda devant elle.

— C'est une femme qui nous fait des signes, on dirait. Elle a l'air complètement hystérique.

Sur la droite, juste avant une sortie, une silhouette féminine remuait en effet les bras en tous sens. Elle n'avait ni veste ni imperméable pour la protéger de la pluie. Ses cheveux châtains étaient trempés et lui retombaient sur le visage. Elle avait l'air si désespérée qu'elle semblait prête à se jeter sous les roues de la première voiture qui arriverait pour la forcer à stopper. Deux véhicules passèrent pourtant sans paraître la remarquer.

— Arrête-toi ! s'exclama Crystal.

Sans hésiter, j'obtempérai et, dans le rétroviseur, je vis la femme courir vers nous.

Rebecca abaissa sa vitre et sortit la tête sous la pluie.

— Dieu merci, Dieu merci... ! cria l'apparition en s'essuyant le visage. C'est mon mari... il se sentait mal et il a décidé de prendre cette sortie. Mais, dès que la voiture a stoppé, il s'est affalé sur le volant. Nos deux petites filles sont restées avec lui... Je suis revenue ici parce que personne ne passe sur la route, là-haut. Vous êtes les premiers à vous arrêter. Ça fait plusieurs minutes que je fais signe et...

— Montez vite et montrez-nous où il est, lui dit Crystal en lui ouvrant la portière.

Elle monta sans hésiter et je pris aussitôt la sortie en question. Nous n'eûmes pas à aller très loin, ensuite. Un camping-car était garé en travers sur le bas-côté, le clignotant droit encore allumé. Assise dans l'herbe, non loin de là, une petite fille pleurait à chaudes larmes.

— Denise, lève-toi, lui cria sa mère. Je t'ai dit de rester avec papa.

La fillette se leva lentement avant de murmurer :

— Il ne veut pas parler...

Sur les talons de la femme, Crystal monta avec elle dans le véhicule tandis que nous restions à la porte. Un homme d'une quarantaine d'années était effectivement affalé sur le volant, la tête tournée vers nous, les yeux clos, la bouche grimaçante. Je lui trouvai le visage bleu, surtout autour des lèvres.

L'autre petite fille, qui ne devait avoir que cinq ou six ans, demeurait comme pétrifiée, sur le canapé, derrière la cabine.

— George ! appela son épouse d'une voix étranglée. Mon Dieu... ô mon Dieu !

Crystal prit le pouls du malade puis se tourna vers moi.

— Brenda, tu veux monter et m'aider à l'allonger par terre ?

Je grimpai en vitesse et la femme s'écarta, entraînant avec elle la petite Denise pour rejoindre l'autre fillette sur le canapé. Je restai impressionnée par le sang-froid dont Crystal savait faire preuve à tout instant, même avec de parfaits étrangers.

Assez beau, les tempes grisonnantes, George était un homme plutôt costaud qui devait bien peser ses cent kilos. Comme nous avions le plus grand mal à le déplacer, je jetai un regard implorant à Rebecca qui se précipita à son tour pour nous aider. A trois, nous pûmes enfin le faire glisser de côté et le coucher sur le dos.

Crystal se mit aussitôt au travail et, sidérées, nous la vîmes faire au malade la respiration artificielle comme si elle pratiquait cela tous les jours. Agenouillée aux côtés de George, elle lui plaça une main sur le front tandis que, de l'autre, elle lui tenait le menton. Tout en écoutant sa respiration, elle me jeta un regard grave puis, sans hésitation, elle lui pinça le nez et vint appliquer sa bouche sur la sienne. A deux reprises, elle lui insuffla ainsi deux puissantes goulées d'air et je vis soudain la poitrine de l'homme se soulever.

Très impressionnée, Janet s'approcha de Rebecca qui lui passa un bras autour du cou.

— Il est mort... ? interrogea la femme d'une voix blanche.

Sans répondre, Crystal posa un doigt sur le cou de George afin de trouver son pouls.

— Il est mort... il est mort ? répéta son épouse. Ô mon Dieu !

De nouveau, Crystal leva les yeux vers moi, paraissant plus triste qu'anxieuse.

— Je crois qu'il souffre d'une crise cardiaque, dit-elle enfin.

Lui ouvrant la chemise, elle lui plaqua ses deux mains croisées sur la poitrine et déclara :

— Il faut l'emmener aux urgences le plus vite possible.

— Je ne sais pas conduire le camping-car, gémit la femme derrière nous.

— Il ne faut surtout pas le bouger d'ici, ajouta Crystal avant de lever de nouveau les yeux vers moi. Brenda...? Tu crois que tu saurais...?

Je regardai le tableau de bord comme pour me familiariser avec l'engin puis, sans hésiter, m'installai au volant et mis le moteur en route. Pendant ce temps, Crystal fit une nouvelle tentative de respiration artificielle sur son malade, comptant jusqu'à quinze puis lui soufflant deux fois dans la bouche avant de recommencer.

L'aînée des deux fillettes se mit soudain à pleurer plus fort. Émue, Janet s'approcha d'elle et essaya de la consoler tandis que la mère s'occupait de son autre fille qui paraissait en état de choc. Rebecca s'assit auprès d'elles pour les réconforter et, ensemble, elles regardèrent Crystal travailler.

— Je n'ai aucune idée de l'endroit où je vais, marmonnai-je juste avant d'apercevoir une station-service un peu plus loin.

Instinctivement, j'arrêtai le camping-car devant la boutique et je descendis.

— Je vais demander où il y a un hôpital, leur lançai-je avant de disparaître.

Il n'y avait qu'un client dans le magasin et un petit homme aux cheveux gris derrière le comptoir.

— Où est l'hôpital le plus proche? demandai-je d'une voix haletante. C'est urgent!

— L'hôpital... répéta-t-il en apercevant le véhicule garé devant la vitrine. Il y en a un à trois kilomètres d'ici. Continuez la route puis prenez la première à gauche et, au feu, tournez à droite. A moins de deux kilomètres, ensuite, vous apercevrez les lumières de l'hôpital. Qu'est-ce qui s'est passé?

— Une crise cardiaque, répondis-je à la hâte avant de ressortir en trombe et de me précipiter au volant du camping-car.

Il n'était pas très difficile à conduire mais, comme je

n'avais pas pris le temps d'ajuster le siège à ma taille, mes pieds touchaient à peine les pédales. Je tentai d'arranger cela en conduisant.

— Comment est-il ? demandai-je à Crystal.

— Il a un pouls très faible mais il bat... C'est loin, cet hôpital ?

— Non, non.

Je faillis manquer la route sur la gauche tant je conduisais vite. Carrément debout sur la pédale de freins, je tournai en catastrophe et les pneus hurlèrent. Le cœur battant à tout rompre, je crus un instant que nous allions nous renverser.

— Désolée, lâchai-je avant de reprendre le contrôle du véhicule.

J'eus vite fait de rejoindre une voiture qui se traînait devant nous et, tout en écrasant le klaxon, je tentai de la doubler sans réellement savoir ce qui pouvait se présenter en face de nous. Au moment où je déboîtais, une voiture déboucha bien sûr dans l'autre sens mais je décidai de continuer sur ma lancée. Forcé d'éviter l'obstacle qui avait surgi devant lui, le conducteur n'eut d'autre choix que de freiner à mort et de rouler sur le bas-côté pour nous laisser passer, non sans violemment klaxonner sa fureur.

— Merci... murmurai-je pour moi-même. Désolée, il y a urgence.

Au bout de quelques minutes qui me parurent une éternité, je pénétrai enfin dans l'allée de l'hôpital menant aux urgences. Je m'arrêtai pile devant l'entrée puis sautai à terre pour me ruer à l'intérieur.

Deux infirmières bavardaient derrière un comptoir. Non loin d'elles, un homme assis attendait en se tenant un bras. Il avait l'air de souffrir mais personne ne semblait s'en soucier.

— Je vous amène un homme qui vient d'avoir une crise cardiaque ! leur criai-je, essoufflée.

Les infirmières s'arrêtèrent aussitôt de parler. Une autre émergea à cet instant d'une salle d'examen et toutes les trois se dirigèrent vers moi.

— Où est-il ? demanda l'une d'elles.
— Dehors, là, dans le camping-car. Vite, s'il vous plaît. Mon amie lui a fait la respiration artificielle mais elle ne sait pas si ça a vraiment marché.

Deux infirmiers apparurent alors, qui saisirent une civière et nous suivirent vers le camping-car. Peu après, ils conduisirent le malade en salle de réanimation, non sans nous recommander d'attendre dans le hall. Impuissante, sa femme les vit l'emmener au bout d'un long couloir puis entrer dans une salle aux portes battantes.

— Ne vous inquiétez plus, dit doucement Rebecca. On va bien le soigner, maintenant.
— Mon Dieu, je ne saurai jamais comment vous remercier... lâcha-t-elle entre deux soupirs.

Gardant ses deux filles contre elle, aidée de Janet, elle alla s'asseoir dans un coin de la salle d'attente.

— J'aurais besoin de quelqu'un pour identifier le malade, demanda l'une des deux infirmières. De qui s'agit-il ?
— C'est mon mari, répondit la femme en se levant pour se diriger vers le comptoir. Il s'appelle George Forbas. Je suis son épouse, Caroline Forbas.

L'infirmière lui sourit comme la réceptionniste d'un hôtel de luxe.

— Il faudrait me remplir ce formulaire, avec le plus de détails possible, s'il vous plaît.

Caroline jeta un regard anxieux vers l'endroit où l'on avait emmené son mari. Un jeune médecin émergea en courant dans le couloir puis disparut dans la salle où se trouvait George, suivi d'une infirmière et d'un assistant.

— Je me charge de Sophie, déclara Rebecca en parlant de la plus jeune des fillettes. Viens, Sophie, on va s'asseoir là-bas et on va regarder des livres, tu veux ?

Elle lui prit la main et, accompagnées de Janet, elles allèrent s'installer au fond de la salle.

— Va rejoindre ta sœur, Denise, lui dit alors sa mère qui commençait à remplir le formulaire médical.

A contrecœur, Denise la quitta alors que Crystal et moi restions auprès de Caroline.

— Merci... sincèrement, merci, nous dit-elle d'une voix tremblante d'émotion. Je ne sais pas ce que j'aurais fait sans vous.

— Ce n'est rien, lui dit Crystal. Vous n'avez pas à nous remercier.

— Excusez-moi, je n'arrive pas à remplir ce papier, je suis incapable de réfléchir, déclara Caroline à l'infirmière qui se tenait derrière le comptoir.

— Elle doit vraiment faire ça maintenant ? lui demandai-je alors.

— Elle a tout le temps de le faire pendant que le médecin examine son mari, me rétorqua-t-elle sèchement. Vous pouvez vous installer là-bas, si vous voulez, madame, ajouta-t-elle en lui indiquant un petit bureau. Prenez votre temps.

Caroline suivit son conseil et je me retrouvai seule avec Crystal qui avait l'air plus inquiète que jamais.

— Qu'est-ce qui se passe ? lui murmurai-je pour ne pas attirer l'attention des autres.

— Je me souviens quand mes parents adoptifs ont été tués, m'expliqua-t-elle. J'étais chez Chris, une amie, on révisait nos maths pour un examen quand le téléphone a sonné. Je ne sais pas qui appelait mais la mère de Chris est entrée dans sa chambre et m'a dit : « Crystal, il est arrivé un très grave accident. Connais-tu le numéro de ton oncle Stuart, à Albany ? » On habitait la maison voisine, alors j'ai couru regarder dans le bureau de mon père adoptif, sans imaginer un seul instant que lui et sa femme étaient tous les deux morts. J'étais encore assez jeune pour penser que ça n'arrivait qu'aux autres, aux étrangers ou aux vieillards, mais pas à ceux qui nous étaient très proches.

Tout en écoutant Crystal et étonnée de l'entendre parler ainsi de son passé, je constatais du coin de l'œil les merveilles qu'accomplissaient Rebecca et Janet pour apaiser les deux petites, bien qu'elles fussent certainement aussi inquiètes qu'elles. De temps à autre,

Rebecca levait la tête vers Caroline et je voyais ses lèvres trembler. Elle prenait alors une longue respiration puis se retournait vers Sophie. Quant à Janet, ses yeux croisaient souvent les miens, comme si elle venait y chercher quelque réconfort.

Ayant perdu assez de parents de notre côté, il nous semblait impossible de rester tranquillement assises à regarder quelqu'un subir le même genre de souffrance.

— Dès que j'ai trouvé le numéro, poursuivit Crystal, j'ai couru vers la maison de Chris pour le donner à sa mère. J'ai senti alors qu'elle me regardait d'une drôle de façon mais je n'ai posé aucune question. J'ai préféré écouter ce qu'elle racontait au téléphone à Stuart. Et, là, je l'ai entendue dire que Karl et Thelma, mes parents adoptifs, avaient été tués, quelques heures plus tôt, dans un accident de voiture. Un camion conduit par un homme ivre les avait percutés de plein fouet... Je me souviens de chacun de ses mots et il m'arrive de revivre ce drame par flashes. Parfois, il me suffit d'entendre une simple sonnerie de téléphone pour que je revoie tout ce qui s'est passé.

Bouleversée par les révélations de Crystal, je ne pus que rester muette. Devant mon silence, elle continua :

— Enfin, voilà... c'est comme ça que j'ai appris leur mort. Mais, sur le moment, je ne me suis pas vraiment rendu compte de ce qui se passait. J'ai entendu la mère de Chris répondre que j'étais là, à côté d'elle, et lui demander ce qu'il comptait faire. Elle a écouté, hoché la tête puis s'est tournée vers moi et m'a dévisagée comme si Stuart lui révélait quelque chose à mon sujet qu'elle ignorait totalement. Bien sûr, elle savait que j'avais été adoptée, donc il s'agissait d'autre chose. Je ne sais pas ce qu'il lui a répondu mais elle m'a de nouveau regardée et a de nouveau hoché la tête. Elle a dit alors qu'elle comprenait mais lui a demandé ce qui allait advenir de moi dans l'intervalle. Dans quel intervalle...? Puis elle a eu l'air très étonnée et a fini par dire qu'elle allait s'occuper de ça, qu'elle s'arrangerait pour trouver quelque chose.

— Et toi tu ne comprenais toujours pas de quoi il s'agissait ? lui demandai-je.

— Non, bien sûr. Quand elle a raccroché, elle m'a enfin expliqué que mes parents avaient été tués mais que mon oncle ne viendrait pas me chercher pour m'emmener chez lui. Il lui avait tout simplement recommandé d'appeler l'Assistance et, cet après-midi-là, ils sont venus me chercher. C'est comme ça que je suis retournée là-bas... Je suis allée à l'enterrement mais, après ça, je n'ai jamais revu personne de ma famille adoptive.

— C'est vraiment moche, commentai-je doucement.

— Tu sais, d'un côté, j'ai eu de la chance. J'aurais peut-être eu une vie bien plus pénible qu'à Lakewood House si j'avais dû vivre avec des gens qui ne voulaient pas de moi.

Je vis alors Caroline se lever pour rapporter les papiers à l'infirmière.

— Pourquoi est-ce si long ? lui demanda-t-elle.

Pour toute réponse, la femme se contenta de hausser les épaules puis entra dans l'ordinateur les renseignements concernant George.

Caroline se tourna vers nous et, après avoir serré un instant la main de Crystal, j'allai la rejoindre pour la réconforter.

Enfin, un médecin apparut et l'infirmière lui donna à lire le dossier de George. Il l'étudia, hocha pensivement la tête puis se tourna vers Caroline.

— Vous êtes Mme Forbas ?

— Oui, comment va-t-il ? Il est... vivant ?

— Son état est stable, pour le moment. On l'emmène tout de suite en cardiologie où il sera examiné par un spécialiste qui nous fera ensuite un diagnostic complet. Qui lui a fait la respiration artificielle ?

— Elle, répondit Caroline en lui indiquant Crystal.

— Vraiment ? Je vous félicite, mademoiselle. Vous pouvez être fière de vous. On peut dire que vous lui avez sauvé la vie. Où avez-vous appris à faire cela ?

— J'ai suivi des leçons de secourisme.

— Que vous avez parfaitement su appliquer. Bravo. C'est bien la preuve que les étudiants doivent écouter et apprendre leurs cours. Encore merci, mademoiselle.

Crystal baissa modestement les yeux mais, à son regard, je compris qu'elle débordait de bonheur.

L'instant d'après, nous vîmes George, un masque à oxygène sur le visage, emmené vers le service de cardiologie. Cette fois, Caroline se précipita à ses côtés, non sans se retourner vers nous avant d'entrer dans l'ascenseur.

— Pouvez-vous jeter encore un coup d'œil sur les petites ? nous lança-t-elle d'un air suppliant.

— Bien sûr, lui répondis-je.

Nous retournâmes alors vers Rebecca et Janet pour nous occuper de Denise et de Sophie.

La pluie se remit à tomber et commença bientôt à tambouriner contre les vitres de la salle des urgences. Les fillettes, épuisées par les émotions, avaient fini par s'endormir sur nos genoux. Nous-mêmes nous sentions aussi très fatiguées et quelque peu abruties. Janet sommeillait de temps à autre et Rebecca, la tête rejetée en arrière, gardait les yeux fermés. Seule, Crystal profitait du temps qui passait pour se plonger dans de vieux numéros du *Times*.

Aucune de nous ne fit attention aux deux policiers qui venaient d'entrer et parlaient à voix basse à l'infirmière de garde. Cependant, lorsque l'ascenseur s'ouvrit enfin sur Caroline, les deux hommes s'approchèrent d'elle. Ils s'entretinrent ensemble quelques instants puis se dirigèrent vers nous.

— Merci d'avoir attendu si patiemment et de vous être occupées de mes filles, nous dit Caroline. L'infirmière, là-haut, a eu la gentillesse d'appeler le bureau du shérif parce que je ne peux pas conduire le camping-car et que nous devons dormir au motel, ce soir. Ce monsieur vous emmènera jusqu'à votre voiture. Je ne sais vraiment pas comment vous remercier. Pouvez-vous me laisser votre adresse ? Je voudrais vous envoyer quelque chose pour...

— Ce n'est pas la peine, coupa vivement Crystal. Vraiment... Comment va M. Forbas ?

— Il se repose, maintenant. Les médecins disent qu'il est hors de danger. Bien sûr, il va devoir changer son mode de vie. Plus de cigarettes, par exemple. Et...

— Moi, je disais toujours à papa d'arrêter de fumer, intervint Denise. C'est ce qu'on nous a appris à l'école.

— Oui, ma petite, lui dit sa mère en lui caressant les cheveux. Eh bien, à présent, il va t'écouter.

— Je vous conduis au motel, annonça alors l'un des policiers. Dave, tu t'occupes de ces demoiselles.

— Oui. Venez avec moi. Je vous ramène à votre voiture.

Rebecca me jeta un regard terrifié mais Crystal n'eut pas un battement de cils. Nous dîmes au revoir à Caroline, Rebecca et Janet embrassèrent les fillettes qui furent tristes de les voir s'en aller, puis nous suivîmes le shérif adjoint jusqu'à sa voiture de patrouille.

— Vous pouvez monter à trois à l'arrière, nous dit-il. Vous vous sentirez un peu en cage à cause de la grille et des portières sans poignée mais ne faites pas attention ; c'est pour garder bien au chaud les malfaiteurs qu'il nous arrive d'embarquer.

Le sourire qu'il nous jeta ne rassura pas le moins du monde Rebecca qui arrondit des yeux horrifiés. Sans un mot, Crystal prit la main de Janet et ouvrit la porte arrière. Ce fut donc à moi de monter à l'avant à côté du policier.

— Alors, mesdemoiselles, vous êtes de vraies héroïnes, déclara-t-il en s'installant au volant. Ça fait plaisir à voir et ça me réconcilie un peu avec les jeunes. La plupart du temps, c'est pour de sales raisons que je les fais monter dans ma voiture.

Partant d'un rire puissant, il mit le moteur en route et sortit du parking de l'hôpital.

— C'est vous la conductrice ? me demanda-t-il.

— Oui, monsieur.

Il tourna sur la gauche et prit une vitesse de croisière qui me sembla particulièrement lente.

— Et vous êtes toutes de New York, c'est ça ?

Je me retournai vers Crystal. L'une de nous avait-elle mentionné ce détail ? Elle serra les lèvres et fronça les sourcils pour me faire part de sa méfiance.

— Oui, hasardai-je prudemment.

— Ça fait un bout de chemin jusqu'ici, non ?

— Oui, on va rendre visite à notre famille...

— Ah, je vois.

Notre chauffeur tourna de nouveau sur la gauche et, cette fois, accéléra. Je n'en étais pas certaine mais — était-ce dû à ma nervosité ? — j'eus alors l'impression qu'il partait dans la direction opposée à celle d'où nous étions venues.

— Quand on nous a appelés de l'hôpital, je patrouillais dans le coin où vous avez laissé votre voiture. J'ai vu vos plaques d'immatriculation, ajouta-t-il en me jetant un regard insistant. Voilà pourquoi je sais que vous venez de New York.

— Oh... d'accord, articulai-je en souriant avant de regarder rapidement du côté de Crystal.

Qui ne me parut pas du tout soulagée... L'air anxieux, elle semblait s'attendre au pire.

Le policier prit une autre rue et nous pénétrâmes dans un quartier beaucoup plus fréquenté. Nous passâmes devant des magasins, des stations-service, des cafés puis, enfin, nous descendîmes une route en pente pour laisser la petite ville derrière nous.

— C'est un raccourci que vous prenez ? demandai-je alors au shérif. Je ne crois pas avoir pris ce chemin, à l'aller.

— Il faut que je vous explique quelque chose, mesdemoiselles. Chaque fois qu'on trouve un véhicule abandonné au bord de la route, on procède par routine à la vérification des plaques minéralogiques.

Nouveau sourire dans ma direction.

— Oh... murmura Rebecca, une main sur la bouche.

— Vous n'êtes pas Gordon Tooey, n'est-ce pas ? me demanda-t-il au bout d'un moment.

— Non, répondis-je d'une voix étranglée.

— Et j'imagine que, derrière moi, c'est pareil, ajouta-t-il en regardant dans le rétroviseur.

— Évidemment, répliqua Crystal.

J'aperçus alors le poste de police, droit devant nous.

— On va s'arrêter ici un petit moment, annonça notre chauffeur. Il y a des gens qui ont quelques questions à vous poser. Je suppose que vous savez de quoi je parle.

— Oui, monsieur, répondis-je en baissant les yeux.

Il se mit à rire.

— Mais, ne vous en faites pas, les filles. Je m'en tiendrai à ce que j'ai dit tout à l'heure ; ça fait plaisir de voir des jeunes agir comme vous l'avez fait. Bien sûr, ça complique un peu les choses mais je soutiens que c'était généreux de votre part.

Il gara sa voiture et coupa le moteur.

— Est-ce que... vous nous arrêtez ? m'entendis-je lui demander malgré moi.

— D'ordinaire, on enquête, on fait des interrogatoires, on réunit des preuves et puis on arrête les gens, dit-il en ouvrant sa portière. Tout ce que j'ai maintenant, ce sont quatre demoiselles à l'air plutôt suspect. Allons, venez, on va voir si on peut poser tout ça sur la table et y mettre un peu d'ordre.

Tandis que nous le suivions dans les couloirs du bâtiment, Rebecca nous jeta un regard chargé de reproches, comme si Crystal et moi l'avions trahie. Mais, était-ce notre faute ?

On nous fit pénétrer dans ce qui ressemblait à une salle de conférences. Face à nous se dressait un grand miroir et j'avais assez vu de films policiers à la télévision pour deviner qu'il s'agissait d'une glace sans tain, à travers laquelle on devait certainement nous observer. Un agent entra alors et nous proposa quelque chose à boire. Crystal demanda un thé et nous autres, un coca.

— Qu'est-ce qui va nous arriver, maintenant ? s'inquiéta Janet en sirotant sa boisson.

— On va peut-être finir en prison, lui répondit Rebecca sans plaisanter.

Janet nous jeta un regard terrifié.

— Ne sautons pas sur des conclusions hâtives, reprit Crystal sur un ton rassurant. Attendons de voir ce qu'ils vont nous dire, d'abord.

A cet instant, la porte s'ouvrit sur une femme d'une cinquantaine d'années, vêtue d'un uniforme de policier. Elle ne portait pas de pistolet mais une paire de menottes pendait à sa ceinture. Un bloc-notes à la main, elle s'avança vers nous d'une démarche très militaire.

— Je suis le lieutenant Mathews, se présenta-t-elle en indiquant le badge qu'elle arborait à la poitrine.

Elle s'assit face à nous et nous dévisagea un long moment avant de consulter ses documents.

— Qui est Brenda Okun?

— C'est moi, dis-je d'une voix polie.

Elle me regarda un instant comme si elle cherchait à mémoriser mon visage.

— Janet Taylor?

— C'est moi, lui répondit Janet.

De nouveau, elle l'observa longuement avant de passer à la suivante.

— Rebecca Flores?

— Enchantée.

Les yeux de la femme semblèrent se durcir puis elle se tourna vers Crystal.

— Vous êtes donc Crystal Perry?

— Oui.

— Très bien, mesdemoiselles, déclara-t-elle en repoussant son bloc-notes. Je sais que vous venez de secourir une famille en détresse et j'ai appris ce que vous avez fait pour lui venir en aide. J'en conclus que je n'ai pas affaire à des délinquantes mais, à moins que vous ne puissiez me prouver le contraire, je sais aussi que vous êtes soupçonnées de vol de voiture. De plus, vous avez traversé plusieurs États et, d'après vos dossiers, je constate qu'aucune de vous ne possède de permis de conduire national. Est-ce que tous ces renseignements sont vrais ?

— On n'a pas volé la voiture, protesta poliment Rebecca. On l'a juste empruntée... pour quelque temps.

Le lieutenant Mathews ne sourit pas mais se contenta de feuilleter les documents qu'elle avait sous les yeux.

— Vous êtes toutes les quatre pupilles de la nation. J'ai fait demander un représentant du Centre de Protection de l'Enfance, qui devrait être là sans tarder.

— Dans ce cas, on peut peut-être attendre son arrivée avant de discuter de notre situation, suggéra Crystal non sans aplomb.

Ôtant ses lunettes, d'un geste tranquille, elle se mit à les nettoyer. Cependant, ni son calme apparent, ni le sourire suffisant de Rebecca, ni l'air effrayé de Janet ne nous attirèrent plus de sympathie de la part du lieutenant Mathews.

— La meilleure chose que vous puissiez faire, maintenant, c'est de me raconter la vérité, continua-t-elle. Je suppose qu'aucune de vous ne voudrait aggraver une situation qui est déjà bien mauvaise, n'est-ce pas ? Qui conduisait ? C'est vous, Brenda ?

— Nous conduisions à tour de rôle, intervint Rebecca dans l'espoir de me protéger. Même Janet ; on lui avait installé un coussin pour qu'elle puisse bien voir la route...

— Mademoiselle Flores, bientôt, vous ne trouverez pas cela si drôle, c'est moi qui vous le dis.

On frappa à la porte. Sans répondre, elle posa sur nous un regard inquisiteur puis d'autres coups résonnèrent. Enfin, elle se leva et alla ouvrir.

Un jeune homme grand et mince, à l'air aussi inquiet que nous, entra dans la salle en jetant un timide coup d'œil de notre côté. Il portait un costume brun sombre et une cravate qui semblait lui étrangler le cou. Il avait le visage anguleux, un long nez et des lèvres serrées, le tout contrastant nettement avec ses yeux ronds et bleus.

— Voilà M. Glashalter, annonça le lieutenant. Je vous laisse avec ces demoiselles... qui, à mon avis, auraient bien besoin de conseils.

Puis, de sa démarche toujours aussi raide, elle sortit de la pièce.

Le nouveau venu s'installa à la place de Mme Mathews et déclara :

— Bonjour, je m'appelle Clarence Glashalter, je suis employé au Centre de Protection de l'Enfance. Je possède quelques renseignements sur vous mais j'aurai encore plusieurs questions à vous poser. Je sais que vous avez volé la voiture de l'homme qui est votre tuteur actuel, c'est bien cela ?

Sans attendre de réponse, il continua :

— Et cela fait plusieurs jours que vous voyagez en direction de l'ouest. Où comptiez-vous aller ?

— En Californie, répondis-je.

Il hocha la tête comme s'il trouvait la chose parfaitement légitime.

— Et... pourquoi cela ?

— Pour fuir à tout jamais les orphelinats, répliqua Rebecca.

— En volant la voiture qui appartient à votre tuteur ?

— Un tuteur qui n'était pas exactement M. Propre, si vous voyez ce que je veux dire.

— Apparemment, observa Clarence Glashalter en compulsant ses papiers, il serait plutôt M. Généreux. Je me suis laissé dire qu'il avait l'intention de retirer toute plainte contre vous si vous acceptez de retourner dans votre foyer d'accueil. Il doit venir ici en avion pour récupérer son véhicule.

— Retourner là-bas ? s'étrangla Rebecca. Je préférerais aller en prison !

Clarence nous regarda tour à tour et lut le même dégoût sur nos visages. Il secoua la tête sans paraître comprendre.

— Ce M. Tooey prétend que sa femme vous aime beaucoup et que votre fuite l'a rendue malade. Ils n'ont pas l'air de monstres, à mes yeux. D'autre part, je ne crois pas que vous ayez envie d'aller en prison pour avoir volé une voiture.

— Si, on préfère ça, insista Rebecca. On survivra. Tant qu'on est ensemble, on peut survivre par n'importe quel moyen. On est comme des sœurs...

— Je comprends, reprit-il. Mais vous devez savoir qu'aucune de vous n'ira au même endroit. On vous séparera.

Janet laissa échapper un gémissement puis nous jeta un regard désespéré.

— Ce n'est pas drôle. On n'est pas en train de jouer...

— Qu'est-ce qu'on doit faire ? interrogea alors Crystal.

— Vous devrez faire des excuses à votre tuteur, retourner dans votre foyer et avoir une attitude irréprochable. Dans ce cas, je pourrai vous mettre en liberté surveillée. Il ne faut pas non plus oublier le fait que vous êtes venues en aide à cette famille ; cela joue en votre faveur, bien sûr.

— On ne veut pas retourner là-bas ! s'écria Rebecca. On ne peut pas ! Cet homme est un monstre !

— Si vous avez à vous plaindre de votre famille d'accueil, vous devez en parler à vos conseillers psychologiques à New York plutôt que de voler des voitures et partir en cavale à travers tout le pays, lui répliqua-t-il. Il faut suivre les procédures, mesdemoiselles. Je suis certain que vous les connaissez depuis le temps que vous êtes dans le système...

— Oh, le système... marmonna Rebecca. Je suis prête à le fuir de nouveau.

— Dans ce cas vous vous préparez les pires ennuis et on ne vous offrira pas deux fois une opportunité comme celle-ci. Je vous assure que, si vous ne vous montrez pas plus coopératives...

— On coopérera, promit Crystal. Merci de nous proposer votre aide.

Clarence retrouva son sourire d'automate et se tourna vers elle.

— Très sage décision, mademoiselle. Voilà un geste

intelligent. Maintenant, je peux tenter ce qu'il faut pour vous aider.

— Alors, que doit-on faire ?

— D'abord, je vous demanderai de m'écouter très attentivement. Je vais expliquer votre cas au shérif puis je m'entretiendrai avec l'assistant du procureur. Cela prendra du temps mais je crois qu'on pourra trouver une solution si vous faites preuve de bonne volonté.

Il se leva et nous déclara :

— Je reviens vous voir bientôt.

Dès qu'il fut sorti, Rebecca se jeta littéralement sur Crystal :

— Tu ne lui as même pas dit ce qu'on avait trouvé dans la voiture ! Tu ne lui as pas dit non plus pourquoi on ne voulait pas retourner chez Gordon Tooey ! Pourquoi ? Qu'est-ce qui t'a pris ?

— Personne ne nous aurait crues, Rebecca. Et puis, qu'est-ce qui se passerait, alors ? Gordon changerait encore d'avis, il porterait finalement plainte contre nous et on nous séparerait. C'est ça que tu veux ?

— Bien sûr que non, mais...

— Il n'y a pas de « mais », Rebecca. Sois patiente, sois prudente et attends la prochaine occasion.

— Mais tu sais très bien ce qu'il va exiger et, quand il s'apercevra de ce qu'on a fait, il...

— Il va nous dénoncer pour avoir balancé sa cocaïne ? Tu crois ça ?

— Je ne sais pas... Je n'ose pas imaginer ce qu'il est capable de faire.

Se tournant vers moi, elle me jeta un regard suppliant.

— Écoute, Rebecca, lui dis-je doucement, pour le moment on n'a pas d'autre solution.

— C'est facile à dire, maintenant. Mais, bientôt, c'est Gordon qui passera le pas de cette porte, vous allez voir !

Personne ne dit mot.

Seul lui répondit le bruit de nos cœurs battant la chamade.

14

Le diable fait homme

Chaque fois que la porte s'ouvrait, nos sangs se glaçaient tant nous craignions de voir Gordon apparaître. Après le départ de Clarence Glashalter, la première personne à entrer fut l'adjoint au shérif, tout sourire, qui nous apportait des nouvelles de l'hôpital. Il avait les bras chargés de hamburgers, de frites et de sodas dont l'arôme eut vite fait d'imprégner la salle entière.

— J'ai pensé que vous deviez avoir faim, nous dit-il en posant les sacs sur la table. Ça fait un bout de temps que vous êtes là. Allez, mangez, pendant que c'est chaud. C'est offert par le shérif.

D'un coup d'œil, je cherchai l'approbation de Crystal. Elle hocha la tête et nous nous distribuâmes les paquets. L'adjoint nous observa un moment et je devinai aisément les idées qui traversaient l'esprit de Rebecca. Je me tortillai sur ma chaise et regardai Crystal qui semblait redouter autant que moi quelque éclat de sa part.

— Imaginez que vous trouviez de la drogue dans la voiture de quelqu'un et que vous n'en parliez pas à la police, déclara-t-elle soudain. Est-ce que c'est considéré comme un délit?

La bouchée de hamburger que j'étais en train de mastiquer alla se bloquer au fond de ma gorge.

— C'est toujours un délit de dissimuler des preuves ou de ne pas dénoncer une infraction en cours, répondit-il simplement. Pourquoi cette question?

— Je voulais savoir, simplement...

— Il y a de la drogue dans le break que vous conduisiez? insista-t-il alors.

Il aurait vraiment été le pire des crétins de ne pas poser cette question, songeai-je.

— Non, répliqua Rebecca.
— Il y en avait, alors ?
Comme nous ne disions mot, il ajouta :
— S'il y en avait, il doit rester quelques résidus dans la voiture.
— Et s'il n'y en avait pas ? hasarda Crystal. On ne peut pas prouver qu'il y en avait, n'est-ce pas ?
— Quand il y a absence de preuve ou de témoin, on ne peut rien prouver.
Crystal jeta un regard appuyé à Rebecca.
— Je parle d'une autre voiture, bien sûr, lâcha celle-ci. Celle d'un ami à moi, à New York.
— Eh bien, vous feriez mieux de le laisser tomber, lui conseilla l'adjoint. S'il se fait pincer avec sa petite marchandise et que vous êtes avec lui, vous vous trouverez dans de sales draps, c'est moi que vous le dis.
Il se tourna alors vers Janet.
— Je suis sûr que vous accepteriez une glace. Quel est votre parfum favori ?
— La fraise, répondit-elle d'une voix timide.
— D'autres en veulent une ? Profitez-en pendant que je suis d'humeur généreuse.
— Je veux bien une glace à la vanille, finit par répondre Rebecca.
Crystal et moi refusâmes poliment et l'adjoint au shérif partit chercher les desserts promis.
— Tu es vraiment stupide, Rebecca, lui reprocha Crystal dès que la porte se fut refermée derrière lui. Tu imagines ce qui serait arrivé s'il s'était mis en tête de fouiller et de démonter tout le break pour ne rien trouver ? Gordon aurait vu que sa drogue avait disparu et il aurait été furieux après nous. Je mets ma main au feu qu'il n'aurait pas hésité à porter plainte contre nous, alors.
— Je me demandais seulement s'il y avait un autre moyen de nous sortir de là. Tu sais bien que je ne ferais rien qui risque de nous séparer.
— J'ai peur, pleurnicha Janet. Et si on nous arrête et qu'on nous met en prison ?

— On ne va pas se faire arrêter, la rassura Crystal avant de se tourner vers Rebecca. A partir de maintenant, on ne fait plus rien, on ne dit plus rien.

— D'accord, mais moi aussi j'ai peur, avoua Rebecca. Je suis désolée mais je crève de peur.

— Tout va s'arranger, leur dis-je alors. Ne vous inquiétez pas.

— O.K., je ne m'inquiète pas. Tu appelles ton super mécano et il vole à notre secours dans sa... comment tu as dit qu'il appelait son engin ? Betty Lou, je crois ?

Je la fusillai du regard tandis que des larmes de rage me brûlaient les yeux. En faisant la grimace, Rebecca croisa les bras et baissa les yeux.

L'adjoint au shérif revint bientôt avec les glaces et nous annonça que Gordon serait là d'ici une heure. Puis il ressortit, nous laissant absolument consternées.

— Comment est-ce qu'il a pu venir si vite ? demanda Rebecca.

— Il a pris l'avion, lui expliqua Crystal, ou bien il était déjà dans le coin. Souviens-toi qu'on a utilisé sa carte de crédit.

— C'est vrai. Grâce à cette fichue carte, il nous suit à la trace. C'est vraiment malin...

— Rebecca, c'était une bonne idée au début, lui dis-je pour ma défense. C'est ce qu'on a toutes pensé, je te signale. Et puis, qu'est-ce que ça fait qu'il se pointe ici dans une heure ou dans quatre ? Il vient, c'est tout. On ne peut rien faire contre ça.

— Brenda a raison, Rebecca, lui dit Crystal. S'il te plaît, arrêtons de nous chamailler.

— Je ne veux pas retourner avec lui, se lamenta Janet. Je ne veux pas, Crystal, je ne veux pas !

Elle agita la tête si violemment que je crus qu'elle allait se briser le cou.

— Oh, non... dit alors Rebecca. Elle ne va pas nous faire une crise, encore.

— Joignons nos forces, proposa alors Crystal.

Nous nous levâmes pour encercler Janet dont les yeux commençaient déjà à se révulser. Nous prenant chacune par les épaules, nous rapprochâmes nos têtes de façon que nos fronts viennent se toucher.

— Nous sommes sœurs, entonna Crystal. Ensemble, nous nous protégeons mutuellement et tout ira bien tant que nous resterons ensemble. Nous sommes fortes...

— Nous sommes sœurs, répétai-je avec Rebecca. Nous nous protégeons, nous sommes fortes...

Janet nous saisit les mains et nous continuâmes de chanter en nous agrippant les unes aux autres comme si le sol allait s'ouvrir sous nos pieds.

— Mais... qu'est-ce que c'est que ça? retentit tout à coup la voix de Clarence Glashalter que nous n'avions pas entendu entrer. Vous faites de la sorcellerie, maintenant?

Aussitôt, nous nous séparâmes et retournâmes à nos places. Janet semblait aller mieux, son visage avait retrouvé ses couleurs et sa respiration semblait nettement plus régulière.

— Ce n'est rien, déclara Crystal. Nous cherchions à nous réconforter... à notre façon.

Il nous observa durant un long moment puis alla s'asseoir en face de Rebecca.

— Bon, annonça-t-il, j'ai pu arranger notre petite histoire. Les autorités sont d'accord. Vous allez être rendues à votre tuteur qui accepte de vous reprendre avec lui. Les questions concernant la conduite sans permis et le vol de voiture seront traitées ici mais tous les détails en seront transmis à vos responsables de New York. Vous pouvez vous estimer heureuses de vous en tirer ainsi.

— Autant dire qu'on a gagné à la loterie, marmonna Rebecca juste assez fort pour être entendue de tous.

— Tâchez plutôt d'apprécier les faveurs que l'on vous fait, mademoiselle, lui rétorqua Clarence avec sécheresse. N'allez pas croire que tout vous est dû, dans ce monde.

A ces mots, Rebecca se pencha vers lui d'un air menaçant.

— Rebecca! intervint Crystal d'une voix forte.

Elle la sentait prête à hurler de rage et Dieu seul savait ce qui pouvait alors sortir de sa bouche. Surprise, Rebecca regarda Crystal puis s'appuya contre son dossier, croisa les bras et se mordit la lèvre.

M. Glashalter compléta le dossier qu'il était en train de remplir puis sortit pour attendre Gordon. Quelques instants plus tard, le lieutenant Mathews vint nous chercher.

— Votre tuteur est arrivé, mesdemoiselles. Suivez-moi.

Crystal prit la main de Janet et, ensemble, nous suivîmes notre guide. Nous traversâmes le couloir pour déboucher dans le hall de réception. Là, nous découvrîmes Gordon, nonchalamment appuyé au comptoir, qui nous observait, un sourire goguenard aux lèvres. Il portait une veste de cuir fauve sur une salopette de grosse toile grise. Il avait le cheveu plat, la barbe naissante et des poches sous les yeux lui donnaient l'air fatigué. Je songeai alors qu'il avait dû conduire nuit et jour pour nous retrouver.

— Ah, voilà mes filles! lança-t-il. Louise était morte d'inquiétude. Je devrais être très en colère, vous savez. Très, très en colère.

Alors, il se tourna vers le réceptionniste et ajouta en éclatant de rire :

— Mais je ne peux pas m'empêcher de penser à toutes les bêtises que j'ai faites quand j'avais leur âge.

Puis il dévisagea le lieutenant Mathews, qui l'observait d'un air suspicieux sans chercher un instant à cacher son dégoût.

— Vous savez ce qui fait de moi un bon tuteur? lui demanda-t-il. C'est que je comprends les adolescents. Je n'oublie pas que j'en ai été un moi-même.

De nouveau il se mit à rire et demanda au réceptionniste :

— Il y a autre chose à faire?

— Non, vous avez tout signé. Elles sont à vous, monsieur Tooey.

— Oui, elles sont à moi, répéta-t-il en posant sur nous un regard cruel. J'ai de la chance. Allons, les filles, venez. On a un long chemin à faire... et pas mal de choses à se raconter en route.

En silence, nous nous dirigeâmes vers la porte d'entrée. Janet gardait la tête basse et serrait si fort la main de Crystal que je voyais ses doigts blanchir.

Je me retournai vers le lieutenant Mathews et, l'espace d'un instant, je crus qu'elle allait dire quelque chose, prononcer une parole qui nous empêcherait de suivre Gordon Tooey. Mais elle n'ouvrit pas la bouche et il s'interposa entre elle et nous.

— Avance, Brenda, me dit-il d'une voix dure. Tu connais le chemin.

Serrées les unes contre les autres, nous quittâmes le bureau du shérif. Le break de Gordon était garé juste devant l'entrée.

— Vous trois, vous montez derrière, ordonna-t-il à Rebecca, à Crystal et à Janet. Et toi, tu vas devant avec moi.

Nous grimpâmes dans la voiture et Gordon se mit au volant. Il démarra sans attendre et quitta le parking. Pas un mot ne sortit de sa bouche avant que nous ayons atteint la route principale.

— Alors, déclara-t-il soudain, je suppose que vous vous êtes payé du bon temps, hein ? J'imagine que c'est toi qui as conduit, Brenda ?

Sans répondre, je me tournai vers la fenêtre et regardai dehors.

— Vous savez que vous auriez pu finir en prison, continua-t-il. Je vous ai rendu un fier service en ne portant pas plainte et j'attends le même genre de service en retour.

De son index, il me donna un coup dans l'épaule qui me fit sursauter. Puis il regarda les autres dans le rétroviseur.

— Votre idée de carte bidon pour me lancer sur une fausse piste, c'était très futé, les filles. Très futé. Je vois que j'ai affaire à de vrais petits génies.

Un lourd silence s'installa dans la voiture. Puis Gordon alluma une cigarette et se cala confortablement dans son siège.

— Bon, les filles, je crois qu'on est assez loin du bureau du shérif, maintenant. Vous voyez, j'ai dû aller chercher mon break à la fourrière, j'ai signé et je suis reparti avec. Un peu plus loin, je me suis arrêté pour chercher quelque chose que j'avais caché sous la banquette et... devinez!

Il se tourna vers moi et eut un sourire mauvais.

— Allez, devine, Brenda.

— Vous ne me faites pas peur, Gordon, lui dis-je en m'efforçant de garder un visage impassible.

— Je ne te fais pas peur? Parfait.

Alors, sans crier gare, il claqua si fort de la paume contre le tableau de bord que je crus le voir se fendre sous mes yeux. Après quoi, il le frappa du poing, trois fois de suite, sans doute pour nous montrer sa force. Mais, à quoi bon ce déballage de violence physique? Nous le connaissions assez pour ne pas en être surprises. Je ne bronchai pas mais mes trois sœurs, derrière, se mirent à hurler.

Le cœur battant, malgré tout, je me tournai vers elles. Janet pleurait et Rebecca, d'ordinaire si courageuse et provocatrice, avait les yeux rivés au plancher. Seule Crystal avait eu l'air de se ressaisir au moment où Gordon s'était arrêté de taper comme un malade.

Il avait l'air si calme, à présent, que je crus un instant que cette crise de violence n'avait été qu'un effet de mon imagination. Cet homme était fou, ce qui le rendait encore plus dangereux.

— Tu veux que je te fasse peur? me demanda-t-il. C'est ça que tu veux, Brenda?

— Non.

— Tant mieux, reprit-il sur un ton glaçant. Parce que, si vraiment je dois te faire peur, je me mettrai encore plus en colère que maintenant et, à ce moment-là, je crois que je serai capable de vous réduire en bouillie toutes les quatre!

— Qu'est-ce que vous voulez, maintenant ? lui demanda Crystal d'une voix tranquille.

— Ce que je veux ? Je voudrais tout simplement récupérer ce qui m'appartient. Autrement dit, ce que vous avez trouvé sous la banquette. C'est clair, non ? Qu'est-ce que vous en avez fait ?

— On n'a rien trouvé sous la banquette, répondit Rebecca.

— Ne me prends pas pour un imbécile, lui rétorqua-t-il en la fixant dans le rétroviseur, ou c'est par toi que je vais commencer. Ou tu préfères peut-être qu'on s'arrête et que je fasse sortir la petite pour l'interroger ? Je sais qu'elle me racontera tout, hein, mignonne ?

Janet blêmit. Crystal lui passa un bras protecteur autour du cou.

— On a découvert ça par hasard, lâcha-t-elle alors. On fouillait sous la banquette pour savoir s'il n'y aurait pas quelques pièces perdues... et on est tombées là-dessus. Mais on n'a pas compris tout de suite de quoi il s'agissait.

— Des pièces perdues ? sourit-il en haussant les sourcils. D'accord, je vous crois. Mais, après, qu'est-ce que vous avez fait.

— Quand on a compris ce que c'était, on a eu peur et on s'est arrêtées au bord d'un chemin pour le cacher.

— Vous l'avez caché ?

— Oui, on ne voulait pas que des enfants tombent dessus et, surtout, on ne voulait pas se faire arrêter avec ça dans la voiture.

Il parut réfléchir un instant puis il ralentit et finit par stopper sur le bas-côté. Après avoir tiré une longue bouffée de sa cigarette, il se retourna brusquement et demanda :

— On peut savoir où vous l'avez caché ? Vous n'allez pas me dire que vous avez oublié, hein ?

— Non, je me souviens très bien, affirma Crystal sans trembler.

Interloquée par son aplomb, je me tournai vers elle et haussai les sourcils. Comment pouvait-elle dire une chose pareille? Que se passerait-il si nous emmenions Gordon à l'endroit en question? Je n'osais imaginer sa réaction quand il découvrirait qu'en fait nous nous étions débarrassées du sac et de son contenu.

— D'accord, ma jolie Crystal, je compte sur toi pour m'y conduire.

— Je ne pourrai jamais retrouver le coin dans l'obscurité, objecta-t-elle alors.

La nuit commençait effectivement à tomber et la lune se cachait derrière les nuages. Gordon considéra Crystal d'un air méfiant mais elle ne broncha pas. Décidément, quand il s'agissait de jouer au plus fin avec elle, il était toujours perdant.

— D'accord, déclara-t-il au bout d'un instant. On va se trouver un petit motel pour la nuit et, demain, on ira chercher ce qui m'appartient. Ensuite, voilà ce que je vais faire, les filles : je vous laisserai repartir mais, cette fois, je ne déclarerai pas votre disparition. Qu'est-ce que tu en penses, Rebecca? Ça te va?

— Oui, répondit-elle, les yeux brillant d'une colère mal contenue. Ça me va.

— Le marché me paraît assez juste, non? J'ai ce que je veux et vous avez ce que vous voulez.

— Et Louise? demandai-je. Je croyais qu'elle avait le cœur brisé de nous avoir perdues.

— Elle s'en remettra, dit-il en plongeant ses méchants yeux dans les miens. Elle s'en remet toujours.

Il redémarra et prit la route.

— Je sais bien que vous ne m'aimez pas, les filles. Mais ça m'est égal. Je n'ai jamais demandé à fonder un foyer d'accueil pour orphelins. Ça, c'était l'idée de Louise. On avait beaucoup de mal à tenir cette maison quand elle servait de résidence de vacances. Ses parents ne m'ont jamais traité comme un gendre mais comme un employé à tout faire. Quand j'ai fini mon service dans la marine, j'avais de bonnes aptitudes, je valais quelque chose; ce n'est pas ma faute si cette affaire a mal tourné. Les clients avaient arrêté de venir et on n'avait plus un sou. C'est alors que Louise a eu cette idée de foyer d'accueil. Oh, bien sûr, je l'ai laissée faire mais, avec vous toute la journée dans les pattes, je n'étais pas à la fête, je peux vous le dire. Et je ne regrette pas d'avoir su profiter de l'occasion. Ça a toujours été ma devise : savoir profiter de l'occasion.

Il émit un rire gras, se retourna vers Rebecca puis vers moi.

— En tout cas, vous avez des tripes, il faut bien le reconnaître. Je crois que, maintenant, on se comprend, vous et moi. On va bien s'entendre, vous verrez.

Un panneau lumineux indiquant un motel tout proche apparut devant nous.

— Ah, voilà. On va pouvoir se reposer et, demain, on se séparera en amis. Ça vous convient ?

Personne ne dit mot. Gordon prit la sortie suivante et se dirigea vers le motel indiqué. Je regardai Crystal. Et maintenant ? voulus-je demander. Mais cette question attendrait un peu.

Gordon prit deux chambres mais, au moment de garer la voiture, il nous déclara :

— Je sais de quoi vous êtes capables, les filles, alors voilà ce qu'on va faire : je garde l'une de vous avec moi dans ma chambre.

— Quoi ? s'indigna Rebecca non sans cacher l'horreur qui la saisissait. Vous voulez en garder une avec vous... ?

— Du calme, ce n'est pas pour ce que vous croyez. Je veux juste m'assurer que vous ne filerez pas sans moi... et donc sans elle. Vous êtes inséparables, non ? Alors, qui ça va être ?

Crystal me parut plus terrifiée encore que Janet. Quant à moi, j'imaginais le pire, bien sûr.

— Je pourrais peut-être prendre la petite avec moi, proposa-t-il sur un ton dégagé.

Je crus entendre le cri de terreur muet de Janet.

— Non, c'est moi qui vais avec vous, décidai-je.

— Parfait, sourit-il. Alors, maintenant, on va bien dormir, les filles, parce que, demain, on a une journée chargée. Très chargée...

Gordon sortit du break et, la mort dans l'âme, nous le suivîmes. Il alla ouvrir la porte pour Rebecca, Crystal et Janet, et l'autre pour nous.

— Est-ce que je peux rester avec elles un moment ? lui demandai-je.

— Non, répondit-il platement. Je ne veux pas avoir à vous surveiller. Entre et couche-toi. Les autres, faites la même chose. Et, pas de blague, hein ? Allez, au lit !

Rebecca me prit la main et me murmura :

— Je peux prendre ta place, si tu veux, Brenda. Je saurai le tenir en respect.

— Non, c'est bon, lui répliquai-je. Tout ira bien, je te remercie. Prends plutôt soin de Janet.

Après un rapide bonsoir, j'entrai dans la chambre que je devais partager avec Gordon. Je le vis partir prendre quelque chose à l'arrière du break puis il me rejoignit.

— Va dans la salle de bain la première, m'ordonna-t-il alors.

Je m'exécutai sans protester et, lorsque je sortis, je le trouvai étalé sur son lit en train de regarder la télévision... et de siroter une bouteille de whisky.

— Tu n'as pas mis ta chemise de nuit ? me demanda-t-il au moment où je tirai le couvre-lit.

— Je ne dors pas en chemise de nuit.

Il sourit en me dévisageant d'une manière qui n'annonçait rien de bon. Affreusement mal à l'aise, je parvins cependant à ne rien montrer. Avec Gordon, il valait toujours mieux paraître courageux et sûr de soi. C'était le genre de personne à profiter de la faiblesse, de la bonté ou de l'innocence des autres.

— Alors, dis-moi, Brenda, qui a eu l'idée de partir en cavale ? C'est Crystal, non ?

— Non. C'est moi.

— Ce n'est pas vrai ? s'exclama-t-il, stupéfait. Mais, vous croyiez aller où, comme ça ? Qui est-ce qui vous attend, les bras ouverts, hein, qui ?

Je me tournai vivement vers lui.

— Personne ne nous attend. On voulait juste vous

fuir, Louise, vous et cet endroit qu'on ne supportait plus. Vous disiez tout à l'heure que vous n'étiez pas à la fête avec nous ; eh bien, pour nous, c'était pareil. On sait qu'avec Louise vous faites tout pour mettre des bâtons dans les roues de ceux qui voudraient nous adopter. C'est sans issue pour nous, c'est pour ça qu'on a décidé qu'il valait mieux partir.

— En volant ma voiture ! s'écria-t-il en grimaçant. Pourquoi ma voiture ? Hein, pourquoi ? Il y a des gens, là-bas qui comptaient sur moi, qui sont furieux après moi à cause de vous ! Pourquoi ne pas avoir pris le car ? Personne ne se serait soucié de vous, c'est moi qui te le dis.

Sans répondre, je m'allongeai sur le lit et fermai les yeux. Si je prononçais les paroles qu'il ne fallait pas, si je faisais le geste qu'il ne fallait pas, je n'osais pas imaginer ce qui pouvait se passer.

Cependant, au fond de moi-même, je devais reconnaître que Gordon avait raison. Nous avions fait une erreur en lui volant sa voiture. S'il nous avait poursuivies ainsi, c'était seulement à cause de la marchandise que nous avions embarquée avec nous ; comparées à la valeur de cette cocaïne, nos quatre petites personnes ne l'intéressaient guère. Mais nous savions aussi qu'en utilisant les transports publics, il aurait été plus facile de retrouver notre trace.

En y songeant bien, le jeu était perdu d'avance...

— Crystal prétend que vous avez caché ce que vous aviez trouvé sous la banquette. Elle dit bien la vérité ?

— Oui.

— J'espère pour vous que je le retrouverai demain ou alors vous passerez un sale quart d'heure, Brenda, crois-moi. Si vous me racontez des histoires, vous regretterez de ne pas être retournées à Lakewood ou de ne pas être allées en prison, tu peux me faire confiance là-dessus. Tu m'entends ?

— Oui.

Mon cœur se remit à battre si fort que j'avais du mal à respirer. J'aurais tant voulu parler à Crystal et savoir si elle avait des projets pour le lendemain. Jusqu'où pensait-elle pouvoir l'emmener et qu'arriverait-il quand nous serions obligés de nous arrêter ?

Soudain, je l'entendis se lever et s'approcher de mon lit. J'ouvris les yeux. Il me contemplait de façon étrange, il semblait hésiter. Qu'avait-il en tête ?

— Tu es déjà sortie avec un garçon ? me demanda-t-il à brûle-pourpoint.

Je refermai les yeux.

— Je suppose que ça veut dire non, continua-t-il. Tu es vierge, alors. Je suis sûr que tu penses à ça chaque fois que tu te couches, que tu restes réveillée pendant des heures en te demandant à quoi ça ressemble. Peut-être même que tu fais comme s'il y avait un garçon dans ton lit, hein, ma jolie ?

— Laissez-moi, Gordon. Demain, on fera tout ce que vous voudrez, alors laissez-moi tranquille.

— Tu es comme toutes les filles, n'est-ce pas ? insista-t-il d'une voix dont le calme me parut menaçant. Tu penses que tu auras des enfants un jour.

Les paupières brûlantes de larmes, je les gardais fermées aussi hermétiquement que possible et m'efforçais de ne pas pleurer.

— Je peux te montrer, tu sais. Je peux te montrer comment ça se passe, et bien mieux que n'importe quel gamin de ton âge. Comme ça, tu vois...

Il claqua des doigts avec un bruit sec qui me fit frémir.

— C'est différent avec un homme, un vrai. L'expérience compte beaucoup, dans ces cas-là.

Je ne bronchai pas, je n'ouvris pas les yeux mais je le sentis s'approcher encore. Mon corps se raidit malgré moi. Si j'avais pu disparaître sous terre, à cet instant... Lorsque ses doigts m'effleurèrent les cheveux, je bondis et tirai le couvre-lit sur moi en remontant les genoux contre ma poitrine.

— Arrêtez ! criai-je.

Stupéfait, il eut un geste de recul mais ne s'écarta pas pour autant.

— Si vous me touchez encore, je hurle si fort que ça attirera le gérant ou même les clients autour de nous, je vous le jure ! Ils appelleront la police et on ne pourra rien vous montrer, demain.

Gordon parut hésiter, alors.

— Du calme, dit-il. Je ne vais pas te sauter dessus. Mais tu viens de louper la meilleure chose qui puisse t'arriver, ma jolie.

— N'importe quoi ! J'ai un petit ami et, un jour, je l'épouserai, lui !

Il eut un rire cruel et, soudain, la rage s'empara de moi. Une rage qui, je le sentais, me galvanisait. S'il s'approchait de nouveau, je lui arracherais les yeux ! Il dut deviner une certaine détermination dans mon regard, car, étrangement, il recula pour de bon.

Tout en grognant, il avala une lampée de whisky puis jeta un coup d'œil vers la salle de bain.

— J'y vais, marmonna-t-il. Et ne t'avise pas de bouger de là, ajouta-t-il en pointant sur moi un doigt aussi menaçant qu'un couteau.

Je parvins à me détendre un peu mais je savais que je ne fermerais pas l'œil de la nuit, par peur de le voir surgir devant mon lit pour tenter ce que je n'osais imaginer. Je me pris à regretter de ne pas avoir tout révélé à la police, quand il en était encore temps. Comment allions-nous protéger Janet alors que nous ne savions pas nous protéger nous-mêmes ?

Gordon titubait en sortant de la salle de bain. Se prenant les pieds dans une chaise, il lâcha un juron. J'évitai de bouger et gardai le dos tourné quand il passa devant mon lit pour rejoindre le sien. La télévision marchait toujours et sa lumière bleutée éclairait le mur au-dessus de ma tête.

Soudain, je sentis que Gordon me prenait le bras. Je voulus crier mais il me plaqua une paume sur la bouche et approcha son visage tout près du mien. Il empestait tellement l'alcool que j'en eus un haut-le-cœur.

— Je ne vais rien te faire, grogna-t-il, mais je ne veux

pas prendre de risque non plus. J'ai l'intention de dormir, cette nuit; et je vous connais, les filles, vous êtes futées. Ne crie pas, Brenda, ou c'est mon poing que tu auras sur la figure.

Ôtant alors sa main de ma bouche, il me saisit le poignet pour y nouer une cordelette.

— Comme ça, tu ne pourras pas m'échapper, ma jolie. C'est un nœud de marin que je fais là.

Quand il eut fini, il attacha le bout de la corde à son propre poignet puis s'assit sur son lit. Il restait tout juste assez de longueur entre nous deux pour que je puisse me retourner.

— Et si je veux aller aux toilettes? lui demandai-je.

— Tu en viens. Tu te retiendras jusqu'à demain. Maintenant, je voudrais dormir, alors boucle-la.

Je le vis avaler encore une longue lampée de whisky puis s'allonger enfin et fermer les paupières. J'observai le nœud qu'il venait de faire à mon poignet. Il était serré si fort que la peau me brûlait. Effondrée, je demeurai immobile, les yeux grands ouverts, fixant sans le voir l'écran de la télé restée allumée. Les programmes changèrent au fil des heures. Fort heureusement, le volume était assez bas et ce fond sonore — ajouté à l'alcool qu'il avait ingurgité — eut un effet soporifique sur Gordon.

De nouveau, je jetai un regard vers lui pour constater qu'il dormait comme un bébé, les bras retombant mollement sur le bord du matelas. Il gémit dans son sommeil, remua puis se tourna sur le côté avant de se mettre à ronfler.

Je me demandai alors ce que faisaient les filles. Crystal et Rebecca avaient-elles dû joindre leurs forces pour apaiser Janet? Étaient-elles réveillées et terrifiées à l'idée de ce qui allait se passer demain? Peut-être Crystal nous avait-elle concocté un plan d'enfer pour échapper aux griffes de Gordon?

Une nouvelle fois, je me tournai vers lui et décidai qu'il fallait tenter quelque chose. Lentement, progressant centimètre par centimètre, je me glissai hors du lit jusqu'à me retrouver debout. Puis, dans le plus grand silence, je m'approchai de Gordon. J'observai la façon dont il avait fait le nœud autour de son poignet et je commençai à le dénouer, avec une telle lenteur que j'eus l'impression d'y passer des heures.

Gordon laissa échapper un grognement et se tourna de l'autre côté. Retenant ma respiration, j'attendis qu'il retrouve son immobilité puis je poursuivis mon travail de fourmi. Cependant, je devais à présent me pencher sur lui pour arriver à défaire complètement le lien qui me retenait prisonnière. A tout moment, je m'attendais qu'il ouvre brusquement les yeux et se jette sur moi.

Enfin, au bout de ce qui me parut une éternité, trempée de sueur, je parvins à faire glisser la corde de son poignet. J'en saisis l'extrémité et la nouai autour de ma taille. Inutile d'essayer de m'en débarrasser maintenant, je n'avais pas le temps. Sur la pointe des pieds, je me dirigeai alors vers la chaise où Gordon avait laissé sa veste et fouillai dans sa poche pour y trouver la clé du break.

De nouveau, il se retourna sur le dos, marmonna des paroles incompréhensibles puis laissa retomber ses bras de chaque côté du matelas comme il l'avait fait auparavant. Tout en retenant mon souffle, j'attendis un instant que ses ronflements se régularisent.

Enfin, avec d'infinies précautions, je gagnai la porte et, lentement, je tournai la poignée. La serrure fit entendre un déclic discret, Gordon remua la tête mais continua de ronfler puissamment. J'entrouvris le battant, me glissai dehors et refermai sans bruit derrière moi. Mon cœur battait si fort à cet instant que je crus qu'il allait exploser dans ma poitrine.

Il faisait nuit noire et tout semblait calme. Seule une autre chambre dans le motel était allumée. Je me dirigeai vers elle et frappai doucement, espérant que les filles m'entendraient. Rien. J'attendis et frappai de nouveau.

— Qui est là ? articula Rebecca.

— C'est moi. C'est Brenda...

Aussitôt, elle se précipita sur la porte et me fit entrer. Couchées dans le même lit, la couverture ramenée jusque sous le menton, Crystal et Janet me regardèrent, les yeux écarquillés de stupeur. D'un doigt sur les lèvres, je leur fis signe de ne pas souffler mot.

— Il m'avait attachée à lui, leur murmurai-je en leur montrant la corde nouée à ma taille. Mais j'ai réussi à la lui ôter du poignet pendant qu'il dormait.

— Attachée à lui? répéta Crystal, outrée. Oh, Brenda, on a eu si peur pour toi!

— Il est encore plus fou qu'avant, on dirait. Je ne sais pas ce qu'il a en tête pour demain. Alors, j'ai pris la clé du break et on peut partir, maintenant.

— Tu veux encore lui voler sa voiture? me demanda Crystal. Non, Brenda, il ne faut pas...

— Alors, j'espère que tu as prévu quelque chose pour demain, parce que, sinon, à en croire ce qu'il m'a dit dans la chambre, on est vraiment en danger.

— Je n'ai rien prévu, avoua-t-elle. J'espérais qu'il se passerait quelque chose cette nuit.

— Eh bien, il ne se passe rien du tout, et on n'a plus de temps à perdre. Alors, moi je vais te dire ce qu'on va faire.

Je lui agitai sous le nez la clé du break.

— Tu piges? C'est ça ou on va se retrouver Dieu sait où, et dans de sales draps.

— Il va encore nous envoyer la police aux trousses, objecta Rebecca.

— Je garde cette corde autour de moi pour leur raconter comment il a essayé de me retenir prisonnière. Et ce qu'il voulait me faire.

— Quoi? interrogea Rebecca.

— Inutile de demander, lui précisa Crystal en jetant un regard vers Janet.

Elle réfléchit un instant puis déclara :

— D'accord, tu as raison, Brenda. Allez viens, Janet, on s'en va d'ici.

Sans bruit, elles sautèrent du lit et enfilèrent leurs

baskets. Pendant ce temps, j'ouvris la porte et tendis l'oreille. Tout paraissait tranquille. Je priai le Ciel que Gordon soit encore endormi et qu'il le reste pour des heures.

J'indiquai aux filles qu'elles pouvaient sortir et, dans le plus grand silence, nous nous dirigeâmes vers le break, garé un peu plus loin. Je déverrouillai les portières et, sans bruit, nous montâmes dans le véhicule. Installée au volant, j'insérai la clé dans le contact et allai mettre le moteur en marche quand Rebecca me posa une main sur l'épaule.

— Brenda, attends. Il va nous entendre quand on va démarrer.

— Je n'en suis pas sûre. Il a tellement bu, tout à l'heure, que je crois qu'il est hors d'état de nuire pour un bon bout de temps.

— Je n'ose pas imaginer la crise de rage qu'il va piquer quand il découvrira qu'on lui a encore volé sa voiture, dit Crystal d'une voix tremblante.

— Alors, essaie d'imaginer ce qu'on aurait pris en lui révélant, demain, que sa drogue a disparu, lui répliquai-je.

Puis je regardai Rebecca. Poussant un profond soupir, elle acquiesça d'un signe de tête. Nos quatre paires d'yeux se tournèrent alors vers la chambre de Gordon.

Je tournai la clé de contact, le moteur se mit en route. La porte de Gordon resta close. Sans allumer les phares, je fis marche arrière, passai en première et accélérai doucement. Nous traversâmes ainsi le parking, Rebecca gardant les yeux fixés sur cette fichue porte qui nous faisait si peur.

— Il ne nous a pas entendues, souffla-t-elle quand nous eûmes tourné à l'angle du bâtiment.

En atteignant l'entrée du motel, j'allumai les codes et, cette fois, je démarrai en trombe. La route était mal éclairée, bordée par très peu de maisons et il n'y avait aucun panneau de signalisation en vue. Durant un instant, je perdis tout sens de l'orientation.

— Mon cœur bat si fort, nous dit Rebecca, que je crois que je vais tourner de l'œil.

J'ignore combien de temps nous avons passé sans oser respirer mais, à mon avis, nous avons dû battre un record d'apnée, cette nuit-là. Autour de nous, l'obscurité se faisait pesante et des visions de la figure hideuse de Gordon s'imposaient par flashes à mon esprit. Fébrile, je me mis à conduire de plus en plus vite, faisant crisser les pneus dans les virages, mordant de temps à autre sur les bas-côtés, luttant pour garder le contrôle de la voiture.

— Qu'est-ce qu'on va faire ? demanda Rebecca. On n'a plus d'argent, plus de carte de crédit, on n'a plus rien...

— Ça, je m'en moque bien, lui répliquai-je. Le plus important, c'est de fuir ce monstre. Après, on verra.

— Et on va où ? insista-t-elle en se retournant comme si elle s'attendait à voir Gordon surgir derrière nous.

Quant à Janet, trop secouée pour s'exprimer, elle ne disait mot et ne lâchait pas la main de Crystal.

— Loin, lui répondis-je. Aussi loin qu'on pourra.

Je ne pensais qu'à une chose : mettre le maximum de distance entre Gordon et nous. Tout ce qui nous arriverait ensuite ne pourrait jamais être pire.

Une oasis

La peur qui nous tenaillait nous forçait au silence. Les phares de la voiture transperçaient la nuit mais, sans aucun éclairage public pour nous guider ni circulation dans un sens ou dans l'autre, nous nous sentions seules, perdues, loin de toute civilisation. Autour de nous, les arbres sombres se dressaient comme des sentinelles géantes. J'avais l'impression de conduire à travers un tunnel qui nous faisait passer d'un monde à un autre.

Bientôt, alors que l'aube commençait à poindre, la végétation qui bordait la route disparut pour laisser place à d'immenses étendues dénudées qui s'étiraient à perte de vue. Les rares maisons que nous apercevions étaient plongées dans l'obscurité — leurs habitants devaient être encore couchés.

Lorsque je jetai un coup d'œil dans le rétroviseur, je vis Janet endormie entre les bras de Crystal qui, elle aussi, semblait sommeiller. A côté de moi, Rebecca avait les yeux clos et gardait la tête appuyée contre la vitre. En somme, nous étions toutes les quatre tombées dans une sorte d'engourdissement qui avait quelque chose de bienfaisant.

Autour de nous, le paysage changea encore pour devenir sec et rocailleux. Au fur et à mesure que le ciel s'éclaircissait, les étoiles pâlissaient pour disparaître une à une. Je conduisais beaucoup moins vite, à présent, mais la voiture cahotait de plus en plus car le revêtement de la route était très dégradé.

— Où est-on ? demanda Rebecca après qu'une secousse particulièrement forte l'eut réveillée.

— Je ne sais pas. Ça fait des kilomètres que je n'ai pas vu de panneau. Crystal, tu dors ?

— Non... Mais je n'ai plus de carte, on a dû la laisser dans le motel. La dernière maison que j'ai aperçue doit être à vingt minutes d'ici, maintenant.

— On va bien finir par arriver quelque part, articulai-je, en partie pour me rassurer moi-même.

Nous continuâmes ainsi sans que le paysage ne change d'un iota puis, au bout d'une vingtaine de kilomètres, je repérai, çà et là, quelques cactus avant d'apercevoir enfin à l'horizon une sombre barrière de montagnes. Janet se réveilla au moment où nous heurtâmes un nouveau nid-de-poule creusé dans ce qui restait de macadam.

— J'ai soif, Crystal, murmura-t-elle.

— Moi aussi, lui fit écho Rebecca, mais je n'ai vu aucun endroit où on pourrait réclamer de l'eau. Où est-ce qu'on est ? Je me le demande...

Une sorte de terreur commença à me vriller l'estomac. Dans notre folle précipitation pour fuir Gordon Tooey, je n'avais pas réfléchi à notre direction. Et maintenant, sans aucun panneau pour nous renseigner, je me rendais compte que nous étions bel et bien perdues.

Nous tombions décidément de Charybde en Scylla !

— On s'arrête au premier signe de vie qu'on aperçoit, déclara Crystal. Il faut absolument qu'on sache où on est.

Je continuai donc de conduire, la route devant nous n'étant plus à présent qu'une piste rocailleuse.

— On devrait peut-être faire demi-tour, suggéra Rebecca.

— Je ne comprends pas, on a parcouru tout ce chemin sans rencontrer un seul croisement...

— On dirait que ça va nulle part, dit Crystal en se penchant vers nous. Rebecca a peut-être raison.

Notre anxiété parvenait à son comble. Les yeux rivés sur le paysage qui nous entourait, nous guettions le moindre indice qui nous aiderait à nous retrouver. Deux lapins aux pattes démesurées bondirent devant les roues tandis que les pneus gémissaient sur les pierres et les rocailles encombrant la route.

— Je pense qu'on y est arrivées, observa Rebecca d'une voix morne. Je pense qu'on a atteint la lune, cette fois. On s'y croirait, non ?

— Ce que tu vois, c'est le résultat de la roche en fusion qui est sortie un jour des entrailles de la terre par toutes sortes de failles et de fissures, lui expliqua Crystal. C'est de la lave refroidie ; ça ressemble beaucoup à ce qu'on trouve sur la lune, effectivement.

— Merci, tes explications me sauvent.

— C'est vrai que c'est plutôt lunaire, déclara Janet. Un vrai désert.

Le break cahotait de plus en plus, à présent, et j'étais forcée de rouler en seconde tant nous étions secouées.

— Ça devient dingue, Brenda, lança Rebecca. On devrait vraiment faire demi-tour, tu sais...

A ce moment, comme si nos déboires ne nous suffisaient pas, le moteur se mit à tousser de façon alarmante.

— Oh, non! Qu'est-ce qui se passe, maintenant?

Je vérifiai les voyants sur le tableau de bord — ce que j'aurais dû faire depuis longtemps, à la vérité. Dans notre hâte à nous enfuir, il ne m'était pas venu à l'idée que nous pourrions tomber en panne d'essence.

— L'aiguille du réservoir est sur le rouge, annonçai-je.

— Quoi? rugit Rebecca. On n'a plus d'essence?!

— C'est ce que ça veut dire quand l'aiguille est sur le rouge, je te signale, lui rétorqua sèchement Crystal.

— Brenda...?

— Je suis désolée, je n'ai pas pensé à regarder. On est parties si vite que...

— Personne ne te reproche rien, coupa vivement Crystal.

— Bon, et maintenant! s'écria Rebecca, affolée. Qu'est-ce qu'on va faire? Du stop?

Après quelques toussotements, la voiture finit par s'arrêter, le réservoir à sec. Un silence de mort s'installa... que je finis par rompre en déclarant:

— On est sur une route, bon sang. Elle doit bien mener quelque part.

— Et alors? demanda Rebecca.

— On descend et on marche, lui répondis-je.

— On continue à pied?

— On n'a pas vraiment le choix, je crois.

— J'ai soif, nous rappela Janet.

— On devrait peut-être rester dans la voiture et attendre que quelqu'un arrive, suggéra Rebecca.

— Personne ne viendra par ici à cette heure, rétorqua Crystal. Mais, comme dit Brenda, il y a peut-être quelque chose plus loin. Je propose d'aller voir.

— Parfait, reprit Rebecca avant d'ouvrir sa portière pour descendre de voiture.

Nous l'imitâmes et, durant un instant, nous restâmes immobiles à observer le paysage désolé qui nous entourait. Sous les premières lueurs de l'aube, la route sinueuse se déroulait devant nous comme un ruban bleuté avant de franchir une colline sombre qui nous bouchait l'horizon.

— Tu avais raison, Janet. On dirait qu'on est en plein désert, remarqua Crystal.

— De mieux en mieux, commenta Rebecca. Bientôt, on aura peut-être droit à un mirage, pendant qu'on y est. Et puis, il fait un froid de canard.

— On a des sweats dans nos taies d'oreiller, lui rappela Crystal. Allons les prendre, ça nous réchauffera un peu.

J'allai ouvrir le hayon arrière et nous fouillâmes dans nos affaires pour en sortir ce que nous avions de plus chaud. Quand nous nous fûmes un peu couvertes, Crystal nous suggéra de laisser tout le reste dans la voiture.

— Inutile de s'encombrer de trop de choses si on doit marcher, dit-elle.

— Alors on y va, lançai-je en refermant le véhicule à clé. Vous êtes prêtes ?

— La nature... marmonna Rebecca. L'endroit où je préfère me perdre.

J'ouvris la marche, suivie de Crystal et de Janet tandis que Rebecca traînait la patte derrière nous. La route n'était plus qu'un chemin rocailleux, bordé de buissons d'armoise. Çà et là, se dressaient des silhouettes de cactus qui semblaient constituer l'unique végétation environnante.

Nous descendîmes une colline, en remontâmes une autre, progressant tranquillement et parlant peu. Il devait être quatre ou cinq heures du matin et le seul spectacle qui me réchauffait le cœur était le ciel magnifique qui s'illuminait de mille traînées roses.

Au détour d'une butte, nous découvrîmes que la route continuait tout droit à présent, et cela à perte de vue. Sur notre gauche, à une centaine de mètres, s'amoncelaient de gros rochers et, derrière, ce n'était rien d'autre que le désert.

— C'est mortel, par ici, se lamenta Rebecca. Quelle idée d'être venues jusque-là ! On aurait dû rester dans la voiture.

— Je n'ai pas envie de retourner là-bas, dit Janet. Et toi, Crystal ?

— Le temps qu'on y arrive, ce sera le matin. On peut aussi bien se reposer ici.

Indiquant les rochers de la tête, elle s'y dirigea et nous la suivîmes. Sans doute parce que le soleil les avait chauffés toute la journée précédente, les pierres nous parurent agréablement tièdes. Nous trouvâmes un endroit à peu près plat où nous installer et, dès que nous fûmes assises, nous sentîmes quelque chose passer furtivement entre nos pieds.

— Qu'est-ce que c'était ? s'écria Rebecca en bondissant de côté.

— Ça ressemblait à un rat kangourou, lui répondit calmement Crystal.

— Un rat ? Pourquoi des rats vivraient ici ? Il n'y a même pas de taudis ni d'ordures.

Crystal ne put s'empêcher de rire.

— Ce ne sont pas les mêmes rongeurs, Rebecca. Ça doit être des rats des champs ou l'équivalent.

— Eh bien, qu'ils aillent se balader ailleurs qu'ici.

— C'est leur habitat naturel, lui rappela-t-elle. C'est nous qui sommes des intruses.

— Des intruses ? Eh bien, tant qu'à faire, je préférerais être une intruse dans la maison de quelqu'un plutôt que chez eux, tu vois.

— Moi aussi, je préférerais être chez quelqu'un, murmura Janet. J'aimerais bien retourner chez Nana et Norman. Quand je vivais chez les Delorice, j'avais des grands-parents mais ils ne venaient pas souvent et ils ne m'ont jamais proposé de rester chez eux. Ils ne devaient pas beaucoup m'aimer.

— Je ne pense pas que c'était toi qu'ils n'aimaient pas, c'était l'idée d'avoir une petite-fille d'adoption, lui dit Crystal.

— Pourtant j'ai tout fait pour qu'ils m'aiment. J'ai été gentille, j'ai dansé pour eux, mais ils ne m'ont jamais invitée dans leur maison.

— Ce sont eux qui ont perdu quelque chose, dans l'histoire, lui dis-je. Pas toi.

Pour nous réchauffer, nous nous rapprochâmes les unes des autres. Janet se blottit entre Crystal et moi et Rebecca replia les genoux devant elle, les entoura de ses bras et y appuya sa tête. Puis elle lâcha un profond soupir.

— On sera toujours toutes seules, se plaignit-elle. Quoi qu'on fasse, quoi qu'on tente, on se retrouvera toujours comme ça, abandonnées.

— Rebecca, ce n'est pas en parlant comme ça qu'on se remontera le moral, lui reprocha Crystal.

Relevant brusquement le visage, Rebecca se tourna vers nous et riposta :

— Une fois dans ta vie, Crystal, juste une fois, j'aimerais te voir réagir comme un être humain et non comme un ordinateur. Ne me dis pas qu'en ce moment, perdue comme tu l'es dans le désert, sans un sou, sans que la moindre idée pour te sortir de là n'ait germé dans ton brillant cerveau, tu ne te sens pas un petit peu paumée et un peu effrayée aussi. Jamais tu ne me feras croire ça !

— Je ne te fais rien croire du tout. J'ai sans doute encore plus peur que toi, et je suis peut-être plus déprimée que tu ne le penses. Mais je ne vois pas l'utilité de gémir et de me lamenter sur mon sort.

— Au moins, tu l'avoues. Au moins tu ne cherches pas à nous cacher que tu éprouves les mêmes sentiments que moi. C'est déjà un progrès.

Pour la première fois depuis longtemps, je songeai que Rebecca avait raison. Et Crystal devait certainement penser la même chose. Elle resta un bon moment sans parler puis déclara :

— D'accord, j'admets que j'ai peur. Et, plusieurs fois dans ma vie, j'ai eu peur comme ça. Je me souviens que, juste après que mes parents adoptifs ont été tués dans un accident de voiture et que personne autour de moi n'acceptait de me prendre en charge, j'ai été terrifiée. L'Assistance est venue me chercher et, de nouveau, je me suis retrouvée au milieu de parfaits étrangers. J'ai voulu hurler ma colère, tout casser, faire un scandale, mais je n'ai rien fait.

— Tu aurais peut-être dû, observa Rebecca.

— Peut-être, oui. Peut-être qu'on m'aurait traitée avec plus de respect, ensuite. Peut-être que ce n'est pas si mauvais, après tout, de réclamer de la sympathie et de la compassion. Peut-être que je n'ai pas toujours raison, finalement.

Appuyant sa tête contre un rocher, Crystal essuya une larme sur sa joue.

— Eh, doucement, Crystal, lui dit Rebecca. Je ne te fais pas un procès, non plus.

— Je ne te l'ai jamais dit, continua-t-elle en regardant le ciel, mais j'ai souvent regretté de ne pas être comme toi, tu sais.

— Ah, oui ?

— Oui, vraiment. Je vois bien comme tu plais aux garçons ; un jour, tu en trouveras un qui sera tellement amoureux de toi qu'il t'offrira tout ce que tu voudras sur un plateau d'argent. Alors que moi, je devrai le gagner, travailler pour l'avoir. Ça ne me gêne pas, à vrai dire, mais je mentirais en disant que ce serait plus facile avec ta méthode.

— Ma méthode... répéta Rebecca, pensive. Tu ne crois pas, en revanche, que j'aimerais aussi être un peu comme toi, Crystal ? Tu ne penses pas que j'aimerais qu'on voie chez moi autre chose que mon aspect physique ?

— Peut-être qu'on pourrait se fondre en une seule personne et se donner mutuellement ce que chacune de nous a de positif en elle, proposa Crystal.

— C'est déjà ce qu'on fait.

Toutes les deux se regardèrent un instant puis Crystal s'approcha de Rebecca et elles s'embrassèrent.

— Bon, assez d'effusions maintenant, déclarai-je. Janet et moi allons être jalouses, si ça continue.

Nous partîmes toutes d'un éclat de rire puis, au bout d'un moment, Janet déclara qu'elle avait toujours soif.

— On n'a pas d'eau, lui rappelai-je doucement. Il faut attendre d'arriver quelque part ou que quelqu'un nous trouve.

Je lui caressai alors les cheveux et Rebecca se mit à fredonner un air que lui chantait sa maman quand elle était enfant. Puis, Janet ferma les paupières et nous fîmes de même en nous serrant davantage l'une contre l'autre.

— Si on arrive à dormir un peu, observa Crystal, je suis sûre que tout à l'heure au grand jour on verra les choses autrement.

— Et les rats, on les verra autrement aussi ? marmonna Rebecca.

Souriant à cette réflexion, j'entrepris de me défaire de la corde que j'avais encore au poignet. Au bout de quelques instants, alors que mes sœurs venaient de s'endormir, le nœud céda enfin et, à mon tour, je glissai dans le sommeil.

Lorsque j'ouvris les yeux, je me dis que Rebecca avait eu raison en prédisant que nous aurions droit à des mirages. Je les fermai puis les ouvris à nouveau et, là, je compris que je n'étais pas victime d'une hallucination. Devant moi se tenait un homme d'une trentaine d'années, arborant queue-de-cheval et chapeau de cow-boy. Juché sur un magnifique étalon à la robe pie, il portait une chemise bleu marine, une veste à bords frangés et un pantalon de peau mais aussi... un pistolet à la ceinture et un insigne sur la poitrine.

Il avait le visage tanné, les yeux vert émeraude, et il nous observait d'un air tranquille, son cheval broutant les maigres brins d'herbe qui émergeaient du sol desséché. Soudain, l'animal leva la tête et ronfla comme pour humer l'air, ce qui ne manqua pas de réveiller Rebecca et Crystal. Janet, à son tour, ouvrit les yeux, qu'elle écarquilla à la vue du cavalier.

— C'est votre break qui est en panne, là-bas, au bord de la route ? demanda-t-il.

— Il n'est pas en panne, on n'a plus d'essence, c'est tout, lui répondis-je.

Laissant échapper un petit rire, il hocha la tête.

— Vous savez que la station la plus proche se trouve à au moins quatre-vingts kilomètres d'ici, à la limite de la réserve ?

— La réserve ? répéta Crystal, interdite.

— Oui. Vous n'avez pas vu les panneaux ?

— Non, monsieur.

— Eh bien, vous vous trouvez en plein pays navajo et moi je représente la loi. Je suis indien et gardien de la paix, un peu comme les Rangers chez vous.

Apeurée, Janet vint se coller contre moi.

— Et vous, mesdemoiselles, qui êtes-vous ? poursuivit-il.

— Oh, c'est une longue histoire, lui répondis-je.

Il sourit puis déclara :

— C'est le pays des longues histoires, ici. Est-ce que vous pouvez marcher un peu ?

— Oui, monsieur.

— Parfait. Alors, suivez-moi.

Puis, avisant Janet, il proposa :

— Que dirais-tu d'une balade en croupe avec moi, petite ?

Comme elle secouait la tête pour refuser, Crystal intervint :

— Accepte, Janet. Tu es épuisée.

— Allons, n'aie pas peur, insista-t-il. Jake est un cheval doux et très calme.

Mettant pied à terre, il amena l'animal jusqu'à Janet.

— Caresse-le, vas-y. Là, sur l'encolure.

Elle obtempéra d'un geste timide au moment où le Ranger sortait de sa poche un morceau de sucre.

— Donne-lui ça, dit-il, et il deviendra ton meilleur ami.

Il le tendit à Janet qui allait l'offrir au cheval quand l'Indien l'arrêta :

— Non, attends, pas comme ça. Pose-le sur ta paume bien à plat, il l'attrapera mieux sans risquer de te mordre le bout des doigts.

Janet fit exactement ce qu'il conseillait et Jake saisit délicatement le sucre entre les lèvres avant de le croquer bruyamment. Puis, de son nez, il lui poussa gentiment le bras et elle rit aux éclats.

— Tu vois ? Vous êtes les meilleurs amis du monde, maintenant. Allez, monte. Passe un bras autour de mon cou et donne-moi ton genou.

Sans un mot, Janet obéit et se vit hissée sur le garrot de l'animal qui ne broncha pas. A la fois effarée et émerveillée, elle nous regarda avec un mélange de joie et de crainte. Après être monté en selle derrière elle, le Ranger nous ordonna de le suivre. Sa monture contourna les rochers et nous entamâmes notre marche derrière lui.

— Arrêtées par un Indien... murmura Rebecca. Et après, qu'est-ce qui va nous arriver ?

— On va se faire scalper, lui répondit Crystal.

— Très drôle. Vraiment très drôle !

De l'autre côté de la colline, en contrebas, nous aperçûmes un petit ranch, un corral où paissaient des chevaux, quelques poules, deux chiens, et un garage adossé à une grange. C'était comme une oasis en plein désert. Tout autour, une herbe vert tendre ondulait sous le vent et, plus loin, coulait un ruisseau bordé d'arbres.

— On était si près et on ne le savait pas, remarqua Crystal.

Le Ranger parlait à Janet qui hochait la tête de temps à autre. Je le vis lui tendre les rênes et lui montrer comment faire volter un cheval, et son rire léger résonna dans l'air frais du matin.

En atteignant la ferme, l'Indien mit pied à terre et aida Janet à descendre.

— Je m'appelle Tommy, nous dit-il alors. Tommy Edwards. Je vis seul ici avec ma femme, Anita. Venez, les filles.

Un chien accourut vers nous en remuant la queue et en aboyant de joie devant son maître.

— Voici Brandy, nous annonça Tommy. C'est une

femelle qui adore les enfants. Son fils doit se balader quelque part dans le ranch.

Après nous avoir consciencieusement léché les mains, la chienne repartit au triple galop vers le corral. A la suite de Tommy, nous montâmes les marches de la terrasse couverte qui entourait la maison. Immédiatement, un délicieux parfum nous chatouilla les narines. Tommy nous sourit et déclara :

— Ce sont les œufs au bacon que vous sentez là. Nita !

Instinctivement, nous nous serrâmes l'une contre l'autre. Échevelées, le visage couvert de poussière, avec nos sweat-shirts tachés, nous devions offrir un joli spectacle.

Anita Edwards émergea de la cuisine en s'essuyant les mains sur un torchon. Elle portait une salopette et une chemise bleu pâle. Ses cheveux étaient aussi longs et sombres que ceux de Rebecca et le noir de ses yeux légèrement bridés étincelait au milieu d'un visage à l'ovale régulier. Elle avait les pommettes hautes et la peau tannée des Indiennes et, bien qu'elle ne parût pas avoir plus de trente-cinq ans, on devinait de la lassitude, de la souffrance dans son regard.

Elle nous observa avec une curiosité non dissimulée puis tourna vers Tommy un regard interrogateur.

— Je les ai trouvées là-haut, sur la butte. Leur voiture est tombée en panne et, à ce qu'il semble, elles ont longtemps marché avant d'échouer au pied des rochers et de s'y endormir.

Sans laisser à sa femme le temps de poser la moindre question, il ajouta :

— Elles ont dû se perdre car elles ne se sont pas rendu compte qu'elles se trouvaient au beau milieu de la réserve.

Anita s'avança vers nous. Ses lèvres, douces et pleines, esquissèrent un sourire qu'elle réprima aussitôt comme si tout, chez elle, l'attitude, les paroles, les sentiments, devait être retenu.

— Venez avec moi, déclara-t-elle d'une voix tranquille. Je vais vous montrer où vous rafraîchir un peu.

— Parfait, dit Tommy en affichant un air plus officiel. On pourra ensuite discuter devant le petit déjeuner.

Anita nous fit traverser des pièces où fleurissaient des objets d'artisanat western et indien : des peaux de bêtes, des couvertures tissées, des masques rituels, des pistolets, des flèches et des arcs. Çà et là, à même le sol, se trouvaient des pots de terre et des statuettes de couleur ocre. La salle de bain elle-même était décorée de la sorte.

— Entrez, nous dit-elle avant de nous apporter de quoi faire notre toilette. Quand vous aurez fini, rejoignez-nous à la salle à manger.

— Merci, articulai-je timidement alors qu'elle avait déjà tourné le dos.

— Je saute sous la douche, annonça Rebecca, ravie de l'aubaine.

— Vas-y, fais comme chez toi, lui répondis-je avant de me lancer dans une toilette sommaire.

Plus tard, rafraîchies et débarrassées de nos sweat-shirts, Crystal, Janet et moi-même rejoignîmes Anita qui nous avait installé un couvert à table.

— Asseyez-vous, ordonna-t-elle en nous indiquant nos chaises. Où est votre amie ?

— Elle prend une douche, lui répondis-je.

Haussant les sourcils, elle alla presque jusqu'à rire, cette fois. Tommy fut de retour avant que Rebecca n'ait fait son apparition.

— Je meurs de faim, déclara-t-il en souriant. Je pourrais dévorer un ours entier.

Rebecca arriva enfin, toute pimpante et les cheveux tirés en queue-de-cheval. Je lui indiquai sa place et elle s'assit au moment où Anita apportait un plat d'œufs au bacon.

— Vous avez faim, les filles ? nous demanda Tommy.

— Je dévorerais un ours, répliqua Rebecca.

Il partit d'un grand rire puis s'installa à nos côtés tandis qu'Anita retournait à la cuisine en précisant :

— Ne m'attendez pas.

— Vous avez entendu ? Allez-y, mangez.
— Merci, murmura Crystal, quelque peu gênée.
— Bien, déclara Tommy. Maintenant, racontez-moi ce que vous faites dans la vie. Et, d'abord, comment vous appelez-vous ?

Tout en dévorant notre petit déjeuner, nous lui récitâmes la litanie habituelle. Pendant ce temps, Anita revint à la salle à manger et finit par s'asseoir avec nous ; mais ce geste nous parut purement formel car elle semblait n'avoir aucun appétit.

— Alors, reprit Tommy, dites-moi comment vous avez échoué au pied de ces rochers. D'où venez-vous, d'abord ?

Rebecca jeta un regard inquiet à Crystal qui, aussitôt, se tourna vers moi. Quant à Janet, elle ne quittait pas Anita des yeux et je constatai que celle-ci l'observait aussi, un léger sourire sur les lèvres.

— Vous finirez bien par le découvrir, monsieur Edwards, lui répliquai-je. On s'est échappées d'un orphelinat, du côté de New York. On a emprunté la voiture de notre tuteur, on a traversé une bonne partie du pays mais, avant-hier, on a quand même fini par se faire prendre.

Tommy se cala dans son siège et regarda Anita qui hochait la tête d'un air surpris.

— Vous vous êtes fait prendre mais vous avez continué en voiture jusqu'ici ? Attendez, je ne comprends pas bien...

— Gordon, celui qui dirige notre foyer d'accueil, nous a retrouvées et est venu nous chercher. En fait, ce qu'il voulait surtout, c'était récupérer un paquet de cocaïne qu'il avait caché sous la banquette arrière de sa voiture. Mais ce paquet, on l'avait découvert complètement par hasard quelques jours plus tôt et, par peur, on s'en était débarrassé.

J'hésitai avant de poursuivre mais Crystal m'y encouragea d'un signe de tête.

— Quand il nous a remis la main dessus et qu'il a demandé où se trouvait le paquet qui lui appartenait, on lui a raconté qu'on l'avait caché quelque part et qu'on lui montrerait l'endroit, le lendemain. On est donc reparties en voiture avec lui et, le soir, on s'est arrêtés dans un motel. Pendant qu'il dormait, assommé par un peu trop de whisky, j'ai réussi à m'échapper de la chambre où il me gardait de force avec lui, et on s'est enfuies de nouveau. J'ai conduit assez longtemps et puis... on est tombées en panne d'essence.

— On avait si peur en nous enfuyant, intervint Crystal, qu'on ne s'est même pas préoccupées de la direction à prendre.

— Eh bien, mes enfants, quelle histoire! commenta Tommy.

— Pourquoi êtes-vous reparties avec lui? demanda soudain Anita.

— Si on refusait de repartir avec notre tuteur, lui expliqua Rebecca, on risquait de se retrouver en prison pour vol de voiture et... on avait trop peur d'être séparées.

— On est comme des sœurs, vous savez, leur avouai-je. Il faut absolument qu'on reste ensemble.

— Et puis on n'a pas un sou, ajouta Crystal. Et on a trop peur de ce que Gordon va nous faire, maintenant.

— Je vois, murmura Tommy d'un air pensif. Eh bien, on peut dire que vous êtes dans de beaux draps, les filles.

— Est-ce qu'il peut nous retrouver? demanda Janet.

— Pas ici, la rassura-t-il avant de se tourner vers Anita. Je vais passer quelques coups de fil.

Elle acquiesça puis se leva pour débarrasser la table.

— Je peux vous aider? proposa Janet.

— Oh... merci, oui, répondit-elle, le visage soudain illuminé par un tendre sourire. En attendant, vous autres pouvez passer au salon, si vous voulez.

— Merci, lui dit Crystal.

— J'imagine qu'on va se retrouver en prison, commenta Rebecca d'une voix sombre quand nous fûmes installées au salon.

— Je ne vois pas quelle est l'autre solution, répondit

Crystal. Personne ne veut de nous et on ne veut pas retourner à Lakewood. Et puis, j'en ai assez. Je suis fatiguée de me battre, tu vois.

— Merveilleux, marmonna Rebecca avant de se lever pour contempler les photos disposées sur le manteau de la cheminée.

Quant à moi, je restai affalée sur mon siège, prête à éclater en sanglots à tout moment.

— Regardez, nous lança Rebecca, ils ont une petite fille, on dirait.

Elle s'empara du cadre et vint nous montrer le portrait de Tommy et d'Anita tenant dans les bras une toute jeune enfant.

— Je vous en prie, ne touchez pas à mes photos, nous lança Anita, du pas de la porte.

— Oh, excusez-moi, reprit Rebecca, j'étais en train d'admirer votre petite fille. Où est-elle? Elle dort?

— Oui... sous la terre, avoua-t-elle d'une voix blanche.

Consternées, nous la regardâmes alors sans pouvoir prononcer une parole. Voyant combien nous étions choquées et embarrassées à la fois, l'Indienne se radoucit.

— Elle avait un peu plus de trois ans quand nous l'avons perdue. Elle en aurait eu cinq le mois prochain... C'est son cœur qui a lâché.

— On est vraiment désolées, madame Edwards, articula Crystal.

Anita vint prendre le portrait des mains de Rebecca et le contempla avec tristesse.

— Elle s'appelait Annie, nous dit-elle, du nom de ma mère. A présent, elles sont ensemble.

Elle reposa la photo sur la cheminée puis tourna vers nous un visage douloureux

— Un jour, ajouta-t-elle, il arrive que la lumière s'en aille de votre vie. C'est un peu comme une bougie dont la flamme vacille de plus en plus avant de s'éteindre complètement.

Anita ravala ses larmes, serra les lèvres puis lâcha un profond soupir.

— Mon mari va vous aider. Vous pouvez attendre ici ou aller dehors, si vous préférez.

Puis, elle sortit de la pièce.

— Que c'est triste, observa Rebecca.

— Tout à l'heure, elle s'est mise à pleurer devant moi dans la cuisine, avoua Janet. Puis elle m'a dit de laisser la vaisselle et d'aller rejoindre mes sœurs.

— Je me sens tellement mal pour elle, reprit Rebecca.

— Moi, je sors, annonçai-je alors avant de me lever.

Une fois dehors, sur la terrasse de bois, j'observai les alentours de la ferme et aperçus un tracteur, près du garage, avec le capot ouvert. Des outils ainsi qu'un manuel gisaient sur le sol et il semblait que Tommy travaillait à quelque réparation sur le moteur de son engin. Je m'approchai de l'impressionnant véhicule pour l'observer de plus près et, aussitôt, je repensai à Todd. Il me manquait tant...

— Il y a toujours quelque chose à faire dans un ranch, résonna la voix de Tommy tandis qu'il sortait de la maison.

Me rejoignant près du tracteur, il m'annonça :

— J'ai dû contacter les bureaux du FBI au sujet de la voiture de votre tuteur et de tout ce que tu m'as dit, Brenda. Le FBI s'occupe de tous les délits commis dans les réserves indiennes ou relatifs aux Indiens. Bien que nous ayons notre propre police aussi, j'ai jugé préférable de les prévenir. Mais je ne veux pas que ça effraie tes trois amies.

— Je leur expliquerai.

— Ils vont venir fouiller le véhicule de fond en comble pour constater s'il reste des indices. Mais, qu'on en trouve ou non, Gordon Tooey devra s'expliquer devant le FBI. J'ai aussi contacté le Centre de Protection de l'Enfance. Ils vont nous envoyer quelqu'un mais il faudra attendre un jour ou deux pour ça car ils vont venir d'Albuquerque où ils manquent de personnel, à ce qu'il paraît.

— Ça m'est égal si ça dure un bout de temps. Ça nous est égal à toutes, d'ailleurs.

Tommy reprit son travail sur le tracteur et je me dirigeai vers la maison pour annoncer la nouvelle aux trois autres. Je trouvai Rebecca sur le pas de la porte.

— Qu'est-ce qu'il y a ? me demanda-t-elle en voyant mon visage grave.

— Tommy a contacté le FBI.

— Le FBI ?

— Il a l'obligation de les avertir quand un délit est commis dans une réserve indienne. Ce n'est pas simplement à cause de nous, tu sais.

— Tu n'es pas inquiète ?

— Inquiète de quoi ?

— Mais, peut-être qu'on voudra nous arrêter pour ne pas avoir remis la cocaïne à la police. On risque d'aller en prison !

— J'en doute, Rebecca. Où sont Crystal et Janet ? Il faut les prévenir, aussi.

— Janet est retournée à la cuisine pour aider Anita. C'est drôle, elle n'est absolument pas timide avec elle. C'est peut-être parce qu'elle est triste pour elle. Crystal dit que Janet est autant attirée par le chagrin des autres qu'un papillon de nuit par la lumière.

— Oui, murmurai-je en souriant. Ça doit être ça.

Nous entendîmes alors la porte de la grange s'ouvrir et Tommy en sortit en tenant un palomino par le licol. Le cheval avait l'air de boiter du postérieur droit.

— Tout se passe bien ? nous cria-t-il.

— Oui, très bien, lui lançai-je.

Toutes les deux, nous nous avançâmes vers lui.

— Votre cheval s'est blessé ? lui demandai-je.

— C'est une jument ; elle s'est méchamment tordu le pied dans les caillasses, là-haut. Le vétérinaire dit qu'elle s'en remettra bien mais je dois lui faire faire de l'exercice deux fois par jour pendant une demi-heure.

Regardant Rebecca, il ajouta :

— Tu crois que tu peux faire ça pour moi ?

— Faire... quoi ?

— Juste la faire marcher en cercle dans l'herbe, ici, tu vois ?

— Moi? s'étonna-t-elle, interloquée par cette proposition.

— Pourquoi pas? reprit-il en lui tendant la corde fixée au licol. Elle est douce comme un agneau.

Rebecca s'en saisit, regarda l'animal, puis Crystal et moi. Enfin elle fit quelques pas, non sans manifester un peu de crainte. Docile, la jument la suivit.

— Voilà, l'encouragea Tommy. C'est parfait, comme ça. Fais juste attention à ne pas la coller de trop près pour qu'elle ne te marche pas sur le pied.

Rebecca s'écarta prudemment et, confiante à présent, poursuivit sa promenade en cercle. Jamais je ne l'avais vue aussi fière.

— Rebecca, lui lançai-je alors, je rentre expliquer aux autres ce que m'a dit Tommy.

— Oui... A tout de suite.

Comme j'allais pénétrer dans la maison, Crystal en sortit, un livre à la main. Elle vit alors Rebecca conduisant son cheval et eut un sourire attendri.

— Janet va bien? lui demandai-je.

— Oui. Anita est en train de lui montrer son métier à tisser. Elle a l'air passionnée.

— J'ai de mauvaises nouvelles, Crystal. Tommy a prévenu le FBI. Il m'a dit qu'il y était obligé.

— Je me doutais bien qu'il devrait le faire.

Cependant, alors que nous nous apprêtions à annoncer cela à Janet, nous aperçûmes une voiture, au loin, qui approchait. Sans doute le Centre de Protection de l'Enfance, songeai-je. Mais mon optimisme fut de courte durée. Les hommes qui en sortirent étaient en uniforme et demandèrent à parler à Tommy Edwards.

Après un court entretien avec eux, celui-ci se tourna vers nous et s'approcha. Rebecca continuait de promener la jument et Janet se trouvait encore à l'intérieur avec Anita.

— Brenda, Crystal, voici les agents Wilkins et Milton, du FBI. Ils voudraient vous interroger sur votre tuteur et sur ce que vous avez trouvé dans sa voiture.

— D'accord, dis-je, mais il faudrait que Rebecca soit là aussi pour répondre.

Tommy alla prendre la corde des mains de Rebecca qui vint nous rejoindre sur la terrasse. Nous racontâmes tout aux agents du FBI : notre fuite de Lakewood House, notre découverte de la cocaïne, la façon dont nous nous en étions débarrassées et les événements qui avaient suivi.

— Nous avons fouillé le véhicule retrouvé ce matin et nos hommes y ont bien découvert des résidus de drogue, annonça l'un des agents à Tommy qui venait de nous rejoindre après avoir reconduit la jument dans la grange. Ce qu'elles racontent est vrai. Que comptez-vous faire d'elles ?

— J'ai contacté le Centre de Protection de l'Enfance. Ils vont venir dans l'après-midi.

— Parfait. Vous nous direz où elles seront emmenées, reprit Wilkins.

Le cœur battant, nous les regardâmes monter en voiture puis s'éloigner.

— Vous avez très bien réagi, les filles, nous dit Tommy après leur départ.

— Voici Janet, annonça Rebecca tournée vers le poulailler.

Anita à sa suite, elle arrivait vers nous, un panier d'œufs à la main, et semblait tout excitée.

— C'est moi qui ai pris les œufs ! s'écria-t-elle. Moi toute seule ! On doit les pousser un peu de côté pour les prendre mais elles ne cherchent même pas à nous piquer avec leur bec, c'est super !

Derrière elle, Anita paraissait avoir changé d'expression, un peu comme si elle sortait d'un rêve. Elle avait le regard plus brillant, plus gai et un sourire se dessinait nettement sur ses lèvres.

— Nous allons faire un gâteau, dit-elle d'une voix douce.

— Je vais vous aider, déclara aussitôt Janet. Je peux, Anita ?

— Oui, bien sûr. Nous déjeunerons dans une demi-heure, ajouta-t-elle à l'adresse de Tommy. Tu restes là ?

— Oui, je ne bouge pas. Et, plus tard, j'emmènerai peut-être les filles faire une petite balade à cheval.

325

— Si elles en ont envie, reprit Anita.
— Une balade à cheval ? marmonna Crystal. Je n'en ai jamais fait.
— Allez, Crystal, la taquina Rebecca. Si j'en suis capable, toi aussi !
— Et depuis quand tu as décidé que tu en étais capable ?
— Depuis tout à l'heure. N'est-ce pas, Tommy ?
— Parfaitement.
— Et moi ? lança Janet. Je pourrai y aller aussi ?
Tommy chercha la réponse dans les yeux d'Anita.
— Bien sûr, tu pourras y aller aussi. Tommy te sellera Princesse ; elle t'ira très bien.
Elle rentra alors dans la maison, Janet ne la quittant pas d'un pouce.
A l'expression de Tommy, je compris qu'il venait de se passer quelque chose. Une parole avait été dite, qui semblait avoir beaucoup d'importance.
— Qui est Princesse ? lui demandai-je en regardant vers le corral.
— Une ponette, répondit-il. C'était celle de notre petite Annie, celle que nous lui réservions. Personne ne l'a jamais montée, depuis... depuis qu'elle a disparu.
Il regarda dans le vague puis ajouta :
— Jusqu'à aujourd'hui, jamais Anita n'avait voulu en entendre parler.

16

Un foyer, enfin...

— On va faire un pique-nique ! s'exclama Janet au moment où nous rentrions dans la maison.
— Ce n'est pas exactement un pique-nique, corrigea

Anita à la porte de la cuisine. Nous allons juste déjeuner dehors, sur la table du jardin.

— Est-ce qu'on peut vous aider? proposa Rebecca.

— Oui, je veux bien. Tout est là sur le comptoir de la cuisine. Janet va vous montrer.

Fière de se voir offrir un rôle important, celle-ci nous indiqua où se trouvaient sets, assiettes, verres et couverts. Anita avait préparé de la limonade et du pain qu'elle avait fait le matin même.

L'arrière de la maison était l'endroit idéal pour déjeuner ou dîner dehors. Du patio de bois, nous avions une vue imprenable sur les montagnes dont le sommet était encore enneigé. Le ruisseau que nous avions aperçu en arrivant coulait tout près avant d'aller se perdre dans les rochers en contrebas.

Anita vint poser sur la table un énorme plat d'argile fumant. Tommy la suivait, sourire aux lèvres.

— Merci, les filles. Grâce à vous, j'ai droit aujourd'hui à ma soupe préférée.

— Ne dis pas que je ne t'en fais jamais, protesta Anita en commençant de nous servir à l'aide d'une grande louche de bois.

— Ça sent bon, déclara Rebecca. Qu'est-ce que c'est?

— De la soupe de poulet, avec de la tortilla, de l'avocat et du citron vert.

— Je crois que je n'en ai jamais mangé, commenta-t-elle avec des yeux gourmands.

— C'est en tout cas aussi bon que d'habitude, déclara Tommy après l'avoir goûtée.

— C'est délicieux, dis-je à mon tour.

— J'ai aidé à la préparer, se vanta Janet. N'est-ce pas, Anita?

— Oui. Janet a coupé les tortillas et les a fait frire elle-même.

— C'est un plat indien, n'est-ce pas? demanda Rebecca.

— Mexicain, précisa Tommy. Mais, dans le Sud, nous partageons un peu les mêmes coutumes.

— Et vous êtes tous les deux des Navajo? interrogea Crystal.

Anita tourna les yeux vers son époux, qui sourit.

— C'est une question assez controversée, pour tout vous avouer.

— J'ai lu un long passage sur les Navajo dans le livre que vous m'avez prêté, déclara Crystal. On y dit que votre tribu est divisée en plus de cinquante clans. J'ai appris aussi que ce sont les femmes qui forment la base de votre lignée.

— Oui, nous sommes les premiers vrais libérateurs de la femme, plaisanta-t-il.

— Vous constituez aussi la plus grande tribu indienne des États-Unis, continua-t-elle.

— Crystal est toujours la première à l'école, jugea utile de préciser Rebecca. Je ne lui donne pas un jour pour en savoir plus sur vos origines que vous-mêmes.

— Je n'aime pas perdre mon temps, dit Crystal comme pour s'excuser. Voilà pourquoi je lis beaucoup.

— Je suis flatté que notre tribu t'intéresse à ce point, reconnut Tommy. Mais c'est vrai, tu en sauras bientôt plus que nous.

— Ça, c'est certain, ajouta Anita.

Tommy leva vers elle un regard surpris et, aussitôt, elle baissa les yeux. La flamme qu'elle gardait tout au fond de son cœur commençait-elle à reprendre vie ?

— Cette région n'est peut-être pas très riche en gaz ou en pétrole, reprit Tommy, mais, à mes yeux, elle a d'autres grandes richesses.

— La culture indienne m'a toujours intéressée, dit alors Crystal. Croyez-vous que le vent possède un esprit ?

— Je crois que la nature entière est empreinte de spiritualité, lui répondit-il. Et je pense que, plus on s'éloigne de la nature, plus on s'éloigne du spirituel. C'est pourquoi nous aimons vivre ici.

— J'adore ce pays ! s'exclama Janet.

Il semblait, en effet, que tout en elle explosait de vie depuis qu'elle se trouvait ici. Elle semblait s'intégrer à merveille au pays d'Anita et de son époux.

Soudain, la sonnerie du téléphone retentit.

— J'y vais, déclara Tommy en se levant.
— Avez-vous des costumes indiens ? demanda Rebecca à Anita.
— Des costumes ? Oui, on peut appeler cela ainsi. Après le déjeuner, je te montrerai quelque chose qui t'intéressera, je crois. C'est ma mère qui me l'avait fabriqué, il y a longtemps, et je pense que ça t'irait à merveille.
— Vraiment ? Oh, j'ai hâte de voir ça.
Anita souriait pleinement, à présent. Son visage, ses traits avaient l'air de se dégeler lentement.
— C'était le Centre de Protection de l'Enfance, annonça Tommy en revenant s'installer à table.
— Ils viennent nous chercher ? demandai-je d'une voix triste.
— Non, ils ne peuvent pas se déplacer aujourd'hui. Mais ils voudraient que je vous conduise chez le shérif afin de vous envoyer ensuite à Albuquerque.
— De les envoyer à Albuquerque ? répéta Anita, scandalisée. Ce ne sont pas des marchandises, que je sache ?
— Je leur ai dit néanmoins qu'elles passaient la nuit ici, poursuivit Tommy. C'est possible ?
— Bien sûr, répliqua Anita. C'est même inutile de le demander.
Les larmes aux yeux, elle se leva et commença à débarrasser la table.
Aussitôt, Janet bondit de sa chaise pour l'aider. Les bras chargés de couverts, elle suivit Anita dans la cuisine.
A voix basse, Tommy nous déclara alors :
— Anita est très mal depuis la mort de notre petite Annie. Il y a des moments où elle ne peut plus s'arrêter de pleurer, et d'autres où elle se replie complètement sur elle-même. Ne lui en veuillez pas.
— Oh, bien sûr que non, m'empressai-je de lui dire.
— Jamais on ne lui en voudra, ajouta Rebecca.
— On comprend ce que c'est que de perdre quelqu'un qu'on aime, observa doucement Crystal.

— Je sais que vous comprenez toutes, murmura-t-il d'une voix émue. Bien, maintenant, allons seller les chevaux. J'aimerais vous faire visiter certains endroits de la réserve avant que vous ne partiez.

— On ne peut pas y aller en Jeep ? interrogea Crystal.

— Ce n'est pas la même chose. C'est une expérience spéciale de se trouver sur le dos d'un cheval, il faut que tu essaies au moins une fois.

En plaisantant, il ajouta :

— C'est toi qui veux tout savoir de notre civilisation, non ?

Mais Crystal ne riait pas du tout.

— Ne t'inquiète pas, lui dit Tommy. Ça se passera très bien, tu verras. Tu vas monter celui qui s'appelle Cheval Sans Nom.

— Sans nom ? Pourquoi n'a-t-il pas de nom ?

— Parce qu'il ne reste jamais calme assez longtemps pour qu'on lui fasse comprendre son nom.

— Quoi ?! s'écria-t-elle, horrifiée.

Tout le monde se mit à rire puis nous nous levâmes et aidâmes à débarrasser la table. Une fois la vaisselle faite et la cuisine rangée, Anita nous accompagna à la grange pour voir Tommy seller les chevaux et le poney pour Janet. Tout en les harnachant, il nous donna une petite leçon d'équitation.

— Vos chevaux suivront tous le mien, nous assura-t-il. Ils sont dressés pour ça, aussi ne vous inquiétez pas. L'important est de ne jamais s'affoler et, surtout, ne pas transmettre votre crainte à l'animal. S'il la sent, il deviendra nerveux. Dans le couple que vous formez avec lui, c'est vous le maître.

Après nous avoir aidées à monter les chevaux qui nous étaient destinés, Tommy hissa Janet en selle sur Princesse. Ainsi, elle semblait être assise sur un trône. Jamais nous ne l'avions vue plus radieuse. Derrière nous, Anita observait la scène avec intérêt, les bras croisés, un sourire à peine perceptible sur les lèvres.

Tommy lui lança alors quelques paroles en navajo et elle secoua la tête avant de lui répliquer :

— Fais attention avec elles, toi le policier Tommy Edwards.

— Oui, Nita, ne t'inquiète pas, lui dit-il en riant. Allez, les filles, on y va. Faites ce que je vous ai appris et tout ira bien.

Comme il venait de nous l'enseigner, nous poussâmes doucement nos montures avec les talons et celles-ci se mirent à avancer en ligne et au pas, derrière Tommy. Un peu déséquilibrées au début, nous nous retenions comme nous pouvions aux rênes. Quant à Crystal, elle avait l'air de s'agripper à une bouée de sauvetage.

— Tommy a dit de se tenir au pommeau de la selle, pas aux rênes, lui rappela Rebecca.

— Je sais, lui rétorqua-t-elle sur un ton irrité.

Retenant son souffle, fermant les yeux, elle paraissait néanmoins terrifiée par ce qui lui arrivait. Qui aurait pu dire qu'un jour nous nous retrouverions à cheval avec un Indien Navajo pure souche, en train de nous promener au beau milieu d'une réserve, au cœur d'une nature sauvage et merveilleuse ?

Surmontant sa peur, Crystal finit par apprécier la balade autant que nous. Elle se mit même à discuter avec Tommy du paysage, des animaux, du désert et du peuple navajo. Rebecca, quant à elle, avait l'air de se sentir dans son élément au milieu de cette nature sauvage et Janet donnait l'impression de pouvoir chevaucher des heures durant sans se fatiguer.

Nous ne nous aventurâmes pas très loin, en fin de compte, mais ce fut assez pour impressionner les quatre citadines que nous étions. Quand nous mîmes pied à terre pour souffler un peu, Tommy en profita pour nous poser davantage de questions sur Lakewood House. Crystal ne manqua pas de lui expliquer que nous nous sentions comme prises au piège dans cet établissement. Ce fut alors qu'il nous révéla avoir, lui aussi, été adopté.

— Mais je suis resté dans ma famille, précisa-t-il. Chez mon oncle et ma tante.

— Qu'est-ce qui est arrivé à vos parents ? lui demanda Rebecca.

— Ma mère m'a eu en dehors du mariage, mon père ne m'a jamais reconnu, ce qui a mis très en colère mes grands-parents maternels. Vous n'avez pas remarqué le sourire d'Anita quand Crystal m'a demandé si j'étais cent pour cent navajo ? Certains pensaient que je ne l'étais pas. Moi, je crois que ce qui compte le plus c'est ce qu'il y a dans notre cœur. C'est ce qui dit aux autres ce que nous sommes vraiment. Tout le reste est superficiel. Vous savez ce que ça veut dire.

— Si on ne le savait pas, Crystal se ferait une joie de nous l'expliquer, lâcha Rebecca.

— Oui, je vois que vous vous entraidez beaucoup toutes les quatre. J'imagine que vous vous battriez comme des tigresses si on essayait de vous séparer ?

— Oui, c'est vrai, répondis-je.

Il hocha la tête et parut soudain triste.

— D'après le soleil, il est environ cinq heures et demie. Il faudrait rentrer, maintenant. J'ai du travail au ranch et une petite ronde de surveillance à faire avant le dîner.

Après être remontés en selle, nous prîmes le chemin du retour en admirant le soleil qui, peu à peu, descendait sur le sommet des montagnes. Un aigle décrivit un large cercle au-dessus de nous et Tommy nous dit que, de là-haut, il pouvait aisément distinguer les petits rongeurs du désert qui croyaient se cacher derrière les cailloux.

Quelle région merveilleuse ! Pendant quelques heures, le paysage alentour nous avait fait oublier nos rêves à chacune. Rebecca n'avait pas dit un mot sur ses ambitions de devenir une star de la chanson. Crystal n'avait pas une seule fois parlé de ses études et moi-même j'avais cessé de penser au jour où je retrouverais ma mère.

A notre retour au ranch, nous constatâmes qu'Anita nous attendait. Après avoir mis pied à terre, Tommy nous expliqua qu'il fallait panser les chevaux et leur curer le dessous des sabots pour vérifier qu'aucun caillou ne s'y était coincé, ce qui risquait de les blesser. Puis, après les avoir rentrés à l'écurie, il fallut ranger les selles et nettoyer le harnachement avant de le suspendre.

— Ici, on prend le plus grand soin de ce qu'on aime, nous dit Tommy, sinon on ne peut rien garder longtemps.

— Et, parfois, ça ne suffit même pas, commenta Anita sur un ton douloureux.

Leurs yeux se rencontrèrent un instant puis Tommy préféra se détourner. Anita annonça alors qu'elle allait préparer le repas et Janet s'empressa de la suivre pour lui donner un coup de main.

— Je vais aussi faire vos lits, nous lança-t-elle de loin.

— On ne pouvait vraiment rien faire pour Annie ? demandai-je à Tommy une fois qu'Anita se fut éloignée.

— On a tout essayé, on l'a fait opérer dans le plus grand hôpital, mais son cœur était trop petit. Depuis, Anita a très peur d'avoir un autre enfant. Elle pense qu'il naîtra avec le même genre de malformation. Elle est encore plus superstitieuse que moi.

— Mais il est possible, aujourd'hui, de tester le fœtus pendant son développement, lui dit Crystal. On peut se rendre compte s'il y a une malformation quelconque.

Tommy lui sourit tristement.

— Tu sais, Anita n'a plus la même vision des choses, maintenant. Peut-être que ça changera un jour mais, pour l'instant, elle ne veut rien savoir.

Après avoir pansé et nourri les chevaux, nous retournâmes dans la maison pour faire, nous aussi, un brin de toilette. Anita nous avait préparé les deux chambres d'amis dont elle disposait. Sur l'un des lits trônait une magnifique robe indienne, faite de peau de daim brodée de turquoises. Elle proposa à Rebecca de l'essayer et tout le monde dut admettre que ce costume lui allait à merveille.

— Peut-être que, toi aussi, tu as du sang navajo, lui dit Tommy en riant.

Rebecca souhaita garder la robe pendant le dîner et Anita accepta. Avant de passer à table, Janet lui demanda si elle utilisait les tambours qui se trouvaient au salon. Et, à la grande surprise de Tommy et pour notre plus grande joie aussi, elle se mit à en jouer puis, d'une voix riche et profonde, elle entonna un chant navajo.

Profitant de l'occasion, Tommy apprit à Janet quelques pas de danses rituelles indiennes et, en peu de temps, elle sut les exécuter à merveille. Devant ce spectacle, Anita s'abandonna au plaisir de rire, brisant ainsi la tristesse glacée qui avait envahi les murs de la maison.

Pour le dîner, elle avait préparé, avec l'aide de Janet, des fajitas au poulet, accompagnées de riz et de haricots noirs. Ce fut un véritable festin mexicain que nous dégustâmes avec un plaisir non dissimulé.

— Finalement, c'est une bonne chose que vous soyez venues vous perdre par ici, commenta Tommy. Anita se remet à faire de bons petits plats.

— Tommy, protesta-t-elle, si tu leur laisses croire que je ne cuisine pas pour toi d'habitude, je vais te scalper !

— Non, non, je plaisantais, reprit-il en levant les mains pour se défendre. Anita est une excellente cuisinière.

L'atmosphère de la maison avait radicalement changé, entre le petit déjeuner et le dîner et nous étions tous beaucoup plus détendus. Nous avions passé une merveilleuse journée, pleine d'agréables surprises.

A la fin du repas, le téléphone sonna de nouveau et Tommy revint nous annoncer que le FBI avait retrouvé Gordon Tooey.

— Il est à New York, nous dit-il.

— Et alors ? demanda Anita.

— Ils sont tous après lui. Vous n'avez plus à vous inquiéter, les filles. Il ne vous poursuivra plus.

Malgré notre peur et notre haine pour Gordon, la nouvelle nous bouleversa. Nous nous regardâmes toutes les quatre d'un air consterné.

— Louise va sans doute perdre la direction de son foyer d'accueil, déclara Crystal.

— C'est plus que probable, ajouta Tommy. On va lui ôter sa licence. D'autant que les demandes ne manquent pas pour ouvrir des foyers de ce genre, dans le pays.

— Alors, où est-ce qu'on va nous envoyer? interrogea Rebecca.

L'ambiance légère et chaleureuse qui s'était installée petit à petit retomba tout net, remplacée par une tension pesante. Avec des gestes presque mécaniques, nous entreprîmes de débarrasser la table et Rebecca décida d'ôter la robe indienne que lui avait prêtée Anita. Plus tard, elle nous rejoignit sur la terrasse tandis que Janet continuait à aider à la cuisine.

— Quel que soit l'endroit où on atterrira, nous dit Crystal, ça ne durera pas longtemps. Dès dix-huit ans, on aura notre indépendance. Je pourrai enfin m'inscrire à l'université et toi, Brenda, tu iras peut-être vivre avec Todd.

— Je ne sais pas. Je n'ai aucune nouvelle de lui. Il m'a sans doute oubliée.

— S'il éprouvait quelque chose pour toi, il ne t'a certainement pas oubliée, objecta Rebecca. Quant à moi, je veux toujours faire carrière dans le spectacle. Je suis prête à tout pour ça. Et, pour gagner ma vie en attendant, je travaillerai comme serveuse dans un restaurant ou comme femme de ménage, ça m'est égal. Et si je n'arrive pas à percer, je viendrai vivre avec toi et Todd.

— Comment pouvez-vous décider de ce que sera ma vie, toutes les deux? ripostai-je alors. Attendez, moi aussi j'ai des choses à faire. Et d'abord, j'ai bien l'intention d'aller en Californie.

— Comment crois-tu pouvoir la retrouver? me demanda Crystal.

— Comment sais-tu ce que je veux faire? lui rétorquai-je vivement.

— Tu nous as clairement laissé entendre tes intentions, Brenda. Et il est vrai qu'aujourd'hui c'est plus facile qu'avant de retrouver quelqu'un. Peut-être que tu y arriveras sans trop de mal.

Gentiment, elle me prit la main et je saisis celle de Rebecca. Unissant nos forces, nous restâmes ainsi un long moment sans bouger, contemplant le ciel étoilé du désert. Au loin résonna un cri étrange. Crystal nous dit que ce devait être un coyote.

— Elle a raison, déclara Tommy en émergeant de l'ombre.

Depuis combien de temps était-il là ? Peut-être nous avait-il entendues...

— Comment connais-tu ce cri, Crystal ?

— Je me servais beaucoup de l'ordinateur pour mes cours de biologie et il y avait, entre autres, un programme très intéressant sur les animaux sauvages des États-Unis.

— Ah, c'est sûr que, de mon temps, on n'apprenait pas ça à l'école.

— A quelle heure partons-nous, demain ? lui demandai-je.

— Juste après le petit déjeuner, je vous conduirai au bureau du shérif, à Gallup. Et là, les gens du Centre de Protection de l'Enfance, prendront le relais. Vous êtes intelligentes et je sais que ça se passera bien.

Un lourd silence s'installa, que Tommy finit par interrompre en déclarant :

— Je me sens un peu fatigué. Vous savez, ici, on se couche avec les poules. Alors, bonne nuit et à demain, les filles.

— Bonne nuit, Tommy, lui répondis-je d'une voix à peine audible.

Nous montâmes à notre tour et nous installâmes par deux, comme à l'accoutumée. Les lits étaient confortables, l'air du soir était frais, tout concordait pour que nous dormions paisiblement. Et pourtant, aucune d'entre nous ne parvint à oublier son anxiété.

Alors que je m'apprêtais à me coucher, Crystal entra dans notre chambre pour me dire que Janet avait un comportement étrange.

— Elle est muette comme une carpe. Elle s'est pelotonnée dans son lit et reste tournée vers le mur, sans bouger.

— On est toutes fatiguées, lui dit Rebecca. Tu avais raison, c'est épuisant de courir les routes comme ça et encore plus pour une fille aussi fragile que Janet.

— Anita lui a donné un collier indien. Elle a voulu le garder pour la nuit.

— Tant mieux pour elle. Je trouve qu'Anita est bien plus gentille qu'elle ne le paraissait ce matin, quand on est arrivées.

— Tous les gens que nous rencontrons semblent blessés, d'une manière ou d'une autre, commenta-t-elle avant de retourner dans sa chambre.

Rebecca s'endormit bien avant moi et je finis par sombrer moi aussi dans le sommeil en écoutant le vent souffler dans la nuit.

Le jour n'était pas encore levé quand Crystal, affolée, me réveilla en me secouant vigoureusement.

— Qu'est-ce qui se passe? lui demandai-je en me redressant d'un bond.

— Elle est en pleine crise de catatonie! C'est pire que jamais. Dépêche-toi, Brenda!

Je dégringolai du lit et courus à sa suite, non sans me jeter sur Rebecca au passage.

— Viens vite, Janet nous fait des siennes!

Nous la trouvâmes comme Crystal venait de me la décrire: recroquevillée sur elle-même, les jambes ramenées contre le ventre, la tête rejetée en arrière, les poings violemment serrés, les yeux clos et les lèvres fermées si fort qu'elles en devenaient blanches. Un filet de salive s'échappait du coin de sa bouche et elle semblait ne plus respirer.

Nous étions au bord de la panique.

— Mon Dieu, Crystal, je ne l'ai jamais vue dans cet état. Elle est si pâle et, regarde, ses lèvres sont presque bleues.

— Oui, elle est très mal en point, répondit Crystal, une main plaquée sur la bouche.

Après nous être agenouillées au pied du lit, nous nous prîmes les mains et rapprochâmes nos têtes de celle de Janet avant de psalmodier :

— Nous sommes sœurs. Nous serons toujours sœurs. Rien ne peut nous arriver tant que nous resterons ensemble...

Cependant, alors que nous continuions de chanter et de prier, nous ne constatâmes aucun changement.

— Crystal... Qu'est-ce qu'on fait ?
— On essaie encore, nous encouragea-t-elle.

Nos chants se firent de plus en plus intenses mais Janet ne réagissait toujours pas.

— Que se passe-t-il ? résonna soudain la voix d'Anita sur le pas de la porte.

Nous nous arrêtâmes net et, instinctivement, nous écartâmes du lit. En découvrant Janet ainsi prostrée, Anita se précipita vers elle.

— Que lui arrive-t-il ?
— Elle a des crises, de temps en temps, lui expliqua Crystal. On a toujours réussi à les calmer en joignant nos forces et en récitant nos chants mais ça ne marche pas, cette fois...

— Mon Dieu, ma pauvre petite. Son cœur ne bat plus, elle ne respire plus ! Tommy ! TOMMY !

Alarmé, il se rua dans la chambre. Dès qu'il vit Janet et qu'il eut reçu quelques explications de Crystal, il la souleva dans ses bras.

— On l'emmène à l'hôpital !
— Oui, vite, Tommy, le supplia Anita.

Sans attendre, nous nous entassâmes dans la Jeep et Tommy démarra. Tandis que le véhicule cahotait sur le chemin rocailleux, Anita gardait Janet serrée contre elle sans cesser de lui passer la main sur les cheveux et de lui embrasser le front.

Désespérées, nous savions toutes les trois que nous pensions la même chose : si Janet mourait, c'était à cause de nous, parce que nous avions décidé de nous enfuir. C'était notre faute. Penchées en avant, nous nous tenions les mains et priions en silence.

Puis, comme par miracle, après une brutale secousse de la Jeep, Janet poussa un gémissement. Anita se mit à la bercer et, de sa voix douce, l'appela, lui parla, jusqu'à ce qu'elle finisse par cligner des paupières.

— On dirait qu'elle va mieux, Tommy, déclara-t-elle en riant à travers ses larmes. Elle reprend conscience...

— Tant mieux, mon Dieu, tant mieux ! Mais on l'emmène quand même à l'hôpital.

Lorsque la voiture s'arrêta devant les urgences, Janet avait retrouvé tous ses esprits. Son visage avait repris des couleurs et elle fut même capable de marcher jusqu'à la salle d'examen en gardant la main d'Anita dans la sienne.

Nous attendîmes avec Tommy dans le hall de réception.

— C'est la première fois qu'on n'a pas réussi pas à la ramener à elle, constata Crystal avec tristesse. C'est Anita qui y est parvenue...

Environ une heure plus tard, celle-ci vint nous annoncer que Janet allait bien.

— Le médecin pense que sa crise est due à un choc psychologique, expliqua-t-elle. Ce qui ne veut pas dire qu'il ne faut pas prendre cela au sérieux. Il lui faut beaucoup de soins et une bonne nourriture.

Étrangement, c'était à Tommy qu'Anita s'adressait surtout. Elle ajouta :

— Elle ne recevra pas les soins nécessaires, là où elle va...

Tommy se contenta de hocher la tête. Mais son silence en disait long.

Quand nous eûmes récupéré Janet, il nous proposa de nous remettre d'aplomb en prenant un petit déjeuner copieux dans une cafétéria. Cependant, personne n'avait vraiment faim et nous n'avalâmes pas grand-chose.

Le trajet du retour se fit dans le calme et, lorsque nous arrivâmes au ranch, nous réunîmes le peu d'affaires que nous possédions pour repartir avec Tommy chez le shérif.

— Anita m'a donné sa robe de daim, nous déclara Rebecca. Elle dit que, parce qu'elle me va bien, elle m'appartient. Ils ont été si gentils avec nous... Je suis contente qu'on soit tombées en panne d'essence, Brenda, tu sais.

— Moi aussi.

Finalement, il fut temps de partir. Anita décida de nous accompagner et elle prit place à l'avant de la Jeep avec Janet.

Mme Wilson, l'assistante sociale, nous attendait dans le bureau du shérif. C'était une femme au visage avenant entouré d'un halo de cheveux bruns et bouclés. Après s'être présentée, elle prit Tommy et Anita à part dans une autre salle et leur demanda tous les renseignements qu'ils pouvaient lui fournir sur nous. Par une des parois vitrées, je la vis téléphoner à plusieurs reprises puis s'entretenir de nouveau avec nos protecteurs.

Enfin, Tommy vint nous retrouver, seul.

— Ce sera un peu plus long que prévu, nous annonça-t-il. Il faut attendre encore.

— Où est-ce qu'ils nous emmènent, finalement ? lui demandai-je d'une voix étranglée.

— Ils n'ont pas encore décidé mais on dirait que vous allez retourner du côté de New York. Ne vous inquiétez pas, ce ne sera pas à Lakewood House. Au fait, Mme Wilson voudrait te parler personnellement, Janet.

Celle-ci, qui restait prostrée dans un coin, leva vers lui un regard surpris.

— C'est possible ? interrogea Tommy qui devinait quelque hésitation de notre part.

— Oui, bien sûr, répondit Crystal. Si tu es d'accord, Janet, bien entendu.

Elle hocha la tête et se leva pour suivre Tommy. Quelques instants plus tard, il revint nous voir et nous proposa d'aller manger une glace dans le drugstore du coin.

— Dans la région, on fabrique des glaces à l'ancienne. Vous verrez, c'est délicieux.

Arrivés au drugstore, nous nous installâmes dans un coin retiré de la salle, sur deux banquettes tapissées de plastique rouge. Une fois que nous fûmes servis, Tommy nous déclara :

— Vous êtes passées ensemble par bien des épreuves, n'est-ce pas ?

— Oui, répliqua Crystal. On a beaucoup espéré mais on a fini par se rendre compte que nos rêves sont irréalisables. On veut être libres, on se cherche une famille, et rien ne se passe finalement comme on le souhaite.

Elle lui raconta comment Janet avait failli se faire adopter à Lakewood House puis la façon dont Louise avait anéanti toutes ses chances. Tommy nous considéra d'un air à la fois incrédule et indigné.

— C'est fou ce que les gens peuvent se montrer cruels avec les enfants, parfois.

Il parut réfléchir un instant, puis ajouta :

— J'ai une importante question à vous poser à toutes les trois. Écoutez-moi bien, c'est très sérieux. Après le peu de temps que nous avons passé ensemble, j'ai cru comprendre que Janet ne ferait rien sans votre approbation. C'est vrai, n'est-ce pas ?

— Oui, en quelque sorte, lâcha Crystal. On cherche à la protéger, vous savez.

— Je comprends parfaitement. Durant notre entretien avec Mme Wilson, nous lui avons demandé si nous pouvions garder Janet avec nous pour devenir ses tuteurs et... finir par l'adopter.

— C'est vrai ? s'exclama Rebecca.

— Et qu'est-ce qu'elle a dit ? interrogea Crystal en laissant retomber sa cuiller.

— Elle est en train de se renseigner sur ce qu'il faut faire pour ça mais il y a de grandes chances pour que ça marche. Qu'en pensez-vous ?

La surprise nous cloua le bec pendant un long moment puis Crystal déclara enfin :

— On serait très heureuses pour elle, Tommy. De toute façon, on ne pourra plus rester ensemble très longtemps. On aura bientôt dix-huit ans et l'Assistance nous mettra dehors. Janet mérite de trouver une famille aimante et accueillante avant que tout ça n'arrive.

— C'est très généreux à vous, articula-t-il d'une voix émue. Nous aimerions pouvoir vous garder toutes les quatre mais ce serait bien plus difficile à réaliser, et j'ai le sentiment que vous préférez vous bâtir une existence par vous-mêmes. Crystal, tu aimerais poursuivre tes études ; et toi Rebecca, ce n'est pas ici que tu démarreras une carrière dans le spectacle. Quant à toi, Brenda, je sais qu'un garçon attend de tes nouvelles. Pourquoi ne l'appellerais-tu pas ?

Ce disant, il fouilla dans sa poche pour me donner de quoi téléphoner.

— Dis-lui que tu vas bien et que tu as besoin de lui.

— Allez, vas-y, m'encouragea Rebecca en me voyant hésiter.

Je ne me le fis pas dire deux fois. En quelques secondes, je me retrouvai dans la cabine téléphonique et je composai le numéro magique. Todd décrocha dès la première sonnerie.

— Où es-tu ? me demanda-t-il aussitôt.

Je lui racontai tout ce que je pus condenser en deux minutes et lui promis de le rappeler dès que j'aurais appris où nous devions aller.

— Où que ce soit, Brenda, je te rejoindrai, me jura-t-il. Tu ne sais pas à quel point tu me manques.

— Toi aussi, tu me manques tellement, Todd...

Trois énormes sourires m'accueillirent quand je retournai à notre table.

— Alors ? demanda Rebecca avec impatience.

— Betty Lou attend de connaître la route pour bondir.

Elles se mirent à rire toutes les deux et Crystal me serra dans ses bras.

— Merci, Tommy, articulai-je d'une voix tremblante.

— C'est moi qui vous remercie toutes. Vous m'avez rendu ma Nita. Et je vous avouerai ceci : nous avons davantage besoin de Janet qu'elle n'a besoin de nous.

Les yeux emplis de larmes, nous quittâmes le drugstore pour rejoindre le bureau du shérif où nous attendaient Janet et Anita. De nouveau, Tommy s'enferma dans une salle avec son épouse et Mme Wilson et ils poursuivirent leur discussion. Cette fois, ce fut le fax qui ronronna sans arrêt. La procédure était lancée...

— Anita voudrait que je reste avec elle, nous annonça alors Janet.

— Tommy nous a tout raconté, lui dit Crystal. C'est merveilleux, si tu le désires toi aussi. Tu es d'accord?

— Oh, oui. Mais je ne voudrais pas vous quitter, toutes les trois...

— On se reverra, Janet, la rassura gentiment Rebecca. On ne se quitte pas pour toujours.

— Dès qu'on pourra, on viendra vous voir, ajouta Crystal. Tommy nous a déjà invitées en nous précisant qu'il y aurait toujours une chambre pour nous.

— Il a dit ça?

— Oui, lui confirmai-je en la serrant dans mes bras.

— Oh, c'est super! Et je vais pouvoir m'occuper du poney, maintenant.

— Mais oui. Et tu seras très heureuse avec eux.

Tour à tour, nous l'embrassâmes en riant et pleurant à la fois.

Tommy, Anita et Mme Wilson émergèrent enfin du bureau où ils s'étaient enfermés et nous annoncèrent que tout était arrangé. Janet pouvait rester avec eux dès maintenant, avant même que les formalités nécessaires ne soient totalement accomplies.

— Et nous? hasarda Crystal.

— Je vous emmène à Albuquerque où on vous hébergera jusqu'à ce que vous repartiez pour New York. Je suis sûre qu'on vous trouvera là-bas un établissement agréable.

Crystal n'eut pas l'impolitesse de rire mais elle afficha un de ses regards désabusés qui nous fit sourire, Rebecca et moi.

Après avoir une nouvelle fois embrassé Janet, nous remerciâmes infiniment Tommy et Anita de leur chaleureux accueil et leur promîmes de venir les voir le plus tôt possible. Puis, nous suivîmes Mme Wilson jusqu'à sa voiture et Rebecca prit place à l'avant tandis que Crystal et moi nous installions à l'arrière.

Le véhicule démarra et, avant de quitter le parking, nous nous retournâmes toutes les trois pour voir Tommy, un bras passé sur l'épaule d'Anita et celle-ci tenant serrée contre elle notre petite Janet.

Le trajet se passa dans le plus grand silence. Je songeais à ma mère et au sentiment que j'éprouverais si je pouvais, moi aussi, lui prendre la main.

A quoi pouvaient penser Crystal et Rebecca, de leur côté ? A une issue heureuse, souhaitai-je. Nous n'étions pas allées aussi loin pour avoir des pensées tristes. Le ciel au-dessus de nous était bien trop bleu et le bonheur tout neuf de Janet ne pouvait que nous donner de l'espoir.

ÉPILOGUE

Quittant pour un moment notre maison de l'Illinois, Todd et moi nous envolâmes pour Albuquerque. Rebecca arriva de Los Angeles où elle venait de signer un contrat pour enregistrer son premier disque et avait aussi obtenu un petit rôle dans un film. Acceptée à Harvard avant la rentrée officielle de septembre, Crystal avait décroché un job de bibliothécaire qui lui permettait de vivre.

Nous nous étions arrangées pour nous retrouver à l'aéroport et y louer une voiture ensemble. Jamais nous n'avions perdu contact les unes avec les autres ; Crystal aimait écrire de longues lettres que je gardais respectueusement dans un tiroir. Dans un style merveilleux, elle me décrivait ses journées sous le soleil californien, ses expériences universitaires et les amis qu'elle se faisait là-bas.

Rebecca m'envoyait parfois des cartes postales mais elle préférait manifestement le téléphone à l'écriture, ce que je comprenais fort bien puisque, moi aussi, j'avais la plume paresseuse.

Nous appelions régulièrement Janet car nous avions autant besoin d'entendre sa voix qu'elle avait besoin d'entendre les nôtres. Elle obtiendrait cette année son diplôme universitaire et, dans quelques mois, elle serait assistante sociale. Elle voulait en effet que son expérience puisse servir aux plus jeunes.

Nous nous étions vues deux fois depuis notre séparation mais notre dernière entrevue datait de plus de dix mois, déjà. Un peu plus d'un an après que Janet se fut installée chez Tommy et Anita, celle-ci avait donné naissance à un garçon prénommé Steven, qui fut très vite surnommé Popeye à cause de son amour pour les épinards. Il avait la santé et le tonus que la petite fille n'avait jamais eu la chance d'avoir. Le mauvais sort avait été conjuré et Anita restait persuadée que c'était grâce à l'énergie bienfaisante que Janet avait apporté dans leur foyer.

Todd et moi fûmes les premiers à arriver et nous vîmes soudain Rebecca surgir devant nous, plus sexy et flamboyante que jamais. Perchée sur des sandales aux talons démesurés, elle portait une robe bain de soleil jaune vif et sa longue chevelure noire retombait souplement sur ses épaules bronzées. Elle semblait avoir fait la conquête du copilote car celui-ci, nous raconta-t-elle plus tard, la suppliait de changer la date de son billet de retour pour qu'ils puissent se retrouver sur le même vol.

— Brenda! s'exclama-t-elle en m'apercevant.

Nous tombâmes dans les bras l'une de l'autre et nous embrassâmes comme des gamines.

— Bonjour, Todd, lui dit-elle en lui déposant sur la joue un baiser sensuel qui le surprit autant que moi.

— Vous êtes superbes, tous les deux, ajouta-t-elle en reculant d'un pas pour mieux nous voir. Brenda, je suis déçue; je croyais te trouver énorme et enceinte jusqu'aux dents.

— Non, Rebecca, on ne se sent pas encore prêts pour ça, tu vois. Pour le moment, comme je te l'ai dit au téléphone, on s'occupe d'agrandir le garage. Au fait, bravo pour ton contrat; c'est magnifique.

— Tu sais que je travaille jour et nuit, maintenant. On m'a proposé un petit numéro dans une boîte d'Hollywood et c'est comme ça que j'ai obtenu ce rôle par la suite. Et Crystal, quand est-ce qu'elle arrive? Je déteste attendre, je n'ai aucune patience.

— Hollywood ne nous a donc pas changé notre Rebecca, commentai-je en riant.

— Elle arrive dans une demi-heure, répondit Todd.

Nous allâmes prendre un café en attendant l'arrivée de son vol.

— Quand je pense que notre petite Janet va obtenir son diplôme universitaire ! déclara Rebecca avant de s'installer à une table. C'est incroyable, non ?

— Pourquoi, incroyable ? lui demandai-je.

— Oh, Brenda, tu as toujours été si réaliste, reprit-elle en riant. Mais je suis contente de te voir heureuse, tu sais. J'espère, moi aussi, trouver un jour celui qui me rendra heureuse.

— Tu le trouveras, si tu te donnes la peine de chercher un peu.

— Oui, si je m'en donne la peine... répéta-t-elle, pensive. Mais je n'ai pas le loisir de penser à ça, maintenant. Dans le spectacle, on n'a pas « le temps de prendre le temps », vois-tu.

Nous partîmes toutes les deux d'un éclat de rire si bruyant que Todd, vaguement gêné, se retourna pour voir si on nous regardait.

Rebecca continua de me raconter sa vie à Hollywood sur un ton si convaincant que je me demandai si elle ne cherchait pas à se persuader elle-même qu'elle avait vraiment choisi la bonne voie.

Le vol de Crystal fut enfin annoncé et nous allâmes l'attendre à la porte d'arrivée. Elle fut l'une des premières à déboucher du couloir, une petite valise à la main. Elle non plus n'avait pas changé, toujours aussi peu coquette, sans maquillage ni rouge à lèvres, des lunettes toujours aussi épaisses sur le nez.

Nous nous embrassâmes avec effusion et, quelques instants plus tard, nous partîmes pour le ranch des Edwards.

— Je pense faire une spécialisation en psychiatrie, nous annonça gravement Crystal.

— Tu m'étonnes ! railla Rebecca. Depuis le temps que tu analyses tout à tort et à travers, autant en profiter pour faire fortune avec ça.

Todd se mit à rire et dès que Rebecca comprit qu'elle avait un public qui lui était acquis, elle continua ses plaisanteries. Crystal et moi nous regardâmes en souriant et, bien que les années aient passé, nous nous sentions encore comme les Quatre Orphelines, nous prenant la main chaque fois que nous le pouvions.

Lorsque nous arrivâmes devant le ranch des Edwards, Janet, qui devait guetter notre arrivée, sortit en sautant et en glapissant de joie. Malgré ses allures d'adolescente, son visage avait mûri depuis notre dernière entrevue. Nous nous étreignîmes avec force comme si nous avions encore quelque démon à exorciser.

Tommy sortit à son tour sur la terrasse, suivi d'Anita, son bébé dans les bras. Il y eut de nouvelles effusions de joie, puis nous entrâmes dans le salon, Todd et Tommy se chargeant de nos bagages.

Je crus que nous ne pourrions plus nous arrêter de parler tant nous avions de choses — même insignifiantes — à nous raconter. Nos bavardages se poursuivirent jusqu'à l'heure du déjeuner. Ensuite, il fut temps de se préparer pour aller assister à la remise de diplôme de Janet. Nous nous mîmes tous sur notre trente et un, et Rebecca en surprit plus d'un en apparaissant dans la robe indienne que lui avait offerte Anita, quelques années plus tôt.

— Tu vas la porter à la cérémonie? lui demandai-je, quelque peu étonnée.

— J'en serai très fière, si Anita n'y voit pas d'inconvénient.

— Bien sûr que non, répondit-elle. Ça me fait au contraire très plaisir. Et tu es magnifique, dans cette robe.

Entassés dans notre voiture de location, nous suivîmes Tommy et sa petite famille jusqu'à l'université. Tout avait été préparé dehors pour la remise des diplômes et une grande fête devait suivre. Je dus reconnaître devant Rebecca que j'avais le trac pour notre petite sœur.

— Toi, tu as le trac? me dit-elle. Tu sais quand on a vraiment le trac? Quand on prépare une audition. Là, on peut dire qu'on a l'estomac qui se vrille.

— Pour Janet, c'est pareil qu'une audition, observa Crystal sur un ton austère. C'est aussi important, en tout cas.

— Oui, certainement, dut admettre Rebecca.

Au son d'une marche militaire de circonstance, les étudiants, vêtus de la toge traditionnelle, vinrent se placer un à un sur la pelouse, devant l'estrade montée pour l'occasion. Janet portait la classique coiffe carrée, d'où s'échappaient des boucles toujours aussi blondes. Je me tournai vers Anita et Tommy et je les vis se prendre la main, le visage empreint d'une fierté non dissimulée.

Lorsque l'on appela le nom de Janet, nous applaudîmes à tout rompre. Les yeux écarquillés, collé aux basques de sa mère, Steven ne perdait rien de ce qui se passait.

Notre petite sœur s'avança pour recevoir son diplôme, un sourire radieux sur le visage. Elle n'avait pas eu une seule crise depuis qu'elle vivait avec ses parents adoptifs. Solide et en pleine santé, elle me faisait penser à une fleur que l'on aurait rempotée dans de la terre plus riche.

Ainsi nous étions de nouveau réunies toutes les quatre, heureuses enfin, après nous être lancées dans une existence prometteuse pour chacune. Bien sûr, nous n'avions pas retrouvé de véritables parents, comme c'était notre souhait le plus cher. Nous avions essayé, pourtant. Nous avions espéré et prié. Tout cela pour finir par découvrir que, durant ce que nous pourrions appeler notre « quête de l'impossible », nous avions créé une autre famille, formée par nous-mêmes, les Quatre Orphelines.

Durant quelques précieux instants, sur la pelouse de cette école, au beau milieu du Nouveau-Mexique, à des kilomètres et des kilomètres de là où nous avions jadis commencé, nous joignîmes une dernière fois nos forces. Serrées l'une contre l'autre, nous nous prîmes les mains et chassâmes à jamais les ténèbres qui avaient tant de fois menacé de nous engloutir.

Nos angoisses, nos doutes n'avaient plus lieu d'être. Désormais, c'était la lumière qui régnait sur nos vies.